본능의 경계

본능의 경계

초판 1쇄 찍은 날 | 2014년 2월 21일
초판 1쇄 펴낸 날 | 2014년 3월 3일

지은이 | 예파란
펴낸이 | 예경원

편집 | 유경화

펴낸곳 | 예원북스
등록번호 | 제396-2012-000132호
등록일자 | 2012. 7. 25
YRN | 제1-0056호

주소 | 경기도 고양시 일산동구 무궁화로 8-28 삼성메르헨하우스 712호 (우) 410-837
전화 | 031-819-9431 팩스 | 031-817-9432
http://cafe.naver.com/yewonromance
E-mail | yewonbooks@naver.com

ISBN 979-11-5630-037-3 03810

※ 이 도서의 국립중앙도서관 출판시도서목록(CIP)은 서지정보유통지원시스템 홈페이지(http://seoji.nl.go.kr)와 국가자료공동목록시스템(http://www.nl.go.kr/kolisnet)에서 이용하실 수 있습니다.

19세미만 구독불가

예파란 장편 소설

본능의 경계

YEWONBOOKS ROMANCE STORY

예원북스

목차

프롤로그

윤선이 침대에 놓인 화려한 상자를 내려다봤다. 카드에 적힌 문구를 그녀는 싸늘하게 식은 눈빛으로 내려다봤다.

자선 파티가 있어. 꼭 참석해라. 영화배우인 네가 참석해야 귀찮은 관심을 받지 않으니. 이 드레스를 입고 와라. 네 취향 따윈 별로 알고 싶지도 않으니까.

—엄마.

그녀의 입가에 얼어붙은 냉소가 번졌다. 그녀는 새하얀 순백의 미니 튜브 탑 드레스를 내려다봤다.

"정말 내 취향이 궁금한 거야? 엄마?"

윤선은 차디찬 눈빛으로 시계를 쳐다봤다. 자선파티 시간은 오후 2시부터인데 이미 시계는 2시 30분을 넘어서고 있었다. 윤선은 드레스 룸으로 들어가 옷을 고르다 말고 이응복 매니저에게 전화를 걸었다.

[네, 누님. 말씀하세요.]

"일전에 '리화' 디자이너의 샵에서 드레스 하나 봤지? 검붉은 색인데 가슴 훅 파인 거……."

[알죠. 너무 야하다고 안 입었잖아요.]

"그거 좀 빌려와. 오늘 입고 내일 보내준다고."

[네? 아니, 그걸 왜?]

"군말 말고…… 부탁해."

[알겠습니다, 누님.]

그렇게 20분쯤 지나자 응복이 옷을 들고 코디와 같이 나타났다. 코디 허명지가 의아한 눈빛으로 윤선을 쳐다봤다.

"그렇게 보지 말고 빨리 입혀줘. 응복아, 내려가서 시동 걸어. 저기 책상 위에 주소 적혀 있을 거야. 거기로 갈 거야."

"네, 누님."

응복이 가만히 주소를 보고는 경악한 얼굴로 윤선을 바라봤다.

"누님, 여긴!"

응복은 뭐라 더 말을 하려다 입을 닫았다. 윤선의 표정이 무섭도록 차디차게 얼어붙어 있어서 더는 말을 걸 수가 없었다. 한마디라도 꺼냈다가는 온갖 비난과 폭언을 들을 것 같아 응복이 입을 닫았다.

지윤선, 25살. 딱 두 개의 드라마로 이미 톱스타로 우뚝 선 탤런트이자 영화배우. 최근에 찍은 영화도 반응이 좋아 대박 조짐을 보이고 있다. 윤선에게 약점이 하나 있다면 그건 바로 모친이었다. 모친인 하은형은 유명한 대학병원의 정교수이면서 의사, 그리고 동시에 방송인이었다.

워낙 명예를 중시하기 때문에 자신의 일에 요만큼도 흠집을 내는 걸 원치 않는 사람이기도 했다. 윤선이 데뷔를 할 때도 둘 사이에 언쟁이 끊이질 않았고 결국 윤선이 몰래 계약서에 서명을 하고 홀로 일을 강행한 이후 3년간 모녀는 거의 절연한 채로 지내기도 했다.

그러다 윤선이 유명세를 누리기 시작하면서 저절로 하은형의 이름도 오르락내리락거리며 서로 각별한 모녀 사이인 척할 수밖에 없는 상황이 계속 찾아와, 현재는 억지로 관계를 유지 중이었다. 그런데 하필 오늘 가는 곳이 하은형이 유명한 의사들과 함께 하는 자선파티였다.

'아휴, 이거 뭐…… 전쟁의 서막을 알리는 건가?'

응복은 명지에게 내려가 있겠다고 하고 밖으로 나갔다. 명지가 윤선이 레이스 팬티만 입고 서 있는 모습을 멍하니 바라봤다. 여자가 봐도 입이 딱 벌어지게 아름다운 몸이었다.

"유두 부분에 이거 붙이면 되는 거지?"

접착식 누드브라를 하고 빌려온 검붉은 드레스를 입은 윤선이 거울 앞에 섰다. 명지가 걱정스러운 얼굴로 윤선을 바라봤다. 가슴 사이로 브이 네크라인이 깊게 파인데다 등마저도 U자형으로 패어 있어 엉덩이 부근에서 노출이 멈춰 있었다.

아슬아슬하게 가릴 데만 가린 모양새인데 치마 길이 또한 대책 없이 짧았다. 안에 속바지를 입는다고 해도 노출은 피할 수 없는 일이었다. 그녀의 이런 차림이 자선파티에서 어떤 효과를 누릴지는 너무도 빤했다.

"윤선 씨, 이거 너무 도발적인데요? 괜찮겠어요? 자선파티예요. 사람들이 윤선 씨를 어떻게 볼지……."

"행사에 다녀오느라 갈아입을 시간이 없었다고 둘러대면 돼. 블랙 롱코트나 한 벌 챙겨줘."

"그래요."

명지는 할 수 없다는 얼굴로 그녀의 드레스 룸에서 블랙 코트 하나를 그녀에게 내밀었다. 윤선은 드레스 위에 코트를 걸치고 허리 부분을 끈으로 꽉 조였다. 긴 머리카락은 풀어 헤쳐 늘어트렸고 입술은 가장 도발적인 붉은 색깔을 선택했다. 윤선은 거울 속 자신의 모습을 노려보며 입술 끝을 휘어 올렸다.

'해보자고, 엄마.'

은형이 우아한 크림빛 투피스 차림으로 의사 동기들과 모여 서서 샴페인을 조금씩 마시고 있었다.

"딸내미가 안 보이네? 딸내미 요새 아주 핫 이슈더라? 좋겠어!"

은형은 입가를 희미하게 휘어 올렸다. 연예인 같은 건 되지 않았으면 했다. 어릴 때부터 공부도 어지간히 했던 아이여서 차라리 공부 쪽으로 뭔가를 했으면 싶었는데 보란 듯이 자기 혼자 계약을 하고 활동을 시작했다.

마음 같아서는 계약서를 북북 찢고 소속사를 통해 계약해지 소송이라도 하고 싶었지만, 언론에 이런 사실이 알려질 바에는 저러다 스스로 포기하기를 바랐다. 그런데 어처구니없게도 윤선은 악착같이 연기 연습에 매진해 드라마 출연 2개와 최근에 개봉한 영화 1편의 필모그래피로 대형 신인이 되고 말았다.

"요즘 텔레비전만 틀면 지윤선이 나오더라고. 은형 씨는 좋겠어, 인기 많은 딸이 있어서. 어휴, 우리 애에 비하면……. 우리 앤 아직도 대학 다니고 있잖아. 이젠 대학원까지 가겠다고 해서 그거 지원해 주는 것도 만만찮아."

"나도 그래. 애들이 점점 가방 끈만 길어지고 취업은 안 하려고 해서 큰일이야. 공부하는 비용도 부모가 내주는 건 너무 당연하게 생각하니. 나도 뼛골 빠지게 벌어 애들 뒤치다꺼리나 해야 할 것 같아. 그에 비하면 은형 씬 딸내미가 수억씩 벌어들이니, 아쉬울 게 없겠네."

"맞아. 나중에 봐서 재벌가 며느리로 들이면 딱이겠네. 오현정이나 뭐 그런 애들처럼 말이야."

은형이 음흉한 미소를 입가에 짓고 겸손하게 말했다.

"자기 운명이 나타나면 결혼하겠지. 재벌 그런 건 바라지도 않고."

갑자기 문가 쪽이 웅성거렸다. 뭔가 싶어 고개를 돌리는데 사람들의 시선이 입구로 막 들어서고 있는 지윤선에게 몰리고 있었다.

"세상에!"

다들 경악한 눈으로 윤선을 바라봤고, 은형 역시 패닉 상태로 딸을 바라봤다. 검붉은 원피스야 그렇다 쳐도 가슴이 반쯤 훤히 드러나 보이는 것부터 치마 길이는 왜 저렇고! 기가 막혀서 입이 딱 벌어졌다.

그녀의 주변 사람들이 술렁거리며 은형을 우려스럽게 바라보기 시작했다. 놀란 은형이 입가에 어색한 미소를 짓고 곧장 윤선을 향해 다가갔다. 윤선이 웃으며 들어서다가 은형을 발견하더니 입가에 화려한 미소를 머금었다.

"엄마."

"너, 그 차림이!"

"아, 미안! 오늘 행사가 있어서 거기 들렀다 이쪽으로 오느라 이렇게 됐네? 옷 갈아입을 시간이 없어서……. 왜? 좀 그런가?"

여우 같은 미소를 입가에 짓고 서 있는 윤선을 바라보는 은형의 얼굴이 험악하게 일그러졌다. 하지만 이미 어디서 왔는지도 모를 기자들이 셔터를 터트리며 윤선의 옷차림을 찍어대기 시작했다.

은형은 하는 수 없이 자신이 입고 있던 투피스의 재킷을 벗어 윤선의 어깨에 걸치려 했다. 그러자 윤선이 은형의 손을 지그시 밀었다.

"엄마, 나 배우야. 이 차림에 그 옷이 가당키나 해? 이러지 마, 쪽팔리니까!"

"뭐?"

"됐어. 바로 스케줄이 있어서 오래 있진 못해. 30분 정도 머물다가 갈 거야. 그러니까 신경 쓰지 말고 엄마는 엄마 할 일 해."

윤선은 가차 없이 말하고 도도한 걸음걸이로 은형을 지나 파티장 내로 들어가기 시작했다. 은형이 하얗게 질린 얼굴로 말아 쥔 주먹을 부들부들 떨었다.

윤선이 그런 모친의 매서운 눈빛을 느끼며 입가에 흡족한 미소를 지었다. 다 갚아줄 것이다. 태어나 지금껏 한 번도 모친의 애정 어린 눈빛 한번 받고 자란 적이 없었다. 모친은 늘 그녀를 혼자 뒀고, 그것을 너무도 당연하게 생각했다.

유치원을 다닐 때도 밤이 무섭다고, 그래서 다른 애들처럼 엄마 품에서 자보는 게 소원이라고 울부짖었던 적이 있었다. 은형의 반응은 싸늘했다.

"시끄럽게 굴지 마. 내가 네 엄마이긴 하지만 그걸로 끝이야. 너에게 '엄마' 라는 호칭으로 불리기만 하는 사람이 나야. 그 이상 나에게 바라지 마. 알겠지? 그 이상 바라면 내가 할 수 있는 일은 하나야. 널 더 무서운 시궁창 같은 곳으로 보내 버릴 거야."

어려서 아무 생각도 없이 마냥 엄마 한 사람만 바라보며 의지했던 자신에게 은형은 그렇게 모진 말을 했다. 그래서 참았다. 다른 엄마가 어땠네, 저땠네 하든지 말든지 그 무서운 시궁창에 가기 싫어서 참는 게 일상이었다.

하지만 또 한계는 왔다. 초등학교 3학년 때 운동회는 물론이고 학부모 참관 수업까지 외면하던 은형을 향해 울면서 한마디 했었다.

"다른 애들은 엄마 아빠가 같이 와서 사진도 찍어주고 그러는데, 난 왜 아무도 안 와? 엄마, 아빠는 어디 있어? 엄마, 엄마가 못 오면 아빠라도 오게 해줘. 엄마, 난 너무 쓸쓸해. 나한테 이러지 마!"

"윤선아, 넌 아빠가 없어. 태어난 순간부터 없었어. 네 아빠는 네 존재를 몰라. 나 혼자 널 낳았지. 그러니까 아빠 따윈 바라지도 말아. 내가 말했잖아. 나는 너한테 선생님을 선생님이라고 부르듯 그저 '엄마' 라는 호칭을 빌려준 것뿐이라고. 넌 자립해야 돼. 혼자 알아서 크도록 해. 그게 뭐가 무서워? 적어도 넌 내가 옆에 있어주기는 하잖아? 안 그래?"

아무리 말을 해도 돌아오는 대답은 한결같았다. 윤선은 와인 잔을 들어 한 모금 마시고 차려진 뷔페식을 천천히 둘러봤다. 와인 잔에 담긴 와인을 빙글빙글 굴리며 한 모금 마시고 주변을 훑는데 입구 쪽이 어수선해졌다. 무슨 일인가 싶어 눈매를 가늘게 좁히고 쳐다보는데 서너 걸음 떨어진 옆쪽에 선 부유한 여자들이 숙덕거리는 소리가 들려왔다.

"어머, 왔다! MK그룹 권이현 부사장이 왔어."

"맙소사, 실물이 장난 아니게 좋네."

"들었어? MK그룹 권 회장한테 감춰진 여자가 있다면서?"

"아유, 여자가 한둘이겠어? 벌써 두 번째 이혼도 화려하게 해치우고 다들 다음 여자가 누가 되느냐에 시선 집중하고 있잖아. 하여간에 권 회장도 저렇게 장성한 아들 보기 창피하지 않나 몰라. 그렇게 젊은 여자만 밝히고, 왜 그러나 몰라."

"그러게. 권이현 부사장이 그래서 결혼을 안 하는 거 아닌가? 부친에게 반항하느라 결혼 미루고 혼자 버티는 거 아냐? 오죽하면 게이설까지 나오잖아. 여자 보기를 하도 돌 보듯 한다고 해서."

권이현이라는 이름을 들어본 적이 있다. 그녀가 얼마 전에 CF 촬영을 했던 브랜드의 모회사였다. MK그룹은 건설, 유통, 자동차, 첨단반도체, 가전, 화장품 등 손을 대지 않는 사업이 없을 정도로 거대한 기업이었다.

그녀는 계열사 중 한곳인 MK화장품 CF를 1년 계약하고 촬영했었고. 실물은 아직까지 한 번도 본 적이 없었다. 그렇다고 관심이 가는 것도 아니었다. 처음 연예계에 발을 들여놓았을 때 스폰서다 뭐다 돈 좀 있다는 집안의 자식들이 그녀에게 접근해 돈을 주고 관계를 맺고 싶어했는데, 그때 만난 이들의 사고방식은 한결 같았다.

"너희 연예인들은 우리가 사서 즐기다 버리는 수억대 브랜드의 명품 스포츠카와 다를 바가 없어. 그러니 우리한테 사랑이라는 둥 책임이라는 둥의 의미 따위는 절대 부여하지 마."

그 말 한마디에 완전히 질려서 스폰서는 절대 받지 않겠다고 소속사에 경고했었다. 모친이 의사인데, 굳이 그렇게까지 해서 품위 유지를 하고픈 마음도 없었다. 윤선은 지루한 얼굴로 계속 잔을 들고 와인을 홀짝거렸다. 그녀는 작은 파우치 백에서 휴대폰을 꺼내 응복에게 전화를 걸었다.

"응복아, 20분 뒤에 나갈 거니까 갈 준비하고 있어. 멀리 가지 말고."

[네, 대기할게요. 그리고 소속사 박 대표한테 전화 받았는데, 여기에 MK 부사장님 오시면 인사는 해두라는데요?]

"귀찮아. 여기 온다고 말했어?"

[벌써 사진 인터넷에 올라가고 있어서 말하지 않을 수가 없었어요. 박 대표님이 누님 한 번 들어왔다 가시래요. 한 소리 들을 각오하세요. 잔소리를 조금이나마 무마시켜 놓으려면 권 부사장한테 가서 점수 좀 따놓던지요.]

"하아, 알았어."

통화를 끝낸 윤선이 깊게 한숨을 내쉬었다. 이러니저러니 해도 소속사의 눈치를 볼 수밖에 없었다. 모든 언론은 그쪽에서 통제를 해주니, 아무리 마음대로 한다고 해도 뒷수습을 열심히 해주는 소속사에게 조금은 유리한 것 하나 정도는 내어줘야 입장이 동등해진다.

그녀는 체리 하나를 집어 오물거리다 씨를 뱉어두고 그 부사장이라는 작자를 찾기 위해 두리번거렸다. 그러다 무시무시한 눈빛으로 그녀를 노려보는 은형과 눈이 딱 마주쳤다. 윤선은 잔을 들어 건배라도 하듯 능글맞은 미소를 지어 보이고 다시 시선을 돌렸다. 보인다. 권이현이라는 남자가 나이 지긋한 남자 의사들 사이에 서서 인사를 하고 선 모습이 눈에 들어왔다.

'키는 190센티미터에 육박해 보이고, 몸매는…… 늘씬하지만 날렵하고 단단해 보이네. 얼굴은…… 찬바람이 쌩쌩 부는구나.'

남자는 완벽한 이목구비와 완벽한 비율의 몸매를 지녔다. 외꺼풀의 눈매는 희한하다 싶을 만큼 크고 검은 눈동자의 크기가 커서 묘한 깊이감을 선사했다. 콧날은 날카롭고, 입술은 윤곽이 또렷하며 단호하고 냉혹한 성격이 고스란히 압축된 듯 보였다.

턱 선이나 얼굴형도 도드라진 부분 없이 매력적인 선을 그리는데다 남자치고는 속눈썹이 짙었다. 눈썹은 일자로 살짝 끝부분이 들려 올라가 있고 짙었다. 앞 머리카락을 내려 이마를 덮고 전체적인 머리카락 길이는 짧은 편이다. 머리카락이 깊은 검은빛이라 빛마저도 흡수를 하는지 반사광도 만들지를 않았다.

입고 있는 검은 슈트는 깃 부분만 진회색으로 배색처리 되어 있고, 넥타이는 진회색, 셔츠는 버건디 계열로 입고 있어서 섹시했다. 이렇게 보고 있자니, 한 기업의 부사장이 아니라 아주 유명한 패션모델을 보는 듯한 느낌이었다. 키도 훤칠하고 몸매도 워낙 좋은데다 비율마저 탁월하니 저절로 감탄사가 터질 지경이었다.

'그런데 여자 보기를 돌같이 한다고?'

의아했다. 저렇게 매력이 철철 흐르는 냉미남이 왜? 그건 차치하고 일단 빨리 인사를 하고 여길 빠져나가는 게 좋을 것 같았다. 점점 들어오는 인파가 많아지고 있었다. 어느 갤러리 전체를 파티장으로 일시 개조해 쓰는데 초대한 사람의 숫자가 어마어마한 모양이었다. 이런 차림을 저런 유명 인사들에게 계속 노출시켜서 그녀에게 그리 유리할 건 없어 보였다.

그녀는 가만히 그를 쳐다봤다. 그녀가 쳐다보면 남자들 열에 여덟은 그녀와 눈을 마주치고 홀린 듯 그녀에게 와서 말을 걸었다.

윤선은 청순하고 깨끗한 이미지와 퇴폐적인 이미지를 둘 다 갖고 있는 배우로 알려져 있었다. 그만큼 여러 가지 면모를 보일 수 있는 마스크를 지녀서 감독들 사이에 인기가 많았다.

한참 동안 이현을 노려보고 있는데, 그는 단 한 번도 그녀를 쳐다보지 않았다. 그저 그는 그에게 인사를 오는 사람들에게 짤막한 악수와 예의 바른 미소만 지어 보일 뿐 다른 데를 둘러보려 하지 않았다.

'어쩐다?'

인사를 하러 오게 할 생각이었지만, 여느 남자들과는 반응이 너무도 달랐다. 남자란 자고로 아름다운 것을 보면 소유하고자 하는 욕망을 지닌 동물이라 여겼는데 권이현은 예외인가 보다. 모친에게 모욕감을 안기겠다고 이런 차림으로 입고 왔지만, 실상 이런 채로 서 있는 게 그리 즐거운 일은 아니었다.

나이 지긋한 중년 남자들의 시선이 연신 그녀의 가슴 사이로 파고들어 왔다. 눈을 떼지 못하고 그녀의 곁에 선 남자들도 꽤 되었다. 그녀는 애써 그런 끈적한 시선을 외면하면서 들고 있던 와인잔을 놓고 한쪽 벽면에 가서 섰다.

미니 오케스트라가 협연하는 음악이 실내를 가득 채우고 웅성거리는 사람들의 소란이 점점 피로하게 느껴졌다. 권이현을 의식해야 하는데, 신경을 곤두세우려니 귀찮아졌다. 마치 한 회사의 사원인 양 권이현 앞에 가서 굽실거려야 하는 자신의 상황이 짜증스럽게 느껴졌다.

'됐다. 안 해.'

밉상이 되건 말건 모르겠다. 에어컨 바람이 몰아치는 실내 공기가 답답해진 그녀는 계단 쪽으로 갔다. 위층엔 뭐가 있을지 궁금해지기도 했고 사람들의 시선이 피로해서 그 시선을 좀 벗어나고도 싶었다.

계단을 올라가 서자 모든 사무실에 불이 꺼진 채였고, 긴 복도에만 불이 켜져 있을 뿐이었다. 복도 끝으로 가자 화장실이 있고 비상구 문이 보였다. 윤선은 비상구 문을 열고 들어가 계단을 따라 올라갔다. 10센티가 넘는 킬힐 때문에 발목이 아렸다.

그녀는 구두를 벗고 맨발로 계단을 따라 올라가 낮은 담 앞에 섰다. 이 문을 열고 나가면 옥상인데, 담도 잠겨 있었다. 윤선은 주위를 훑어보고는 얼른 치맛단을 들어 올렸다. 골반까지 치맛단을 들어 올리고 담을 넘어섰다. 무사히 내려선 그녀는 구두를 바닥에 놓고 치맛단을 내렸다.

3시가 훌쩍 넘어가는 시간이었지만 해가 가장 뜨거운 시간이었다. 후덥지근한 열기가 피부 위를 내달렸다. 그녀는 긴 머리카락을 어깨 뒤로 넘기고 그늘가에 서서 몸을 벽에 기댔다. 찬기가 등을 파고들어 왔다. 담배가 생각났다.

스무 살이 된 기념으로 처음 담배를 배웠다. 이후 습관처럼 피웠지만, 치아에 좋지 않아 할 수 없이 끊었었다. 그녀는 시멘트 바닥에 주저앉아 다리를 벌리고 두 팔을 무릎 위에 올렸다. 머리는 뒤로 젖히고 하늘을 우러러봤다. 아무도 올 사람이 없으니 이렇게 다리를 벌리고 있어도 부담스럽지 않았다.

"그건 아직."

갑자기 낯선 남자의 음성이 들려왔다. 놀란 윤선이 재빨리 몸을 일으켜 세웠다. 하지만 힐을 신는 건 잠시 망각하고 말았다. 옥상엔 기둥이 여러 개 세워져 있어서 군데군데 그늘이 길게 늘어져 있었다. 윤선은 몸을 숨기기 위해 후다닥 기둥 뒤로 몸을 감췄다.

이현이 휴대폰을 귀에 대고 통화를 하다가 담배를 꺼내 손에 쥐었다.

"감 비서님, 그 부분에 대해서는 아버지께 확실히 전달해 주십시오. 생각 없다고."

[하지만 부사장님, 중간에 제 입장이 정말 난처합니다. 회장님께서는 꼭 이아라 씨하고 만나기를 바라고 계십니다. 이미 그 일을 전부 저에게 맡기셨구요. 저는 이제 보고할 일만 남은 건데, 부사장님께서 이렇게 계속 거절을 하시면 제가 잘립니다.]

"애원을 한다고 해도…… 감 비서님, 안 되는 건 안 되는 겁니다. 감 비서님이 저 어릴 때부터 여러모로 많이 보살펴 주신 점 감사히 생각하지만 결혼은 다른 문젭니다. 아버지의 의견은 별로 중요치 않습니다. 그렇게 알고 계십시오. 앞으로 이 일에 대해 더 이상 왈가왈부하는 일이 없었으면 좋겠습니다."

통화를 끝낸 그는 담배를 입에 물고 라이터 불을 당겼다. 후덥지근한 여름 바람이 그의 담배를 훑고 지나며 연기를 훔쳐 갔다. 서너 번 니코틴을 빨아 당기던 그가 꽁초를 바닥에 버리고 몸을 돌리다가 그늘 밑에 놓인 킬힐 한 켤레를 발견했다.

그가 눈매를 가늘게 좁히고 주위를 훑었다. 그가 느린 걸음으로 이동하다 우뚝 멈춰 섰다. 미약하게 바람에 실려오는 향수 냄새와 달콤한 살 내음이 그를 멈춰 세우게 했다. 그가 천천히 이동하다가 검은 실루엣을 보고 다시 멈춰 섰다.

검붉은 미니 원피스.

누군지 알 것 같았다. 그는 모른 척하고 곧장 걸어가 바닥에 세워진 힐 한 켤레를 손에 쥐었다. 그러자 맨발로 후다닥 달려나오는 소리가 들렸다.

"멈춰요!"

그가 입술 끝을 매혹적으로 휘어 올렸다. 나설 줄 알았다. 이 구두가 없으면 맨발로 가야 할 텐데, 자존심이 세 보이는 여자가 구두도 없이 집에 돌아갈 리 만무했다. 그가 한쪽 주머니에 손을 찔러 넣고 천천히 몸을 돌렸다.

지윤선이다. 요즘 각광 받는 배우로 청순하고 아름다운 외모, 우아한 목소리와 몽환적인 분위기로 세간의 주목을 받고 있었다. 그녀가 맨발로 그에게 위풍당당 걸어오더니 그의 손에 들린 구두를 쳐다봤다.

"제 구두예요."

원래는 달라면 조용히 줄 생각이었지만 갑자기 마음이 바뀌었다. 도전적으로 올려다보는 그녀의 동그란 눈동자를 보자, 묘한 호기심이 발동했다.

"그런데?"

윤선의 눈살이 살며시 찌푸려졌다. 이거 뭐지 하는 눈빛이어서 천천히 입가에 웃음이 번지기 직전이었지만 참아냈다.

"뭐예요? 지금 저한테 시비 거는 건가요?"

"그럴 리가."

"제 구두라고요."

"그냥 주기는 싫은데?"

"장난하세요?"

"글쎄."

"얼른 주세요."

말이 끝나기 무섭게 그녀가 몸을 움직이며 그에게 다가섰다. 뒤에 감춰져 있던 구두를 빼앗겠다고 그녀가 손을 뻗으면서 몸을 앞으로 기울였고, 그는 더 감추겠다며 팔을 뒤로 빼내는 바람에 그녀가 그에게 거의 안기다시피 하는 묘한 자세가 되었다.

가뜩이나 윤선이 입고 있는 옷차림이 입으나 마나인 듯한 드레스라 그녀의 움직임에 따라 젖가슴의 골이 더 깊어지거나 금방이라도 옷 너머로 가슴이 다 드러나 보일 것만 같아서 심장이 두근거렸다. 가슴선이 아름다운데다 살결은 푸르스름한 핏줄이 도드라져 보일 만큼 얇고 창백했다. 이대로 놓아주기엔 조금 아쉬움이 남았다. 그답지 않았지만, 유치한 장난을 해보고 싶어졌다.

그가 일부러 중심을 무너트리며 뒤로 슬쩍 넘어가는 시늉을 하자, 아니나 다를까, 중심을 잃은 그녀가 그의 몸 위로 겹쳐지며 두 사람이 뒤로 벌렁 넘어갔다. 이현의 몸 위로 윤선의 몸이 포개졌다. 두 팔로 간신히 상체를 의지한 윤선이 가만히 그를 내려다봤다. 둘의 시선이 잠시간 허공에서 뜨겁게 얽혔다.

"지윤선 씨, 나 알지?"

윤선의 볼이 살짝 붉어지는 걸 봤지만, 그녀는 시침을 뚝 떼고 무심한 얼굴로 몸을 일으켰다.

"모르는데요?"

하긴 그가 세상에서 제일 싫어하는 인간이 언론사에 발 담근 자들이고, 사진 찍히는 걸 끔찍하게 싫어해서 사진도 잘 안 찍히는 데다 유명 배우가 CF를 찍는다 해도 서류에 서명만 할 뿐 직접 만나거나 하진 않았다. 세상의 여배우들의 생김새가 어떤지 그는 별반 관심도 없었다. 그렇다 보니 그의 실물을 아는 이도 드물뿐더러 연예인들이라면 더더욱 그의 존재를 모를 수도 있었다.

그가 몸을 세우면서 그녀의 몸매를 다리서부터 천천히 훑었다. 치맛단이 넘어지는 바람에 위로 들려 올라가 엉덩이 라인이 조금 드러나 보였다. 그는 몸을 완전히 세우고 그녀에게 다가가 그녀의 치맛단 끝자락을 슬며시 당겨 아래로 내려주었다. 그 동작에 놀란 윤선이 하얗게 질린 얼굴로 그를 쳐다봤다.

"치마가 너무 짧아."

윤선은 그를 무시하듯 그의 옆을 지나치며 바닥에 떨어진 구두를 제대로 세우고 그 속에 발을 밀어 넣었다. 188센티미터인 그의 곁에 그녀가 섰는데 키가 180센티미터는 되어 보였다. 힐이 워낙 높기도 하고 윤선의 키가 큰 편이기도 했다.

"옷이나 터시죠."

윤선이 짤막하게 말하고는 그를 스쳐 지나가 버렸다. 그가 입가에 흥미로운 미소를 띠었다. 반듯한 콧날 아래 빛나는 선홍빛 입술이 무뚝뚝하게 툭 뱉은 말이 귓전에 오래도록 맴돌았다.

그는 옷을 털어내고 바로 아래층으로 내려왔다. 갤러리 내부가 도떼기시장처럼 시끌벅적해졌다. 많은 사람들이 그를 알아보고 인사를 해왔다. 그가 큰 키를 이용해 이미 사라진 지윤선을 찾았다. 멀리 윤선이 잰걸음으로 출구 쪽을 향해 걸어가는 모습이 눈에 들어왔다. 그가 눈매를 가늘게 좁히고 입매를 늘어뜨렸다.

#1. 삶의 다리

딩동―

자선파티 사건 때문에 한동안 윤선은 박 대표에게 몇 트럭일지 모를 잔소리를 들어야만 했다. 그렇게 사건이 일단락되는 것 같았다.

윤선이 문을 열고 서자, 은형이 무서운 눈빛으로 윤선을 노려봤다. 윤선은 인사도 하지 않고 몸을 옆으로 비켰다. 은형이 안으로 들어와 신발도 벗지 않고 몸을 돌리더니 문을 닫은 윤선의 뺨을 올려붙였다.

짝―

싸늘한 파열음이 적막을 갈랐다. 윤선이 너무 놀라 눈을 휘둥그렇게 뜨고 손을 부들부들 떨며 천천히 고개를 돌렸다. 은형은 씨근덕거리지도 않았고, 화가 난 표정도 아니었다. 차분했지만 눈동자에서만은 짙은 살의가 뻗어 나오고 있었다.

“왜 이래요?”

“애초에 너 같은 거 키우질 말았어야 했어. 이것 봐. 은혜를 보란 듯이 원수로 갚잖아. 내가 너, 이딴 짓이나 하라고 키운 거야? 그래?”

“엄마!”

“소름 끼쳐. 그 입으로 엄마라고 부르지도 마!”

“대체 나한테 왜 이래?”

“너야말로 나한테 왜 그러는 건데? 미칠 것 같아. 왜 사사건건 내 앞길을 방해하고 나서는 건데? 애초에 널 낳지 말았어야 했는데…… 낳은 내가 잘못이야.”

말만 꺼내면, 입만 열면 은형은 가차 없이 독설이었다. 문의 손잡이를 쥐고 부르르 떨던 윤선이 싸늘하게 내뱉었다.

“나가.”

“경고하는데, 한 번만 더 이런 식으로 날 모욕해 봐. 그땐 나도 안 참아.”

“나가라고!”

“내 말 잘 들어. 나한텐 터트릴 무기가 하나 있어. 네 아빠라는 무기! 그거 터트려서 너랑 나랑 같이 죽으면 돼. 그게 싫다면, 너…… 계속 나한테 까불지 않는 게 좋아.”

윤선이 치밀고 올라올 것 같은 눈물을 꾸역꾸역 참으며 모친을 노려봤다. 이게 대체 무슨 소리란 말인가? 부친이 뭔데 터트릴 무기 운운한단 말인가! 도무지 이 여자의 머릿속엔 뭐가 있는지 따라잡을 수도 상상할 수도 없었다. 다만 화가 나고 억울하고 분하기만 할 뿐이었다.

"야! 너는 아빠가 없다면서 왜 성은 '지씨' 야? 엄마가 홀몸으로 널 키웠다면 성씨는 엄마 성씨를 따랐어야 하는 거 아냐?"

고등학교 때 한 친구가 그녀의 집안 사정을 듣더니 그녀가 한 번도 궁금해하지 않았던 지적을 했고, 그날로 윤선은 등본을 떼어 봤다. 하지만 등본엔 확인할 수 있는 내용이 아예 없었다. 그래서 외가에 이런 얘기를 묻기 위해 몇 번 찾아가기도 하고 묻기도 했지만 다들 약속이라도 한 듯 침묵했다.

"대체 뭐가 있는 거야? 뭘 감춰놓고 그렇게 잘난 척이야?"

윤선이 원망과 저주가 실린 눈빛으로 모친을 바라보며 묻자, 은형이 입가를 무섭게 휘어 올렸다.

"알게 되면 너한테 좋을 게 없지. 됐어. 넌 그렇게 되는대로 살아. 하지만 내 인생을 건드리지는 마. 날 건드리면 내 입 밖으로 나온 말로 인해 넌…… 살지 못하게 될지 몰라."

위압적이고도 소름 끼치는 눈빛으로 윤선을 바라보며 경고를 전한 은형은 현관을 열고 그대로 가버렸다. 딸이 소속사에서 마련해 준 집으로 이사를 했다고 해도 한 번 와보지 않았던 모친이었다. 그런 모친이 처음 이 집에 와서 한다는 소리가 저런 소리였다.

다리가 부들부들 떨리고 심장이 터질 정도로 지끈거렸다. 눈가에서 하염없이 눈물이 터져 나왔다. 외가댁조차 그녀를 없는 사람 취급했다. 그래서 마음을 다친 그녀는 차라리 혈족을 철저히 부인해 버리자 마음먹었다. 고등학교 이후로는 명절이고 뭐고 한 번도 외가댁 사람들과 만난 일이 없었다.

'왜?'

어째서? 아무리 생각해도 왜 이런 푸대접과 홀대를 받아야 하는지 이해되지 않았다. 그녀를 볼 때마다 흉기로 찌르듯 무섭게 노려보는 생모를 대체 어떻게 이해해야 한단 말인가. 눈물이 툭툭 떨어져 바닥을 점점이 물들여 나갔다.

이현이 본가에 도착했다. 검은 고급 세단의 차 문이 열렸다. 기사가 문을 열고 옆으로 비켜서자 이현은 차갑게 굳은 표정으로 걸음을 옮겼다. 부친이 긴히 할 얘기가 있으니 집으로 오라고 했다는데, 보나 마나 그의 약혼에 대해 압박할 요량인 게 분명했다.

이미 감 비서에게 약혼은 하지 않겠다고 단호하게 의견을 피력했는데 부친은 그의 말 따위엔 별로 관심도 없는 인물이었다. 하고자 하면 늘 자기 뜻대로 무소불위의 힘을 휘둘러 버리는 사람이었다.

화려한 외관을 자랑하는 2층짜리 독채 앞에 섰다. 현관이 열리고 윤 집사가 나왔다.

"오셨습니까?"

"아버지는요?"

"서재로 가시지요."

윤 집사를 쫓아 서재로 이동했다. 노크를 하고 이현이 안으로 들어가자 누군가와 전화 통화를 하고 있던 권 회장이 시선을 돌려 그를 무심하게 바라보더니 통화를 종료했다.

"왔느냐?"

"네, 부르셨다구요."

"앉거라."

이현이 8인용 소파 한쪽에 앉았다. 권 회장은 회의용 테이블 의자를 당겨 그와 거리를 두고 앉았다.

"네가 들으면 불쾌할 얘기라 이걸 어떻게 말을 꺼내야 좋을지 모르겠다만……."

약혼 얘기가 아닌가? 그가 미간을 찌푸렸다.

"너에게 두 살 어린 이복동생이 있다."

"네?"

이게 무슨 청천벽력 같은 소리란 말인가? 부친은 두 번의 이혼을 하는 동안 그 외엔 자식이 없었다. 그런데 두 살 아래라는 말은 그의 모친이 살아 있는 동안 태어난 아이라는 말인데…….

"그동안 모르고 살았는데, 그 애의 에미가 찾아와 친자 감별을 요청했고 확인해 보니 내 아이가 맞더구나."

"그래서요."

놀랄 일도 아니다. 워낙 젊었을 때부터 음탕한 사생활로 문제를 일으키곤 했고 그런 사고를 막느라 그의 생모는 늘 애달아했었다. 그 일로 일찌감치 작고했는지도 모른다.

그가 부심함을 유지하며 차분하게 되묻자, 권 회장이 짙은 눈썹을 씰룩거리며 입가에 조소를 머금었다.

"나한테 일말의 기대도 없다는 건 잘 알지만, 그렇대도 너무 아무렇지 않은 건 아니냐?"

"섭섭해하실 일은 아닌 것 같습니다만……."

"그래, 뭐…… 네가 그렇게 받아들여 주니 마음은 편하구나. 그 애 이름은 권홍현이고, 나이는 28살이라고 하더라. 명문대를 수석으로 졸업했고, 현재는 우리 계열사 회사에서 일하고 있다고 하고."

"왜 이 모든 사실을 갑자기 밝히는 겁니까?"

"아들의 미래를 위해서 밝히기로 했다고 하더구나. 이 집안의 핏줄이 맞는대도 사회생활을 하면서 힘들어하는 모습을 보자니 마음이 아파서 그런다고."

"그래서 아버지는 어쩌고 싶으신 겁니까?"

"그 여자와 결혼을 할까 한다."

"일을 아주 복잡하게 만드는군요."

"그 여잔 그 애를 홀로 키웠다. 그동안 네 엄마와는 성향이 다른 두 여자와 살아본 결과 이젠 나이 어린 아내는 감당 못하겠다. 그래서 나도 안정을 찾기 위해 그 사람과 결혼하기를 원한다. 나도 나대로 그 사람에게 빚을 갚을 수 있게 해다오."

"유산 문제로 시끄러워지는 걸 원하십니까?"

"여자 쪽은 재산을 포기한다는 각서를 받기로 했다. 홍현에게는 너보단 많은 재산이 돌아가진 않을 거야."

"세상 참 편하게 사십니다. 이 일이 어떻게 이슈화될지 예상 못 하시는 겁니까?"

이현이 음산하게 가라앉은 눈빛으로 권 회장을 바라봤다. 비록 아들이긴 하지만 권 회장은 아들의 눈빛에 괜히 고개를 다른 데로 돌렸다. 가끔 저런 눈빛을 할 때면 아들이어도 한참 손윗사람처럼 느껴질 만큼 위압적이었다.

"그 부분에 대해서는 이미 조치를 해뒀고."

"이미 통보군요. 알겠습니다. 이미 뒷수습을 준비해 두셨다면 저는 더 이상 할 말이 없습니다. 하지만 한 가지 명확하게 해두죠. 저는 그 여자를 어머니라 부르지 않을 것이고, 권홍현을 동생으로도 받아들이지 않습니다. 이 부분에 대해 일절 강요는 없었으면 합니다. 그리고 권홍현이 제가 봤을 때 능력 이하라면 우리 회사에 남겨두지 않을 것입니다. 가족이기 때문에 더 가혹하게 대접할 것이라는 점, 그쪽에 이해시켜 주시지요."

저럴 줄 알았다. 이현의 성격이 보통 넘도록 차갑고 매정한 성격이었지만 이런 식으로 확실하게 선을 그어버릴 거라고는 예상하지 못했다.

"알겠다. 거기까지는 홍현이랑 정희에게 얘기를 해두겠다. 하지만 예의 정도는 지켜라. 네 애비 낯을 봐서라도."

"언제부터 저한테 그렇게 구걸하셨습니까? 늘 하던 대로 마음껏 즐기세요. 저는 이만……."

"그리고……."

몸을 세우려던 이현이 천천히 고개를 들어 부친을 바라봤다. 화가 머리끝까지 치밀고 올라와 주먹을 감아쥔 손등에 핏대가 도드라졌지만 최대한 냉정함은 유지했다.

"말씀하시지요."

"이아라, 안 만날 거냐?"

이현이 입술 끝을 냉정하게 휘어 올리며 몸을 세우고 재킷을 정돈하며 말했다.

"아버지 인생에 제가 언제 왈가왈부한 적 있습니까? 제 인생입니다. 술집 창부를 데려와 옆에 앉힌대도 아버지는 제게 어떤 말씀도 하실 권한이 없으십니다. 이미 두 명의 여자에게 내준 위자료가 회사에 어떤 영향을 끼쳤고, 그 이혼으로 회사의 이미지가 어떻게 실추됐는지 잊으신 건 아니겠지요?"

권 회장이 깊게 한숨을 내쉬었다. 입이 열 개라도 유구무언이었지만, 그래도 이현은 제대로 결혼을 시키고 싶었다.

"네가 내 말을 계속 무시하고 나온다면 내가 할 수 있는 일은 이미 정해져 있다. 결혼만큼은 절대 물러서지 않겠다. 네 뜻대로 해봐라. 내가 무슨 짓을 하는지!"

"아버지!"

"다른 건 다 둬도 결혼은 인륜지대사, 한 기업이 또 다른 기업을 가장 합법적인 방법으로 합병할 수 있는 하늘이 내린 기회이기도 하다. 그런 길이 있는데 왜 굳이 어렵고 힘든 길로 돌아가려 하느냐? 비즈니스맨이라면 당연히 더 높이 날 수 있는 날개를 억만금을 주고라도 사기 위해 무슨 짓이든 해야 하는 게 아니냐? 그저 나한테 유치한 복수를 하겠다고 말도 안 되는 애를 데리고 와서 집안의 물을 흐릴 생각은 하지 마라."

"그렇다면 아버지처럼 저도 첫 번째 결혼은 그렇게 하고, 두 번째 세 번째에서는 마음대로 하면 되는 겁니까!"

순간 권 회장은 손에 붙들린 두꺼운 책을 이현에게 집어 던지려 했다. 권 회장이 눈을 부릅뜨고 손을 바들바들 떨면서 이현을 노려봤다. 결국 그걸 약점 삼아 물고 늘어지겠다는 것인데, 호락호락 넘어가 줄 생각은 없었다.

"네놈 인생이지, 내 인생은 아니다. 난 막 살겠다고 그렇게 산 게 아니야. 어쩌다 보니 그렇게 된 것이었다. 하지만 너는 지금 나 보라고 이러는 게 아니냐? 어린애 떼 부리듯 하지 마라. 나한텐 전혀 통하지 않을 테니까! 이만 가봐라!"

이현이 얼어붙은 눈빛으로 그를 노려보다가 몸을 휙 돌려 방을 빠져나오려는데 등 뒤에서 터져 나온 한마디가 그의 심기를 자극했다.

"조촐하게 식을 올릴 거다. 무조건 참석해라. 어차피 같이 살지도 않으니 얼굴을 자주 볼 것 같지도 않고. 그때 아니면 자연스럽게 인사를 나누기도 어려울 테니까."

이현이 핏대가 불거지도록 문의 손잡이를 세게 움켜쥐었다. 여기서 한 번 더 소리를 지르고 싶었지만 어금니를 사리물고 견뎠다. 그는 대답도 하지 않고 문을 연 채 밖으로 나와 잰걸음으로 복도를 뛰듯 달렸다.

마당에 나온 그는 담배 케이스에서 담배를 하나 꺼내 물고 라이터로 불을 붙였다. 니코틴을 깊게 흡입하며 고개를 들어 하늘을 올려다봤다. 잿빛 하늘이 검게 젖어 들어가 있었다. 비가 올 모양이었다.

그는 미간을 좁히며 입술 끝을 비틀었다. 부친은 자신의 뜻대로 그를 쥐고 흔들려 하면서, 정작 부친은 그의 의견 따위 귓등으로도 들으려 하질 않았다.

"후우……."

자, 그렇다면 어떻게 삐딱선을 타서 저 노인네의 가슴에 총구멍을 뚫어놓을까? 방법을 골몰해 보자. 정말 술집 창부라도 데리고 와서 음탕한 주색잡기라도 해줘야 속이 후련해질까?

그는 바지 주머니 한쪽에 손을 밀어 넣고 담배를 깊게 빨아 당기며 마당을 벗어났다. 뒤로 그의 기사가 차를 몰고 유유히 따르고 있었다.

❖

근신 명령이 떨어지고 그렇게 사나흘이 흘렀나 보다. 지루할 대로 지루해진 윤선은 어릴 때부터 오빠 동생 사이로 우정 관계를 유지해 오던 홍현에게 전화를 걸었다.

[어, 무슨 일이야?]

"바빠?"

[늘 그렇지. 왜?]

"아니, 잘 지내?"

[너, 심심해 죽는구나. 나와라. 영화나 같이 보러 가자.]

"영화는 됐고. 오빠, 우리 집 와라."

[게임하자고?]

"어떻게 알았대?"

윤선이 피식 웃으며 대답하자 홍현이 답했다.

[너 하는 패턴이 매일 똑같잖냐. 하아, 그놈의 게임 질리지도 않네. 몇 년째냐?]

"한 번이라도 오빠가 날 이긴 적이 있기를 했나? 매번 나의 승리잖아. 그러니까 이기러 오라는 거지."

[별 시답잖은 방법으로 사람을 유혹하는구나. 알았어. 곧 퇴근하니까, 그쪽으로 갈게.]

"그렇지! 오빤 이렇게 순한 양 같아서 좋아. 올 때 '누와 정' 베이커리에서 내가 좋아하는 빵들 좀 싹 긁어와."

[내가 너한테 사다 바친 빵값만 해도 내 보기엔 차 한 대 값은

나올 것 같은데, 아니냐?]

"쪼잔하게 그렇게 나올래?"

[알았다. 이따 보자.]

홍현과의 통화를 끝낸 윤선의 입가에 배시시 미소가 번졌다. 그녀는 문득 옛날 생각이 나서 앨범을 꺼내 소파 앞 테이블에 펼쳐 놨다. 홍현은 그녀의 인생 전체를 같이했다고 해도 과언이 아니었다. 태어난 순간부터 홍현은 옆집 오빠였다. 어릴 때부터 양가의 엄마들이 친했다. 공통점이 있었기 때문이었다. 아빠의 부재. 그래서 양가의 엄마들은 서로 육아의 정보를 교환하며 친구처럼 막역하게 지냈다.

그렇게 누가 집을 비우면 한쪽이 아이들을 같이 봐주거나 하면서 많은 시간을 보냈기 때문에 저절로 윤선은 홍현을 친오빠처럼 대했다. 윤선은 친모보다는 홍현의 모친이 더 친모 같았다. 홍현의 모친인 황정희는 여성스럽고 잘 웃는데다 센스도 있었다.

딸을 키워보질 못했다면서 툭하면 윤선에게 온갖 좋은 옷이나 인형, 핀 등을 사다 바쳤다. 윤선이 또래 아이들에 비해 인형처럼 예쁘게 생긴 것도 한몫하기는 했지만 어찌 되었건 정희의 윤선에 대한 애정은 각별했다. 그래서 연예인이 된 후에도 한 달에 한 번씩은 정희에게 안부 전화를 했다. 하여튼 홍현과 그녀는 남매 같은 관계였다.

홍현이 고등학교를 졸업하면서 대학 때문에 이사를 가게 되었고 그 이후로는 떨어져 지내게 되었지만 그래도 둘의 관계는 여전히 돈독했다. 홍현 또한 외아들이다 보니 윤선을 동생처럼 다정하게 대했다. 늘 편안하게 대하는 그여서 응석을 부리고 싶어지거나 마음이 헛헛해지면 자연스럽게 그를 찾았고 의지하게 되었다. 하지만 가끔 친구들이 묻기도 했다.

"야! 홍현 씨 정도면 훈남이고 매너도 좋은데, 남자로 안 보여? 나 같음 바로 꼬셔서 결혼해 버리겠다."

그렇게 말하는 친구들이 넘쳐 났지만, 어쩐 일인지 그녀에게 홍현은 남자라기보다는 진짜 남매 같은 느낌 외에는 들지가 않았다. 그게 아이러니라면 아이러니였다.

홍현은 키가 185센티미터에 몸매도 좋고 스타일도 괜찮았다. 무엇보다 순한 인상이 사람들에게 깊은 신뢰와 호감을 심어주기에 충분했다. 하지만 그녀에겐 그가 우직한 곰 같은 느낌이었다. 상대를 보면 성적인 호기심도 일고, 두근거림도 느껴야 하는데 홍현에게는 그런 감정이 전혀 일지 않았다.

딩동—

벨소리에 윤선이 강아지처럼 달려가 문을 확 열었다. 홍현이 한 손에 빵가게 로고가 박힌 종이봉투를 들고 서서 그녀를 빤히 바라봤다. 윤선이 환하게 웃자, 홍현도 입매를 휘었다.

"좋냐?"

"좋지. 어서 와! 되게 오랜만이다. 안 그래?"

윤선이 몸을 옆으로 비키며 말하자 홍현이 고개를 끄덕거렸다.

"그렇네."

"회사는 다닐 만해?"

"내 성격 알잖아. 싫어도 꾸역꾸역 다니는 사람인 거."

"그렇지. 지루할 정도로 근면 성실하지."

윤선이 소파에 앉으며 그가 내미는 종이봉투를 받아 안을 살폈다. 그는 그녀의 먹는 취향까지 확실하게 알고 있었다. 윤선은 팥앙금이 잔뜩 들어간 빵을 꺼내 봉투를 찢고 한입 물었다. 그녀가 세상을 다 가진 듯 황홀한 표정을 짓자, 그가 재킷을 벗어 한쪽에 놓아두고 욕실로 들어가 손을 닦으며 말했다.

"그렇게 맛있어?"

"사실 이거 오빠 아니면 아무도 안 사주거든."

"매니저한테 시키면 되잖아."

"싫어. 오빠만 사올 수 있는 걸로 해둘 거야. 오빠를 만날 때만 먹는 빵이라구. 오빠가 가진 나에 대한 애정을 확인하는 테스트 같은 거라고."

"칫, 애정은 무슨. 날 좋아하지도 않으면서."

손을 닦고 나온 그가 정수기 앞에서 물을 받아 한 컵을 마시더니 그녀의 곁에 와서 앉았다. 빵을 오물거리고 먹는 그녀를 그가 빤히 바라봤다.

"꼭 토끼 같아."

"내가?"

"내가 주는 먹이 받아먹는 토끼."

윤선이 발로 그를 툭 쳤다. 그가 그녀의 반바지 입은 새하얀 다리를 빤히 바라보더니 어이없어 하면서 웃었다.

"내가 벌써 28살인데, 이 어린것한테 툭하면 발로 차이기나 하고 말이다."

"새삼스럽게 왜 이래? 한두 해 이런 것도 아닌데."

"나 오늘 술 좀 고픈데, 마셔도 돼?"

"마음대로."

홍현이 일어서더니 양주가 종류별로 늘어선 장식장 앞에 서서 코냑을 들고 왔다. 스트레이트 잔과 코냑 병만 갖고 온 그가 빈 잔에 술을 부었다.

"온더락스로 마셔. 속 버려! 뭐야? 기분 안 좋은 일이라도 있는 거야?"

"빨리 취해서 그냥 뻗어버리려고."

분위기가 심상찮았다. 빵 하나를 다 먹은 윤선이 심란한 눈빛으로 그를 바라봤다. 그는 이미 잔을 하나 비우고 다음 잔을 채우고 있었다. 가만히 보던 그녀는 냉장고에서 배와 수박을 조금 잘라내 과일 안주를 만들어 그의 앞에 내밀었다. 그녀는 그의 맞은편 바닥에 주저앉아 그를 빤히 올려다봤다.

"뭘 그렇게 봐?"

"뭐야? 무슨 일이야?"

"아니야."

"무슨 일인데?"

"아무것도 아니야."

"여자 생겼니?"

그가 피식 웃더니 수박 한 조각을 포크로 찍어 우물거리며 먹었다. 그는 길게 한숨을 내쉬더니 먼 곳을 응시하듯 멀어진 시선으로 말했다.

"……엄마, 결혼하신다."

"뭐?"

"결혼해. 내가 아니라 엄마가."

그는 다시 한 잔을 비우고 두 번째 잔을 채우기 무섭게 또 잔을 비웠다. 윤선이 근심 어린 시선으로 그를 바라보며 물었다.

"그게 대체 무슨 소리야? 결혼이라니……. 여태껏 혼자 잘사셨잖아."

"내 생부래. 결혼하는 사람이……."

"헉, 이제 와서?"

그도 씁쓸하게 미소를 짓더니 다시 잔을 비웠다. 그러다가 고개를 푹 숙이고 치미는 무언가를 억누르며 가까스로 입을 열었다.

"불륜이었다더라."

심장이 철렁 내려앉았다.

"생부에겐 이미 가정이 있었고, 엄마는 회사에 갓 입사한 신입사원이었대. 그러다 생부의 눈에 띄어 연애라는 걸 하게 되었다고 하더군. 나이 차이가 좀 있었지만 그분을 존경하는 마음이 너무도 커서 거부할 수가 없었다고 하더라. 그러다 덜컥 임신이 되었고, 그 사실을 알게 된 생부의 집안에서 모친이 사라지길 원했대. 위자료를 받아 모친은 홀로 숨어 살며 나를 키운 거고."

어쩌면 그녀에게도 홍현과 비슷한 출생 비화가 있을지도 모른다. 하지만 저런 식의 이야기라면 모친이 출생에 얽힌 이야기로 그녀를 협박할 필요가 없다. 대체 왜 모친은 그녀를 그토록 미워하고 저주하는 것일까? 홍현의 상황이 안타깝기도 했지만 윤선은 오히려 생부의 품 안에 들어가 살게 되어 차라리 잘되지 않았나 생각도 들었다.

"그렇다면 생부와 살던 가족은?"

"본처는 사망했고, 혼자 살고 있대."

"본처에게서 태어난 아이는?"

"형이 하나 있는 모양이야."

"그건 좀 난해한 부분이구나."

"별로 환영받지는 못할 것 같아."

"그렇겠어."

본처의 아들이 불륜녀가 집 안으로 들어오는 것을 마냥 반색하며 받아들이겠는가? 그럴 리가 없다. 초반부터 팽팽한 신경전이 예고되어 있었다.

"오빠, 오빠는 어떻게 할 생각이야? 그 집에 들어가 살 거야?"

"엄마는 그 집에 혼자 들어가 있는 거 무섭고 싫대. 같이 있어달라고 하셔."

유약하지만 밝고 명랑한 정희의 성격이라면 존경은 하지만 조금은 낯선 남편과 완벽하게 증오의 눈빛으로 바라볼 전처의 아들이 걸림돌일 게 분명했다.

"그 말도 일리는 있어."

"그런데 난 나와 살고 싶어. 들어보니 형이라는 사람은 따로 나와 산다고 하더라고. 나도 28년을 모른 채로 살던 생부와 마주 앉아 밥 먹고 하는 건 좀 고역일 것 같다."

"그래도 아줌마가 좀 부담스러울 것도 같은데…… 그런데 왜 결혼을 하는 거래? 청혼을 받았다고 해도 거절하면 그뿐이잖아."

"내게 그분이 도움을 줄 것 같아서. 나에게 든든한 백이 되어줄 거라고…… 혼자 세상과 싸우는 건 이제 그만하라고."

생부가 어떤 사람인지 알 수는 없지만 정희의 마음이 오롯이 읽혔다. 아들에게 해줄 수 있는 게 아무것도 없는 엄마가 마지막으로 아들의 등에 날개를 달아줄 수 있는 방법은 생부의 학연과 지연을 이용하는 것뿐이리라.

"내가 승진 때마다 브레이크가 걸리니까, 그럴 때마다 힘들어하니까 보다 못한 엄마가 일을 만든 거지."

"생부가 굉장히 영향력 있는 인사인가 보다."

그는 대답은 하지 않고 씁쓸한 미소를 띠고 잔을 다시 비우더니 소파 등받이에 몸을 푹 기댔다. 그의 얼굴에 암담하고 복잡한 심정이 고스란히 드리워졌다.

"너라면 어쩔래?"

"나야 뭐, 딸이니까. 이런저런 생각 복잡하게 할 게 없지. 내가 하는 일 자체가 워낙 운과 타이밍이 중요하다 보니 부모의 역할은 크게 중요치가 않잖아."

"그렇긴 하다."

잠시 허공을 멍하니 바라보고 있던 홍현이 윤선을 향해 말했다.

"윤선아, 나 좀 안아주라."

윤선은 말없이 일어나 그의 앞으로 다가가서 한 무릎을 소파에 꿇고 그를 향해 두 팔을 벌렸다. 그녀가 다가가자 그는 기다렸다는 듯이 두 팔을 벌리고 그녀의 품 안에 안겼다.

"오빠, 잘될 거야. 생부랑도 잘 지내게 될 거고. 아줌마가 행복해하면 그걸로 됐지, 뭐. 그나마 다행인 건 생부가 그래도 결혼이라는 걸 하려고 마음먹어 준 게 고맙지 않아?"

"……두렵다. 내가 가야 할 자리가 아닌 곳일까 봐."

윤선은 더 이상 아무런 말도 할 수가 없었다. 실제로 자신에게 벌어진 일이 아니라 그의 마음을 통째로 이해하긴 어려웠다. 그녀에게도 생부가 나타나고 생부가 모친에게 같이 살자고 한다면 어떤 일이 벌어질까? 이제 와서 아버지가 무슨 소용이람? 아버지의 존재는 어린 시절에 더 필요하지 않던가?

가장 필요하고 중요한 시기엔 부재중이다가 거리를 두기 시작하는 나이에 이제야 아버지 노릇을 하겠다는 건 뭔가 거꾸로 된 것 같았다. 뿌리도 없는 나무에 물을 붓는 격이었다. 이제 와서 영양과 수분을 줘봤자, 모든 통로가 차단되어 흡수도 되지 않는다.

윤선은 그저 이런 그가 안타까웠다. 나이 서른이 다 되어가는 남자가 이제 와서 아버지가 다 무슨 소용인가. 그저 모친의 부탁에 할 수 없이 가고 싶지 않은 자리에 들어가 앉을 수밖에 없는 상황이 아닌가. 그녀는 안타까운 마음에 그의 머리를 몇 번이고 쓰다듬어 주었다.

이현이 샤워기 앞에 서 있다가 물을 잠갔다. 휴대폰 벨소리가 들려왔다. 그는 수건으로 머리를 대충 비비면서 문밖에 놓은 휴대폰으로 손을 뻗었다.

"여보세요?"

[이 비섭니다, 부사장님.]

"어, 알아보라는 건 알아봤나?"

[네, 이메일로 보내 드렸습니다.]

"바로 확인하지. 수고했어."

짤막하게 통화를 끝낸 그는 물기를 수건으로 닦아내고 머리카락을 드라이어로 말린 뒤 드로즈를 입었다. 위에 얇은 네이비 니트를 입고 편한 린넨 바지를 입은 그는 곧장 노트북을 열어 이메일에 접속했다. 총 세 개의 파일이 들어 있었다.

'황정희, 권홍현, 그리고 지윤선…….'

그는 가장 먼저 황정희의 파일을 열었다.

〈황정희 : 송하여대 수학학과 졸업, MK그룹 본사에서 1년 근무.

임신 때문에 회장님의 친가에서 수억 원의 위자료를 안기고 회사에서 내쫓음. 28년간 수억 원의 위자료로 생활을 연명함. 이렇다 할 만한 일 한번 해본 적 없음. 성격은 밝고 명랑한 편이며, 주변 사람들의 평가가 좋은 편임. 입이 무거운 편이고 남자관계도 깨끗함.〉

〈권홍현 : 솔현초, 대평중, 남하고 졸업, 사윤대 경영학과 수석졸업. 군 제대 했음. 모친의 성격을 닮아 대인관계는 좋은 편이고 잘 웃고 상대방을 편안하게 해주는 타입임. 사귀는 여자는 없고 여자관계도 깔끔한 편. MK그룹 계열사에서 계약직으로 근무 중.〉

이현이 손가락 끝으로 탁탁 탁자를 쳤다. 성격은 그런대로 좋은 편으로 묘사가 되어 있었다. 그렇다고 무조건 착하다고 믿을 건 못 된다. 인간의 마음속에 내재된 감정이 얼마나 다채롭던가. 부귀를 손에 쥐면 어떤 모습이 도드라질지 누구도 예측할 수 없다. 그나마 다행인 건 인간관계가 좋은 편이라는 대목이었다. 적어도 원한 관계를 만들어두진 않았기에 쓸데없는 사건에 휘말릴 일은 없을 것 같았다.

그는 가만히 지윤선이라는 이름을 바라봤다. 대체 왜 이 여자의 뒷조사를 부탁했을까? 고작 한 번의 만남이 뭐라고. 가만히 파일을 노려보던 그가 호기심을 참지 못하고 파일을 열었다.

〈지윤선 : 솔현초, 대평중, 남하고 졸업, 사윤대 영어영문학과 졸업. 18세 때 연예계 데뷔 이후 계속 주목받으며 승승장구했고, 모친은 유명한 의사임. 부친의 존재는 오리무중임. 파악하기 어려움. 주소는…….〉

주소와 연락처까지 적혀 있었다. 윤선의 키나 몸무게 필모그래피, 그간의 CF까지 하나도 남김없이 세세히 적혀 있는데 하나 그의 시선을 사로잡는 부분이 있었다. 왜 지윤선과 권홍현이 같은 초중고대학교를 졸업했느냐는 것이었다. 무슨 이런 인연이 다 있단 말인가? 그는 곧장 휴대폰으로 이 비서에게 전화를 걸었다.

"이게 뭐지? 왜 권홍현과 지윤선의 학교가 죄다 같아? 실수인가?"

[아, 아닙니다. 그 부분이 저도 의아해서 알아보니 같은 동네 사람이더라고요. 같은 동네에서 아주 오래 같이 살았고 집안끼리 서로 상당히 친하다고 합니다.]

"그렇다면 권홍현과 지윤선이 연인 관계라든가……."

[그 부분도 알아봤는데 전혀 아니라고 합니다. 지윤선 씨가 연예계 활동을 하고 있어서 그런지는 모르겠지만 스캔들 관리를 까다롭게 하고 있는데다 권홍현 씨도 지윤선 씨와 자주 보는 사이는 아니라고 합니다. 한 달에 한 번 만날까 말까, 무슨 일이 있을 때만 가끔 본다고 합니다.]

"가끔?"

[아주 친한 관계라는 증언만 들었습니다. 그 이상은 진전되지

않고 있다고요.]

"알았어."

통화를 끝낸 이현은 눈매를 가늘게 좁히고 윤선의 사진을 쳐다봤다. 두 사람이 이웃사촌 간인데 이성적으로는 전혀 끌리는 점이 없었다는 말인가? 지윤선 정도의 미모라면 모든 남자가 갖고 싶어 할 만큼의 미인인데 왜 권홍현은 윤선에게 마음을 드러내지 않았을까?

그러다 그의 시선이 홍현의 이력서에 닿았다. 회사에 입사할 때 홍현이 직접 넣었던 이력서가 첨부되어 있었다. 특이사항에 적힌 대목에 그의 시선을 잡아끌었다.

"스스로 인정할 만한 지위와 명예를 얻지 않으면 결혼 생각이 없다."

그런 건가? 아직 자신이 초라하다 생각해서 지윤선에게 어필하지 않은 모양인데……. 재밌는데? 그가 입술 끝을 휘어 올리며 냉소했다.

'스쳐 지날 인연이었는데, 결국 이렇게 얽히는 건가?'

장난이 치고 싶어졌다.

❖

"근신 해제다."

박 대표가 윤선을 지그시 바라보더니 몸을 일으켜 테이블에 걸

터앉았다. 30대 후반에 미혼인 박 대표는 자신이 무척 섹시한 남자라고 착각에 빠져 살고 있다만 남자 연예인들의 얼굴을 수시로 접하는 윤선에게 있어서 박 대표는 길거리에 흔하게 보이는 남자들과 크게 달라 보이지 않았다. 윤선이 한 걸음 의자를 뒤로 물렸다.

"할 말이 있다."

박 대표가 목소리를 낮게 깔았다.

"누가 널 한 번만 만나게 해달라고 해서……."

"절요?"

"응, 거절할 수 없는 얘기만 너한테 전하는 거 알지?"

상대가 크면 클수록 박 대표는 쉽게 거절을 하지 못한다. 소속사의 계약 건들과 어지럽게 얽혀 있는 경우엔 더더욱. 그렇다는 말은 상대가 소속사의 무척 큰 건의 계약과 얽혀 있는 인물이라는 뜻이고, 자고로 그는 재벌가의 누구일지도 모른다는 뜻이기도 하다.

"용건을 말해봐요."

"너와 딱 하루만 같이 있고 싶다고 하더군. 네 몸에 손끝 하나 대지 않겠다고 약속했다."

"하루를 같이 있는데, 제 몸에 손을 대지 않는다구요? 변태 미친놈이 아닌 이상 어떻게 그런 게 가능해요?"

"물론 네가 매력적이니까, 그런 마음을 먹지 않는 것 자체가 무리겠지만 상대가 아주 나이가 많은 사람일 수도 있잖아."

끔찍했다.

"직접 전화한 게 아니라……."

"그런 사람들은 직접 통화는 안 해. 몇 다리 걸쳐서 연락해 두고 절대 거절 못할 무언가를 던져 주지. 나는 그걸 물었고, 너는 무조건 가야 하고……."

이미 이런 일은 비일비재했지만, 지금껏 박 대표는 그런 검은 유혹을 잘 뿌리쳐 왔었다. 그런데 이번 건 무척 큰 건인 듯했다. 박 대표조차 자르지 못하는 걸로 봐서는.

"해야 돼. 해줄 거지?"

"대표님이 그렇게까지 부탁하는데 어떻게 안 해요? 정말 몸에 손 하나 안 댄다는 약속 지킨대요?"

"어, 지킨대. 어기면 어떤 수로든 보상은 하겠다고. 네 명예를 손상시킬 만한 일은 절대 없을 거라고."

잠시 말을 참던 윤선은 발끝을 내려다보다가 한참 후에야 박 대표를 올려다보며 입을 열었다.

"좋아요. 어떻게 하면 되는 건데요?"

"비행기를 타야 된다. 여긴 보는 눈이 많아서 무리고. 세부 비행기 티켓을 보내왔어."

그가 몸을 일으켜 서랍을 열더니 티켓을 그녀에게 내밀었다.

"이 매니저가 내일 아침에 널 데려다 줄 거야. 혼자 가야 돼. 그쪽에서 비서진이 나와 있을 거래."

"이러다 팔려가는 거 아닌가 몰라요."

"그런 일은 없을 거야. 내가 그 기업을 잘 아니까."

박 대표의 눈빛에 이채가 떠올랐다. 적어도 상대방의 정체는 제대로 파악한 듯 보였다.

"아침 첫 비행기로 이동해서 4시간 뒤에 그쪽에 도착하게 될 거야. 전부 비서진이 알아서 해줄 거니까 안심하고 너는 쫓아가기만 하면 돼. 1박의 일정이고 다음날 다시 비서진들에 의해 밤 비행기로 도착할 예정이야. 우리 쪽에서 네가 도착하는 시간을 아니까 마중을 나가 있을 거고."

"이해했어요. 출발 시 위치를 알리면 되겠죠?"

"응, 그런데……."

박 대표가 잠시 말을 끊더니 그녀를 유심히 바라봤다.

"그쪽에서 널 만난 적이 있나 봐."

"저를요?"

"응, 이게 다행인 건지, 불행인 건지 나는 좀 헷갈려. 물론 네가 그 사람을 만나면 알아서 잘 판단하고 행동하겠지만 말이야. 제발, 부탁인데 성격대로 하지 말아줘. 세상은 의외로 간단해. 힘 있는 자들에게 굽실거리면 세상 사는 게 조금은 편한 게 사실이거든."

"저한테 그런 거 가르치려 들지 말아요. 배워봐야 좋을 것도 없는 소리잖아요. 제가 왜 그런 것까지 알아야 돼요?"

"오래가려면 말이야. 연예인 생활 오래하고 싶지 않아? 그러려면 너도 비빌 언덕 하나쯤은 갖는 게 좋아. 적어도 그만한 사람이 비빌 언덕이 되어준다고 하면 나 같음 덥석 물겠다."

평소의 박 대표답지 않았다. 평소의 그는 자신이 소장한 상품의 가치를 최고로 떠받들며 그런 상품에게 날아드는 똥파리들은 무슨 수를 써서라도 없애려 노력하는 모습을 보였다. 그랬던 그가 이번엔 어쩐 일인지 완벽하게 상대방의 기에 눌려서 타협을 하는 쪽으로 기울어져 있었다. 대체 누구기에?

"일단 가봐. 그리고 스케줄표 줄게. 다음 주랑 다담 주에 CF 촬영 있고 대본책도 몇 개 이 매니저한테 들려 보냈으니까 가서 읽어보고. 이번 영화 대박났으니까, 여세를 몰아 영화 들어가야 할 거 아냐. 기왕이면 그분 잘 구워삶아서 투자 좀 뽑아내 주면 더 감사하고."

"나 팔려가는 거 맞네. 맞죠? 대표님?"

윤선이 농담 반, 진담 반으로 묻자 박 대표가 그만 가보라는 듯 의미심장한 미소를 띠었다. 도무지 모르겠다. 박 대표의 진의를.

윤선은 스케줄표를 내려다보며 박 대표의 사무실을 빠져나와 엘리베이터 앞에 섰다. 주차장에 당도하자 입구에 응복이 서서 지루한 얼굴로 휴대폰을 만지작거리다가 그녀를 발견하고 후다닥 달려왔다.

"누님, 어떻게 된 거예요? 갑자기 세부는 왜?"

"모르겠어. 대본책 너한테 맡겼다며?"

"네. 차에 있어요."

"집에 가자."

차에 오른 그녀가 쌓인 대본책들 중 한 권을 꺼내 읽기 시작했다. 마음에 들지 않는 글은 몇 장 읽다가 다른 데 집어 던져 놓고 또다시 다른 책을 꺼내 읽었다. 몇 차례 하다 눈에 피로감을 느낀 그녀가 차창 밖을 응시했다.

에어컨 바람 때문에 무더운 기온을 느끼지 않아도 되지만 문득 자신의 발로 사람들 속에 섞여 땀 흘리며 걸었던 적이 언제던가, 궁금해졌다. 그러고 보니 사람 사는 세상에서 혼자 동떨어져 늘 고립된 듯 그렇게 지낸 기분이 들었다. 아슬아슬하게 사람들이 만들어놓은 다리를 밟으며 한눈팔지 않고 앞으로 나아가며 살아왔다. 그러다 문득 그 자리에 멈춰 서 주변을 돌아보니, 마음이 헛헛했다.

'뭘 위해 이렇게 치열하게 살고 있니?'

분명 어제까지는 목표가 분명했는데, 갑자기 모든 것이 흐릿해져 버린 것만 같았다. 답이 떠오르질 않는다.

#2. 사업적 제안

극소수의 사람들만 모아놓고 결혼식이 진행 중이었다. 다 헤아려 봐야 삼십 명 남짓이다. 이현은 맨 끝자락의 의자에 앉아 결혼식 내용보다는 권홍현이라는 인물을 예의 주시했다. 키는 훤칠하고 인물도 출중한 편인데다 인상이 부드럽고 순해 보였다. 그런 부분에서 대외적으로 점수는 따고 들어갈 듯 보이지만 모든 권력의 실세는 이현이었다.

여기 초대된 임원들 역시 홍현보다는 이현의 눈치를 살피고 있는 게 전부이고. 권옥수 회장의 실질적인 후계자로 지목되어 30년을 쉬지 않고 후계자 교육을 받으며 경영일선에서 뛴 이현이다. 그렇다 보니 사업 감각도 탁월하고 추진력과 결속력, 친화력이 남다르기 때문에 그를 따르는 이들이 많았다.

그렇다면 일개 계약직 사원 나부랭이였으며 평범하게 홀어머니 밑에서 자란 홍현은 어떨까? 과연 집안의 명예에 누가 되지 않도록 적합한 자리를 줬을 때 그만한 능력을 보여줄지가 관건이었다. 그 능력 여하에 따라 권홍현의 가치가 일정 수치로 환산될 것이다. 그리고 이현과 홍현을 저울 위에 놓고 무게 달 듯 임원들은 어느 쪽에 붙어야 자신에게 이득이 떨어지는지를 판가름하리라.

상념에 젖어 있는데 휴대폰이 진동으로 움직였다. 그가 비밀번호를 눌러 화면을 열고 문자메시지 내용을 확인했다.

「내일 아침에 비행기를 타기로 했답니다.」

이 비서였다. 그는 바로 문자를 했다.

「그럼 내일 출국 준비하고, 일정 전부 취소해.」

「알겠습니다. 호텔은 늘 가시던 데로?」

「아니, 내 개인 소유지로 갈 거야.」

「준비시키겠습니다.」

휴대폰을 재킷 안주머니에 넣은 그가 입가를 휘었다. 돈깨나 주물거린다는 부유층 전용 클럽 내의 미혼 남자들이 하나같이 지윤선을 자신의 품 안에 넣어보려고 안달하고 있다는 건 익히 들어 알고 있었다. 그런데 개인 스폰을 제안해도 윤선 측에서 매번 그런 제안을 거절한다고 들었다. 모친이 잘나가는 의사이기 때문에 명예를 훼손시킬 수 있음을 들어 어떻게든 발뺌을 한다는 것인데, 그는 스폰 제안을 한 게 아니라 딱 하루만 그녀를 빌려달라 했다.

물론 드라마 한 회 출연료에 해당하는 비용제공은 물론이고 앞으로 하게 될 계약에 대해서도 긍정적인 가능성을 타진해 주었다. 그러자 대표가 움직였다. 조건도 가장 예민한 부분을 보호하겠다고 제안했다.

소속사 측에서는 이런 조건이라면 마다할 이유가 없었다. 예상대로 대표가 윤선에게 압박을 가했고, 윤선은 울며 겨자 먹기 식으로 내일 아침 비행기를 탈 모양이었다. 그에겐 아주 좋은 기회였다. 지윤선이라는 여자에 대해 조금 더 명확히, 그리고 깊이 알아볼 수 있는 기회를 잡은 셈이기 때문이었다.

예식이 끝나고 식사와 함께 피로연이 이어졌다. 그는 이 자리에 더 이상 있을 필요성을 느끼지 못했다. 나가려고 일어나려는데, 감 비서가 다가왔다.

"부사장님, 회장님께서 파우더 룸으로 오시랍니다."

"가고 싶지 않은데, 감 비서님이 적당히 둘러서 말해주시죠?"

"안 됩니다. 다들 기다리십니다."

보아하니 인사를 시킬 모양이었다. 이현이 자리에서 일어나 곧장 파우더 룸으로 이동했다. 문을 열고 안으로 들어가자 사진사가 기다리는 중이었다. 한복을 차려입은 부친과 황정희 그리고 슈트 차림의 권홍현이 그를 쳐다봤다. 그는 인사를 하는 둥 마는 둥 안으로 들어가 부친 권 회장을 응시했다.

"사진 찍자."

"꼭 찍어야 합니까?"

"여기 우리 말고도 외부 사람들도 있다. 피차 조심할 건 조심하는 게 좋지 않으냐?"

권 회장의 으름장에 이현은 할 수 없이 부친의 곁에 가서 섰고, 사진사는 다른 스태프와 같이 조명을 조절해 가며 가족사진을 여러 장 찍었다. 두세 번 포즈를 바꿔가며 찍은 사진사가 다 찍었다며 스태프와 나가자 권 회장이 말했다.

"이미 한 번 만나 식사를 같이 한 적이 있으니, 안면은 익혔을 테고. 이현이 넌 앞으로 한 달에 두 번씩은 꼬박꼬박 집에 들러 같이 저녁을 먹도록 하자. 어색하지만 자꾸 만나야 어색함도 풀어지고 할 테니까."

이현은 대답 대신 싸늘한 눈빛으로 권 회장을 바라봤다. 권 회장은 자기 편한 말만 해버리고 이현의 시선은 무시하듯 바라보려 하지 않았다. 이현의 입에서 나올 말이 무엇인지 빤히 알아서 더더욱 눈을 피하는 눈치였다.

"그리고 홍현이 본사로 옮길 예정이다. 다음 달 내로는 인사 조치를 완료할 생각이야."

"어디로 들어옵니까?"

"기획팀 차장으로 들어온다. 네가 여러 가지로 많이 가르쳐야 할 게다."

이현이 냉혹하게 입가를 비틀며 고저 없이 말했다.

"글쎄요. 아시다시피 제가 누굴 가르치거나 하는 친절을 베푸는 성격이 아니라서요."

"그래도 네 동생이야."

"그건 아버지 생각이시구요. 저한텐 갑자기 굴러들어 온 거치적거리는 존재일 따름입니다."

권 회장이 무섭게 이현을 노려봤지만, 이번엔 이현이 시선을 돌려 창 쪽을 응시했다. 딱 봐도 심약해 보이는 황 여사는 부들부들 떨면서 핏기가 가신 얼굴로 발을 동동 굴러대고 있었고 이런 살벌한 분위기를 어느 정도 예상은 했는지 홍현은 인상을 쓴 채 고개를 숙이고 있었다.

"이만 가보겠습니다."

"……저도! 권이현 씨, 동생 할 마음 없습니다."

이현이 기대치 않은 반응에 몸을 우뚝 세웠다. 그리고 천천히 고개를 돌려 홍현을 응시했다. 홍현이 주먹을 말아 쥐고 시린 눈빛으로 그를 바라보고 있었다.

"재밌는 소릴 하는군. 듣던 중 반가운 소리야. 계속 이렇게 살자고."

그는 황정희 쪽에 고개만 까딱 인사를 하고 밖으로 나왔다. 홍현도 이런 상황을 기대하진 않았겠지만 싫었더라면 조금 더 적극적으로 어필해서 이 집안에 기어들어 오질 말았어야 한다. 하지만 이미 한자리를 차지했고 그룹에 영향력을 행사할 수 있는 위치에 앉았다. 그렇다면 그도 호락호락 넘어가 줄 생각이 없었다. 그가 음산한 비소를 입가에 머금었다.

❖

세부에 도착하자마자 검은 정장 차림의 사내 두 명이 선글라스를 끼고 윤선을 기다리고 있었다. 윤선은 다가와 인사를 하는 그들과 간단히 목례를 하고 그들이 안내한 검은 세단에 몸을 실었다. 차는 도심을 벗어나 외곽으로 빠지더니 구불구불한 2차로를 한없이 내달렸다.

얼마나 달렸는지, 슬슬 엉덩이가 배길 즈음이 되자 절벽 끝자락에 선 2층짜리 고급 단독주택 앞에 차가 섰다. 사내들 중 하나가 차에 앉은 채로 입구 버튼을 누르자 안쪽에서 확인을 하는 물음이 이어졌고, 이쪽에서 대답을 하니 바로 철제 대문이 열렸다.

길은 온통 하얀색이었다. 심겨진 나무들만 눈이 부신 싱싱한 연둣빛을 뿜어내고 지어놓은 모든 건물은 온통 하얀색이라 햇살을 받아 빛을 발했다. 차가 호화로운 분수대를 지나 그늘진 입구에 섰다. 한 사내가 내려 그녀의 문을 열어주었다.

"내리시죠."

윤선이 내려서자 사내가 트렁크에서 짐을 끌고 앞장을 서서 내부로 들어가기 시작했다. 입구부터 입이 딱 벌어졌다. 유리 자동문이 스르륵 열리더니 대리석이 깔린 긴 복도가 이어졌다. 언뜻 보면 호사스러운 호텔 내부를 보는 듯했다. 하지만 실내엔 사람 하나 보이지 않았다.

남자는 엘리베이터 앞에 서서 기다렸다가 엘리베이터 문이 열리자 먼저 올라타 열림 버튼을 누르고 섰다. 윤선은 엘리베이터 안으로 들어가 뒤로 물러섰다. 건물은 총 3층인데 지하로 1층이 더 있는 모양이었다. 이렇게 낮은 층수에도 엘리베이터를 놓을 정도라니 입이 딱 벌어졌다. 2층에서 엘리베이터 문이 열렸고, 먼저 내린 남자가 몸을 비켜서서 그녀가 내리기를 기다렸다가 복도 끝으로 이동했다.

"여기서 기다리시면 됩니다."

남자가 문을 열고 룸 안에 캐리어를 놓더니 인사를 하고 문을 닫고 나갔다. 홀로 선 윤선은 한국의 여름 바람과는 달리 시원한 바닷바람을 머금고 있는 기운에 활짝 열린 창문 쪽으로 나갔다. 절벽 위에 세워놓은 건물이라서 그런지 바다가 눈에 훤히 들어와 시원했다.

그녀는 난간에 몸을 기대고 묶어두었던 머리카락을 풀어 헤쳤다. 늘어트린 머리카락이 바람을 타고 이리저리 휘감겼다. 그녀는 기분 좋은 미소를 짓고 서서 두 팔을 활짝 펴고 눈을 감았다.

'좋다.'

기분이 좋아졌다. 축축 처지던 기분이 일시에 가라앉고 무언가가 회복되는 기분이 들었다. 그녀는 방으로 돌아와 가지고 온 민소매 티와 숏팬츠로 갈아입고 샌들을 꺼내 신었다. 챙이 넓은 모자를 눌러쓰고 선글라스를 낀 채로 문을 열고 복도로 나가봤다. 두리번거리며 주위를 살폈다. 역시 사람이 없는지 인기척이 전혀 느껴지지 않았다.

그녀는 살금살금 복도를 나가 계단을 찾았다. 비상구가 보였다. 비상계단을 깡충깡충 뛰어내려 가 1층에 당도한 그녀는 조심스럽게 비상구 문을 열고 바깥쪽을 슬쩍 바라봤다. 역시 사람 하나 보이지 않는다.

'여기 푸른수염의 성 같다.'

괜히 으스스하고 소름이 쪽 끼쳐 왔다. 그녀는 살금살금 마당 쪽으로 나갔다. 햇살이 뜨겁게 내리쬐고 하늘은 온통 맑아 오렌지 빛이었다. 마당에는 넓은 야외 수영장이 있고 비치 체어가 여러 개 놓여 있었다. 파라솔을 덮어쓴 테이블도 놓여 있고 사방엔 잔디가 푸르게 펼쳐져 있었다.

그녀는 뒷짐을 지고 느긋하게 잔디를 밟으며 순간을 만끽했다. 그때 주차장으로 검은 세단 한 대가 유유히 들어오더니 잔디 쪽으로 차를 세웠다. 차 문이 열리더니 한 남자가 내려섰다. 그가 내려서는 순간 윤선은 숨을 멈췄다.

'저 사람은?'

선글라스를 쓴 남자는 다름 아닌 권이현이었다. 한 번만 보면 단번에 맞힐 수 있을 만큼 그는 그녀에게 강한 첫인상을 남겼다. 그가 재킷을 벗어 비치 체어 위에 걸더니 셔츠의 소맷단 단추를 풀어 휘휘 접어 올리고 그녀에게 가까이 다가와 섰다.

"오랜만이야."

"당신이었군요. 날 부른 사람이."

그가 재밌다는 듯 입가에 미소를 띠었다.

"목적이 뭐예요?"

"그건 잠시 후에 얘기하도록 하지. 덥지 않아? 안으로 들어가지."

"아뇨. 옷 갈아입고 나오세요. 바깥이 좋아요. 덥긴 하지만 에어컨 바람은 질릴 대로 쐰 것 같아서요. 땀을 좀 흘리고 싶어졌어요."

그가 지그시 내려다보는 시선이 느껴졌다. 그녀는 선글라스를 낀 채로 그의 시선을 받길 잘했다고 안도했다. 만약 그의 검은 눈동자가 곧이곧대로 그녀를 바라보고 있다면 그녀의 귓불이 순식간에 발갛게 달아올랐을지도 모른다. 그저 앞에 선 것만으로도 상대를 짓누르는 듯한 기운이 전신에서 뿜어져 나오는 사내였다.

그녀는 그가 재킷을 들고 집으로 들어가는 모습을 흘끔 바라본 뒤 천천히 수영장 안에 발을 담갔다. 찬물이 발에 닿자 저절로 기분이 상쾌해졌다. 참방참방 물소리를 내며 앉아 있는데, 그가 연한 베이지 계열의 카고팬츠에 진갈색 피케셔츠를 입고 나타났다. 선글라스 대신 야구모자를 눌러쓰고 나타난 그가 그녀의 곁에 오더니 나란히 앉았다.

"나이가 어떻게 돼요?"

"서른."

이현이 고개를 끄덕거리며 무심하게 발로 물을 참방대는 윤선을 물끄러미 바라봤다.

"그 외에 더 궁금한 건?"

"별로."

윤선이 짧게 말하더니 다시 그를 바라봤다. 선글라스를 끼고 있어서 정확히 시선이 어딜 바라보는지 알 수는 없었지만, 그를 보는 게 정확했다.

"수영 잘해요?"

"조금."

"승마나 온갖 운동은 베테랑 수준이겠죠?"

"두말하면 입 아프지."

"미혼인가요?"

"나에 대해 아는 게 별로 없군."

"관심이 없으니까."

이런 건가 보다. 왜 지윤선이라는 배우에게 묘한 끌림을 느끼는지 의아했는데, 저런 대목이 그를 즐겁게 했다. 무심한 척 말하고 그를 무시하는 듯한 뉘앙스를 여지없이 드러내 보이는 여자. 배우라고 하면 아무래도 사내들의 손때를 많이 탔을 테고 작업 환경 자체가 여유 없이 돌아가기 때문에 건조할 거라 예상했는데 아직 때 묻지 않은 순수함을 머금고 있었다.

그녀가 그의 품 안에 안겼던 순간에 받았던 찰나의 전율이 다시

금 그의 피부 속에서 들끓었다. 그가 입가에 조소를 머금고 그녀의 새하얀 발등을 바라봤다.

"나한테 관심이 없다라……."

"뭘 원하는 거예요? 날 여기로 불러들인 이유가 뭐죠?"

"스폰 제안을 거절하는 연예인으로 알려져 있더군."

"뭐예요? 결국 그런 건가요? 직접 만나 스폰 제안을 하려고?"

"설마. 난 그렇게 졸렬한 남자가 아니야."

빙글빙글 웃는 듯한 얼굴이었지만 눈빛은 작살 같았다. 은회색 빛을 작렬하는 날을 세운 서슬 퍼런 작살 같은 눈동자가 그녀를 꿰뚫어 볼 듯 예리하게 바라보고 있었다. 윤선이 태워 버릴 듯 강렬하게 마주 보는 남자의 시선 때문에 입안이 바싹 말라 침을 꿀꺽 삼켰다.

이 남자 위험하다. 지금껏 한 번도 이런 식의 긴장감을 조성했던 남자는 없었다. 이렇게 혀끝이 타들어가도록 긴장시키는 남자를 만나게 될 줄이야.

"시원하게 말해봐요. 목적이 뭔데요?"

"내 임시 약혼녀가 되어줄래?"

수영장 물을 8자 모양으로 휘젓고 있던 그녀의 발이 허공에 붕 떴다. 물속 깊이 그녀의 발이 내려갔다. 윤선이 고개를 돌려 남자를 뚫어져라 바라봤다. 너 지금 미친 거 아니니? 이런 눈빛으로 그를 바라보자 그가 입술 끝을 매력적으로 휘어 올렸다.

심장이 찌릿했다. 모든 행동이 기품 있고 격조 있는데다, 매력적이기까지 해서일까? 자꾸만 마음이 갈대마냥 제멋대로 꺾이고 있었다. 그녀는 재빨리 무심함을 가장하고 고개를 돌렸다.

"무슨 소리예요? 장난해요?"

"진심인데. 내가 겉으로 보기엔 좀 번듯하고 냉정해 보이는데, 이래봬도 아직 사춘기야."

다시 그녀의 시선이 그에게 돌아갔다. 그가 몸을 뒤로 젖히고 두 팔로 몸을 지탱하더니 하늘을 우러러 보며 말했다.

"아버지한테 찍혀야 할 일이 있어. 그런데 결혼할 여자를 데리고 가야 할 만한 상황이 생겨서 누군가 필요한데……. 연기를 아주 잘해야 되고, 어떤 독한 소리를 들어도 잘 견뎌낼 줄 알아야 하거든."

"그런데 내가 딱이다, 그건가요?"

"그래. 맞아."

윤선은 어이가 없어서 입술 새로 헛웃음을 터트렸다. 장난도 아니고 부친에게 반항하기 위해 결혼할 여자를 배우로 끌고 간다니. 어처구니없는 짓이 아닌가.

"초등학생도 그런 스토리는 안 써요. 뭐가 앞뒤가 맞아야 이해를 하고 받아들이죠."

"3억 주지."

다시 멍해졌다.

"기간은 고작 한 달 남짓이 될 거야."

결국 이것 또한 일의 연장선이라는 건가? 대중을 상대로 연기

하는 게 아니라 이번엔 권이현이라는 남자의 가족들을 상대로 연기를 펼쳐 보이고 그 대가로 3억을 챙긴다. 뭐, 그런대로 괜찮은 조건이었다.

소속사에게 따로 떼어줄 필요 없이 그녀가 직접 챙길 수 있는 비용이니, 어떤 면에서는 훨씬 이득이었다. 고작 한 달 만에 3억의 기회가 누구에게나 다 오는 건 아닐 테니까.

"한 달이라……."

"나 같음 하겠는데? 어려운 일도 아니잖아. 다른 요구는 일절 하지 않도록 하지. 우리 가족 앞에서만 살뜰히 연인 대접만 해주면 되는 일이야. 물론 언론사에겐 일절 이 사실을 알리지 않을 예정이고."

"만약 언론사를 통해 알려지는 경우에 대해서도 배상은 해줘야 할 텐데요?"

"알려질 경우에는 두 배에 해당하는 비용을 내놓도록 하지. 물론 소속사에도 이 사실은 비밀로 하겠다고 약속해야 하고."

다시 고민에 휩싸였다. 대답을 하다 보니 그녀가 무척이나 이 일에 흥미를 갖고 있다는 분위기를 조성했지만, 사실 거절해도 그만이었다. 어디 한번 거절해 볼까?

"그런데 이거 꼭 제가 아니어도 되는 거잖아요. 다른 여배우에게 부탁해도 되는 문제 아닌가요?"

"알다시피 난 굴지의 재벌 그룹 MK의 후계자이고 이런 내가 그런 제안을 하고 다녔다고 여기저기 소문이라도 내고 다니는 날엔 내 입지가 곤란해져. 그래서 난 되도록 지윤선이 이번 일을 하겠다고 해주길 바라. 만약 안 한다고 할 경우엔 어떤 일이 벌어지는지 궁금한 건가?"

"그, 그렇죠?"

"아마 업계에 오래 발붙이긴 어려울 거야. 내가 아주 치졸하게 외압이라는 걸 넣을 예정이거든."

외압이라. 사실 그런 걸 넣는다고 해도 윤선은 별로 두려울 게 없었다. 조금 놀다가 영어영문학을 전공했으니 배운 걸 살려 영어학원에 미모의 선생으로 자리를 잡아도 그만이었다. 그런데도 희한하게 이 남자와의 이 놀이가 계속 이어졌으면 좋겠다는 바람이 생겼다. 그가 왜 접근을 했고, 왜 이런 제안을 하게 되었는지 그의 집안 분위기도 궁금해졌다.

"그런데 많고 많은 여배우 중 왜 하필 전데요?"

"날 보고도 시큰둥한 여잔 처음이었거든. 대부분 속과 겉이 다른 어떤 감정을 갖고 내게 접근해 오니까. 그런데 지윤선은 적어도 그런 부분에서는 아주 쿨하게 대처하더군. 나한테 관심 없다는 대목이 결정적 이유가 되었어."

"좋아요. 피차 관심 없는 사람들끼리 만나면 영화든 드라마든 최고의 시청률을 이끌어낼 수 있죠. 쓸데없는 데 신경 쓸 필요 없이 열심히 주어진 대본만 외우면 되거든요. 제 역할에 대해 자세히 말해주세요."

"약혼녀야. 나랑 사귄 지는 두 달 정도 됐다고 해둬. 그리고 사람들 모르게 잘 사귄 거고……. 나에 대한 건 따로 보고서 형태로 당신 방에 갖다 놓으라 할 테니, 시간 내서 읽도록 해."

윤선은 고개를 한 번 까딱하고 몸을 세웠다.

"들어가죠. 이젠 등이 타버릴 것 같아서 더 이상 여기 못 있을 것 같아요. 그런데 배 안 고파요? 점심 했어요?"

"아직."

"배고파요. 뭐든 주세요."

이현이 몸을 세워 그녀의 곁에 나란히 서더니 어깨에 팔을 둘렀다. 놀란 그녀가 움찔하자 이현이 한마디 했다.

"연인 설정이니까, 이 정도 스킨십은 연기로도 이해 가능하지 않나?"

"그야…… 그런데 여기서부터 그럴 필요는……."

"미리 연습해 둬야 하지 않아? 안 그럼 지금처럼 엉뚱한 반응을 보여서 오해를 살지 몰라. 우리 집안사람들 그렇게 호락호락하지 않거든. 아, 방에 올라가면 이번 일에 대한 계약서가 놓여 있을 거야. 내가 먼저 파기하는 경우에도 3억은 지불되지만, 당신이 계약을 파기할 경우엔 두 배에 해당하는 손실액을 나한테 줘야 돼."

"대놓고 파기해선 안 된다고 쐐기를 박는군요."

그가 손끝에 힘을 꽉 쥐고 그녀의 어깨를 감싸 쥐었다. 손가락이 길고 모양이 좋았다. 가느다랗고 적당히 큰 편이었다. 그런 손이 어깨를 꽉 움켜쥐자 묘한 감각이 그의 손바닥에서 어깨를 통해 흘러들어 와 심장을 진동하게 했다. 그녀는 마른침을 꿀꺽 삼키고 잔뜩 경직된 자세로 걸음을 옮겼다.

"허리에 팔이라도 감아봐."

흠칫 놀란 그녀가 마른 입술을 혀로 축이며 천천히 손을 뻗어 그의 허리에 팔을 감았다.

"됐어요?"

"좋아."

세상에 어떻게 이렇게 태평할 수가 있는 거지? 그녀는 한국에서 각광받고 있는 신세대 톱 배우 중 한 명이었다. 아름답고 이지적인 외모와 우수에 젖은 듯한 분위기로 세상 남자들의 연인이 된 그녀인데, 어째서 이현은 그녀의 손이 허리를 감고 있는데도 이렇게 아무렇지 않은 얼굴이란 말인가.

그녀에게 관심 없다면 굳이 이렇게 따로 만날 이유도 없고, 집안에 소개를 하겠다는 핑계를 대고 억지로 우연을 가장해 잦은 만남을 이어나갈 필요도 없다. 그녀가 보기엔 하나부터 열까지 그녀를 곁에 두기 위한 그의 치밀한 계획처럼 느껴졌다. 그런데 정작 장본인이 이렇게 시큰둥해서야.

"위층에 잠시 올라가서 내가 준 파일 좀 읽고 있어. 준비 다 되면 데리러 갈 테니까."

"식사 준비를 직접 해요?"

"아니, 도우미가 있어. 말해두고 올라갈게."

"네, 그럼."

윤선이 계단을 이용해 걸어 올라갔다. 2층에 올라온 그녀는 룸의 문을 열고 들어가 소파 앞 대리석 테이블 위에 놓인 검은 파일북을 들어 첫 장을 넘겼다. 이제부턴 그녀가 다 외우고 있어야 할 항목들이었다.

〈권이현 : 영우초, 화준중, 성주외고, 미국 하버드대학 졸업, MK 그룹 미국지사 2년 근무, MBA 자격취득 후 한국 MK 본사 부사장 발령. B형, 음식은 가리는 것 없이 다 잘 먹는 편이지만, 레몬같이 신 과일은 극도로 싫어함. 단것도 좋아하지 않음. 빵보단 떡을 좋아하고 모든 운동엔 만능. 일어, 영어, 중국어, 불어 구사 가능.〉

그가 좋아하는 책이며 음악까지 세세히 적혀 있었다. 아무래도 집안 어른들이 그녀를 세워놓고 테스트라도 할까 봐 노파심에 이렇게 써둔 것 같은데 하나같이 놀랍기만 했다. 수재도 이런 수재가 없었다. 뭐든 다 잘하는 남자였다.

'대단하네.'

그녀는 대본을 외우던 실력으로 빠르게 그가 내놓은 보고서 형태의 프로필을 통째로 외워 버렸다. 내용을 다시 한 번 상기시키고 파일 안에 있는 계약서를 열어 가만히 훑었다. 간단한 계약서였다. 서로 함구의 원칙을 지키되 계약 파기 시엔 불이익을 당할 수 있다는 내용과 기간에 대한 내용은 빠져 있었다.

하지만 그가 말한 건 한 달 정도라니까 그 이상 이어질 것 같진 않았다. 그렇게 이어질 만한 계약도 아니거니와. 그녀는 그가 도장을 찍은 글 아래 서명을 했다. 그리고 파일을 덮었다.

똑똑.

노크 소리가 들리더니 이현이 나오라고 했다. 윤선이 밖으로 나가자 이현이 식사 준비가 다 되었다며 내려가자고 했다. 아래로 내려가자 긴 복도 중간 방에 커다란 부엌과 식당이 있었다. 주방에서 누군가 일을 한 것 같은데 사람은 보이지 않았다.

"다들 어디로?"

"식사 준비해 두고 여기서 조금만 내려가면 있는 별채에서 따로 지내."

윤선은 식탁 의자를 당기면서 차려놓은 음식들을 내려다봤다.

"샐러드인가 봐요?"

"맞아."

신선한 빵과 빵 안에 넣어 먹을 치즈, 계란, 샐러드 등이 놓여 있고 우유와 주스도 있었다. 자신의 기호대로 빵 안에 내용물을 넣어 먹으면 된다. 그녀는 잔에 우유를 채우고 말랑하고 부드러운 빵 안에 샐러드와 치즈를 넣어 덮었다. 그리고 한입 베어 물었다. 달착지근하면서도 고소한 향이 입안에 확 번졌다. 간단하게 점심을 마친 뒤 그가 수영장에서 수영을 하고 쉬자고 제안했다.

"하루 종일 노는 게 일상이긴 하지만 낯선 남자랑 너무 편하게 쉬니까, 기분이 오묘한데요."

"그럼 이상한 건가?"

"사실 권이현 씨가 그렇게 편한 타입은 아니잖아요. 보고 있으면 은근히 야단칠 것 같은 인상이라서 마음이 편치 않은 건 사실이죠."

"내가 편한가 보군. 이렇게 솔직한 걸 보면."

"안 편해요."

"그런데 솔직한 건 간이 배 밖으로 나와 그런 건가?"

"그럴 리가요."

윤선이 어색한 미소를 띠고 홀로 웃었다. 이현은 입가에 옅은 미소를 띠고 그녀를 가만히 응시했다. 자신과 함께 있으면서 이토록 긴장감 하나 없이 행동하는 여자는 드물었다. 한두 명이 편히 행동을 했다 하더라도 대부분 의도된 행동들이 태반이었다. 그런데 윤선은 이런 일이 흔해 빠진 일인 양 그에게 아주 편히 행동하고 있었다.

그는 수백억대 자산가이고, 남들의 한 달 월급인 몇백만 원을 입고 있는 옷 한 벌을 사기 위해 가뿐하게 사용하는 사람이다. 대한민국 1%. 그것의 의미를 정말 모르고 이렇게 행동하는 것인가?

여배우가 되어 외모와 연기력으로 자신의 재능을 팔아 돈을 버는 여자다. 많은 여배우들이 분명 이런 일을 하면서도 많은 회의와 자기 파괴적인 후회에 사로잡히게 마련이고, 그러다 보면 결국 회피하듯 결혼이라는 결론으로 인생을 귀결하곤 한다.

지윤선은 정말 자신의 일을 즐기기 때문에 신데렐라 증후군이 없는 건가? 왜 그를 보고도 저리 심드렁한 반응이란 말인가. 그의 프로필을 꼼꼼하게 보긴 한 건가?

'조금 더 두고 보면 알 일이고.'

밤이 되면 여자들이 자신의 눌러두었던 본성을 드러내 보이곤 한다. 밤이 되어 달이 뜨면 그가 하는 행동에 적당한 답변을 주겠지. 먼저 유혹해 볼 참이었다. 윤선이 어떤 반응을 일으킬지.

"올라가서 수영복으로 갈아입고 내려와."

"저…… 그런데 수영복이 없어요. 그냥 입고 있는 옷으로 들어가야 할 것 같아요."

휴양지에 오면서 수영복을 놓고 왔다. 이현의 짙은 한쪽 눈썹이 의아함을 담아 슬며시 치켜 올라갔다.

"그럼 30분 정도만 기다려. 사이즈가 어떻게 되나?"

"그걸 지금 직접 들어야겠어요?"

"사오려면 별수 없잖아."

잠시 망설이던 그녀가 눈을 다른 데로 돌리고 말했다.

"가슴은 80C고 허리는 23이에요."

"올라가서 기다려."

윤선은 곧장 몸을 돌려 집 안으로 들어가 계단을 올라갔다. 2층 자신의 룸에 도착한 그녀는 침대에 벌렁 누워 볼을 발갛게 붉혔다. 배우다 보니 사이즈를 불러대는 일이야 흔하디흔한 일이긴 했다. 사진 찍는 일이 잦고, 스타일리스트부터 시작해 개인샵의 오너가 남자들인 경우도 허다했다. 어떤 땐 벗은 몸의 일부를 남자 사진작가에게 보여주기도 해야 되었다.

일의 특성상 피할 수 없는 일이 많아서 그런 경우엔 기왕 시작한 거 즐기자는 마음으로 덤비자, 그런 사고로 일해왔다. 그런데 오늘은 조금 남달랐다. 가슴이 조금 뜨거워졌다. 고작 자신의 신체 사이즈를 숫자로 말하는 것뿐인데, 그에게 가슴과 허리를 붙들린 것처럼 몸이 뜨거워졌다.

'평정심을 갖자. 별거 아니야.'

그녀는 마른세수를 하다가 두 팔을 대자로 뻗고 허공을 올려다봤다. 눈앞에 아른아른하게 권이현의 얼굴이 떠올랐다.

조각 같은 미남이었다. 훤칠한 키에 단단한 팔뚝과 불거져 나온 힘줄, 까무잡잡하게 잘 그을린 피부, 얇은 티셔츠가 바람에 흔들릴 때마다 드러나고 마는 완벽한 식스팩까지 무엇 하나 부족한 게 없는 남자였다.

팔과 다리가 길쭉길쭉하고 머리통은 왜 이리 작은 건지. 배우인 자신과 나란히 서도 전혀 어색하지 않았다. 유난스럽게 새카만 머리카락도 묘하게 신경이 쓰이고, 멋진 손가락도 신경을 곤두세우게 했고, 그러니까 하나부터 열까지 너무도 사람을 곤란하게 하고 있었다.

그녀는 베개를 꽉 끌어안고 벌렁 뒤집어졌다. 이성이라는 감각 자체를 모르고 살아왔던 그녀에게 난생처음 본능을 일깨우는 남자가 나타난 것이다.

'어떻게 해? 같이 있고 싶어. 자꾸만…….'

심장이 아프도록 파닥거렸다. 고작 두 번만의 만남에서 영혼까지 그에게 홀려 버린 것만 같았다. 하지만 이런 감정을 드러낼 필요는 없었다. 적당히 거리감을 유지하다가 한 달 뒤엔 깨끗하게 끝내야만 하는 관계가 아닌가.

'공사 구별은 하자!'

그런 여자가 멋지다. 지지부진 끌려 다니다가 징징대며 매달리는 진상만은 피하고 싶었다. 아무리 재벌 후계자라고 해도, 그녀는 이제 막 세상을 손아귀에 쥔 풋내기 여배우였다.

이현이 문을 열고 안으로 들어갔다. 노크를 해도 답이 없어서 문을 열고 들어온 건데, 침대에 누운 새하얀 다리가 가장 먼저 눈에 들어왔다. 이현은 가만히 침대 쪽으로 다가갔다. 그는 천천히 윤선의 모습을 내려다봤다. 윤선은 새우처럼 몸을 옹송그리고 아기처럼 잠들어 있었다.

민소매 티에 숏팬츠 때문에 그녀의 하얀 피부가 유난히 더 도드라져 보였다. 아까는 그녀의 몸을 노골적으로 보려 하지 않았기에 보지 못했는데, 지금은 그녀가 눈을 감고 있으니 여유롭게 감상하고픈 맘이 동했다. 그는 장난스럽게 입가를 휘어 올리며 허리를 찬찬히 굽히고 그녀의 귓가에 입술을 댔다.

"후우……."

바람을 불어 넣었다. 머리카락이 흩날리며 그녀의 샴푸 냄새가 그의 콧속으로 밀려들어 왔다. 그와 동시에 얼굴을 바싹 들이대서인지 살 내음이 진동했다. 달콤한 매화 향 같은 것이 맡아졌다.

그가 혼몽한 눈빛으로 그녀를 내려다보는데, 동그랗게 눈을 뜬 그녀가 그를 홀린 듯 올려다보고 있었다. 아직 잠이 덜 깨서 또렷하던 눈동자가 초점을 잃었고 그런 얼굴을 마주하고 있으려니 음심이 요동쳤다.

"지윤선…… 일어나."

그가 갈라져 나오는 쉰 음성을 가까스로 갈무리하고 말하자, 윤선이 눈을 더 키우며 또렷해진 눈동자로 그를 바라봤다.

"흡!"

놀란 그녀가 숨을 들이켜더니 이내 호흡을 정지했다. 그가 그녀와 눈을 맞춰 미소를 띠어 보이고는 서서히 허리를 세우고 사온 수영복을 그녀에게 내밀었다.

"어울릴지 잘 모르겠어. 하지만 가장 핫한 아이템이라는 추천을 받고 산 거니까 꼭 입어주길 바라."

윤선이 허겁지겁 일어나 앉아 흐트러진 머리카락을 갈무리하고 그를 망연히 바라봤다. 이현은 뒷걸음질하듯 느리게 서너 걸음 이동하더니 몸을 돌려 곧장 방을 빠져나갔다. 문가에 선 이현의 음성이 들려왔다.

"빨리 나와. 수영장에서 기다린다."

윤선은 멍한 표정으로 벽에 걸린 시계를 바라봤다. 오후 4시가 임박했다. 얼마나 잔 걸까? 그녀는 마른세수를 여러 차례 하고 침대에 놓인 수영복을 향해 손을 뻗었다. 뭐가 이렇게 얇고 가늘고 있으나 마나 한지.

"우와!"

윤선이 기함해서 탄성을 내뱉었다. 브래지어 캡 부분은 가슴을 가린다고 하더라도 끈은 고무줄처럼 얇디얇아 묶어놓아도 수시로 헐렁하게 위로 젖혀 올라갈 듯 보였고 팬티 역시 양옆이 끈으로 되어 있어서 잘못하면 훅 풀려 망신살이 뻗치기 십상으로 보였다. 하지만 사다 준 사람의 성의를 봐서라도 입기는 해야 할 것 같고……. 윤선이 이맛살을 찌푸리며 고개를 푹 숙였다.

"이거 무슨 미션이야? 왜 이래?"

일단 그녀는 옷을 벗고 수영복 팬티와 브래지어를 착용한 뒤에 민소매 롱 티셔츠 하나를 위에 입었다. 이렇게 하니 민망한 게 조금은 가려져서 다행스러웠다.

마음이 놓인 그녀는 엘리베이터 앞에 서서 선크림을 전신에 바르기 시작했다. 엘리베이터에 올라서서도 팔뚝에 연신 선크림을 바르고, 얼굴엔 뿌리고 선글라스와 챙이 큰 모자를 꾹 눌러썼다.

마당으로 나오자 이현이 능숙한 자태로 수영을 하고 있었다. 물을 가로지르며 수영하는 모습이 한 마리 돌고래 같았다. 그는 몸에 꽉 맞는 수영복을 입고 있었다. 바지 길이가 반바지처럼 길었지만 그마저도 타이트하게 달라붙어 그의 육감적인 몸매가 노골적으로 드러나 보였다.

특히 남성의 핵심부가 오묘하게 드러나 보여 눈을 두기가 무안했다. 물속에서 그녀를 발견한 그가 물 안에서 서더니 그녀를 향해 말했다.

"티를 벗지 왜?"

"좀…… 그래서요."

"왜, 몸매에 자신이 없어?"

이거 지금 도발인가?

"그럴 리가요."

"그렇다면 벗어. 어차피 물 안에 들어오면 달라붙어서 다 드러나게 되어 있는데, 뭐 하러 가려? 당신과 나는 내외하는 사이 아니잖아. 피차 비즈니스 관계 아닌가?"

이렇게나 쿨할 수가. 아무리 그렇다고 해도 성인 남녀가 가장 중요한 부분만 가리고 마주 서는 형국인데, 정말 아무렇지 않을 수 있단 말인가? 어떻게든 가릴 생각만 하던 그녀가 순간 울컥해서 그를 노려봤다. 이렇게 야한 속옷 같은 수영복을 사다 줘놓고 그런 걸 입어도 넌 나한테 여자가 아니야, 라는 식의 뉘앙스를 풍기는 그의 태도에 갑자기 부아가 치밀었다.

'나, 이렇게 아름다운 몸매를 가지고도 저 남자한테는 여자가 아닌 거야?'

기가 막혀서 말이 나오지 않는 상황이었다. 세상 모든 남자가 그녀를 향해 여신님이라고 외치는 마당에, 어째서 저 남자만 동태 눈알을 달았는지 그녀의 매력을 몰라준단 말인가! 이럴 수는 없다.

오기가 뻗친 윤선이 과감한 태도로 티셔츠를 벗어 던져 버렸다. 그러자 정말 젖가슴의 라인이 고스란히 드러나 보이는 브래지어와 가까스로 삼각지만 덮은 팬티가 드러났다.

"어때요? 잘 어울리나요?"

그가 감상하듯 그녀의 몸매를 위아래로 훑어보더니 입가에 미소를 띠며 젖은 머리카락을 귀 뒤로 넘겼다.

"괜찮네."

그게 끝? 윤선이 경악한 마음을 억누르며 어색한 미소를 짓고 물속으로 천천히 들어갔다. 이쯤 되면 한번 붙어볼 필요가 있었다. 정말 진심으로 그는 그녀에게 성적인 끌림을 전혀 느끼지 못하는지 확인해 볼 필요가 있었다.

그녀는 긴 머리카락을 팔목에 끼우고 있던 얇은 헤어밴드로 칭칭 묶어 고정시키고 유연하게 수영을 시작했다. 물속으로 잠영해 들어가자 모친의 음성이 들려왔다.

"너한테 투자하는 모든 돈이 사실 아까워. 그런데 대외적으로 넌 내 딸이야. 그러니까 적어도 내 딸이기 때문에 누려야 하는 기본적인 혜택 정도는 주도록 할게. 단, 무조건 1등이 되어야 한다. 무얼 하든 간에, 최선을 다해 정점을 찍지 못한다면 나는 너한테 하는 모든 투자를 끊을 거야."

모친의 말은 그녀에게 피멍이 되어 박혔다. 1등이 될 수밖에 없었다. 외동딸인 그녀가 학원이라도 가지 않으면 친구들을 만날 수도 없거니와 집에 가면 그녀는 늘 혼자였다. 아침 9시에 출근한 도우미 아줌마는 저녁 7시만 되면 칼같이 퇴근을 했고, 그녀는 늘 혼자 남아 모친이 오기만을 애타게 기다려야 했다.

정 한번 제대로 주지 않았던 모친은 그나마 그녀에게 수영, 피아노, 바이올린, 발레 등 온갖 취미나 특기 능력을 키워줬다. 덕분에 연기 생활을 하는 데 있어서도 그녀는 다른 배우들에 비해 만능이었다. 뭐든 빨리 배우고 빨리 연기에 사용할 수 있다는 장점 때문에 더 연기가 자연스러울 수밖에 없었다.

좌락좌라락, 물살을 가르고 벽 끝에 당도한 윤선이 몸을 일으키고 차디찬 벽면에 이마를 기댔다. 그녀의 몸속 세포 속에는 모친의 독소 같은 말들이 하나하나 새겨져 있어서 시도 때도 없이 나타나 그녀를 할퀴었다. 지금 이런 순간에 그런 과거의 독이 되살아나 그녀의 영혼을 시들게 할 줄은 몰랐다.

"왜 그래?"

이현이 곁으로 다가와 걱정스럽게 바라봤다. 차라리 이 남자에게 약한 모습을 보여줘서 의지해 버릴까? 그녀를 여성으로 인정하지 않는 그에게 이런 눈물이 통하기는 할까?

"수영은 그만두고 들어가서 술이나 마실래요?"

그녀가 얼굴에서 물기를 닦아내며 그를 바라봤다. 이현은 복잡한 눈빛으로 그녀를 보더니 물었다.

"몸이 안 좋은 건 아니고?"

"그건 아니고요."

"올라가지."

이현이 날렵한 동작으로 땅 위에 올라서자마자 그녀를 향해 손을 뻗었다. 그녀는 계단을 밟고 올라가다 그에 의해 손목이 잡아당겨지는 바람에 그의 품 안에 확 안겼다. 놀란 그녀가 얼른 몸을 떼어내며 수줍게 웃었다.

"힘자랑하지 말아요. 난 유리 같은 여자라 잘못 다루면 깨진다구요."

농담처럼 말하면서 자연스럽게 그를 벗어나려 했는데, 그가 웃으며 그녀의 허리에 팔을 감았다.

"이렇게 자주 놀라서야 곤란하지 않겠어? 좀 더 자연스럽게 대해봐. 내가 어려운가?"

이현이 깊어진 눈빛으로 그녀를 지그시 내려다봤다. 검은 눈동자가 반사광조차 없이 너무도 새카매서 깊이를 헤아릴 수가 없었다. 그대로 그에게 빨려 들어가는 것만 같아 윤선은 재빨리 시선을 돌리고 어색한 미소를 지었다. 입가에 경련이 이는 어색한 미소.

"어려운 게 아니라, 어색한 거예요. 잘못 해석했어요."

윤선은 재빨리 허리에 감긴 그의 손을 풀어내고 얼른 한 걸음 옆으로 물러났다.

"옷 갈아입고 어디로 가면 되나요?"

"지하로 내려와. 지하에 미니 바가 있어."

"네, 거기서 보죠."

윤선은 가만히 그녀의 뒤태를 감상하고 서 있는 그의 시선에서 빨리 벗어나고 싶어 빠른 걸음으로 집 안에 들어와 계단으로 뛰어 올라갔다. 그와 나란히 서는 것 자체가 부담스러웠다.

그는 선천적으로 남성적인 강한 페르몬을 지니고 태어난 남자 같았다. 그게 아니라면 이렇게 같이 있다는 것만으로도 상대방의 기운에 압도돼 숨도 쉬지 못할 만큼 버거워질 리가 없었다.

아주 유명한 어느 배우와 같이 서도 기죽지 않고 당당하던 그녀였다. 그런데 이현은 지금껏 만난 다른 남자들과는 너무도 다른 분위기를 지녔다. 귀족적이고 우아하고 품위가 넘치면서 더불어 자신만만하고 오만한 남자. 그런데 그런 그가 전혀 싫지 않았다.

그가 그런 분위기를 가질 수밖에 없다는 사실이 너무 납득이 돼서 자신도 모르게 자연스럽게 그의 모습을 받아들였나 보다. 연예인들의 오만함이나 만들어진 듯한 귀족적 자태는 사실 오래 지켜보다 보면 무너지게 마련이었다.

결국은 속물적인 근성이 겉으로 드러나 버리고 마는데, 권이현은 애초에 재벌가의 후계자로 훈육된 남자다. 그런 자들과 비교 자체가 되지 않는 것이다. 그러고 보면 윤선은 단 한 번도 그런 남자를 만나본 적이 없었다. 그래서 이렇게나 약하게 무너지는 것인지도.

윤선이 방문을 열고 들어가자 휴대폰이 진동으로 몸을 떨고 있었다. 윤선이 휴대폰을 쥐고 번호를 확인했다. 홍현이었다.

“여보세요?”

[뭐야? 해외야? 로밍 뜬다?]

“어, 일이 좀 있어서. 그런데 무슨 일이야?”

[너네 집 갔더니 대꾸도 없고 해서 연락했지. 언제 들어와? 오면 볼 수 있나?]

"보지, 뭐. 어렵나?"

[그래, 도착하면 바로 연락해. 우리 집으로 올래?]

"오빠, 이사한다며?"

[엄마한테 집은 그대로 둬달라 했어. 내가 가끔 답답할 때마다 피신할 공간이 필요할 것 같다고……. 엄마가 그렇게 하라고 했고. 뭐하면 내가 네 집으로 가고.]

"아니야. 오빠 집으로 갈게. 나중에 통화 더 하자."

[그래. 얼굴 보자. 끊어.]

통화를 끝낸 윤선은 문자를 체크했다. 모친에게서는 이렇다 할 만한 연락이 없었고, 소속사 대표 역시 그녀가 어디 있는지를 알아서인지 다른 연락은 하지 않았다. 응복이 그녀에게 스케줄 관련 확인 문자를 보낸 것 외에는 스팸문자가 태반이었다.

휴대폰을 침대에 던져 놓은 그녀는 축축한 수영복을 전부 벗어 비누로 대충 빨아 의자에 걸어두었다. 욕실 안으로 들어간 그녀는 샤워를 빨리 끝내고 드라이어로 긴 머리카락을 말렸다. 밖으로 나온 그녀는 간단하게 기초제품만 바르고 속옷을 내려다봤다.

뭘 입어야 할까, 잠시 고민하다가 최근에 선물로 받은 연두색 레이스 브래지어와 팬티를 입었다. 그러다 문득 이게 무슨 짓인가 싶었다. 그에게 보여줄 마음으로 이런 걸 입는 건가 싶어져서. 다시 벗어야 하나 고민하다가 그냥 입기로 했다.

안 벗으면 되는 거 아닌가? 그녀는 얇은 네이비 계열의 블라우스를 입고 새하얀 화이트 진을 입었다. 굽이 낮은 샌들을 신고 밖으로 나왔다. 지하로 내려가기 위해 엘리베이터 앞에 있는데, 아래층에서 이현의 목소리가 낮게 들려왔다.

"내일 오전 중에 회의 준비해 두고, 임원회의는 오후에 할 수 있게 하고. 프레젠테이션할 보고서 준비는 어떻게 되어가고 있나? 제대로 해. 내일 가자마자 바로 확인할 거니까, 수차례 반복해서 연습해 두라고 지시하고."

한 회사의 임원이라는 게 실감나는 모습을 보자 그의 위치가 현실적으로 와 닿았다. 그녀는 엘리베이터에 올라 바지 뒷주머니에 손을 살짝 꽂고 문이 열리기를 기다렸다. 1층에서 이현이 엘리베이터에 올랐다. 그가 통화를 끝내더니 그녀를 흘끗 바라봤다.

"특별히 좋아하는 음식 있나?"

"왜요?"

"저녁때 당신이 좋아하는 쪽으로 식사 준비를 하라고 지시를 해두려고."

"아무거나 잘 먹긴 하지만 아무래도 한국인은 밥심이죠. 밥 먹고 싶은데요? 사실 다이어트 때문에 하루에 한 끼밖에 못 먹는 경우가 허다하긴 하지만 이런 데서는 감시의 눈이 없으니 조금 흐트러지는 것도 좋을 것 같구요."

"그렇다면 한식으로 준비하라 일러두지."

엘리베이터 문이 열리자 그가 휴대폰으로 누군가에게 전화를 걸어 지시했다. 저녁은 한식으로 준비하라는 한국어로 말하는 걸 보니 요리를 하는 사람이 한국인인 듯했다.

엘리베이터에서 내려선 그녀는 이현의 뒤를 따라 지하로 내려가 두터운 철문 앞에 섰다. 문을 열고 안으로 들어가자 미니 바라고 할 수 없을 정도로 규모가 큰 바가 마련되어 있었다. 온갖 종류의 양주가 벽면의 벽장에 칸칸이 채워져 있었다.

"분위기가 좋은데요?"

내부는 온통 진회색과 진한 브라운으로 어우러져 앤티크한 분위기를 연출했다. 한쪽 벽에서는 스피커를 통해 나른한 재즈 음악이 흘러나오고 있었다.

"앉아."

이현이 의자를 꺼내 앉으라 하자 그녀가 엉덩이를 의자에 내리고 주위를 둘러봤다. 이현은 카운터 안쪽으로 들어가 직접 온더락스 잔을 만들기 시작했다. 얼음을 두어 개 띄우고 브랜디를 붓고 잔을 그녀에게 내밀었다. 그도 의자를 당겨 그녀와 마주 보는 자세로 앉았다. 그는 안주로 간단하게 먹을 수 있는 견과류 세트를 내놓았다.

"여긴 권이현 씨 개인 소유지인가요?"

"맞아."

"여기 말고도 각국에 하나씩 있는 건 아니겠죠?"

"아마 각국에 하나씩 있을걸?"

"차는 몇 대나 갖고 있어요?"

"열 대 이상. 부친이 여러 종류의 자동차를 모으는 취미를 갖고 있어서, 아버지 차 중에 시승을 해보고 마음에 드는 건 나도 똑같이 몇 대 사두긴 했지."

"대부분 억대를 호가하는 차들이겠군요."

"슈퍼카들이지."

"다른 취미는 없어요? 특별히 이것만은 꼭 해야 직성이 풀린다, 뭐 그런……."

잠시 생각에 젖어 있던 그가 잔을 반쯤 비우며 가라앉은 음성으로 대답했다.

"자기 전엔 꼭 책을 읽어. 적어도 하루 반 권의 책은 읽자는 게 규칙이지. 대부분의 시간을 일하는 데 사용하기 때문에 취미나 특기를 위해 따로 시간을 내기가 어려워. 주말에도 집에 일을 갖고 와서 하는 편이다 보니까. 그나마 꼭 지키는 건 두 시간씩 운동은 꼭 하자는 주의지."

"책 읽기와 운동은 꼭 한다."

다 가진 저 남자조차도 늘 노력하며 자기관리를 하고 산다. 그런데 정작 윤선은 책은커녕 신문 조각 하나 보질 않고 살았다. 주로 보는 건 인터넷에서 자신의 이름을 검색해 뜨는 기사를 읽는 게 전부이고, 그게 아니라면 대본책을 읽느라 모든 시간을 사용하고 있다.

그 외엔 두 시간씩 운동을 한다는 점이 같았다. 그녀도 체력을 축적하기 위해 운동은 빼놓지 않고 하고 있었다. 근육량을 계속 유지하지 않으면 워낙 먹는 걸 좋아하다 보니 지방층이 순식간에 늘어나기 일쑤였다. 트레이너는 그녀에게 집에 혼자 있더라도 되도록 근력운동을 게을리하지 말라 권했다.

"겉으로 보기에만 완벽해 보이는 게 아니라 실속도 있군요."

"지윤선은 뭘 하는데?"

"난 대부분 대본 읽다 하루가 가는 것 같아요. 마음에 드는 대본을 고르는 게 관건이라서요."

"적당히 재밌는 거면 골라 하면 되지 않나? 대부분 연출을 맡은 감독이나 유명한 작가를 업고 가려고 하잖아?"

"그렇다고 해도 저와 어울리지 않거나 일전에 했던 캐릭터라면 다시 해야 할 이유가 없거든요. 중복된 캐릭터를 맡는 건 배우 입장에서 치명적이에요. 자기복제 상품을 연이어 만들어낸다는 비난을 면할 수가 없거든요. 성장에도 별 도움도 안 되고요."

"연기를 계속해서 배우로서 자리매김하고 싶은 건가?"

"욕심은 그런데…… 요즘은 이 짓을 왜 하고 있나 싶어요. 흥미가 사라졌나 봐요. 조금 시들해져 버린 것도 있고……."

"결혼은?"

"별로요."

"생각 없나?"

여자애들은 어릴 때부터 자기 아이를 낳아 키워보고 싶다는 꿈을 꾼다. 소꿉놀이를 해보면 아는데 대부분의 여자애들은 엄마 흉내를 내며 인형을 자신의 아이라 생각하고 키우는 놀이에 집중

한다.

다른 애들과 달리 그녀는 늘 아빠 역할을 맡아 하거나 그게 아니라면 엄마가 아닌 다른 역할에 매료되었다. 워낙 홀대받으며 자라서인지 결혼에 대한 환상 자체가 없었다.

또래 애들은 어릴 때 '아빠랑 결혼할 거야!' 라는 말을 입에 달고 살았지만 그녀에겐 아빠라는 존재 자체가 없었기 때문에 더더욱 결혼이 멀게만 느껴졌다. 웨딩드레스를 봐도 시큰둥했다. 그저 레이스가 정신없이 많이 달린 그저 그런 옷. 그녀의 생각엔 그랬다. 결혼을 한다 해도 과연 평범한 가정에서 자란 아이들만큼 가정을 잘 이끌어갈지 자신할 수도 없었다.

"이현 씨는 결혼 생각이 있나요?"

"나도 별로."

그녀가 피식 웃었다.

"재밌군요. 비슷한 감성의 남녀가 만나기 그리 쉽지 않은데……."

"그런가?"

"나이가 서른이면 이제 집안에서 서둘러 하라고 하지 않나요?"

"집안에선 나한테 별로 관심 없어."

윤선이 의아한 눈빛으로 그를 바라봤다. 재벌의 후계자설이 도는데 왜 관심이 없다고 말하는 것일까?

"그리고 마음에 드는 여자도 없고. 이 여자다, 싶은 여자가 없어서 결혼 생각이 없어."

"언젠간 나타나겠죠."

"웃기는군. 자신은 결혼 생각이 없다면서 나한텐 그런 대상이 나타날 거라 믿는다니?"

"성의 없이 말한 건 아닌데, 그렇게 들렸다면 미안해요."

이현은 그녀의 빈 잔에 다시 브랜디를 붓고 그의 잔도 채웠다. 윤선은 턱을 괴고 흘러나오는 재즈 음악에 열중했다.

"나오는 노래가 다 좋아요."

"취향에 맞다니 다행이군."

"아, 그런데 당장 내가 해야 할 일이 뭔데요? 가짜 약혼녀 노릇을 하자면 첫 번째 지령을 줘야 하잖아요."

"그건 집안 분위기를 좀 보고 연락해 주지. 하지만 되도록 매일 봤으면 좋겠는데. 아버지한테 어떤 실마리를 줘야 할 것 같아서."

"아아, 혹시 사람을 붙이거나 할 수 있으니까?"

"대비는 해두는 게 좋지. 자연스럽게 있다가 들통나는 편이 아무래도 좋으니까."

"알겠어요. 이해했어요."

"당신 스케줄을 나한테 보내줘. 그럼 그 시간대에 되도록 맞춰서 이동하도록 할 테니."

그녀가 가만히 눈매를 가늘게 좁히고 그를 응시했다.

"여자한테 있어선 프로죠?"

"왜?"

"냄새가 나요. 나한테 다짜고짜 반말을 했어요. 그건 아무래도 상대방을 처음에 주눅 들게 하고도 남음이 있는 행동이죠. 그와 동시에 편하게 대하는 모습을 보여줘서 어필하려는 느낌도 있구요. 게다가 그 호칭! '당신' 이라는 호칭이 너무 자연스러운데요? 화를 내고 싶은데 타이밍을 놓쳤어요. 그 호칭 때문에……."

"고의적으로 계산해서 한 건 아닌데?"

"그러니까 바람둥이의 습관 같은 거죠. 자신도 모르게 본능적으로 몸에 밴 행동을 해서 상대방을 사로잡는……."

이현이 갑자기 의자를 바싹 당겨 그녀 쪽으로 다가앉더니 눈매를 가늘게 뜨고 유혹적인 시선을 보냈다.

"그래서? 사로잡혔고?"

너무 노골적이다. 윤선이 시선을 살짝 내리뜨고 입가를 휘었다.

"농담을 못하겠어요. 그쪽한테는……."

매력이라고는 한 점 찾아볼 수도 없다는 듯이 행동해 놓고 왜 지금은 저렇게 유혹적인 눈빛을 보내는 것일까? 괜히 덥고 식은땀이 나고 심장이 정신없이 뛰었다. 그녀는 시선을 돌리고 잔을 들어 브랜디를 한 모금 홀짝 마시고는 흘러내린 머리카락을 쓸어 올리며 딴청을 했다.

그의 시선이 아프도록 얼굴에 닿는 게 느껴져서 오래도록 눈도 마주치지 못하고 그렇게 애먼 곳만 노려보고 있는데, 그가 윤선의 손을 가만히 잡았다. 놀란 윤선이 시선을 돌려 그를 바라봤다. 이현과 눈이 정면으로 마주 닿자 심장이 쿵 하고 내려앉았다.

"난 남자로 어때?"

"갑자기 그게 무슨?"

"이상하게 몇 년간 여자가 없어서 말이야. 당신 보기엔 내가 좀 별론가?"

그럴 리가 없다. 이런 완벽한 남자에게 여자가 없었다는 말은 거짓말이다. 그녀의 심중을 파악하기 위해 꺼낸 말이 분명했다. 그녀는 입가에 희미한 미소를 머금고 그가 원하는 대답과는 상반된 대답을 내놓았다.

"별로죠. 결혼을 하기로 한 상대가 아닌 이상 상당히 부담스러운 타입이거든요. 당신같이 모든 면에서 우위를 점한 상대는 아무래도 여자 쪽에서 유린당하고 버려질지도 모른다는 불안한 심리가 작용하기 때문에 깊은 관계를 유지하기 어렵죠. 당신 같은 경우는 무조건 맞선을 보고 약혼과 결혼을 하는 게 나을지도 몰라요. 보통 여자들과는 좋은 결론에 도달하기 어려울 거예요."

"왜 그렇게 생각해?"

"여자 쪽에선 계속 당신을 시험할 거거든요. 그 마음이 진짜인지, 아닌지를 끊임없이 시험하고 흡족한 결과를 내놓을 때까지 불안해할 테니까. 그런 모습을 보면서 당신은 계속 스트레스를 받아 하다가 어느 순간 폭발하고 말겠죠."

이현이 입가에 미소를 머금었다. 아직 나이가 많지 않은데다 연애 경험이 아주 풍부한 것도 아닌데, 어쩐 일인지 아주 정확한 지적을 해줬다. 그가 지금까지 했던 연애의 경우를 보면 그녀가 말한 대로 끝맺은 연애가 많았다. 여자들 태반은 늘 그를 상대로 결혼을 전제하기를 바랐고 그는 그녀들의 그런 집착에 서서히 지쳐 갔다.

"내 말이 맞죠?"

"맞아."

"연기를 하면서 많은 인생을 경험해 봤거든요. 내가 해야 할 캐릭터뿐 아니라 드라마 속의 다른 인물들이 가진 캐릭터나 고민도 내 걸로 삼아 오래도록 곱씹어보고 이야기를 끌어가다 보니 여러 방면에서 생각하는 버릇이 생겼죠. 그런데 여자라면 이현 씨를 상대로 그런 마음이 될 것 같다는 결론에 도달한 거예요."

"그래서 지윤선도 내가 별로다?"

"네, 부담돼요. 좋아하게 되면 사랑하는 마음을 기대하게 되고 사랑하는 마음을 갖게 되면 그의 인생을 전부 갖고 싶어지는 게 여자의 마음이에요. 저도 분명 그런 마음이 생길 텐데, 만약 남자가 권이현 씨 같은 상황이라면 많이 불안해할 것 같아요. 당신이 사랑까지는 줘도 인생까지 전부 나에게 맡겨줄지 장담할 수가 없어서……."

이현은 의외로 속 깊은 이야기를 꺼내준 윤선을 말없이 응시했다. 별빛 같은 반짝임을 품은 그녀의 맑은 눈동자가 잠시 그를 스쳐 지나갔다. 메말라 있던 그의 눈빛에 온기가 피어올랐다. 배우라고 해서 별 기대는 하지 않았다.

자신의 외모만 믿고 텅 빈 머리로 혀 짧은 소리나 낼 줄 아는 게 배우라 생각했었다. 그런데 윤선을 만나고 그가 가진 편견이 무너졌다. 윤선은 생각이 깊고 내면도 단단했으며 당찬 여자였다. 그녀를 바라보던 이현의 매력적인 입술이 포물선을 그리며 유연하게 휘어졌다. 재밌는 여자다.

#3. 기분 좋은 바람

좋지 않은 버릇이지만, 윤선은 술을 마시면 오히려 잠을 자지 못했다. 브랜디 한 병을 거의 통째로 마신 것 같은데 머리는 깨질 듯이 아프고 위장을 욱신대면서 잠은 점점 달아나 정신이 말짱해졌다. 이불을 확 젖히고 앉은 윤선이 깊게 한숨을 내쉬었다.

"후우."

모두가 잠든 밤인데, 여긴 낯선 세부의 어느 곳이고 이 집 안은 유령성인 것처럼 안이 텅 비어 있었다. 그렇다고 이 시간에 나가서 헤엄을 칠 수도 없는 노릇이고.

갑갑증이 뻗쳐 오른 윤선은 자리를 박차고 일어나 연노랑 반팔 피케셔츠에 하얀 숏팬츠를 입고 천천히 테라스에 나가 섰다. 발로 테라스 난간을 툭툭 차면서 밤바다를 응시했다. 가만히 서 있던 그녀는 방 안에서 라탄의자를 밖으로 끌어당겨 앉아 발을 들어 올려 난간에 걸쳤다. 팔베개를 하고 하늘을 우러러봤다. 달무리가 지는 하늘이 무척 멋스러웠다.

"너 우연히 내 앞에 나타나…… 수줍은 내 마음을 포근하게 감싸주고…… 가만히 내 눈을 들여다보며 가라앉은 음성으로 인사를 했지."

언젠가 그녀가 드라마 OST 중 그녀의 테마곡으로 불렀던 '독백' 이라는 곡이었다.

"그리워 꿈에서라도 널 볼 수 있기를 간절히 바랐던 나, 눈앞에 나타난 네 모습을 보고 한동안 말을 할 수 없었지. 나에겐 사랑이었는데, 네가 내 사랑이었는데…… 넌 내게 달콤한 목소리로 작별을 말해. 난 이제 널 향해 수줍게 안녕 인사를 하는데, 넌 더 이상 나를 보지 않겠다고 말해. 난 참고 참았던 눈물을 흘리며 바보처럼 웃어. 널 잡을 수가 없어, 난……."

갑자기 눈가가 뜨거워졌다. 드라마 촬영 당시 너무도 힘들어서 몇 번이나 대충 연기하고 끝내 버릴까 포기했던 날이 많았다. 그럴 때마다 몇 번이나 힘을 내서 촬영에 재촬영을 하고 감독에게 칭찬을 받아내고 했었다.

"잠이 안 와?"

깜짝 놀란 그녀가 고개를 돌리자 바로 옆쪽 테라스에서 이현이 가슴 앞에 팔짱을 끼고 서서 그녀를 응시하고 있었다. 놀란 그녀가 난간에 걸치고 있던 다리를 내리고 허겁지겁 일어서려다 의자가 기우뚱 넘어가고 말았다.

"아악!"

이현이 놀라서 괜찮냐 물었고, 무안하고 창피스러워진 윤선은 딱 잘라 엄포를 놨다.

"나중에 이걸로 놀리기만 해봐요! 가만 안 둬요!"

"안 해."

"됐어요. 조금 아픈데, 괜찮아요."

윤선이 몸을 일으키고 의자를 다시 똑바로 세운 뒤 난간에 기대 섰다.

"왜 안 자요?"

"누가 노래를 불러 잠을 깨우는데, 어떻게 자?"

"미안해요. 제가 술 마시면 이상하게 주사는 없는데 잠을 못 자요."

"거꾸로군. 다른 사람들은 술 마시면 뻗어 잔다던데."

"신경이 예민한 편도 아닌데 그래요. 머리가 막 지끈거리고 심장이 정신없이 두근거리고 그래서 더 못 자요. 술 좀 깨면 들어가 잘게요. 먼저 들어가 자요."

"옆에 있어도 돼?"

"네?"

"당신 방에 가도 되느냐고."

이현이 윤선을 지그시 바라봤다. 유난스럽게 새하얀 피부를 지닌 그녀인지라 연노랑 피케 셔츠가 무척이나 잘 어울렸다. 그는 블랙 면 티에 네이비 카고팬츠 차림이었다. 잠을 잔다고 해서 딱히 잠옷을 입거나 하진 않았다. 집에선 대부분 속옷 차림으로 자는 편이긴 하지만, 밖에 나오면 그도 깊이 잠을 자지 못하는 편이라 언제든 나갈 수 있게 편한 차림으로 잤다.

"잠깐 오는 건 괜찮아요."

"기다려."

그의 방 쪽 테라스 창문 닫히는 소리가 들렸다. 잠시 뒤 그녀의 방 쪽 테라스 창문이 열리더니 이현이 나타났다. 이현은 방 안에서 라탄의자를 끌어당겨 와 그녀의 옆에 자리했다. 윤선도 자신이 갖고 온 라탄의자에 앉았다. 바다가 들려주는 소리가 듣기 좋았다.

"노래 잘 부르던데?"

"이래 봬도 OST도 부른 여자예요."

"정말?"

"잠시만요."

그녀가 방에 들어가 자신의 휴대폰을 들고 나왔다. 그러더니 다운로드를 받아놓은 MP3 파일을 열어 노래 한 곡을 터치했다. 그러자 아까 윤선이 불렀던 곡이 멋들어진 반주와 함께 흘러나오기 시작했다.

그는 희한한 얼굴로 그녀를 바라봤다. 아까 이 노래를 반주 없이 부르며 그녀가 눈가에서 눈물을 흘리고 있는 걸 봤다. 그런데 지금은 천연덕스러운 표정으로 그에게 이 노래를 들려주고 있었다. 가만히 1절만 들려준 그녀가 휴대폰을 얼른 껐다.

"들었죠? 내가 불렀어요."

"잘 부르는데?"

"아니에요. 이거 녹음하느라 아주 생쇼를 했다니까요. 프로듀서한테 엄청 혼나면서 녹음했어요. 녹음 끝내고 두 번 다시는 노래를 부르지 않으리라 마음먹었죠. 하지만 드라마 찍을 당시에 이 노래 때문에 감정 몰입하는 데 정말 많은 도움이 되었던 건 사실이에요."

자신의 일을 사랑하는 듯했다. 윤선이 일과 관련해 이야기를 시작하면 눈을 반짝반짝 빛내며 목소리에 힘이 실리고 말투도 조금 빨라졌다. 그렇다면 가족에 대한 이야기는?

"그런데 어머님이 의사라고 들었는데, 딸이 배우를 하겠다고 했을 때 말리지 않던가?"

밝은 톤으로 대답하고 즐거워하던 그녀의 얼굴이 순식간에 굳었다. 그녀에게 모친은 어려운 존재임이 분명했다. 이현이 의자를 조금 더 바싹 당겨 그녀의 무릎 사이에 그의 무릎을 밀어 넣고 거리를 좁혔다. 그는 가만히 윤선을 뚫어져라 바라봤다. 그러자 그녀가 당황하면서 재빨리 시선을 피하며 물었다.

"왜, 왜 그래요?"

"어머님이랑 사이가 안 좋군."

"무슨 상관이에요."

"내 쪽에서도 어느 정도는 패를 깠으니, 당신도 약점 하나 정도는 내놨으면 좋겠는데? 그래야 인간적으로 보이지."

"인간적으로 보이고 싶지 않아요."

"내가 궁금해서 안 되겠는데? 뭐가 있어?"

"없어요."

계속 시선을 피하고 딴청을 피우는 그녀의 시선을 사로잡기 위해 그는 마술을 써먹기로 했다. 그가 손을 뻗어 그녀의 양 허벅지 위에 지그시 올려놓았다.

흠칫 그녀가 놀라더니 눈을 휘둥그렇게 뜨고 그를 바라봤다. 그녀는 그가 닿으면 바로 눈을 맞추고 무슨 짓이냐고 따지듯 눈을 키웠다. 그에겐 하나의 주술 같았다.

"뭔데? 말해봐. 기왕 잠도 안 오는데 무슨 말이든 해봐."

당황한 그녀가 볼을 발갛게 물들이고 우물쭈물하다가 허벅지 위에 포개어진 그의 손을 들어 그의 허벅지 위로 보냈다.

"그냥 사이가 안 좋아요."

"이유 없이 안 좋은 모녀가 어디 있나?"

"있기도 해요. 태어난 순간부터 쭉 엄마한테 미움을 받으면서 자랐어요. 물론 내가 연예인이 되겠다고 했을 때 쌍수 들어 환영하지는 않았어요. 자신의 명예에 먹칠을 할 수도 있다고 생각했는지 심하게 반대해서 결국 가출했구요. 엄마 몰래 계약했고 일을 강행했죠. 맞아 죽어도 모르겠다는 심정으로 그렇게 덤볐는데, 의외로 가뿐하게 넘어갔어요. 이렇게 목숨이 붙어 있잖아요."

"보통 딸과 엄마의 관계는 우정 비슷한 관계 아닌가?"

"다른 집은 그런데 우리 집은 아니에요. 난 세상에서 가장 어렵고 힘든 사람이 친엄마예요. 가끔 나를 주워온 게 아닐까 의구심도 드는데, 그건 또 아닌 것 같아요. 신생아 때 받아놓은 배꼽 떨어진 탯줄도 보관하고 있고 그런 걸 보면…… 주워온 앤 아닌 것 같은데……."

"그런데?"

"백일 사진 이후로는 엄마랑 같이 사진을 찍어본 일도 없거니와 엄만 내가 자라는 모습을 한 번도 사진에 담은 적이 없어요. 엄마들은 보통 아이가 자라는 모습을 하나도 남김없이 기록하려 들잖아요? 그런데 그런 기록이 전혀 없어요. 나중엔 내가 억울해서 일기를 썼다니까요. 내 얼굴을 일기에 그리면서 난 이런 특징이 있는 아이라고 남기고……. 정말 이상하죠? 우리 엄마……."

"이상하긴 하군."

"그러니까 이젠 엄마에 대해 물어보지 말았으면 좋겠어요. 별로 기분 좋지 않거든요."

윤선의 아픔 한 자락을 보게 된 이현은 아련한 눈빛으로 그녀를 응시했다. 어린 시절의 추억 한 장 없는 여자가 엄마라는 사람과 대치하며 자랐다. 뭔가가 있음직한데 그건 그녀가 밝혀야 할 몫일 것이다.

"바람이 쌀쌀한데, 안 추워?"

"괜찮아요. 이제 내일이면 한국이겠군요."

"그렇겠지."

그가 휴대폰을 잡아당겨 패턴암호를 풀라고 했다. 그리고 그녀의 휴대폰에 그의 회사 번호와 휴대폰 번호를 저장했다.

"주로 내가 먼저 연락하게 될 거야."

"그래요."

"이제 그만 자. 난 내 방으로 가지."

윤선이 손을 들어 살짝 흔들었다. 아직도 잠이 오질 않는 듯했지만 혼자 마음을 정리할 시간을 주고 싶어졌다. 그는 그의 룸으로 돌아와 태블릿 PC에서 이메일을 열어 지윤선의 엄마에 대한 사전조사 기록을 열어봤다.

하은형이라는 의사로 남편이 있긴 했지만 딱 1년 살고 이혼했다. 그것도 아이가 태어난 후 3개월도 채 안 되어 이혼이었다. 아이의 이름은 남편의 성씨를 따라 이름을 지었지만 그쪽에서 친권을 포기함에 따라 그녀가 키우고 있었다.

그렇다면 중간에 성씨를 엄마의 성으로 바꿀 만도 하건만 그녀는 바꾸지 않았다. 그렇게 1년밖에 같이 살지 않은 남자의 성씨를 받은 윤선은 지윤선으로 살고 있었다. 그렇다면 윤선의 생부라는 지씨는 대체 무얼 하는 사람인가? 기록을 보면 한국에서 살지 않고 해외로 이민을 갔다고 되어 있었다.

'그렇다면 한 번도 윤선과 생부가 마주친 적이 없다는 말인가?'

그가 고개를 갸웃거렸다. 아무리 사이가 안 좋아 이혼을 했다고 해도 이렇게 가차 없이 자신의 아이와 인연을 끊는 부친은 드물다. 물론 하은형이 완강하게 자식의 얼굴을 보여주지 않겠다고 했다면 가능할 수도 있지만, 뭔가 부자연스러웠다.

'이 부분을 알아봐야겠군. 윤선이 알아낼 만한 내용은 아닌 것 같아.'

해외로 이민을 갔다면 추적하기엔 데이터 양이 너무도 방대했다. 시간도 걸리고 그만한 돈도 나간다는 소리였다.

그가 잠시 그렇게 앉아 있다가 테라스로 나가 윤선의 룸 쪽을 바라봤다. 윤선이 자러 들어갔는지 테라스는 텅 비어 있었다. 기분이 묘했다. 지윤선이라는 여자가 이상하게 신경 쓰였다.

그의 호기심을 자극하는 무언가를 그녀는 갖고 있었다. 외모가 주는 맑은 아름다움은 둘째 치고 그녀와 함께 있는 시간이 어색하기는커녕 무척 편하고 즐거웠다. 이런 감정을 느낀 건 20대 초반 누군가를 열렬히 짝사랑했던 그때 이후로는 오랜만이었다. 그의 입가에 부드러운 미소가 번졌다.

❖

노크 소리가 들리더니 여비서가 들어왔다. 임원회의 때 보고해야 할 프레젠테이션 보고서를 보던 이현이 잔뜩 일그러진 얼굴로 고개를 들어 비서를 쳐다봤다. 여비서가 뭐 마려운 강아지처럼 어쩔 줄 몰라 하며 말했다.

"죄송합니다, 부사장님. 아무도 들이지 말라 하셨는데…… 한

사코 만나고 가야 한다고 하셔서요."

"누군데?"

한껏 가라앉은 음성이 낮게 깔렸다.

"그게…… TY그룹 차녀 이아라 씹니다."

갑자기 그 여자가 여길 왜 온 거지? 권 회장에게 아무런 귀띔도 받지 않은 상황이어서 갑작스러운 이아라의 방문은 그를 당혹케 했다.

"들어오라고 하고, 아무도 들여보내지 마."

"네, 부사장님."

여비서가 살았다는 듯 활기 띤 얼굴로 부사장실을 빠져나갔다. 그는 넥타이를 바로 매고, 걷어붙였던 소매 깃을 갈무리했다. 노크 소리와 함께 문이 열리더니 연주홍빛 투피스를 입은 이아라가 들어왔다.

이미 오래전부터 알고 지낸 관계여서 새삼스러울 것도 없었지만, 요즘 양가 어른들이 두 사람을 혼인시키려 혈안이 되어 있다는 것 때문에 보통 신경 쓰이는 게 아니었다.

이리가 당당한 걸음걸이로 다가오더니 손에 들고 있던 파우치백을 테이블 위에 놓고 사무실을 휘 훑었다. 마치 자신의 사무실을 보듯 편안한 태도에 절로 실소가 번질 지경이었다.

"어쩐 일이지?"

"오랜만이지? 내가 캐나다에서 근무하다가 최근에야 한국에 들어와서 멀게 느껴지는 걸까? 아니면 난 주야장천 이현 씨한테 연락을 했는데 이현 씨가 일부러 나를 피했기 때문에 만나지 못해서 멀게 느껴지는 걸까? 왜인 것 같아?"

아라가 잔뜩 분노한 눈빛으로 이현을 바라봤다. 그녀가 한국에 들어온 건 3개월 전이었고 도착과 동시에 가볍게 저녁이나 같이 하자는 연락을 받았지만 당시엔 정말 정신없이 바빠서 거절했었다. 하지만 이후엔 양가에서 둘을 혼인시키려 한다는 사실을 알고 일부러 그녀를 피했다. 굳이 만나서 어른들이 좋아할 만한 염문설을 뿌리고 다닐 필요가 없었기에.

"일단 앉지."

그가 소파 1인석에 앉아 다리를 꼬았다. 그러자 아라가 그의 좌측에 앉더니 그를 뚫어져라 바라보며 힐난했다.

"2년 만인가? 이현 오빠!"

오랜만에 어릴 때 부르던 호칭으로 부르자 이현이 말없이 입가를 슬며시 휘며 그녀를 노려봤다.

"난 네가 어렵다. 편하게 호칭하지 말았으면 좋겠어."

"왜 어려운데? 난 오빠가 세상에서 제일 편한데. 정말 해도 너무한 거 아닌가? 내가 찾으러 오지 않는다고 어릴 때 그렇게 붙어 다녔는데, 어느 날 갑자기 일방적으로 연락두절 상태가 되어버리고. 내가 오빠한테 뭘 잘못하기라도 한 거야?"

"오빠 소리 징그럽다. 제대로 불러라."

"고지식하긴. 집안에서 추진하는 얘기, 다 알지? 이제 와서 모른다고 발뺌하지 말았으면 좋겠어. 그거 2년 전부터 추진된 거고,

나는 어느 정도 이현 씨도 마음의 준비를 했다고 생각했어. 알 거야. 우리 클럽에서 다들 이현 씨랑 내가 결혼할 거라고 예상하고 있다는 거."

이현이 소파 손잡이를 꽉 움켜쥐고 검지로 소파 가죽을 툭툭 두드렸다. 집중이 되지 않으면 늘 이런 식으로 산만해져 버리고 말았다. 알고는 있었다. 아라가 어릴 때부터 꽤나 오랫동안 그를 짝사랑했다는 걸.

그래서 돈깨나 있다는 기업의 자식들이 모여 두어 달에 한 번씩 친목을 갖는 모임에서도 아라가 이현을 자기 것으로 찜해놓고 다른 애들은 손도 못 대게 했다는 것도 잘 알고 있었다. 하지만 그는 아라가 무슨 짓을 하든 개의치 않았다. 관심이 없었기 때문에 무시하고 지나갔다. 그러다 보면 저절로 그의 무심함에 질려 아라가 떨어져 나갈 거라 믿었다. 그런데 떨어져 나가기는커녕 더 강해져서 나타났다.

"아버지가 이현 씨를 만나고 싶으면 직접 가서 만나래. 그렇지 않으면 영영 못 만날지도 모르겠다고. 이현 씨가 일부러 나를 피하는 눈치라면서 집안에서 걱정하고 있어. 이런 상황을 나는 대체 어떻게 받아들여야 옳아?"

"미안한데, 난 결혼 생각 없다."

"이현 씨! 사람은 누가 되었던 결혼을 하긴 해. 결국 한 번 누군가와 해야 하는 거라면 이현 씨는 나와 해야 하는 게 맞아. 집안끼리 잘 알고 지닌 부와 명예의 무게 또한 비슷해. 우리가 결혼하면

이 나라 최강이야. 뭘 더 복잡하게 생각해? 이현 씨, 지금 미친 듯이 일하는 거 다 돈 벌자고 하는 거잖아. 그렇게 죽어라 할 필요 없이 M&A하듯이 나와 결혼하는 게 훨씬 더 수익이 크지 않겠어?"

아라는 답답해 미칠 것만 같았다. 그녀의 나이 27살. 태어나 그를 처음 본 그날부터 쭉 그는 그녀의 유일무이한 이상형이었다. 완벽한 외모와 몸매, 빼어난 두뇌, 명석하고 잘생긴 그는 그녀의 영원한 꿈이자 희망이었다.

그의 아내가 된다는 완벽한 꿈을 오랫동안 꿔왔기 때문에 다른 남자는 눈에 차지 않았다. 모든 기준은 권이현이었고, 그랬기에 세상 모든 남자가 같잖게 느껴졌다. 그런데 정작 이현은 그녀에게 늘 무심했다.

한결같이 무심한 얼굴로 거리를 두고 그녀를 대했다. 혼자 매달리고 원하고 요구했다. 그런 와중에도 스무 살만 넘어가면, 그래서 몸매가 여물고 여성으로서 성장하면 그가 자신을 달리 보게 될 거라는 희망을 놓지 않았다.

그런데 그는 여전히 찬 시선이었다. 그녀를 향해 열정 어린 눈빛을 보내도 시원찮은 마당에 그는 늘 저렇게 건조하고 마른 시선으로 그녀를 바라보며 거리를 뒀다.

지금도 여전히 거리를 유지하려 하고 있었다. 그는 그녀에게서 일말의 애정이나 설렘 따위는 전혀 느끼지 못하는 듯했다. 속이 상해 죽을 것만 같았다. 너무도 욕심나고 갖고 싶은데, 그래서 집

안 어른들을 움직였고 곧 가질 수 있을 줄만 알았는데 쉽지 않아 돌 것만 같았다.

“여자라도 있어? 대체 뭐가 문제인 거야?”

“여자 있어.”

당연히 없을 거라고 생각하고 꺼낸 물음이었는데 돌아온 대답이 너무 어이가 없어서 아라가 숨을 멈추고 그를 바라봤다.

“이현 씨, 농담하지 마. 여자라니? 날 사람 취급도 안 해놓고 이제 와서 여자라니? 그게 무슨 소리야? 차라리 풍문처럼 남자를 좋아한다고 해버려. 그편이 더 믿음이 갈 것 같으니까. 농담이라고 해. 어?”

이현은 입가에 씁쓸한 미소를 머금고 늘 오만하고 당당하던 그녀가 마귀처럼 얼굴을 일그러트리는 모습을 보면서 그녀의 자존심이 지금 산산조각 났음을 깨달았다. 하지만 이제 공격을 시작해야 한다. 이대로 저들이 원하는 구도로 만들어줄 의향은 전혀 없었다.

아라가 지금 그를 갖기 위해 자신의 집안을 흔들고 그 여파로 그의 부친까지 휘젓고 있지만, 절대 그대로 무너질 마음은 없었다. 아라와의 결혼이 무엇을 의미하는지 안다. 이아라의 완벽한 인생 승리를 의미하는 것이다.

그녀만의 승리라면 해봄 직한 게임일지 모르지만 권옥수 회장의 승리이기도 하기 때문에 버티는 것이다. 사실 누구와 결혼을 하든 그다지 상관은 없었다. 다만 권옥수 회장이 원하는 대로는 해줄 마음이 없었다.

"그랬으면 좋겠다만, 여자가 생겼다. 확실히 말해두지만 여자이고, 그 사람과 약혼할 거야."

"권 회장님도 아시는 내용이야?"

"아직 몰라. 곧 말할 거고."

"이현 씨, 그 여자 뭐 하는 여자고 누구 딸인데?"

"내가 왜 내 사적인 얘기까지 해야 하지? 너랑 나, 2년 이상 연락두절이었어. 너, 지금 여기 와서 이러는 거 아주 무례하다. 내 눈에 들고 싶다면 이런 행동 삼가라."

아라가 새하얗게 질린 얼굴로 그를 원망스럽게 바라봤다. 어떻게 당신이 그럴 수가 있느냐는 듯한 얼굴이었지만 그는 개의치 않았다. 그녀가 지금 여기서 피눈물을 쏟는대도 아무런 감흥이 없었다. 일방적인 감정에 사로잡혀 그를 마치 자신의 것인 양 떠벌리고 다니는 게 마음에 들지 않아 몇 번인가 에둘러 경고를 했었다.

하지만 그런 순간에도 자신의 집안 배경을 들먹거리며 자신과 그가 어떻게든 이어질 수밖에 없음을 열변했다. 그에겐 그리 달갑지 않은 궤변으로 들렸다. 그건 어디까지나 그가 권 회장을 아주 신뢰하고 부자 관계가 돈독할 때 가능한 주장이었다.

지금 상황에서는 아라의 주장이 아무짝에도 쓸모가 없는데다 그녀에 대한 호감도마저 하강시키는 결과를 만들 뿐이었다.

"이현 씨, 난 이대로 물러날 생각 없어. 이현 씨한테 잘 보이려고 캐나다 지사까지 가서 일을 배우고 돌아왔어. 나 멍청하게 집

안에서 세상 돌아가는 것도 잘 모르고 그렇게 살 생각 없어. 이현 씨가 하는 사업을 도울 만큼 성장했어. 보여주고 싶어. 내가 얼마나 성장했는지."

"궁금하지 않다. 난 지금 아무것도 안중에 없어. 그 여자랑 어떻게 결혼까지 무사히 진입할지만 고민하고 있거든. 그러니까 나와 너를 이어 붙일 생각 같은 건 그만둬. 이젠 끝났어."

아라는 타들어가는 마음을 억누르며 치미는 분노를 감추지 못하고 두 눈에 담았다. 목표는 오직 하나, 권이현이었다. 그 때문에 집안에서는 육아와 살림을 할 수 있는 예비신부 교육에만 힘을 쓰고 싶어했지만, 그녀는 생각이 달랐다.

여자도 사업이 돌아가는 걸 어느 정도는 이해하고 있어야 조금이나마 도움이 될 거라 생각해 어려운 유학도 마다하지 않았다. 그런데 결과가 이 모양이었다. 다들 만류했었다. 이현의 마음은 다른 데 가 있으니, 차라리 다른 혼처를 구해보는 게 어떻냐는 제안도 많았다.

하지만 어릴 때부터 쭉 그였다. 첫눈에 그에게 반했고, 그가 하는 행동이나 말투에 마음을 온통 빼앗겨 버렸다. 그런데 이제 와서 그 목표가 산산조각 나게 생겼다. 이대로 멈출 수는 없었다. 아라는 단호한 표정으로 몸을 일으켜 그에게 말했다.

"이현 씨, 난 포기 안 해. 그러니까 끝이라는 말, 함부로 뱉지 마. 이현 씨는 내가 20년 이상 꿔왔던 꿈이야. 그래서 포기 못해. 오늘은 그냥 갈게. 다음엔 웃으면서 볼 수 있기를 바라."

아라는 곧장 밖으로 나와 후들거리는 다리로 휘청거리며 겨우 겨우 엘리베이터에 올랐다. 지하 주차장으로 내려와 자신의 붉은 스포츠카에 오른 그녀는 그대로 울어버리고 말았다.

가슴이 갈퀴로 갈가리 쥐어뜯기는 것만 같은 참담한 고통에 죽을 것만 같았다. 한참을 울던 그녀는 울음을 뚝 그치고 눈가의 물기를 닦아냈다. 그녀는 휴대폰을 들어 바로 장 비서에게 전화를 걸었다.

"장 비서, 난데. 당장 권이현이 사귀는 여자에 대해 수소문해 봐. 지금 당장!"

[네, 상무님.]

이대로 물러날 줄 알고. 어림도 없다.

홍현이 문을 열고 섰다. 윤선이 한 손에 소주 여러 병을 들고 들어오더니 환하게 웃었다.

"무슨 술을 그렇게 많이?"

"아줌마 결혼하셨다며? 아줌마 결혼 축하주 마셔야지."

윤선이 기분 좋게 웃으며 집 안으로 들어갔다. 홍현은 예전에 살던 곳에서 이사를 해서 지금은 단독주택에 살고 있었다. 단독주택이다 보니 들고 나기가 편했다. 아파트였더라면 경비의 눈치도 봐야 하고 입주민도 신경 써야 하지만 주택단지의 경우엔 그런 불편함이 적은 편이라 홍현의 집에는 두어 달에 한 번씩 왔다.

하긴 그땐 정희가 집에 있었는데, 오늘은 홍현 혼자 그녀를 맞았다. 집 안에 들어선 윤선은 내부를 이리저리 살피며 중얼거렸다.

"뭐야? 짐 하나도 안 빼갔어?"

"어, 그쪽 집에서 아버지가 엄마를 위해 가구고 뭐고 다 새로 해주셨어."

"우와, 대단하다. 뒤늦게 호강하시려나 보네. 다행이다."

소파에 앉은 윤선이 소주 한 병을 꺼내 뚜껑을 열었다. 그러자 홍현이 잔을 내려놓고 냉장고에 있던 쥐포와 마른 오징어를 가스불에 구워 쭉쭉 찢어갖고 왔다.

"미리 얘기 좀 하지. 안주 좀 더 준비하게."

"살 쪄. 안주발 세우지 말고 술배 채우자. 오빠도 기분 별로겠다."

홍현은 대답 대신 그녀가 채워놓은 잔을 비우며 입가에 쓰린 미소를 지었다.

"형이라는 사람은 어때?"

"무섭더라."

쥐포를 우물거리던 윤선이 곁에 앉은 홍현의 허벅지를 툭툭 쳤다.

"힘 내. 아줌마가 선택한 삶이잖아. 기왕이면 오빠의 희생으로 그분 앞날이 조금은 편안하고 행복하기를 바라는 수밖에."

홍현은 가만히 윤선을 응시했다. 윤선은 그의 마음을 알까? 사실 그는 꽤 오랫동안 윤선바라기였다. 그녀가 연예인이 되자마자 팬카페에도 가입을 했고 그녀의 모든 기사들을 스크랩할 만큼 그녀의 극성팬이었다. 연예계 데뷔 전부터 그녀는 그의 유일한 샛별이었다. 그녀가 연예인이 될 거라고는 상상도 못했기 때문에 사실 은형이 연예인이 되는 걸 반대한다는 말을 듣고 속으로는 은형을 응원했었다.

그녀가 자신만의 연인이길 바랐지, 만인의 연인이 되는 건 바라지 않았기 때문이었다. 그런데도 은형과 사이가 안 좋은 윤선은 은형에게 설득당하기는커녕 되레 집을 뛰어나가면서까지 스스로 연예인이 되는 길을 선택했다. 마음이 좋지 않았다. 세상 모든 남자가 그녀를 열망하게 된다는 사실이.

하지만 윤선이 좋아하니까 억지로 받아들일 수밖에 없었다. 그는 윤선에게 어떤 영향력도 없는 사람이었기 때문에 더더욱 말릴 방법도 없었다. 그저 바라보는 것 외에는 할 수 있는 게 많지 않았다.

그렇게 마음을 키웠는데, 힘들게 한 취업조차 계약직이고 뭐 하나 번듯한 게 없었다. 그녀에게 내세울 만한 게 아무것도 없던 그에게 모친은 유일한 지원군인 부친이라는 카드를 꺼내 들었다.

어느 날 술에 취해 울먹거리며 이렇다 할 만한 백 하나 없는 자신을 한탄한 적이 있었다. 그 울음소리를 들은 모친이 홀로 권 회장을 찾아가 담판을 짓고 돌아온 것이다. 아들을 위해 감춰야 할 과거를 기어이 들춘 모친이었다. 그 부분에 대해 뭐라 해선 안 된다는 걸 잘 알지만 그는 스스로가 초라해 자괴감이 들었다.

결국 부친이 가진 배경과 권력을 이용해 올라가는 것 외에는 할 수 없는 자신이 한심했다. 그래도 이젠 제법 번듯한 자리를 차지해 앉고 나자 마음이 달라졌다. 이젠 윤선에게 제대로 마음을 드러낼 수 있다는 자신감이 생긴 것이다.

적어도 윤선이 콧방귀는 뀔 수 없는 위치가 되어 있었다. 물론 윤신보다야 수입이 적을지도 모르지만 그는 부친이 사망 시 후계자가 된다. 일정 금액의 상속액이 나올 테고, 평생 떵떵거리며 살게 될 것이다. 그러니 이젠 스스로 윤선에게 고백을 해도 된다, 자격이 있다 그랬다.

그런데 한 가지 문제는 윤선은 꽤 오랫동안 그를 편한 오빠 정도로 생각하고 있다는 것이었다. 이 시점에서 혹여 그가 한 고백 때문에 윤선이 그를 어려워하며 거리를 두면 어쩌나 마음이 불안했다.

"윤선아……."

"응?"

윤선이 오징어를 우물거리며 그를 쳐다봤다. 10대 때는 청순하고 귀엽고 통통 튀는 매력이 생동감 넘치더니 20대가 된 그녀는 풋풋하고 싱그럽고 아름다웠다. 눈을 뗄 수 없게 아름다워진 그녀가 털털하게 웃으며 그를 마주하고 있었다. 그의 고백 때문에 그녀와의 이런 관계가 무너진다면 어찌해야 좋을까?

"넌 이상형이 뭐야?"

"갑자기 그건 왜?"

"세상 모든 남자들이 여신이라고 손꼽는 너잖아. 네 이상형이 뭔가 궁금해서."

"여신은 무슨! 오빠까지 왜 그래? 웃기게. ……이상형이라, 일단 키가 아주 커야 되고……."

"그리고?"

"다정다감하고 따스한 사람이면 좋겠는데……."

"그런데?"

"문제는 내가 이성에게 관심이 없다는 거지. 오빠도 알다시피 내가 불우한 어린 시절을 보냈잖아. 심적으로 매우 불우한……. 그래서 그런지 연애도 결혼도 별로 하고 싶지 않아. 지금 당장은 내 위치를 조금 더 상승시키겠다는 목적 외에는 없어. 결혼하면 좋은가? 난 별로……."

홍현은 좌절에 빠지고 말았다. 지금 고백을 한들 윤선의 심리가 저러니 좋은 결과가 나올 턱이 없었다. 이런 땐 대체 어떻게 대처하는 게 좋을까? 이대로 확 고백하고 몇 달간 지켜봐 달라 말한 뒤에 네 마음을 얘기해 달라고 한다면?

"그럼 연애는 아예 생각 없어?"

"없어. 마음이 동해야 하는데 주변에 괜찮은 사람도 없고……. 끌리는 사람이 나타나면 해볼까도 싶었지만 없어. 난 나를 너무 사랑하나 봐."

윤선이 소주를 한잔 마시고 배시시 웃었다. 연애를 할 생각은 없지만, 현재로서는 권이현과 얽힌 부분이 있어서 그걸 먼저 풀어나가는 게 급선무였다. 그때 그녀의 휴대폰이 문자 신호음을 냈다. 그녀는 휴대폰을 들어 문자메시지를 확인했다.

「내일 저녁에 잠깐 보자.」

그녀는 재빨리 답문을 쳤다.

「시간이랑 장소 알려주세요.」

「시간은 7시쯤이고 비서 보낼 테니 기다려.」

문자를 확인한 윤선이 다시 소주잔을 들어 한 모금 마셨다.

"오빤 좋아하는 사람 있어?"

"응, 있어."

"우와! 정말?"

윤선이 몸을 돌려 아예 관중마냥 흥분해서 홍현을 바라봤다. 홍현은 자신의 속도 몰라주고 저렇게 반색하는 윤선이 이토록 원망스러운 적이 없었다.

"어떤 사람인데?"

"되게 예쁘고 성격도 좋지. 나랑 되게 잘 맞아."

"호오, 어디서 만났어?"

"알고 지낸 지는 아주 오래됐지."

이렇게 힌트를 하나씩 던지다 보면 윤선이 자신인 걸 알게 될지도 모른다는 희망을 한 가닥 잡고 스무고개를 하듯 좋아하는 마음을 전달했다.

"그래? 그럼 나도 아는 사람인가?"

"뭐, 알 수도 있고."

"나 만나게 해줄 거야?"

"때가 되면."

"언제 고백하려고?"

"조만간. 그런데 알고 지낸 지가 오래돼서 관계에 긴장감이 전혀 없어. 나 혼자 오래 좋아했던 거라, 상대가 그걸 안다고 해도 오케이할 것 같지도 않고……. 만약 내 고백 때문에 그동안 유지해 왔던 관계가 어그러지면 어떻게 하지? 난 그 사람 못 보면 이제 못 살 것 같은데……."

윤선이 놀랍다는 듯이 눈을 휘둥그렇게 키웠다.

"그렇게나 좋아해? 이야, 오래 살고 볼 일이다. 오빠의 그런 갸륵한 마음을 안다면 상대가 받아들일 만한 상황이 아니라고 해도 평생 절교하자고는 안 하지 않을까? 오빤 지금 상대방한테 까일까 봐 걱정인 거야?"

"응, 그 사람이 나를 남자로 보질 않아."

"그것도 좀 문제네. 이성 간엔 서로 팽팽한 긴장감 같은 게 있어야 하지 않나? 그게 아니라면 어떤 자석 같은 끌림이라도……. 그런데 그게 부족하다면 여자 쪽은 감흥이 없다는 건데……. 그래도 오빤 가능성 있어."

갑자기 힘내라는 듯 눈을 빛내며 윤선이 그의 허벅지를 툭툭 쳤다.

"무슨 소리야?"

"일단 오빤 남자로서 상당히 매력적이거든. 키도 크고 몸도 좋고 성격도 참하고. 후훗, 여자들이 쉽게 NO 할 수 있는 성격의 남자가 아니야. 아마 심각하게 고민해 볼 거야. 좋은 결과가 있을 수도 있으니까, 심장 조심하고."

홍현은 참담한 눈빛으로 그녀를 바라보며 속으로 깊은 속내를 읊조렸다. 그게 너인데? 너라면 정말 그렇게 반응해 줄 거야?

하지만 그걸로는 부족했다. 그가 그녀에게 원하는 건 심각하게 고민하는 정도의 결정이 아니라 확실한 대답이었다. 사귀고 싶다 말하는 그의 물음에 얼른 좋다고 대답하는 그녀의 얼굴이 보고 싶은 것이다. 오래 알고 지낸 만큼 망설임은 커질 수밖에 없었고, 잘못해서 윤선을 잃게 될까 봐 그의 행동은 더욱 신중할 수밖에 없었다.

#4. 엇갈리는 시선

저녁 7시가 되자 누군가 그녀의 집 출입구 벨을 눌렀다. 모니터 속에 나온 남자는 권이현이 보냈다고 말하고는 기다리겠다고 했다. 윤선은 수수한 블루진에 민트색 라운드 티셔츠를 입고 모자를 깊게 눌러쓰고 밖으로 나갔다. 주차장엔 검은 고급 세단이 대기 중이었다.

운전기사가 문을 열고 섰다. 윤선이 차에 오르자 운전기사는 아무런 말도 없이 곧장 차를 움직였다. 머릿속이 복잡해졌다. 아무리 돈이 좋기로 쓸데없는 데 발을 담근 건 아닌가 싶기도 하고 이러다 뒷수습이 안 되는 좋지 않은 상황이 벌어지기라도 하면 큰일인데, 별별 생각이 다 들었다.

권이현을 보고 있으면 뭐라 설명할 수 없는 오묘한 승부욕 같은 게 치밀고 올라왔다. 그와 같이 있으면 생각이라는 게 없는 사람처럼 행동하게 되었다. 그의 페이스에 휘말려 그가 원하는 대로 해주고 있다는 게 함정이라면 함정이었다.

결국 그 남자가 지닌 마성의 매력에 자신도 모르게 흡수되어 어수룩하게 행동하고 있다. 반하지 말아야지, 마음먹었는데 그와 눈을 마주치면 거센 바람을 마주친 것마냥 정신없이 마음이 흔들거렸다. 조금이라도 그와 같이 있고 싶다는 마음 한 자락 때문에 그가 원하는 건 기분 좋게 툭툭 내놓고 있었다. 이 마음이 사실은 너무도 불안했다.

그녀는 창턱에 팔꿈치를 기대고 턱을 괬다. 아직 해가 지지 않아 세상은 오렌지 빛 햇살에 잠겨 있었다. 이 여름이 지나가면 권이현과의 만남도 신기루처럼 사라지고 말겠지. 하지만 이 순간 느껴지는 심장의 흥분이 그녀를 짜릿하게 했다. 한 남자가 주는 설렘이나 기대감이 그녀에겐 색다른 자극이며 동시에 일탈이었다.

검은 세단은 유유히 시내길을 지나 단독주택들이 밀집해 있는 구역으로 들어가기 시작했다. 대부분 잘사는 사람들이 모여 사는 부촌 분위기가 났다. 대문들도 하나같이 화려하고 감시 카메라가 곳곳에 설치되어 있는 걸 보면 지켜야 할 게 많은 사람들이 사는 곳 같았다.

세단이 한 주택 근처에서 속도를 늦추더니 개폐형 주차장 대문이 열리자 그 안으로 서서히 진입해 들어갔다. 주차장 내의 실내

등이 들어왔다.

주차장의 규모가 상당했다. 세워져 있는 차들도 하나같이 고가의 슈퍼 럭셔리 스포츠카들이었다. 다 합치면 강남의 빌딩 하나 값은 될 것 같았다. 자동차 전시장을 방불케 하는 주차장을 바라보며 차에서 내려서자 운전기사가 자신을 따라오라 했다.

운전기사의 뒤를 따라 주차장을 빠져나가는 통로를 걸어 올라갔다. 제일 먼저 나타난 것은 잔디였다. 프랑스 정원을 고스란히 옮겨놓은 듯한 정원의 화려한 모습이 이목을 잡아끌었다. 그녀는 모자를 눌러쓰고 정원의 모습을 홀린 듯이 바라봤다. 큰 나무를 심는 대신 어른 키만 한 나무들을 빼곡하게 심어 미로처럼 길을 만들어놓았다.

안쪽 깊은 곳에서는 꽃향기가 진동하고 있었다. 마음 같아서는 저 미로 속으로 들어가 감춰진 꽃이 무엇인지 보고픈 마음이 굴뚝 같았지만 자제했다. 철부지 어린애처럼 행동해서는 안 되는 타이밍이기에.

"이쪽으로."

운전기사가 지문 인식 자동문 앞에 서더니 문을 열고 옆으로 비키며 들어가라 했다. 윤선은 그의 말대로 안으로 들어가 신발 대신 실내화로 갈아 신고 다시 그의 뒤를 쫓았다. 운전기사는 구불구불한 복도를 지나 첫 번째 문을 열더니 안으로 들어가 기다리면 된다고 말하고는 사라졌다. 그녀는 안에 발을 들여놓고 내부를 살폈다.

온통 연갈색으로 통일해 놓은 분위기 때문인지 달콤한 캐러멜 속에 풍덩 빠진 기분이었다. 하나같이 처음 보는 자재들로 내부를 채워 넣었다. 대리석 바닥과 기둥, 포인트 벽부터 시작해 높고 깊은 천장과 화려한 빛을 뿌리는 샹들리에까지. 그냥 부자라고만 생각하기 어려울 만큼 호화스러운 장식품과 자재로 마감한 공간이었다.

"왔어?"

이현이 진회색 슈트 차림으로 나타났다. 손에 두 개의 브리프케이스가 들려 있는 것을 보니, 이제 막 퇴근을 해서 들어온 모양이었다. 그가 입고 있는 슈트를 보고 있자니 저절로 입이 헤벌어졌다. 마치 피부처럼 밀착된 천의 질감은 그렇다 치고 떡 벌어진 어깨와 잘록한 허리 라인부터 아래로 쭉 뻗은 긴 다리까지 완벽한 비율을 자랑하고 있었다.

머리카락도 살짝 웨이브가 져서 위로 감겨 있는데 전문가가 만져 주기라도 한 듯 자연스럽게 위로 올라가 있어 세련미의 극치였다. 그와 달리 자신은 편한 차림으로 왔다는 사실을 인지한 그녀는 조금 후회했다. 화려하게 차려입고 올 걸 사람들 시선을 의식해서 너무 편하게 입은 게 아닌가 싶어서.

이현이 재킷을 벗어 소파 등받이에 던져 두고 그녀를 흘끔 쳐다봤다. 눈이 아주 잠시 그녀를 훑고 지나가는데도 심장이 두근거렸다. 그의 눈빛은 그럴 정도로 설명하기 어려운 깊이감을 품고 있었다.

"뭐, 마실래?"

"아무거나 주세요."

"일단 앉아."

그가 소매 깃을 접어 올리더니 넥타이를 느슨하게 풀며 냉장고 문을 열고 서서 음료수를 꺼냈다. 음료수를 속 깊은 컵에 따르더니 냉동실에서 얼음을 꺼내 대여섯 개를 집어넣었다. 탄산음료가 담긴 컵이 그녀 앞에 놓였다. 그는 깊게 한숨을 쉬고 그녀의 맞은편에 앉았다.

"뭐 하다가 왔어?"

그가 친숙한 어조로 물었다. 마치 회사와 관련된 기밀을 그의 앞에서 보고라도 해야만 할 것 같은 중압감이 느껴지는 분위기였는데, 그의 입에서 나온 말은 전혀 다른 것이어서 입가에 미소가 떠올랐다.

"왜 웃어?"

"권이현 씨, 되게 어려운 남자예요."

"그런데 웃어?"

"상상도 하지 않고 있던 질문을 하니까 웃죠."

"뭐 하다 왔느냐는 질문이 왜?"

"이현 씨 표정은 지금 막 중대한 회의를 시작해야만 할 것 같은 분위기거든요. 저는 막 상사에게 엄청 신나게 깨질 예정인 신입사원이고……."

그가 피식 입가를 휘었다.

"아무나 혼내진 않아."

윤선이 컵을 양손으로 쥐고 탄산수를 마셨다. 그도 몸을 뒤로 깊이 기대고 다리를 꼬더니 그녀를 지그시 응시했다.

"스케줄이 얼마간은 없던데?"

"네, 드라마를 하는 게 좋을지 영화를 하는 게 좋을지 고민이 많아요."

"아무거나 해. 그게 그거 아닌가?"

"달라요. 드라마는 촬영 기간이 짧고 쪽잠을 자면서 촬영해야 한다는 단점이 있죠. 촬영 중엔 거의 생방 촬영이라 한 시간도 겨우 잘까 말까예요. 이동 중에 조금씩 눈을 붙이고 자는 게 전부라 극도의 피로 상태에서 연기를 하죠. 장점이 있다면 쉼 없이 찍기 때문에 캐릭터 몰입은 아주 좋다는 점이 있지만, 몸이 힘들어요. 영화는 촬영 기간이 길고 쉬는 텀이 많아서 체력 보충은 되지만 캐릭터 몰입이 끊어지는 경우가 있어서 몰입감을 유지하는 게 난관이죠. 이번에 찍은 영화 같은 경우엔 감독님이 감정에 몰입할 수 있도록 시간 여유를 많이 준 편이라 조금 편히 찍긴 했지만, 다음 영화에서도 그런 기회를 제공 받을지 미지수라 많이 망설여져요."

"영화에 몇 번 카메오로 나온 적이 있으니, 영화감독들을 많이 봤을 테고 그중 당신과 성향이 맞는 분을 고르면 되지 않을까?"

의외였다. 그녀의 필모그래피를 꿰고 있을 줄이야.

"그게 시나리오가 마음에 든다 싶으면 감독님이 호랑이같이 무서운 분인 경우도 있고, 일장일단이 하나씩 있어서 뭐가 나에게 더 유리하게 작용할지를 살펴봐야 할 것 같아요."

"스케줄이 조금 더 자유로운 쪽을 먼저 택하는 게 어때?"

"왜요?"

"내가 당분간 좀 자주 불러낼 것 같은데."

"한 달만 유지하자고 하지 않았던가요?"

"두 달까지는 봐줘야지."

"무슨 계약을 그렇게 주먹구구식으로 해요?"

윤선이 핀잔을 주자 그가 얼음 하나를 입안에 물고 오독오독 씹어 먹었다.

"오늘 오라고 한 건 이번 주 일요일에 본가에 인사를 가자고 불렀어."

"벌써요?"

"집안에서 약혼하기를 바라는 집안이 있는데 이쪽에서 너무 적극적으로 나와. 더 압박이 세지기 전에 빨리 포기를 시키는 게 좋거든. 싸움이 길어지면 피로도만 쌓일 뿐이고. 나한텐 비효율적이야."

"난 어떻게 하면 되나요?"

"가장 비싼 옷과 가방, 장신구를 하도록 해. 배우니까 그런 건 충분히 렌트가 가능하잖아."

"가능해요."

"가장 화려하게 하고 왔으면 좋겠어. 적어도 아버지가 내가 당신의 외모에 압도되었다는 사실이라도 인정하게 만들어야 하니까. 그리고 최대한 말은 줄이도록 해. 자세한 얘기는 내가 하도록 할 테니까."

"그럴게요."

"아마 식사는 어려울 거고, 차만 한잔 마시고 쫓기듯 집을 나와야 할 거야. 절대 울어선 안 돼. 어떤 모욕과 수난을 당해도 절대 눈물을 보이지 마. 당신과 내가 어떤 각오로 부친에게 전면전을 선포하는 건지 보여주기 위해서는 독해 보일 필요가 있어."

윤선은 그가 하는 말을 전부 기억해 두었다. 한 치의 실수도 해서는 안 될 상황이기 때문에 자기 최면을 걸었다. 세상에서 가장 쿨하고 독한 여자를 연기할 것!

"그리고 한 가지 더."

윤선이 이미지를 머릿속에 그리고 어떤 식으로 캐릭터를 만들어야 하나 고민하는데 그가 생각을 뚝 끊었다.

"약혼녀가 될 여자가 당신을 찾아갈지도 모르겠어. 그때도 어떻게든 가장 독한 여자의 모습을 보여줬으면 해. 누가 와서 흔들어대도 눈 하나 꿈쩍하지 않겠다는 강한 결의를 모든 이들이 느끼도록 해줘야 돼."

"그런데 상상을 못하겠어요. 예비 약혼녀나 당신 집안이나 나한테 어떤 말로 상처를 줄지 예측하기가 어려운데요?"

"막장 드라마처럼은 안 할 거야. 애초에 고래고래 소리 질러대는 집안은 아니니까. 낮은 어조로 상대방의 약점을 쥐고 수차례에 걸쳐 비수를 꽂아 넣을 사람들이야. 그 부분에 대해서는 미리 각오를 해두는 게 좋아. 당신에 대해 어느 정도는 뒷조사를 끝내뒀을 테니까 그쪽에서 나올 말이 실제 당신의 사생활에 대한 공격이기 때문에 마음을 단단히 먹지 않으면 휘둘려질 수도 있어."

갑자기 조금 두려워졌다. 과거가 때 묻지 않고 깨끗하다고만 하면 저런 협박 따위가 무슨 대수겠느냐마는 그게 아닌 이상 두려움이 컸다. 그녀는 부친이 없다는 약점과 동시에 모친에게 사랑받지 못하고 컸다는 아픔을 품고 있다. 그런 부분을 곡괭이 같은 말로 파댄다면 과연 아무렇지 않을 수 있을지 모르겠다.

하지만 약속은 약속이니까, 버틸 수 있는 데까진 버티다가 방을 빠져나와 무너지든지 해야 할 것이다. 결국 정신력 싸움인 건가.

"뮤지컬 좋아하나?"

"네?"

"회사에서 후원하는 정통뮤지컬이 있는데, 보러 갈래?"

"저야 좋아하죠. 그런데 옷이 이래서……."

"우리 쪽 백화점 퍼스널 쇼퍼를 불러주지. 잠시만."

이현이 휴대폰으로 어딘가에 연락을 하더니 20분 만에 정복 차림의 여자가 나타났다. 여자가 로비에 옷과 가방, 신발, 액세서리를 놓고 기다리자 집안의 도우미가 쇼퍼가 들고 온 물건들을 전부 윤선이 있는 방으로 옮겨주었다.

쇼퍼와 서로 마주쳐서는 안 되기 때문에 할 수 없이 갖고 온 것들 중 윤선은 코발트블루 계열의 입술라인 원피스를 골라 입고 그와 똑같은 계열의 힐을 신었다. 포인트로 진초록색 파우치 백을 들고 액세서리로는 가넷이 박힌 목걸이를 착용했다.

전부 차려입은 윤선이 도우미에게 남은 것들을 맡기고 이현이 기다리는 서재 방으로 이동했다. 그도 진갈색 슈트로 갈아입고 그녀를 기다리는 중이었다. 그녀의 모습을 본 이현이 가슴 앞에 팔짱을 끼고 이리저리 살피며 칭찬했다.

"옷에 따라 분위기가 확확 바뀌는 얼굴이군."

"오늘 고마워요."

"나가자."

앞장서는 이현의 뒤를 따라 윤선이 주차장으로 이동했다.

뮤지컬이 공연 중인 대형 극장에 도착했다. 주차를 마친 그는 VIP들만 이용하는 엘리베이터를 타고 뒷길로 들어가 다른 입구를 통해 좌석 쪽으로 진입해 들어갔다. 좌석은 거의 무대 앞쪽이었다.

그녀는 팸플릿으로 얼굴을 가리고 안으로 들어가 자리했다. 곁엔 이현이 앉았다. 옆은 복도였기 때문에 앉은 사람이 없었다. 이미 공연은 시작되고 있었다.

두 시간에 걸친 격렬한 뮤지컬 공연이 막바지에 달하자 그가 나직하게 말했다.

"지금쯤 나가는 게 좋을 거야. 사람들 눈에 띄거든."

"그래요."

이현이 먼저 몸을 낮추고 나갔고, 그의 뒤를 따라 나가려는데 뒤에서 수군대는 소리가 들렸다.

"방금 지윤선 아니야?"

"맞는 것 같은데? 남자랑 왔지?"

"헐, 대박!"

그나마 다행인 건 실내에서는 철저히 카메라를 꺼낼 수 없다는 점 때문에 그녀의 모습이 찍히거나 하는 일은 없었다. 무사히 밖으로 빠져나온 둘은 다시 왔던 길을 되짚어 주차장으로 이동했다.

"뮤지컬 어땠어?"

"노래를 괜찮게만 한다면 한번 도전해 보고 싶은 장르 중에 하나예요. 연기하는 배우들의 모습을 보고 있자니까, 나도 무대 위로 뛰어 올라가 같이 호흡하고 싶어지더군요. 영화나 드라마와는 또 다른 매력이 있어요."

이현이 차 문을 열고 섰다. 윤선이 보조석에 오르자 차 문을 닫아준 이현은 운전석에 앉았다. 그가 시동을 걸고 말했다.

"저녁은 먹었어?"

"원래 저녁은 안 먹어요."

"난 배고파. 뮤지컬 시간이 어정쩡해서 그냥 건너뛰려고 했는데, 배고파서 안 되겠다. 먹진 않더라도 내가 먹는 건 봐줄 수 있지?"

윤선이 어깨를 으쓱했다. 이현은 그녀를 데리고 여의도 한 식당으로 갔다. 유난히 넥타이를 맨 회사원들로 바글거리는 식당이었는데 그나마 저녁 시간을 지나서 들어가 식사 중인 사람이 그리 많지는 않았다. 식당 주인이 이현을 알아보고는 방으로 안내했고 안으로 들어간 이현이 윤선의 자리에 방석을 놓아주었다.

"이런 데도 오나요?"

"이런 데가 뭐?"

"재벌 후계자쯤 되면 늘 화려한 만찬을 즐길 것 같은데, 의외로 소박해서요. 여긴 일반 음식점이잖아요. 백반과 소주 아니면 막걸리가 나오는 그런 식당."

"재벌이고 뭐고 입맛은 보통 사람이랑 크게 다르지 않아. 다른 사람들 입맛에 뭐가 아주 잘 맞는다면 나 역시 평범하게 그런 게 맛있거든. 그래서 이 집에 자주 오는 편이야. 왜? 신경 쓰여? 사진 찍힐까 봐?"

"그건 별로……. 그냥 이현 씨의 취향이 좀 의외라서 꺼낸 말이었어요."

잠시 뒤 찌개와 떡갈비가 들어왔다. 10가지도 넘는 반찬이 세팅되고 밥과 찌개가 놓이자 주인이 웃으며 윤선에게 인사를 했다.

"배우 맞죠? 텔레비전에서 본 것 같은데……."

윤선이 웃자, 주인이 종이 한 장을 내밀었다.

"사인 좀 해놓고 가세요. 대대손손 가보로 물려주게요."

"네, 그럴게요."

주인이 더 필요한 게 있으면 벨을 눌러달라고 말하고 나가자 윤선은 하얀 종이 위에 사인펜으로 화려하게 사인을 해 넣었다. 가만히 보고 있던 이현이 신기한 사람 보듯 했다.

"역시 유명인은 다르군. 사인도 남다르고. 나중에 나도 하나 해줘. 난 옷에다 받아야겠다."

"놀리지 말아요."

"놀리는 거 아냐. 음식 먹어봐. 입맛에 맞나 궁금해."

윤선은 숟가락으로 밥을 한술 뜨고 찌개를 한입 먹었다. 반찬 몇 개를 젓가락으로 집어 입에 넣고 우물거리던 윤선이 씨익 웃었다.

"손색없네요. 맛있어요."

"당신이 맛있다고 하니 좋군."

그가 눈가에 미소를 머금고 바라보자, 윤선은 가슴이 벌렁거려 그를 똑바로 바라볼 수가 없었다. 그가 짙어진 눈빛으로 바라보면서 웃기까지 하면 시선을 어디에 둬야 할지 몰라 당황스러워졌다. 그녀는 시선을 내리고 젓가락으로 반찬을 한 가닥 집어 입안에 넣고 오물거렸다.

다른 때는 누가 쳐다보거나 말거나 맛있는 음식이 있으면 배를 채우느라 정신이 없었는데, 오늘따라 이상하게 이현의 시선을 예민하게 받아들였다. 음식도 한꺼번에 왕창 떠서 입에 넣지를 못하고 깨작거리게 되었다. 원래 이런 내숭 같은 거랑은 거리가 멀었었는데, 자꾸 왜 이러는 것일까?

"일부러 조금씩 먹는 건가?"

"아아…… 저녁을 원래 먹지 않아요. 다이어트 때문에 조심해서 먹지 않으면 곧장 1킬로그램이 확 쪄버리거든요. 트레이너한테 잔소리를 듣지 않으려면 최대한 먹는 건 조절해야 돼요."

나름 변명이라고 했는데 해놓고 자괴감이 들었다. 다른 땐 잘 먹는데, 당신이 앞에 있어서 숨이 안 쉬어져 먹기가 힘들다고 어떻게 말하겠는가.

"난 잘 먹는 여자가 좋은데. 하긴 당신 몸매를 유지하려면 그런 노력이라도 해야겠지. 노력조차 없이 그런 몸매라고 한다면 인간미가 없을 것 같군."

"그런 몸매라 함은?"

그녀가 한쪽 눈썹을 천천히 치켜 올리며 묻자, 이현이 파김치를 돌돌 말아 입안에 넣으며 말했다.

"멋진 몸매?"

"어울리지 않게 아부도 좀 하는데요?"

"아부가 아니라 사실이지. 난 굉장히 냉정한 남자야. 아닌 건 아니라고 하거든. 나한테 지윤선이 여자가 아니라고 확실하게 말하기도 하잖아."

심장에 두툼한 바늘이 콕 하고 박혀 들어왔다. 이런 대화 중에 진심을 끄집어내 상대방 가슴에 찬물을 쏟아부을 것까진 없지 않나? 괜히 원망스러운 마음에 입술이 불툭 튀어나왔다. 혼자만 그를 의식하면서 설레는 게 영 바보 같았다. 자존심을 지키려면 마음 먼저 추슬러야 할 것 같았다.

❖

점심시간이 막 시작됐을 때였다. 이현의 휴대폰이 낯선 번호로 울리고 있었다. 이현이 받을까 말까 하다가 손을 뻗어 휴대폰을 받았다.

"여보세요?"

[문자를 먼저 보낼까 하다가 전화했는데, 그래도 받아주네? 나야, 이아라.]

그는 깊게 숨을 내쉬고 얼굴을 일그러트렸다.

"무슨 일이야?"

달갑지 않다는 듯 그의 어조가 낮게 가라앉았다.

[좀 만났으면 좋겠어. 이현 씨 회사 바로 뒤쪽에 자그마한 카페가 하나 있어. 잠시만 나와. 할 얘기가 있어. 귀찮게 할 생각 없으니까 딱 5분만 시간 빌려줘.]

"쓸데없는 소리면 화낸다."

[쓸데없지 않은 얘기야. 나와봐. 흥미 있는 얘길 거야.]

마음 같아서는 나가고 싶지 않았지만 가만히 있지 않겠다고 으름장을 놓고 간 아라의 성격상 무슨 짓이든 하지 싶어서 만나보기로 했다. 적어도 어떤 카드를 내밀지 정도는 힌트를 들어야 할 테니까. 그는 재킷을 걸치고 이 비서에게 점심은 따로 나가 먹고 오겠다고 말한 뒤 홀로 빌딩을 빠져나왔다.

아라의 말대로 건물 뒤편으로 자그마한 카페 하나가 서 있었다. 그는 손님 한 명 없는 카페 안으로 들어갔다. 가장 끝자리에 아라가 다리를 꼬고 앉아 휴대폰을 만지작거리고 있었다.

그가 의자를 꺼내 앉자, 아라가 고개를 들어 그를 올려다보더니 기고만장한 미소를 띠었다. 갑자기 불안해지기 시작했다. 왜 저렇게 여유로운 미소를 짓는지 이해할 수가 없었다.

"내 맘대로 아이스 아메리카노 주문했어."

"상관없어."

여직원이 커피잔을 그의 앞에 놓고 카운터로 돌아갔다. 그는 커피잔을 들어 얼음이 빼곡하게 들어찬 커피를 한 모금 마셨다. 날씨가 무척 후덥지근했다. 햇살은 형광빛으로 빛나고 땅에서는 지글지글 아지랑이가 피어오르는 중이었다. 카페 내부에서는 에어컨 돌아가는 소리와 잔잔하게 울리는 기타 선율만이 반복적으로 들려오고 있었다. 여직원이 휴대폰을 들고 카페 밖으로 나갔다.

"자, 할 말은?"

"이현 씨 사귄다는 여자 누군지 알아냈어."

아라는 지금 자신이 꺼낸 비장의 카드에 이현이 조금이라도 미동을 해주기를 바랐다. 그런데 이현은 평온한 눈빛으로 그녀를 바라보며 '그게 뭐 어쨌다고?' 하듯 눈빛에 비웃음 같은 걸 머금고 바라봤다. 그녀는 인상을 굳히고 마음을 다잡았다. 결국 이것마저 그에게는 그리 큰 약점이 아니라는 말인가?

"누군데?"

"요새 뜨는 신인 배우 지윤선. 맞아?"

"응, 맞아."

태평하게 대답한 이현이 손을 뻗어 우아한 동작으로 커피잔을 들어 올리더니 한 모금 마시고 감정 없는 눈빛으로 그녀를 응시했다. 늘 이런 식으로 그는 그녀를 농락하듯 바라본다. 한 번도 그를 이기고 우위를 차지해 본 적이 없었다. 억울해진 아라는 어금니를 사리물고 그를 노려보며 숨을 몰아쉬었다.

"너무 안일한 거 아닌가? 그런 애는 실컷 데리고 놀다 버리는 거야. 그런 애와 약혼까지 하겠다는 이현 씨 심리를 이해할 수 없어."

"첫눈에 반한다는 말이 무슨 뜻인지 알아?"

울컥, 치밀고 올라오는 감정을 아라는 가까스로 억눌렀다. 왜 모르겠는가! 그를 향해 느낀 첫 감정이 그것이었는데.

"그걸 내가 모를 거라 생각하고 묻는 거야? 이현 씨, 정말 잔인하구나."

"그렇다면 잘 알 텐데. 첫눈에 그 여자한테 반했어. 운명을 예감했다고들 하지? 아주 유치한 말로는……."

저렇게 냉정하고 차디찬 남자가 어쩌다가 그런 운명론까지 들먹거리게 된 것일까? 도통 그를 따라잡을 수가 없었다. 이게 대체 어떻게 된 일이지? 대체 이현과 윤선은 어떻게 만났고 어떻게 사귀게 된 것인가! 약혼이라니.

물론 이해는 된다. 윤선의 외모가 사내들의 마음을 흔들 만큼 자체발광의 뛰어난 외모였다. 흠결 하나 없이 윤기가 자르르 흐르는 뽀얀 피부는 물론이고 적당히 큼직한 눈매와 진갈색 눈동자, 보기 좋은 입술 모양부터 시작해서 갸름한 얼굴형까지. 머리부터 발끝까지 여자가 봐도 완벽한 여자였다.

소문을 수소문해 보니 주변인들의 평도 좋은 편이었다. 성실하고 근면하며 밝은 성격이라고 알려져 있었다. 그리고 모친은 의사인데다 엘리트 집안의 딸이었다. 부친에 대한 정보는 알려진 바가 없었다. 그 외에는 지윤선에게 이렇다 할 만한 약점 같은 건 없어 보였다.

그렇다고 해도 양가의 재산 차가 너무 크다. 지윤선이 배우라는 사실도 권 회장에게는 꼬투리가 될 게 뻔했다. 그런데 왜 이현은 굳이 그런 여자를 택했을까? 세간에 권 회장과 이현이 사이가 좋지 않다고 소문이 나 있는데, 원인은 알려져 있지 않았다. 혹시 그것 때문에 더더욱 그녀를 밀어내는 건 아닐까? 아무것도 확실한 게 없었다.

"이현 씨, 이건 아니야. 그 여잔 이현 씨 짝으로 안 어울려. 그만두는 게 좋아."

"네가 참견할 일은 아닌 것 같은데?"

"이 사실을 이현 씨 집안에도 알릴 거야. 그러면 어떻게 될……!"

드르륵, 의자 미는 소리가 들리더니 이현이 자리에서 일어나 그녀를 내려다보며 몸을 틀었다.

"알려. 내가 관심이나 가질 것 같아?"

완벽한 무시였다. 말을 다 끝내지도 않았는데 자리를 박차고 일어났다는 건 더 이상 상대하고 싶지 않다는 의미였다. 이현은 늘 저런 식으로 그녀에게 모욕감을 안겼다. 그럴 때마다 너무도 서러워 견딜 수가 없었는데 또 저렇게 행동했다.

아라가 몸을 일으켜 이현의 팔목을 움켜쥐었다. 이현이 스산한 눈빛으로 그녀를 응시했다. 겁에 질린 아라가 얼른 손을 떼어내며 말했다.

"내가 왜 싫어?"

"아버지가 널 원하니까, 싫어."

"그게 무슨 뜻이야? 보통은 아버지가 원하는 사람과 결혼해 살잖아. 이현 씨는 대체 왜 이래?"

"난 아버지가 가지 말라는 길만 따라갈 생각이야. 그런데 그 길에 네가 서 있어. 그러니까 넌 내 인생에 걸림돌인 셈이지. 그러니까 이젠 두 번 다시 찾아오지 마. 오늘까지는 매너를 다해서 너를 대했지만, 다음은 어떤 식으로 대할지 장담 못해."

이현이 가차 없이 몸을 돌리고 카페를 나가 버렸다. 매번 그를 볼 때마다 채찍으로 얻어맞은 것마냥 상처투성이가 되면서도 그러면서도 이 마음을 접지 못하는 자신이 한심했다. 주저앉은 그녀는 망연자실한 표정으로 원망스럽게 고개를 돌렸다. 멀리 서 있는 빌딩 꼭대기 전광판에 지윤선이 웃으며 부드러운 머리카락을 바람결에 흩날리는 포스터가 박혀 있었다.

느지막이 권 회장으로부터 전화가 왔다. 이아라가 부친에게 모든 사실을 폭로한 모양이었다. 이현은 직접 차를 몰아 본가로 들어갔다. 1차전쟁이 발발한다. 그나마 다행인 건 이 사실을 먼저 알게 되었으니, 권 회장은 오늘 모든 감정을 폭발시키고 윤선이 인사를 오는 날은 어느 정도 선을 그을 것이 자명하다. 그렇다면 윤선이 조금이나마 덜 다치게 되니 차라리 그로서는 안심이었다.

주차장에 차를 세운 그가 운전석에서 내려 마당을 가로질렀다. 입구에 계모 황정희가 초조한 얼굴로 기다리고 있다가 그를 향해 알은체를 했다.

"와, 왔어요?"

"집 안에 들어오지 말고, 잠시 별채에 가 계세요."

"무슨……."

"별로 구경하기 좋은 모습이 아닐 겁니다. 무서울 거구요. 차라리 별채에 숨어 계세요. 집 안에 들어오지 마시고요."

황 여사가 겁에 질린 얼굴로 고개를 끄덕거렸다. 그는 현관을 열고 집 안으로 들어가 말없이 가라앉은 얼굴로 부친이 기다리고 있는 서재 방으로 이동했다. 입구에 윤 집사가 대기하고 있다가 그를 발견하더니 잔뜩 긴장한 얼굴로 물었다.

"괜찮으시겠습니까?"

"괜찮아요."

"최대한 회장님 쓰러지지 않도록 주의해 주세요. 혈압도 있으시고……."

"압니다. 들어갈게요."

나이 지긋한 윤 집사가 곁으로 물러나며 문을 열었다. 방 안으로 들어간 이현이 창가에 뒷짐을 지고 서서 음산한 분위기를 내뿜는 부친의 등을 바라봤다. 이미 쇠약해진 부친이지만 여전히 한 그룹을 이끌어가는 우두머리로서의 위압감은 느껴졌다. 공기가 짓눌린 듯한 긴장감이 느껴졌다.

"부르셨습니까?"

"지윤선이라는 게 누구냐?"

"배웁니다."

"창녀를 데리고 들어오겠다는 말이 농담은 아니었구나."

"그나마 신인이고, 현재까지는 스폰서나 스캔들 한번 없던 여잡니다. 그렇게 말씀하지 말아주셨으면 합니다."

쇼인데, 명백한 연기인데 이상하게 부친의 말에 울화가 치밀었다. 저런 말을 들어야 할 여자는 아니었다. 권 회장이 천천히 몸을 돌리더니 그를 호랑이같이 매서운 눈빛으로 노려봤다.

"미친 게로구나."

"무슨 말씀을 하셔도 달라지는 건 없습니다."

"그 여잔 안 돼."

"왜요?"

"어디 우리 집안에 딴따라 나부랭이를 넣어! 가당키나 한 소리냐?"

절로 조소가 번졌다. 부친이 이혼한 두 명의 여자들 역시 제법 있는 집안의 여식들이기는 했지만 하나같이 미모가 상당했다. 부친은 미인에게 지독하게 약했다. 이번에 다시 재혼한 황정희 또한 나이가 있음에도 불구하고 미모가 상당했다. 그래서 마지막 인연으로 재혼을 결심한 게 뻔했다.

부친은 자신에게 닥친 모든 것은 즉흥적으로 판단하면서 아들에게는 남다른 잣대를 들이밀고 있었다. 어느 정도 납득이 가야 그런 주장도 받아들여지는 것이다. 부친의 지금까지 행동으로 봐서는 손톱만큼도 부친을 이해해 주고 싶지 않았다.

"약혼하고 결혼은 몇 달 뒤에 할 겁니다."

"사고라도 쳤느냐?"

"아니요. 생각 없이 저지른 결정은 아닙니다."

"생각 없어. 너답지 않아. 매사 신중한 네놈이 할 결정에 이런 뜬금없는 결정이 들어 있다는 게 나로선 이해가 되질 않아. 네놈이 나를 싫어한다는 건 잘 안다. 그렇다고 애비한테 반항할 심산으로 말도 안 되는 결혼을 강행하겠다는 건 우리 기업에 큰 손해를 안기는 짓이다."

"다른 집안의 아들들처럼 결혼으로 장사를 할 생각은 없습니다. 특별히 깬 생각을 하는 사람도 아니지만 아버지 때문에 결혼에 대한 환상이 깨진 지는 오래됐고, 결혼해서 행복하게 잘살겠다는 그림조차 그려본 일이 없습니다. 그런데 아버지께서 결혼을 강행하려 드십니다. 그렇다면 기왕 제 입맛에 맞는 상대를 골라 하고 싶다는 겁니다."

권 회장이 체기를 느끼는 사람처럼 인상을 쓰고 그를 쳐다봤다.

"네가 아무리 고집을 피운대도 달라질 건 없다. 안 되는 건 안 돼."

"그렇다면 되게 만들어야지요. 감정 없는 결혼을 할 바에는 제 맘에 드는 여자와 하겠다는 게 틀린 생각이라고는 보지 않습니다. 제가 언제 아버지 인생에 이래라저래라 참견한 적 있습니까? 공적으로는 모르겠지만 적어도 제 사생활까지 간섭하지는 말았으면 합니다."

"대체 뭐가 불만이냐? 왜 그렇게 삐딱해?"

그는 입을 꽉 다물고 잿빛 구름을 머금은 하늘처럼 가라앉은 눈빛으로 부친을 바라보다 몸을 세웠다.

"과거를 송두리째 들어서 바꿔줄 수 있는 분이시라면 말하겠지만, 그럴 능력이 없으니 그냥 모른 채로 사십시오."

몸을 틀어 밖으로 나온 그는 윤 집사에게 들어가 보라고 말하고 천천히 걸어나왔다. 그의 친모가 작고한 건 10살 때였다. 친모와 부친은 집안에 의해 강제로 혼인을 한 케이스였고, 친모는 부친의 바람기 때문에 오랫동안 마음고생을 해 결국 병을 얻어 수술도 못 해보고 사망했다. 마당으로 나온 그는 담배 한 대를 꺼내 입에 물고 하늘을 올려다봤다.

"이현아, 엄마는 이렇게 떠나는 거 아무렇지 않다고 어떻게든 받아들이려고 했는데, 생각할수록 분하고 억울해서…… 견딜 수가 없어. 이현아, 너는 무슨 일이 있어도 엄마처럼 억지 결혼은 하지 마라. 마음 없는 사람과 결혼해 사는 거 평생 마음속에 감옥을 끌어안고 사는 짓이야.”

당시엔 무슨 소린지도 몰랐는데 외가댁 식구들의 입을 통해 나중에야 모친이 부친 때문에 꽤나 오랜 기간 마음고생을 했다는 소리를 전해 들었다. 그 일로 모친은 늘 아팠고 늘 울었다고 했다. 그래서 머리가 크고 난 뒤부터는 부친과의 관계에 명확하게 선을 그었다.

기업을 경영하는 경영진으로서는 부친을 존경하고 예의를 갖췄지만, 아버지 노릇을 할라 치면 가차 없이 부친의 말을 묵살했다. 어린 그에게서 모친을 빼앗아간 원인 제공자가 바로 부친이었다는 생각이 들면 자다가도 벌떡 일어나 앉게 되었다. 그만큼 부친이 용서되질 않았다.

이현이 담배를 깊게 여러 차례 빨아 당기다가 담배를 끄고 돌계단 위에 꽁초를 툭 버렸다. 그는 문득 윤선이 더욱 그리워졌다. 그가 휴대폰을 들어 윤선에게 전화를 걸었다.

[네, 저예요.]

“뭐 해?”

[영화 보고 있어요. 차기작은 아무래도 영화가 될 것 같아서요. 비슷한 역할이 있나 찾아보다가 하나 찾았어요. 아, 그런데 무슨 일 있어요?]

“잠깐 당신 집에 들러도 되나?”

[저야 상관없는데…….]

“곧장 가지.”

[아, 그럼 올 때 빵 좀 사다 줄래요? 제가 자주 먹는 유명한 빵집이 하나 있는데 요즘 매니저가 통 빵을 사다 주질 않아서요.]

“빵가게 이름 문자 줘. 도착해서 전화 다시 할게.”

[네, 기다릴게요.]

통화를 끝낸 그가 입가에 묘한 미소를 지었다. 돈이 오고 간 엄연히 비즈니스인데, 왜 윤선과 통화를 하거나 얼굴을 보면 마음이 편할까? 검게 소용돌이치던 마음이 일순 가라앉고 마음속이 정리되는 게 느껴진다.

문자음이 울었다. 그녀가 좋아한다는 빵집 이름이 떴다. 그는 차에 올라 시동을 걸고 바로 내비게이터에 그녀가 말한 빵집 주소를 찍었다.

#5. 깊게 스며들어 오다

윤선은 지금 몇 번이나 옷을 갈아입고 있는지 모르겠다. 아무렇지 않은 척 편한 차림을 해야 하는 건지, 그를 기다렸다는 듯이 과한 차림을 해야 하는 건지, 헷갈려 몇 번이나 옷을 갈아입었다.

그러다 너무 과하면 너무 그를 기다린 것 같고, 대충 입으면 그에게 무시당할까 봐 어떻게 입어야 하나 고민하다가 아기 팬더가 그려져 있는 레몬 빛 라운드 티셔츠에 7부 레깅스를 입었다. 꾸민 듯한 티는 나지 않아도 그런대로 편안해 보이면서 몸매는 드러났다.

딩동—

벨소리가 울리자마자 그녀가 미끄러지듯 달려가 대문과 현관문을 열었다. 그가 한 손에 그녀가 좋아하는 빵가게 로고가 박힌 종이백을 들고 나타났다. 진청색 슈트를 차려입고 나타난 그는 볼 때마다 분위기가 달라 이젠 다음에 만날 때는 어떤 옷을 입고 나타날까 기대하게 되었다.

"들어와요."

그녀가 비켜서며 말하자 그가 안으로 들어와 구두를 벗었다. 발이 아주 컸다. 그의 신발 옆에 그녀의 신발을 나란히 놓아봤다. 그녀의 신발 크기보다 한참이나 큰 그의 신발을 보자 괜히 묘하게 심장이 두근거렸다.

"뭐 해?"

깜짝 놀란 윤선이 얼른 안으로 들어갔다. 그가 재킷을 벗어 식탁 의자 위에 걸쳐 두고 종이백에서 여러 가지 빵을 꺼내놓았다. 종류도 아주 다양하게 사들고 왔다. 그녀는 신난 얼굴로 뭘 먹어야 할지 고민에 사로잡혔다.

"다이어트는 안 해?"

"너무 해서 배가 미치게 고픈 거죠."

그녀는 새빨간 크렌베리가 촘촘하게 박힌 빵을 꺼내 한입 물고 행복한 표정으로 그를 바라봤다. 검은 셔츠에 진남색 넥타이를 매고 선 그가 입가에 미소를 띠고 그녀를 보며 말했다.

"우리…… 결혼까지 가볼까?"

빵을 막 삼키려던 그녀가 숨 쉬는 타이밍을 놓쳐 빵이 잘못 넘어가면서 기침이 터져 나왔다. 윤선이 눈을 동그랗게 뜨고 그를 쳐다봤다. 이 남자 오늘 뭘 잘못 먹고 왔나, 왜 이러지?

"무슨 소리예요?"

그가 가만히 그녀를 내려다보더니 입매를 천천히 휘었다.

"별론가? 보통 내가 이런 말 하면 여자들은 금세 긍정적인 반응 보이던데. 아아, 이런 말 처음이구나!"

요물인가? 왜 사람을 자꾸 들었다 놨다 시험하는 걸까? 그래서 지금 좋아 죽으며 꼬리 살랑대면서 어서 빨리 날 잡자고 매달려야 하는 상황인 건가? 그런데 눈치도 없이 강아지마냥 눈만 깜빡거리고 있는 건가? 하지만 저 말이 농담인지 진담인지 분간도…….

그러다 그녀가 피식 웃어버렸다. 하긴 알고 지낸 지 얼마나 됐다고 이 상황에서 결혼 진담을 하겠는가. 백 퍼센트 농담으로 하는 얘길 텐데, 너무 곧이곧대로 긴장하고 받아들였나 보다. 바보처럼. 이러다 속내 다 드러내 놓지 싶어 불안했다.

"장난도 정도껏 해요. 사람 체하겠어요."

그가 피식 웃더니 빵 하나를 들고 소파에 가서 앉았다. 이 공간에 자연스럽게 들어와 앉았던 사람은 홍현이 전부였다. 그게 아니라면 소속사 대표나 매니저가 다였는데, 낯선 남자가 그녀의 공간에 들어와 너무도 자연스럽게 한자리를 차지하고 있었다.

기분이 오묘했다. 지금까지 알던 남자들이야 오래 알고 지냈으니 그러려니 하지만 이현은 전혀 아니었다.

"음료수 줄까요?"

"커피 있어? 원두커피 있으면 그걸로 줘."

"밤에 마시면 잠이 안 오잖아요?"

"난 잘 자."

그녀는 얼른 원두커피를 원두기계에서 내렸다. 아메리카노를 컵에 따라 그에게 내밀었다. 그는 빵을 먹으면서 커피도 같이 마셨다. 그녀는 냉장고에서 바나나 맛 우유를 꺼내왔다. 빨대를 꽂고 쭉쭉 마시자, 그가 피식 웃었다.

"중학생 소녀 같아."

"이런 우유들은 너무 달달해서 빨대 꽂아서 나눠 먹어야 제맛이에요."

"그렇게 먹음 덜 단가?"

"덜 달아요. 그리고 아껴 먹는 재미도 있죠."

그는 가만히 100인치 LED 화면을 응시했다. 그녀가 영화를 보다 말고 멈춰둬서 화면에 울부짖는 남자의 모습이 멈춰 있었다.

"지윤선……."

"네?"

"모든 남자에게 이런 식으로 행동하나?"

윤선이 고개를 갸웃거렸다.

"뭐가요?"

"당신이랑 있으면 학생 때가 생각나. 세상 고민 다 제쳐 두고 지금 순간만을 위해 살던 학생 때가."

"좋은 건가요?"

"좋지. 적어도 근심 걱정 많은 삼십대 남자에게는 더없이……."

"모르겠어요. 모든 남자에게 다 이런 식으로 행동하는지는. 그건 상대적인 거잖아요. 내가 그렇게 해주고 싶다고 해서 할 수 있는 것도 아니고……."

"자고 가도 돼?"

빨대로 막 우유를 빨아 당기던 그녀가 풉 하고 우유를 뿜었다. 놀란 그녀가 하얗게 질린 낯빛으로 그를 바라봤다.

"잠만 자. 잠만!"

"그래도 낯선 남자가 들어와 잠까지 자고 아침에 나가는 건 좀……."

"말했잖아. 난 지윤선 여자로 느끼지 않는다고."

말은 그렇게 하면서 어떻게든 선은 지키고 있지만 실상 그는 이미 그녀를 두 번째 만난 날부터 무섭게 그녀에게 열중하고 있었다. 그저 자신이 스스로의 자제력으로 수위를 조절하고 있을 뿐이었다. 그녀에게 자연스럽게 다가가는 과정이기 때문에 섣불리 개인적인 감정을 드러내선 곤란했다.

실상 권홍현 때문에 윤선에게 접근했던 거였는데, 윤선이 가진 매력 때문에 점점 그녀와 있는 시간이 그에게 무게감을 갖기 시작하면서 처음에 의도했던 바가 무너지기 시작했다. 의도와는 다른 방식으로 그녀에게 빠져드는 자신이 우유부단하게 느껴져 싫었다.

"이성적으로 끌리지 않는다고 하니까, 자고 가도 상관은 없겠지요."

윤선이 아까보다 조금 냉랭해진 음성으로 말하더니 쭈르륵 우유를 빨아 마셨다. 문득 궁금해졌다. 윤선은 홍현과 같이 있으면 어떤 식으로 대화를 할까? 그에게 하듯이 저렇게 다정한 웃음을 입가에 머금고 대화하겠지. 가슴속에서 불길이 솟구쳤다. 하지만 홍현에 대해 그는 지금 아무것도 아는 게 없어야 한다.

윤선은 아직 이현과 홍현과의 관계를 모르는 눈치였다. 홍현도 갑작스러운 상황을 윤선에게 설명하지 않은 듯했다. 차라리 잘됐다. 알려진다 해도 모른 척 시침을 뗄 생각이었는데, 홍현이 상당히 조심스러운 성격인 모양이었다. 덕분에 그가 윤선을 약혼녀라고 소개할 때 보게 될 상황이 무척 기대됐다.

"그런데 옷은 어떻게 할 거예요?"

"차에 있어. 가끔 회사에서 야근을 하는 경우 때문에 갈아입을 옷은 몇 벌 여분으로 트렁크에 넣어두었지. 이따 갖고 올라오면 돼."

"주도면밀한데요?"

"나 먼저 씻어도 되나?"

"그러세요."

그가 넥타이를 풀고 셔츠를 벗었다. 팔목에 차고 있던 시계를 빼내고 손님용 방 쪽 욕실로 들어갔다. 문을 닫고 그가 사라지자 윤선이 볼을 발갛게 붉혔다.

저 남자는 아무래도 여자 홀리는 데는 뭐가 있는 남자가 분명하다. 그게 아니라면 굳이 그녀의 앞에서 셔츠를 벗어 맨몸을 드러내 보일 필요가 없다.

그런데 몸이 정말 예사롭지 않았다. 군더더기 하나 없이 날렵한 몸매는 권투선수의 근육처럼 탄탄하고 섬세했다. 그가 꽤나 열심히 몸 관리를 해오고 있다는 증명이기도 했다. 그녀는 고개를 들어 올리고 힘껏 머리를 저었다.

'유혹당하지 말자. 일부러 저러는 걸 거야.'

그렇게밖에는 생각할 수 없었다. 그에게 있어서 그녀가 성적인 매력을 지닌 여자가 아니라는 식으로 도발을 하기에 자고 가도 된다고 허락을 하긴 했지만 그를 돌려보내고 싶지 않아서 그렇게 하라고 했다. 그와 세부에서 하루를 같이 보낸 뒤엔 자꾸 그와 더 많은 얘기를 해보고 싶고 그를 더 오래 지켜보고 싶었다.

"아, 침대방 치워야겠다!"

그동안 손님방을 사용할 일이 없어서 그녀의 온갖 잡동사니 짐들로 창고처럼 썼었다. 그녀는 문을 열고 손님방으로 들어가 아무렇게나 던져 놓은 온갖 종류의 선물상자들과 뜯지도 않은 새 옷들을 차곡차곡 한데 쌓고, 방 안을 싹 정리한 뒤에 정전기포로 바닥을 한 차례 밀어주고 물걸레로 한 번 더 닦아냈다. 침대 시트를 새로 갈고 베개보도 갈았다.

그런대로 손님방이 깔끔하게 정리가 되자 훅하고 한숨을 내쉬었다. 가끔 코디가 같이 자는 일은 있어도 남자가 그녀의 집에서 자고 가는 경운 없었다.

'아, 설레.'

마음이 미친 듯이 두근거렸다.

윤선은 이현과 영화 두 편을 다 보고 새벽 1시에 각자 침실로 들어갔다. 그를 손님용 침실로 보내고 자신의 침실에 누운 윤선은 이렇게 헤어져 잠을 자고 아침에 일어나 서로 마주 보는 게 괜히 싫었다. 그가 저 문을 열고 들어와서 같이 자고 싶다고 해도 사실은 받아줄 의향이 있었다.

'미쳤다. 미쳤어!'

자존심도 없나 보다. 왜 이렇게 끌릴까? 자꾸만 문을 바라보게 되었다. 문이 열리고 그가 들어와 뭐라 말이라도 좀 걸어주기를, 어떤 핑계를 대고서라도 옆에 누워주기를 자꾸만 기대하게 되었다. 그런데도 문은 꼼짝 없이 닫혀 있었다.

'그럴 리가 없지.'

이성적인 느낌을 전혀 받지 않는다고 가차 없이 말하는 남자가 저 문을 열고 들어와 뭔가를 요구할 리 없지 않던가!

똑똑.

심장이 쿵 내려앉았다.

"네!"

놀란 그녀가 벌떡 일어나 앉았다. 문이 열리더니 이현이 난처한 얼굴로 물었다.

"저 방 에어컨 고장난 모양인데?"

"네?"

그녀가 일어나 손님방 에어컨을 확인하러 갔다. 그런데 에어컨을 아무리 만지작거려도 어쩐 일인지 더운 바람만 신나게 뿜어져 나왔다. 선풍기가 있기는 하지만 그래도 손님인데, 이런 불볕더위에 선풍기나 하나 틀어놓고 자라기도 좀 그래서 그녀가 제안했다.

"거실에서 자도 상관없고, 제 방바닥에서 자도 상관없어요."

"그럼 거실에서 자는 편이 좋을 것 같군."

그가 침실로 다시 들어가더니 베개와 얇은 이불을 갖고 나와 소파에 던졌다. 윤선은 또 섭섭함을 느꼈다. 두 가지 제안 중 굳이 소파를 고른 그가 미웠다. 자신의 방에 들어와도 된다고 어렴풋이 기회를 줬음에도 불구하고 딱 잘라 거절해 버리다니. 그녀는 시무룩한 얼굴로 다시 자신의 방으로 들어왔다.

"내가 잠버릇이 좀 그래."

"네?"

윤선이 고개를 돌려 소파에 앉은 그의 등을 바라봤다.

"사람을 좀 안고 자. 옆에 누가 있으면……."

안는 거야 상관없지 않나? 드라마에서도 숱한 남자 배우들에게 안겼던 그녀다. 안는다는 게 뭐 큰 대수라고. 이런 와중에도 굳이 쿨해져 가며 그를 방 안으로 끌어들이려는 자신이 밝힘증 환자 같아서 끔찍해졌다.

"알았어요. 누가 뭐래요?"

"당신 방에서 잘까?"

"네?"

너무 놀라서 자신도 모르게 조금 높아진 음성으로 반문했다.

"잠도 안 오고……. 얘기하다 자면 좋을 것 같아서."

구차했지만 그가 이렇게 나와주니 갑자기 너무 감사해서 어떤 구질구질한 핑계를 덧붙인데도 무조건 대환영이라고 두 팔을 번쩍 들어 올릴 뻔했다.

"그럼 같이 자요. 바닥에서 자는 거니까, 뭐!"

그가 이불과 베개를 들고 그녀의 안방으로 들어왔다. 방 안을 살핀 그가 그녀의 옆쪽에 이불을 내렸다. 그녀는 혹시 그가 배겨할까 봐 두툼한 이불 두어 개를 꺼내 바닥에 포개어 깔아줬다.

"불 끈다."

이현이 윤선을 바라보며 말했다. 윤선이 얼른 침대 위에 누워 이불을 덮으면서 고개를 끄덕거렸다. 신이 나서 잠도 안 올 것 같았다. 모처럼 오랜만에 친구와 같이 수학여행을 떠난 기분이었다. 불을 끄자 창문에서 스며들어 오는 푸르스름한 밤빛 때문에 음영진 실내의 모습이 점점 또렷하게 보였다.

"우리 장점 말해주기 하나씩 해볼까?"

이현이 뜬금없이 게임을 제안했다.

"장점이요?"

"어, 내가 먼저 하나 말할 테니까, 듣고 당신도 하나 말하는 거야."

"그럼 해봐요."

"지윤선은 몸매가 훌륭하다."

윤선이 입을 반달로 벌리고 웃으며 대답했다.

"권이현은 아주 잘생겼다."

"지윤선은 연기를 잘한다."

"권이현은 좋은 사람 같다."

"지윤선은 사람을 즐겁게 해준다."

심장이 두근거렸다. 장난처럼 시작한 게임에서 속내를 듣게 될 줄이야.

"권이현은 굉장히 매력적인 남자다."

"지윤선은 같이 있으면 편안하다."

"권이현은 함께 있으면 기대고픈 남자다."

"지윤선은 나와 비슷한 아픔은 갖고 있다."

윤선의 눈동자가 서서히 침잠되어 갔다. 그래, 그와 공통점이 많아서 어쩌면 비슷한 면 때문에 더욱 서로에게 집중하게 되는지도 모른다. 닮았기에 자석의 다른 극에 이끌리듯 그렇게 서로가 가진 분위기에 휩쓸리는 것인지도.

"권이현은 알면 알수록 더 알아보고 싶다."

이현이 피식 웃었다.

"나를 이렇게 좋게 보면서 정말 나한테 아무런 감정도 없어?"

"없어요. 호감을 느끼는 것 말고 뭐가 더 있어야 돼요? 그러는 이현 씨는 나한테 뭐 느끼는 거 없구요?"

"없다고 했잖아."

"진심?"

"없어."

"됐다구요. 자요. 그냥……."

진심으로 삐치고 싶어졌다. 분명 뭔가 교감을 하긴 했는데, 죽자고 아니라고 하니까 아닌 거겠지. 그가 먼저 뭔가를 내놓지 않는 이상 그녀가 내놓을 이유는 없었다.

여자가 자신의 패를 다 까서 고백하는 순간은 남자가 없으면 죽고 못 사는 순간이다. 하지만 아직 이현이 없어도 죽고 못 사는 지경은 아니었다. 그러니까 아직 무엇도 보여줄 필요는 없었다.

"잘 자."

잠시 그렇게 뒤척거리며 어떻게든 자보려고 안달하는데 갑자기 부스럭거리는 소리가 들렸다. 그러더니 등 뒤에서 침대가 한 차례 출렁거렸다. 놀란 그녀가 고개를 돌리자 그가 그녀의 등을 와락 끌어안았다. 놀란 그녀가 헉 하고 숨을 들이켰다.

"못 참겠다. 안고 잘게."

"저, 저기……."

"싫어도 참아. 이 이상 더 나쁜 짓은 안 해보려고 최선을 다해 노력할 테니까."

등줄기로 식은땀이 흘러내렸다. 남자가 그녀를 안고 잔 건 생전 처음이었다. 방송에서야 몇 번 했지만 그건 스태프들이 죄다 구경하는 중이니 어떤 감정을 느낄 겨를도 없었다. 가끔 상대 남자 배우가 흑심을 드러내기도 하지만 그걸로 끝일 때가 더 많았다.

등 뒤에서 그가 힘껏 끌어안고 있었다. 두 팔을 그녀의 배 쪽에서 교차시키고 꽉 끌어안고 있는 자세여서 몸이 경직되었다. 그나마 다행인 건 얼굴을 마주하고 있지 않아 그녀의 열에 들뜬 숨소리를 들려줄 필요가 없다는 것이었다. 그때였다. 그녀의 목덜미에 그가 입술을 가까이 대고 낮게 읊조렸다.

"당신 살 냄새…… 달다."

그가 입을 열어 말을 꺼낼 때마다 숨결이 그녀의 목 언저리에 돋아난 솜털을 자극하면서 전신에 소름이 돋아났다. 그녀가 인상을 확 구기고 온 힘을 다해 알 수 없는 어떤 감정을 짓누르며 속으로 빌었다.

'심장아, 멈춰줘. 이렇게 뛰다간 그가 다 알게 될 거야!'

미친 듯이 포효하는 심장 소리를 볼륨을 조절하는 리모컨이 있다면 조절하고 싶었다. 이렇게 그가 가까이 있는데 다 들리도록 울어대는 심장이 그녀는 너무도 얄궂었다. 그가 그녀의 목덜미에 코를 박고 깊게 흡입하더니 입술로 그녀의 목덜미에 입을 맞췄다.

무언가가 그녀의 내부에서 쩡 하고 깨졌다. 위험하다고, 즉시 도망가라고, 이 상황을 거절하고 끝내야 한다고 외치고 있었지만 그녀의 전신은 석고처럼 굳어 옴짝달싹하지 않았다. 굳어서 어찌할 바를 몰라 하는데, 그가 더 강한 힘으로 허리를 팔로 감싸 안았다. 등 뒤로 와 닿는 그의 체온 때문에 심장이 더 미친 듯이 박동했다.

"지윤선……."

그가 꽉 잠긴 쉰 음성으로 그녀의 이름을 불렀다. 숨이 멎었다.

"나, 정말 남자 아니야?"

이럴 땐 가차 없이 아니라고 해줘야 하는데 이 상황에서 아니라고 했다가는 뒷 상황이 좋지 않을 것 같았다. 뭐라고 대답을 해줘야 그가 이 상황을 종료시킬까? 심장이 타들어가고 있었다. 그런데 그가 이 상황을 끝내주기를 바라기는 하는 걸까? 그가 이대로 붙어서 더 위험한 짓을 한데도 어쩐지 그녀는 해보고 싶어졌다.

"남자, 아니에요."

그렇다면 권이현을 도발해 보기로 했다. 그러자 그가 피식 웃더니 그녀의 귓가에 대고 속삭였다. 이 남자는 여자를 다루는 테크닉이 최고조에 이른 고수이다. 이런 남자를 상대로 얼마나 버틸 수 있을지 모르지만 한번 버텨보기로 했다.

"그런데 이렇게 바싹 굳어 있는 이유는 뭐야?"

"이건 그냥 낯선 사람이 닿으니까…… 긴장되는 것뿐이에요."

"정말 그뿐이야?"

"네, 그게 다예요."

그 말에 이현이 그녀의 팔목을 확 비틀어 쥐더니 몸을 옆으로 돌림과 동시에 두 팔을 들어 올려 만세 자세로 고정시켜 두고 그녀의 몸 위에 올라탔다. 이현이 위압적인 눈빛으로 그녀를 내려다보며 물었다.

"그렇다면 이래도 아무렇지 않겠군."

이현이 갑자기 그녀의 입술 가까이 그의 입술을 대며 말했다. 그가 입을 열 때마다 그의 입술에서 숨결이 새어 나와 심장을 두근거리게 했다. 그녀는 떨려서 신경줄이 끊어질 것 같은 심정을 애써 외면하면서 그를 똑바로 응시했다.

"아, 아무렇지 않아요."

"그럼 이건?"

그가 이번엔 아예 그녀의 입술에 그의 입술을 대고 지그시 눌렀다가 떼어내더니 그녀의 눈동자를 똑바로 바라봤다. 입술과 입술이 닿는 순간 몸속의 모든 회로가 순식간에 차단되고 심장은 터질 듯이 뛰다 이젠 아예 멈춰 버리고 말았다.

"어떠냐고 묻잖아."

윤선은 억울하고 분했다. 그에게 마음이 있지만, 고작 이런 협박에 넘어가 마음을 고백하고 싶은 생각은 없었다. 궁지에 몰린 쥐처럼 이젠 그를 무는 심정으로 싸늘하게 내뱉었다.

"그만 놀려요. 지금 내 심정이 어떤지 이현 씨도 잘 알잖아요."

"난 입 밖으로 뱉어내는 말만 알아들어. 눈빛으로 하는 말은 읽지 못해. 그런 기술은 없거든."

"그러는 당신도 나한테 이성적인 매력을 못 느낀다고 해놓고 왜 이런 짓을 하는 거죠?"

"날 봤던 여자들이 한 번도 당신처럼 군 적이 없거든. 화가 나니까."

"그건 나 역시 같아요. 날 봤던 남자들 태반이 나에게 성적인 매력을 느꼈고 끌렸어요. 피차일반 아닌가요?"

그가 그녀를 지그시 내려다보더니 그녀의 입술에 다시 한 번 입술을 내렸다.

"난 당신한테 매력 느껴."

윤선이 커다래진 눈으로 그를 바라봤다. 그의 입술이 다시 그녀의 입술에 낙인을 찍었다. 달콤한 금목서 향기가 그녀의 살결에서 흘러나오고 입술 새에서는 초콜릿 같은 단내가 났다. 그는 홀린 듯 그녀의 입술에 연신 입술을 찍다가 서서히 그녀의 입술 새로 혀를 밀어 넣어 입술 새를 갈랐다. 그녀의 고른 치열이 그의 혀에 느껴졌다.

그녀가 서서히 다물고 있던 치아를 벌려줬다. 그러자 달달한 꽃내가 나는 혀가 그의 혀에 살며시 닿았다. 그가 천천히 욕망 어린 눈빛으로 그녀를 내려다봤다. 그녀는 혼몽한 눈빛으로 그를 올려다보고 있었다.

"지윤선……."

윤선이 그를 뜨거운 눈빛으로 바라봤다.

"충분히 매력적이야. 참을 수 없을 만큼……."

그가 다시 입술을 내려 그녀의 입술 깊숙이 혀를 밀어 넣었다. 그녀의 혀가 그의 혀에 얽히며 서서히 서로의 체온이 높아져만 갔다. 그녀가 서서히 눈을 감고 고개를 모로 틀었다. 조금 더 그를 적극적으로 받아들이겠다는 태도였다. 그도 참지 못하고 더욱 깊게 혀를 묻고 그녀를 힘껏 빨아 당겼다.

그녀의 타액을 빨아들여 삼키면서 그의 손이 서서히 잡고 있던 그녀의 손을 놓아주고 입술을 빨아 당기면서 그녀가 입고 있는 티셔츠를 들어 올렸다. 입술을 재빨리 떼어내며 그녀의 티셔츠를 벗기고 다시 그녀의 입술을 그의 입술에 머금었다.

그는 그녀의 브래지어 끈을 풀고 드러난 그녀의 젖가슴을 손으로 움켜쥐었다. 따스한 체온과 함께 탱탱한 탄력감이 손바닥에 전해지자 그의 본능에 감춰져 있던 광기가 눈을 떴다. 그는 거칠게 그녀의 젖가슴을 움켜쥐고 숨을 몰아쉬며 그녀의 입술과 혀를 게걸스럽게 점령해 나갔다.

그가 입술을 떼어내고 이번엔 그녀의 턱 선과 목덜미에 키스를 하면서 서서히 아래쪽으로 입술을 내렸다. 그가 그녀가 입고 있던 레깅스도 벗기고 속옷만 남겨두었다. 그의 입술이 젖가슴 끝에 발갛게 달아올라 부푼 유두에 닿았다. 유두를 입술이 지그시 누르자 그녀가 거친 숨을 몰아쉬며 몸을 꿈틀거렸다.

"하아…… 하아…… 이현 씨……."

그녀가 그의 머리카락 속에 손가락을 밀어 넣고 두피를 마사지하듯 힘껏 움켜쥐며 몸을 떨었다. 그가 입술을 열고 혀로 그녀의 유두를 천천히 할짝거리다가 이로 악물었다. 그러자 그녀가 숨을 멈추고 몸을 떨었다. 극도로 예민했다.

그는 흐뭇한 미소를 입가에 짓고 그녀의 진홍빛 유륜부까지 입안에 가득 담고서 쫍쫍 소리가 나도록 힘껏 빨아 당겼다. 그리고 남은 한 손으로는 그녀의 다른 젖가슴을 손안 가득 움켜쥐고 솟아오른 유두를 손끝으로 살살 굴렸다. 원을 그리듯 만지는 그의 손길에 그녀가 다리를 바둥거리며 신음했다.

그가 가슴을 만지작거리다가 배를 부드럽게 쓸어내리면서 그녀의 팬티 속으로 서서히 손을 밀어 넣었다. 그러자 놀란 윤선이 그의 팔을 세게 움켜쥐었다. 물론 여기서 끝내줄 생각 같은 건 없었다. 그에게 지금 자비심 따위는 없다. 폭풍처럼 몰아쳐 그녀를 힘껏 몰아세우겠다는 열망 외에는 아무것도 생각할 수가 없었다.

미끄러져 들어간 그의 손끝이 그녀의 검은 수풀을 지나 통통한 살결에 닿았다. 두 갈래로 갈라진 살결이 손끝에 닿자 본능이 야수처럼 폭주하기 시작했다. 그는 살결을 벌려 감춰진 클리토리스를 찾아 손끝으로 가볍게 문질거렸다.

"아아…… 앗!"

너무 놀란 윤선이 자지러지는 비명을 내질렀다. 그녀가 두 손으로 그의 팔을 사정없이 움켜쥐고 고개를 들어 올려 사정했다.

"아, 아, 거긴……."

"이미 늦었어."

그가 가슴을 더욱 힘껏 빨아 당기자 그의 팔을 쥔 그녀의 손에서 힘이 빠져나갔다. 그녀가 고개를 뒤로 젖히고 통제되지 않는 거친 숨을 정신없이 내쉬었다. 그 기회를 노려 그는 손끝에 힘을 주고 클리토리스를 더욱 자극했다. 밀고 누르고 좌우로 흔들어대며 자극하자 그녀가 헐떡거리며 다리를 오그렸다.

자연스럽게 그녀의 허리가 활처럼 휘어 허공으로 들려 올라갔다. 그의 다른 손가락이 그녀의 질구를 부드럽게 어루만졌다. 애액이 물처럼 흘러내리고 있었다. 그는 애액을 문질거리며 그녀의 삼각지 전체를 부드럽게 마사지하듯 자극해 줬다.

긴장감을 풀고 이완시키면서 동시에 그녀가 조금이라도 쉽게 그를 받아들이도록 하기 위한 행동이었다. 그가 입고 있던 셔츠와 바지를 벗어버리고 실오라기 하나 없는 나신으로 그녀의 몸 위에 포개졌다. 그는 다시 그녀의 입술에 키스를 하면서 나직하게 경고했다.

"들어갈 거야."

그 말에 놀란 윤선이 두 팔을 뻗어 그의 가슴팍을 움켜쥐듯 저지했다.

"이, 이현 씨…… 난……."

"이런 일, 처음은 아니잖아. 왜 그렇게 겁먹은 얼굴이지?"

그가 능숙한 동작으로 발기한 페니스를 그녀의 질구에 갖다 댔다. 그의 부푼 귀두가 그녀의 질구로 서서히 밀려 들어가기 시작했다. 그러자 그녀가 고개를 번쩍 들어 올리며 통증을 호소했다.

"아, 아파요!"

"오랜만에 하는 건가?"

그가 망설임이라고는 하나 없이 힘껏 페니스를 그녀의 내부로 밀어 넣었다. 그와 동시에 그녀의 몸이 긴장감으로 빳빳하게 굳어 가는 모습이 눈에 들어왔다. 그뿐 아니라 뭔가 이상했다.

파고들어 간 것까진 그가 지금껏 다른 여자를 안았을 때와 크게 다르지 않았지만, 뭔가 이질감이 느껴졌다. 그녀의 내벽이 잘게 경련하다가 갑자기 그를 미친 듯이 밀어내려 하는 게 아닌가. 페니스가 아플 만큼 그녀의 내벽이 그를 힘껏 밀어내고 있었다. 얼얼한 통증에 그가 놀라서 그녀를 내려다보며 물었다.

"지윤선, 당신…… 처음이야?"

윤선의 눈가에서 눈물 한 줄기가 후두둑 떨어져 내렸다. 그녀가 고개를 돌리더니 일그러진 얼굴로 말했다.

"이미 벌어진 일이잖아요. 그게 뭐 대순가요? 됐어요. 해봐요."

경악 그 자체였다. 처음이라고? 그가 얼어붙은 얼굴로 그녀를 바라봤다. 삽입할 때 유난히 좁고 빠듯한 느낌이 있기는 했지만 그게 그런 의미인 줄은 상상도 못했다. 그녀는 신인 배우이긴 하지만 드라마 두 편으로 이미 톱스타의 반열에 올라 대중의 사랑을 받는 배우였다.

그녀에게 스폰을 제안하는 돈깨나 있다는 집안의 아들들 얘기는 이미 지난 유행어인 양 돌고 있었다. 그럴 정도라면 이 생활을 하면서 이렇다 할 만한 깊은 연애 정도는 있었을 줄 알았다.

누군가를 마음에 두고 있으니 스폰 제안도 거절하는 게 아닌가 하는 심증은 있었지만 이렇게 가차 없이 그의 생각이 틀렸다는 증거를 보자 기가 찼다. 고개를 돌리고 딴 곳을 보던 그녀가 시선을 돌려 그를 바라보더니 눈가의 물기를 닦아내고 평온하게 말했다.

"이미 들어왔잖아요. 어쩔 건데요? 물릴 수 없잖아요. 해요. 그렇게 청천벽력이 떨어진 얼굴로 본들 이 순간이 과거로 돌아가는 건 아니잖아요."

"그야……."

"책임지라고 할까 봐 그래요? 안 그래요. 평생 한 남자에게 순정을 바칠 생각으로 처녀막을 보관한 것도 아니고요. 어쩌다 보니 이렇게 된 것뿐이에요. 결혼 자체에 대한 환상도 없는데다 연애엔 심드렁해서 연애를 하지 않았거든요. 세상 남자가 다 날 버리고 떠난 아빠 같다는 자격지심이 있어서…… 그랬을 뿐이에요. 개인적인, 지극히 개인적인 사정 때문에 처녀일 뿐이지. 어떤 의미를 가진 건 아니니까 부담 갖지 말아줘요."

"그렇다고 해도 나한텐 좀 충격이야."

"더 이상 이 부분에 대해서는 말하지 말아요. 창피하거든요."

이현이 입가를 휘어 올리며 천천히 몸을 전후로 움직이기 시작했다. 최대한 그녀의 예민한 질벽을 과도하게 자극하지 않으려 노력했다. 처음이기 때문에 낯선 것의 침입에 적응하는 데 시간이 좀 걸릴 듯 보였다. 그는 최대한 느릿느릿 몸을 움직이며 그녀의 새하얀 젖가슴과 목덜미에 연신 붉은 흔적을 새겼다.

'이러면 곤란한데…….'

곤란했다. 보통 곤란한 게 아니었다. 책임감을 느끼지 말라고 해도 이렇게 되면 그의 관심은 온통 그녀에게 갈 수밖에 없었다. 아무도 밟지 않은 하얀 눈 위에 오롯이 그의 발자국만 찍힌 꼴이었다. 그런 곳에 다른 이가 발을 들이는 걸 가만히 보고 있으라면 할 수 있을까? 철저히 그의 여자로 길들여 놓고픈 소유욕과 동시에 독점욕이 몸속에서 요동을 쳤다.

윤선은 새침한 얼굴로 숨을 몰아쉬며 점점 볼을 발갛게 적셨다.

그가 몰아치면 칠수록 더 큰 교성을 내지르며 그의 허리에 두 다리를 감아 올렸다. 그는 그녀의 허벅지를 쓸어내리며 그녀의 목덜미에 몇 번이나 입을 내렸다.

깊게 그의 몸을 밀어 넣을수록 그녀의 예민하고 여린 속살이 아프도록 그를 빨아 당기며 조여왔다. 거칠게 옥죄는데도 그의 페니스를 자극하기엔 충분했다. 거대한 그의 페니스가 그녀의 질벽에 완벽하게 쥐어졌다. 그를 쥔 그녀의 속살은 격정적으로 그를 잡았다 놓았다를 반복하며 그를 쾌락의 절정으로 내몰았다.

"하악…… 핫!"

당장이라도 파정할 듯 온몸이 뜨겁게 달아올랐다. 그가 전신에 힘을 주고 다시 한 번 그녀의 몸속으로 거칠게 파고들어 갔다. 열렬히 몸을 흔들어대기 시작하자 그녀의 고통 서린 비명이 서서히 볼륨을 높이기 시작했다.

이젠 그녀의 고통까지 배려할 상황이 아니었다. 지금 당장 파정을 할지 말지를 두고 그는 치열하게 싸우는 중이었다. 어떻게든 조금이라도 더 시간을 연장시켜 그녀에게 빨리 파정하고 싶지 않았다. 더, 더 안쪽에 그를 담아두고 움직이고 싶었다. 그녀와 살이 마주 닿을 때 나는 질퍽거리는 소리마저도 그에겐 특별한 소음으로 들렸다. 심장이 미친 듯이 뛰었다.

그는 수십 분간 그녀의 몸에 매달려 몸을 빠르게 움직이다가 페니스를 빼내고 그녀의 삼각지 위에 정액을 분출했다. 그녀가 헉헉 숨을 몰아쉬며 잔경련을 일으키고 몸을 발갛게 상기시켰다.

그는 수건으로 그녀의 삼각지를 적신 정액을 닦아내주고 그녀의 몸 위에 다시 누웠다. 잠이 쏟아졌다. 한 번 더 그녀를 안고 싶었지만 혈흔이 흐르는 그녀의 질구를 보자 자신의 이기심에 환멸을 느꼈다. 그는 그녀의 목덜미에 턱을 대고 나직이 말했다.

"처음이라면서 남자를 받아들이는 느낌이 상당히 좋군."

윤선이 헛웃음을 터트렸다.

"아파 죽겠거든요."

"얼마간은 좀 그렇겠지. 하지만 횟수를 거듭할수록 점점 나의 노예가 되어갈 거야."

"횟수를 거듭할 마음은 없는데요."

정신이 번쩍 깨는 그녀의 발언에 그가 고개를 퍼뜩 들어 윤선을 내려다봤다.

"그게 무슨 소리야?"

"오늘은 얼결에 한 거예요. 두 번은 없어요."

"난 더 할 건데?"

"그건 당신 생각이구요."

"별로였나?"

"처음인데 어떻게 알아요?"

그녀가 볼을 붉히며 시선을 피했다. 하지만 그는 이대로 물러날 생각이 없었다. 한 번 맛본 지윤선은 천상의 과일마냥 위험하고 매혹적이며 달콤했다. 끝까지 몰아세우며 맛을 보고 싶었다. 그에게 길들어 결국에는 완벽한 색녀가 되어 반대로 그녀가 그를 유혹해 주기를 바랐다. 그리하려면 꽤나 여러 번 그녀를 품 안에 안아야만 했다. 한 달이라는 제한된 시간 안에 그런 관계로 발전시키는 건 무리였다.

"집안에 인사를 가야 하니까, 인사하고 난 뒤에 더 얘기해 보자."

윤선은 두근거리는 심장을 지그시 누르며 고개를 돌렸다. 그가 그녀의 몸 위에서 내려가더니 욕실로 들어갔다. 그녀는 몸을 동글게 옹송그렸다. 아랫도리가 아직도 욱신거리고 얼얼했다. 자궁 전체에까지 통증이 느껴지는 것 같았다.

낯선 것의 침입, 그것의 격렬한 움직임, 그리고 전해지는 짜릿한 전율로 인한 알 수 없는 통증까지 전부 그가 처음 그녀에게 알려준 것들이었다. 젖가슴이 찌릿찌릿했다. 여전히 그녀의 몸 전체를 그가 혀로 핥고 더듬는 것만 같았다.

"가서 씻어."

욕실에서 나온 이현의 말에 윤선이 얇은 이불을 몸에 말고 일어났다. 그녀는 벗겨놓은 속옷과 브래지어, 옷들을 집어 들고 욕실로 향했다. 욕실 안에 들어와 옷들은 한쪽에 걸어두고 샤워기 앞에 섰다. 샤워기의 물줄기를 조절하며 몸을 전체적으로 헹궈냈다. 전신이 욱신거렸다. 아래쪽엔 아직도 무언가가 들어가 있는 듯했다.

'미쳤어. 나, 무슨 짓을 한 거야…….'

절로 한숨이 터져 나왔다.

잠을 자는 둥 마는 둥 뒤척거렸다. 눈을 뜨니 이현은 이미 진그레이 계열의 슈트를 입고 나갈 차비를 마쳤다.

"아, 출근하는 거예요?"

"어. 밤새 끙끙대던데……. 괜찮은 건가?"

"몸살기가 조금 있는 것 같지만, 괜찮아요."

윤선이 이불을 젖히고 상체를 일으켜 앉았다. 가만히 바라보던 이현이 손을 뻗어 그녀의 이마를 만져 보고 목덜미도 만져 봤다.

"전화해. 감기 기운이면 병원 가봐야 하는 거잖아."

윤선이 고개를 저었다. 다정하게 바라보며 그녀를 만져 주는 그의 손길이 왜 이리 가슴을 뛰게 하는지 모르겠다. 모친에게조차 받아보지 못했던 관심을 그가 대신해 주는 것 같아 가슴이 뭉클해졌다. 그녀가 시선을 내리고 희미한 미소를 지어 보였다.

"이따 또 올게. 먹고 싶은 거 있음 문자 해."

"그……."

오지 말라고 해야 한다. 하지만 그녀를 빤히 바라보며 걱정스러워하는 그를 차마 밀어낼 수가 없었다.

"왜?"

"아, 아니에요."

이현이 일어나 그녀를 침대에 눕혔다.

"좀 더 자. 생전 처음 해본 운동 때문에 몸이 놀라서 그런 걸 수도 있으니까. 쉬면 나아질지도 몰라."

"운동……."

"아닌가?"

이현이 피식 웃더니 그녀의 볼을 부드럽게 어루만졌다.

"다녀올게."

그가 인사를 하고 나가는 순간 윤선의 눈가에 물기가 차올랐다. 그녀는 이불을 뒤집어쓰고 울어버렸다. 모친도 해주지 않았던 말이었다. 다정하게 '다녀올게' 하고 말 한 번만 해줬더라면 얼마나 좋았을까? 모친은 단 한 번도 그녀에게 살갑게 굴어준 적이 없었다. 왜 그렇게 매번 모질고 독하게 남처럼 굴었는지 모르겠다. 추운 기억을 지금 그가 다 녹여주고 있었다.

'하지 마요. 다가오지 말아요. 어쩌라고…… 마음 주지도 않을 거면서, 나더러 뭘 어쩌라고…….'

그가 저벅저벅 그녀의 어둠 속으로 거침없이 들어오고 있었다.

#6. 정말 어렵다

주말이 되었다. 약속한 집안 어른들에게 인사를 하러 가기 위해 그녀는 매니저를 통해 가장 고가의 브랜드 원피스를 빌렸고, 구두와 백도 빌렸다. 일단 상대방을 압도해야 하니 헤어스타일은 최대한 세련되면서도 우아해야 할 필요가 있었다. 그래서 직접 하우스콜로 헤어 전문가를 부르고 메이크업과 모든 스타일링을 코디 세 명에게 받았다.

아주 중요한 일이고, 박 대표에게는 말하지 말라고 해두고 응복에게만 따로 부탁해 벌인 일이었다. 물론 며칠 뒤엔 분명 박 대표의 귀에도 들어갈 일이기는 했지만 그녀는 만반의 준비를 갖췄다.

준비를 모두 끝내고 모든 전문가들이 빠져나갔다. 응복만 홀로 남았을 때, 그가 걱정스러운 눈빛으로 물었다.

"누님, 어쩌려고 그래요?"

"한 달만 연인인 척해주는 거야. 그러니까 너무 걱정하지 마. 너만 알고 있어야 한다!"

"아, 이거 뭐…… 심장 두근거려서 살 수가 있어야지. 어쨌든 옷 조심해서 잘 입고 오고요. 그런데 그 남자분은 대체 뭐 하는 사람인데 그래요?"

"이름만 대면 알 만한 사람이야."

"누님도 참 까탈스러워요. 여배우들은 휴식기를 가지면 스폰서를 끼고 버틴다던데……. 물론 그런 게 좋은 건 아니지만 죽어라 고된 노동하는 것보다야 괜찮은 남자 한 명 만나서 물적인 지원을 받는 것도 전 나쁜 거라고 생각 안 해요."

"난 나쁜 거라고 생각해. 내가 땀 흘려 번 돈이 아니라면 그건 돈이 아니라 빌리는 거거든. 뭐 하러 빚을 만들어. 돈 받고 기간한정 섹스파트너나 할 바에는 내가 뛰는 게 낫지."

"모르겠다. 복잡하고 어려워요. 전 일단 갑니다."

"응, 오늘 정말 수고 많았어."

그를 돌려보낸 윤선은 창가에 서서 하늘을 쳐다봤다. 이현은 첫 섹스 이후 하루도 거르지 않고 그녀의 집에 들렀고, 밤엔 자고 가기를 원했지만 그녀가 한사코 거절했다. 그와 두 번째 섹스를 할 땐 기어이 그에게 주어선 안 될 마음을 질질 흘리고 말 것 같아 거절했다.

첫 번째는 멋모르고 했으니 실수로 넘긴다 해도 두 번째부터는 원해서 하는 게 되기 때문에 의미가 생기고 무게도 생길 게 뻔했다. 그래선 곤란했다. 즉흥적인 제안에 재미를 느껴 받아들였고, 그와의 만남은 일시적인 것이어야만 했다. 그런 관계 속에서 피어나는 호감은 적당히 묵살해 줄 필요가 있었다.

딩동—

벨소리가 들려 출입구 모니터를 바라보니 1층 입구에 몇 번 봤던 운전기사가 서 있었다.

"내려갈게요."

그녀는 선글라스를 끼고 1층으로 내려갔다. 밖으로 나가 은회색 벤츠로 다가갔다. 기존에 몰고 왔던 차와는 다른 차였다. 운전기사가 뒷문을 열고 서 있었다. 윤선이 차에 오르자마자 기사는 말없이 윤선을 태우고 어딘가로 이동했다. 윤선도 행선지는 묻지 않았다.

차가 유유히 찾아간 곳은 MK그룹 본사였다. 차가 으슥한 길가에 멈춰 서서 대기하자, 잠시 뒤 뒷문이 열리면서 이현이 나타났다. 윤선이 이현에게 눈인사를 했다. 이현은 짙은 블루 계열의 슈트 차림으로 입고 있었다. 그가 그녀의 차림을 살피더니 입가에 미소를 띠었다.

"원피스 무늬가 상당히 화려하군."

"좀 과한가요?"

"아니야. 세련된 분위기야. 헤어스타일도 마음에 들고."

윤선이 입매를 천천히 늘였다.

"따로 알아둬야 할 건 없나요?"

"최근에 아버지가 재혼을 하셨어. 계모와 동생이 생겼는데, 그 부분은 전혀 신경 쓸 필요 없어."

"아버지께서 사랑이 넘치시나 보군요. 그 나이쯤 되면 같이 사는 게 귀찮아서라도 혼자 살려고 하지 않나요?"

"그분 속내야 나도 모르지. 관심도 없고."

이현은 긴 다리를 꼬고 창턱에 팔꿈치를 대고 머리를 지그시 기댔다.

"요즘 잠 못 자요?"

"어, 누구 때문에."

"누구 때문에요?"

그가 입술 끝을 매력적으로 휘어 올리더니 그녀를 흘끔 바라보고 다시 눈을 감았다. 많이 피곤한 모양이었다. 그런데 잠깐, 누구 때문에라는 질문에 지금 그녀를 봤으니 그녀 때문이라는 뜻인가? 그녀가 그의 곁에 가까이 붙어 앉아 나직하게 물었다.

"왜 나 때문에?"

그가 휴대폰을 꺼내더니 한 손으로 능숙하게 자판을 두드렸다. 그가 다 쓴 내용을 그녀에게 내밀어 보여줬다.

「야한 꿈을 계속 꿔.」

윤선이 발갛게 볼을 붉히고 못 본 척했다. 그러자 그가 다시 자판을 두드렸다.

「애초에 처음도 허락하지 말았어야지. 이러다 상사병으로 죽을지도 모르겠어. 불면증이 너무 심해.」

"내 탓은 아니에요."

윤선이 딱 잘라 말하고는 고개를 돌려 시선을 다른 데로 돌렸다.

"당신 탓이야. 졸려 미치겠는데 정신력으로 버티고 있어. 조만간 내가 쓰러지면 당신 때문인 줄만 알아줘."

"이상한 소리 그만해요. 협박하는 건가요?"

"아마도."

윤선이 눈매를 가늘게 좁히고 얄밉다는 듯이 그를 노려보자 그가 눈을 살짝 뜨고 그녀를 흘끗 보더니 입매를 휘어 올렸다.

"나쁜 사람이네요. 정말!"

윤선이 콧방귀를 뀌고 싸늘하게 한마디 뱉었다. 그리고 몸을 획 돌려 차창 쪽을 응시했다. 그가 손을 뻗어 그녀의 손등을 겹치는 바람에 그녀의 시선이 다시 그에게 돌아가고 말았다. 그는 말없이 힘껏 그녀의 손을 쥐고 놓아주지 않았다. 손을 빼내려 바르작거려 봤지만 어림도 없었다. 그의 손등에 굵은 힘줄이 도드라졌다.

정말 그의 말마따나 저녁 식사가 아니라 차 한 잔만이 그녀 앞에 놓였다. 저녁도 못 먹고 찾아왔는데, 야박하기 짝이 없었다.

그녀는 현재 응접실에서 권 회장과 가족들을 기다리는 중이었다. 이현은 권 회장에게 윤선이 왔음을 알리기 위해 나간 상태였고, 그녀는 홀로 잔뜩 긴장한 얼굴로 소파에 앉아 있었다. 응접실 크기만 해도 족히 60평은 되어 보였다. 광활한 공간에 홀로 앉아 있자니 등골이 서늘했다.

발자국 소리와 함께 문이 열렸다. 긴장한 윤선도 자리에서 일어났다. 그러자 이현이 먼저 모습을 드러냈다. 이현이 곁으로 다가왔고, 3분 정도 뒤에 열린 문으로 권 회장이 들어왔다. 그리고 뒤를 이어 부인과 아들이라는 가족들이 나타났는데, 이상하게 낯이 익었다.

윤선이 권 회장을 뚫어져라 보다가 얼른 시선을 내렸다. 호랑이 같은 표정의 권 회장이 노골적으로 멸시하듯 그녀를 노려보는 통에 저절로 시선이 발끝으로 떨어졌다. 어딘지 낯이 익은 가족들을 보는 건 잠시 뒤로 미루기로 했다.

"딱 10분이다."

10분만 만나보기로 하고 온 모양이었다.

"윤선 씨, 인사해."

이현이 꺼낸 말에 윤선은 눈을 내리깔고 어른들에게 인사를 했다.

"처음 뵙겠습니다. 지윤선이라고 합니다."

그리고 경악에 가까운 신음 소리가 들렸다.

"세상에!"

"지윤선!"

익숙한 여자와 남자의 음성에 윤선이 고개를 들어 목소리가 들려온 쪽을 봤다가 그만 경악하고 말았다.

"아줌마! 홍현 오빠!"

홍현은 입구로 들어서면서부터 멀찍이 선 늘씬한 여자의 모습에 설마설마하던 차였다. 그런데 가까이서 본 홍현은 경악을 금치 못했다. 제발 아니기를 바랐던 여자가 이복형의 약혼녀라며 인사를 온 것이다.

분명 윤선에게 사귀는 남자는 없었다. 그가 알기로는 그랬다. 그런데 재벌가의 영식과 사귀기 때문에 밝힐 수가 없어서 그동안 없는 척했던 것이라면 납득이 가기도 한다. 그렇다고 해도 어떻게 이럴 수가 있단 말인가!

"뭐야? 다들 아는 사인가?"

권 회장이 경악스러워하는 황 여사와 홍현의 반응에 의아한 표정을 짓고 물었다.

"그게 태어나서 거의 20년간을 옆집에서 같이 살았어요. 학교도 같은 데를 쭉 나오고……. 우리 홍현이랑 윤선이는 피만 나누지 않았지 거의 남매처럼 자랐어요."

"그렇다면 당신이 누구보다 지윤선이라는 배우에 대해 잘 알겠군."

권 회장이 황 여사를 지그시 바라보며 물었다. 황 여사가 움찔했다. 권 회장이 바라는 게 뭔지 너무도 잘 아는 황 여사인지라 그 기대를 충족시켜 주지 않으면 호된 불벼락이 떨어질 거라는 것도 잘 알았다. 하지만 다른 사람도 아닌 윤선을 폄하하고 싶지 않았다. 그래서 황 여사는 일부러 권 회장의 시선을 피하고 윤선을 바라보며 말했다.

"좋은 애예요. 진실하고 성실하고…… 적어도 사람 속일 줄은 몰라요. 돈만 보고 좇는 여자들하고는 다른 애예요. 회장님이 선택하셔도 후회 없으실 그런 애요."

"쯧쯧! 어수룩하기는! 권이현이가 누구야! 집안의 기대를 한 몸에 받고 있는 유일한 후계자야. 그런 애의 짝으로 저런 아둔한 여배우 따위가 가당키나 해!"

권 회장이 싸늘하게 얼어붙은 눈빛으로 윤선을 노려보며 한마디 했다. 고저는 없었지만 어조에서는 불결한 것을 만지기라도 한 듯 불쾌감이 뚝뚝 묻어나고 있었다. 윤선은 숨을 들이켜고 마음을 다잡았다. 생판 모르는 사람들만 있었더라면 차라리 나을 뻔했다. 아는 사람들 앞에서 당하는 수모는 깊은 수치심과 모멸감을 일깨웠다. 윤선이 시선을 내리고 힘든 눈빛으로 발끝을 바라봤다.

"다들 잘 아신다니까 오히려 다행입니다. 마음이 놓이는군요. 윤선 씨가 생각보다 아주 참한 사람이더군요. 연애 경험도 별로 없는데다 스캔들 한 번 없이 깨끗한 배웁니다. 지고지순하고 순한 성격이라 저와는 아주 잘 맞습니다. 아버지, 이 사람은 딱 제 타입입니다. 뭐라고 하셔도 이 사람과 결혼 강행합니다."

"네놈이 실성을 한 게지!"

이현은 어조가 조금 높아진 부친을 침착한 눈빛으로 바라봤다. 그리고 시선을 돌려 황 여사의 얼굴을 살폈다. 돕고 싶은데 윤선을 도울 수 없는 자신의 처지를 비관하는지 눈매가 잔뜩 일그러져 있었고, 홍현 역시 갑작스러운 상황에 패닉 상태가 됐는지 입술을 꽉 다물고 상념에 빠져 있었다.

홍현의 반응이 누구보다 궁금했는데, 아무런 반응이 없자 되레 실망스러웠다. 정말 홍현은 윤선에게 이성적인 감정을 전혀 느끼지 못하는 것일까? 그게 아닐 텐데?

이런 여자를 두고 아무렇지 않을 남자는 없었다. 꽤 오랫동안 자신의 감정을 감춰왔을 게 뻔했다. 홍현이 어떤 반응을 보일지에 따라 차후 어떻게 할지를 정할 생각이었는데 왜 저렇게 침잠되어 있는가!

"안 된다. 집안에 딴따라는 용납할 수 없어."

갑자기 홍현이 자리를 박차고 일어나 나갔다. 놀란 권 회장이 황 여사를 쳐다보며 비난했다.

"잰 또 왜 저래?"

"죄송해요. 알던 사람이 이 집안에 온 것도 놀라고 회장님께서 친하게 지낸 동생 같은 아이에게 뭐라 하시니 기분이 안 좋은가 봐요."

권 회장이 잔뜩 못마땅한 눈빛으로 황 여사를 바라보더니 자리에서 일어섰다.

"안 본 셈치겠다. 네가 협박을 해서 만나보기는 했지만, 이걸로 뭔가 좋은 기회를 줄 거라는 등의 생각 같은 건 절대로 하지 마라. 난 무조건 저 여잔 반대다. 알겠느냐!"

권 회장이 얼음기 뚝뚝 떨어지는 냉혹한 말투로 씹어뱉고는 응접실을 빠져나가 버렸다. 황 여사가 일어나 윤선에게 다가갔다.

"윤선아, 이게 대체 어떻게 된 일이니!"

윤선은 황 여사를 보자 만감이 교차해서 손이 부들부들 떨리고 가슴도 미친 듯이 뛰어 아무런 말도 할 수가 없었다.

"그래, 넌 배우니까 재벌가의 아들들을 만나는 일이 조금씩은 있을지도 모르겠다. 그런데 왜 하필 여기니. 내가 너한테 아무런 도움도 될 수가 없는데……. 어떻게 하면 좋으니?"

"아니에요, 아줌마. 도움 그런 거 안 바라요. 그저 아줌마한테 죄송해요. 어서 회장님께 가보세요. 괜히 호통 치시면 어떻게 해요."

윤선은 황 여사가 그리 행복한 결혼을 선택한 게 아니라는 걸 깨달았다. 황 여사가 눈치 보는 강아지마냥 어쩔 줄 몰라 하는 모습에서 현재의 결혼이 홍현을 위해 이루어진 것임을 느낄 수 있었다. 피 말리는 긴장감 속에 살고 있는 황 여사의 모습을 보니, 정말 이런 집안엔 들어와 살고 싶지 않아졌다.

"미안하다. 정말……."

"아니에요. 얼른 가보세요."

황 여사가 이현의 눈치를 살피고는 잰걸음으로 응접실을 빠져나갔다. 윤선이 멘탈이 날아가 버린 얼굴로 헛웃음을 터트렸다.

"와아, 뭐가 이렇게 되니? 그러고 보니 권이현, 권홍현…… 이름도 비슷하네. 상상도 못했다. 그 오빠가 이현 씨의 이복동생일 거라고는……."

이현은 느긋하게 소파 깊이 앉아 다리를 꼬더니 그녀에게 물었다.

"권홍현과는 어떤 사이지?"

"아까 말한 대로예요. 남매 같은 사이죠."

"그런데 아까 보니 권홍현 표정은 그래 보이지 않던데?"

"그냥 놀라서 그럴 거예요. 홍현 오빠가 이 집안에 대한 이야기를 일절 해주지 않아서 상상도 못했어요. 일이 어떻게 이렇게 돼요? 희한하군요."

그때 윤선의 휴대폰이 진동으로 울었다. 윤선이 휴대폰을 들자 홍현의 번호가 떴다. 그녀는 통화버튼을 눌렀다.

[윤선아, 잠깐 마당으로 나올래?]

"어? 어…… 그래."

"뭐야?"

가만히 있던 이현이 물었다. 윤선은 몸을 일으키며 잠시 나갔다 오겠다고 했다. 윤선이 종종걸음 쳐 응접실을 빠져나가기 무섭게 이현도 달리듯 그곳을 빠져나갔다.

고급스러운 정경의 프랑스식 정원이 눈앞에 펼쳐졌다. 비교적 평탄하고 넓은 부지를 중심축으로 삼고 그 양쪽에 대칭으로 기하학적 도형에 따라 정형한 연못, 분수, 화단, 수목 등의 구성요소를 정연히 배치했다. 규모가 상당히 넓은 편인데다 화단의 높이가 사람 키만 해서 그늘도 깊은 편이었다. 마당으로 나온 윤선은 홍현이 서 있는 곳으로 다가갔다.

“오빠.”

“따라와.”

홍현은 그녀를 데리고 정원 좌측에 있는 연못으로 데려갔다. 연못가에는 정자가 세워져 있었다. 정자 주변엔 키 큰 화단이 조성되어 있어서 은밀한 분위기를 연출했다. 진보랏빛 슈트 차림의 홍현이 미간을 좁히고 그녀를 응시했다.

“너, 어떻게 된 거야? 사귀는 사람 없다고 하지 않았어?”

“그게…… 말 못할 사정이 좀 생겼어.”

“나한테는 말을 했어야 하는 거 아니야?”

처음 본다. 늘 예의 바르고 다정하던 홍현이 무섭게 화가 나서 그녀에게 언성을 높이고 있었다. 대체 왜 이러는 것일까? 그저 이 집안에 인사차 와서 마주쳤다는 사실에 불쾌한 것일까? 아니면 남자가 있다는 사실을 숨겼다는 것 자체가 용납되지 않는 것일까? 도무지 그의 감정을 따라잡을 수가 없었다.

“전혀 예상도 못했다. 권 부사장일 줄이야.”

“나도 오빠가 이 집안사람일 거라고는 상상도 못했어.”

"정말 약혼할 생각이야?"

"……저기 오빠……."

그때 갑자기 휴대폰이 울어댔다. 받지 말까 하다가 번호를 확인한 그녀는 할 수 없이 전화를 받았다.

"네, 이현 씨."

[나와 약속한 건 절대 다른 사람들이 알아선 안 돼. 아까 아버지 분위기 봤지? 이 사실이 가짜라는 게 이런 어정쩡한 순간에 알려지면 내 입장이 아주 곤란해져. 약속은 꼭 지켰으면 한다.]

"……알았어요."

절묘한 타이밍이었다. 차라리 홍현에게 이 사실을 알리고 양해를 구할까 생각했는데 이현에게서 함구령이 떨어졌다.

"오빠, 미안해. 정말 나중에 왜 내가 이럴 수밖에 없었는지 말해줄게. 난 정말 오빠가 이 집안사람인 거……."

갑자기 홍현이 그녀를 품 안에 끌어안고 말았다. 너무 놀란 윤선이 눈을 휘둥그렇게 뜨고 숨을 멈췄다. 이게 대체 무슨 일이란 말인가? 왜 홍현이 갑자기 이런 행동을!

"너, 정말 내 마음 몰라서 이래? 몰라서 이런 말도 안 되는 일을 벌여?"

"오…… 오빠?"

"내가 널…… 좋아하잖아. 오래됐어. 아주 오래…… 너만 바라봤다고."

갑자기 귓속으로 이명이 파고들어 왔다. 세상이 하얗게 지워지고 그가 뱉어낸 말만 귓속에서 수차례 무한 반복되고 있었다.

'뭐라고?'

충격 그 자체였다. 주변 사람들이 홍현과 윤선의 관계를 의심하는 발언을 할 때마다 그녀나 홍현이 동시에 비웃었던 적이 한두 번이 아니었다. 윤선은 그를 마음 의지할 수 있는 동네 오빠 정도로만 늘 선을 그어두었고, 그 선을 한 번도 무너트린 적이 없었다. 그런 관계를 잘 유지한 게 너무나 자랑스럽고 기뻐서 진심으로 홍현을 자신의 혈연 같은 관계로 받아들이고 있었다. 그런데 그게 자신의 감정을 감춰놓고 눌러왔던 세월이라는 건…….

"오빠……."

홍현이 천천히 그녀를 놓아주더니 눈동자를 요동치며 그녀를 응시했다.

"아니라고 해. 제발…… 그 약혼, 없었던 일이라고 해줘. 내가 널 얼마나 오래 기다렸는데……. 내가 네 곁에 당당하게 설 날만 기다리면서 그렇게 마음을 눌러두었는데, 어떻게 네가 이래? 어?"

윤선은 눈을 불안하게 좌우로 흔들며 고개를 저었다.

"아니야. 못 들은 걸로 할래. 이럴 수는 없어. 아니라고 해. 지금 이거 전부 거짓말이라고 해줘! 어? 오빠!"

기가 막혀서 말도 나오질 않았다.

"왜? 왜 내 말을 못 믿어? 오랫동안 기다려 왔어. 너한테 고백할 날짜만 손꼽아 기다리는 중이었어. 그런데 이게 뭐야? 나한테 왜 이래? 왜 말을 하지 않은 거니?"

"……그건…… 미안해, 오빠. 오늘은 여기까지만 하자. 내가…… 너무 놀라서 다른 얘길 할 정신이 아니야. 미안해."

윤선이 비틀거리며 그를 홀로 두고 정원을 빠져나오자 멀찍이 담배를 물고 선 이현의 모습이 눈에 들어왔다. 윤선은 거친 숨을 몰아쉬며 흘러내린 머리카락을 예민한 동작으로 넘기고 하얗게 질린 낯빛으로 현관을 향해 걸었다.

"지윤선!"

이현은 심상찮아 보이는 윤선의 걸음걸이와 표정을 보고 재빨리 담배를 끄고 그녀의 뒤를 쫓았다. 그녀가 비틀거리며 현관을 열고 나갔다. 그는 바로 주차장으로 향했다. 차에 시동을 걸자마자 주차장을 빠져나가 그녀의 뒤를 쫓았다.

윤선이 휘청거리며 벽을 짚고 아슬아슬하게 걸어가고 있었다. 그러다 한참 동안 서다 걷다를 반복하다가 문가에서 한참 멀어진 지점에서 그대로 쪼그려 앉고 말았다. 그가 차를 세우고 그녀를 향해 다가갔다.

"지윤선……."

"대체 뭐가 어떻게 돌아가는 건지 모르겠어요. 왜…… 말을 안 했죠?"

"뭘?"

"홍현 오빠가 동생이라는 소리……."

"난 네가 홍현이랑 아는 사이인 줄도 몰랐어."

"허, 말도 안 돼……."

이현은 미간을 좁히고 그녀를 가만히 내려다보다가 그녀의 팔을 잡아당겨 일으켜 세우고 부축을 해서 보조석에 앉혔다. 그는 안전벨트까지 채우고 운전석에 앉아 핸들을 쥐었다. 그가 시선을 돌려 그녀를 한 번 더 쳐다봤다. 얼굴이 여전히 창백했다.

"무슨 소릴 들은 거지?"

"믿어지지 않는 소리예요. 일단 가요. 당신도 알아야 할 얘기일 것 같으니까."

이현은 그녀를 곧장 그의 집으로 데리고 갔다. 집에 들어서자마자 그녀는 정수기 앞에서 차디찬 얼음에 냉수를 받아 정신없이 마시고는 흘러내린 물기를 손등으로 거칠게 닦아냈다. 그녀가 거친 숨을 몰아쉬더니 소파에 털썩 주저앉았다.

그녀는 한동안 멍하니 먼 곳을 바라보고 앉아 있었다. 그는 브랜디를 잔에 채워 그녀 앞에 내밀었다. 그녀는 잔을 받아 허겁지겁 한 번에 다 마시더니 다시 한 잔 더 달라는 듯 잔을 내밀었다. 다시 잔을 비운 그녀가 잔을 툭 내려놓더니 그를 쳐다봤다.

"이게 대체 무슨 상황인 거죠?"

"뭐가?"

"……홍현 오빠가 약혼 없었던 걸로 하래요."

"그게 무슨 소리지?"

"홍현 오빠…… 나한테 고백할 생각이었나 봐요. 아까도 들었겠지만 홍현 오빠, 저랑 아주 오랫동안 이웃지간이어서 남매나 다름없이 상당히 친하게 지냈어요. 저한테는 엄마보다 더 가까운 존재였어요."

"그런 건 차치하고 지금 네 마음은 어떤데? 권홍현이라는 사람이 당신을 설레게 하는 남자인지 아닌지가 중요한 거 아닌가?"

"난……."

그녀가 신경질적인 동작으로 얼굴을 양손으로 감싸 쥐더니 한참 동안 말을 참았다. 이현은 가만히 그녀의 입에서 나올 말이 무엇인지 기다렸다. 역시 예상한 대로 흘러가고 있었다. 홍현이 윤선에게 아무런 감정 없이 곁에 계속 남아 있었을 리 없었다.

계모와 이복동생의 일그러진 얼굴을 보고 있자니 묘한 쾌감이 느껴졌지만, 홍현에게 불려간 윤선을 보자 알 수 없는 불쾌감을 느낀 그였다. 그런데 홍현을 만나고 오자마자 새하얗게 질린 그녀의 낯빛을 보는 순간 분명 예상을 했음에도 불구하고 찝찝한 감정을 지울 길이 없었다.

황정희와 권홍현의 감정이야 아무래도 좋지만, 윤선의 감정에 변화가 있어서는 안 된다. 장난으로 시작은 했지만 그건 어디까지나 권홍현이 이 집안에 들어온 데 대한 일종의 축하쇼 같은 거였다. 그렇기에 윤선의 감정변화에 그가 영향을 받을 필요가 전혀 없음에도 불구하고 예상 밖의 변수가 생기고 말았다.

윤선이 무너져선 안 된다. 조바심이 났다. 여기서 윤선이 약혼에 대한 거짓을 드러내고 홍현과 관계를 이어나가겠다고 할까 봐 겁이 났다. 그는 초조한 눈빛으로 그녀를 바라봤다. 그녀는 여전히 얼굴을 가리고 뭘 어떻게 해야 좋을지 모르는 얼굴로 두려워했다.

“이 약혼…… 가짠데, 가짠 걸 말하지 않고서는 홍현 오빠를 납득시킬 수가 없어요.”

윤선은 가리고 있던 손을 치우고 이현을 응시했다. 왜 갑자기 이 남자가 인생에 끼어든 것일까? 그가 끼어들지 않았더라면 어쩌면 홍현과의 관계에 변화가 생겼을지도 모를 일이다. 하지만 이현이 끼어든 지 채 한 달도 안 되는 시간 동안 그녀의 내면에 많은 변화가 일었다.

그녀가 생각했던 이성이라는 존재에 대한 완벽한 각인. 다른 남자는 받아들일 수도 없게 한 남자가 깊게 스며들어 와 상징적인 존재가 되어버렸다. 이미 마음은 이현을 이성으로 받아들이고 있었다.

아마도 이현을 만나지 않았더라면 홍현과의 결혼을 긍정적으로 봤을지 모른다. 오랜 기간 동안 서로 의지하며 알아왔고, 비슷한 아픔을 지녔기에 서로를 가장 잘 보듬어줄 거라 생각했을 테니까. 성적인 욕망이고 뭐고, 그런 것보단 편안함을 선택했을 것이다. 그런데 난생처음 마음을 사로잡는 상대를 하필 왜 이 시점에 만나게 된 것일까?

“나와의 약속을 깨겠다는 건가? 수억이 걸려 있어.”

그녀가 허탈한 미소를 지었다. 결국 돈인가? 그래, 몇 억이 걸린 게임이었고 그녀는 바보같이 이 말도 안 되는 게임에 발을 들여놓았다.

"그렇네요. 수억 원이 걸린 게임인 걸 잊었어요. 뭐든 계약파기는 원금의 두세 배로 갚아야 하는 거니까……. 공사 분별은 정확히 해야만 하는 거잖아요. 그렇죠?"

윤선이 공허한 눈빛으로 허공을 바라보며 자조 섞인 미소를 짓더니 천천히 몸을 세웠다. 그녀의 말투엔 뼈가 박혀 있었고, 약간의 힐난도 느껴졌다.

"어딜 가지?"

"갈게요. 이미 대답은 들었잖아요. 홍현 오빠한테 이 사실을 말하지 말아야 하고 적어도 계약기간 동안은 함구한 채로 버텨야 하는 거잖아요."

"집안에선 다른 여자와의 약혼을 강행하라고 강요하는 중이야. 난 당신과 결혼까지 하겠다고 설득하는 중에 있어. 지금 이 상황에서 몇 개월만 버텨보겠다는 건 사실……. 중도에 그만둘 생각이라면 차라리 지금 그만둬."

윤선이 멈칫하고 고개를 돌렸다.

"그 말 진심이에요? 그래요?"

"어떻게 하길 원하는 거지? 권홍현과 결혼이라도 하겠다는 건가?"

"……그러게요. 난 뭘 원하는 걸까요? 난…… 뭘 어떻게 하고 싶은 걸까요?"

그녀는 아무 생각도 할 수가 없었다. 이현이 욕심나지만 그는 이 모든 상황을 게임으로 받아들이고 있는 남자고, 홍현은 너무 편안했던 상대라서 기왕 결혼하는 거라면 홍현이 괜찮지 않을까 하는 심리가 작용하고 있었다. 뭘 어쩌고 싶은 것일까? 지금 그녀는 홍현과의 관계에 이물처럼 낀 이현이 짜증나는 걸까? 이런 시점에 고백해 버린 홍현에게 화가 나는 걸까?

"갈게요."

"데려다 줄게."

"아뇨. 혼자 갈래요. 택시 좀 불러줄래요?"

이현이 잡은 손을 그녀는 단호하게 뿌리쳤다. 그녀는 엘리베이터에 올라서도 중심을 잡을 수가 없을 만큼 마음을 잡지 못했다. 휴대폰 벨이 울어댔다. 밖으로 나와 택시를 기다리고 섰는데 휴대폰이 계속 울어댔다.

번호를 확인한 윤선은 받아야 하나 말아야 하나 갈등했다. 홍현이었다. 홍현이 두 번 세 번 계속 전화를 걸어왔다. 택시가 막 도착했다. 그녀는 휴대폰을 받지 않고 택시에 올랐다. 차에 올라 이동하는 동안에도 그녀는 가슴이 터질 듯 갑갑증을 느꼈다.

"저기…… 휴대폰 안 받으세요?"

몇 번이나 울리다 꺼지기를 반복하는 휴대폰 소리에 참고 있던 기사가 한마디 했다. 윤선은 천천히 지갑 속에 손을 넣어 휴대폰을 들었다. 홍현이었다. 그녀가 통화버튼을 누르자, 홍현이 다급하게 물었다.

[어디야?]

"집으로 가는 중이야."

[집 앞에서 기다린다. 잠깐 보자.]

“10분만 기다려.”

통화를 끝낸 그녀는 마음을 다잡지 못했다. 이현에게 더 붙들려 있고픈 마음과 홍현이 가여워 견딜 수 없는 마음이 맹렬하게 충돌하고 있었다. 그때 문자가 들어왔다. 윤선은 텅 빈 눈빛으로 문자를 응시했다.

「지윤선, 정리를 원한다면 해. 위약금은 받지 않겠어. 내 쪽에서 널 보낸 걸로 해두지.」

그녀가 여기서 손을 놓으면 그는 원치 않는 약혼과 결혼을 강행해야 한다. 그의 곁에 다른 여자가 있는 걸 그녀는 용납할 수 있을까? 다른 여자가 곁에 있느니 차라리 자신이 있는 게 나을 것 같았다. 대체 이 남자에게 향하는 마음은 대체 뭘까?

윤선은 그에게 아무런 대답도 할 수가 없었다. 그대로 휴대폰을 넣어두고 빌라 단지 내에 택시가 서자마자 돈을 지불하고 내려섰다. 그녀가 사는 동에 당도하자 입구 쪽에 홍현이 서서 기다리는 중이었다. 윤선이 다가가자 홍현이 그녀를 알아보고 곁으로 다가왔다.

“윤선아.”

“좀 걷자, 오빠.”

홍현은 애틋한 눈빛으로 그녀를 바라봤다. 둘은 여름 바람을 맞으며 빌라 단지 내에 있는 산책로를 따라 걷기 시작했다. 나무숲이 울창하고 조용해서 나란히 걷는 동안엔 다른 사람의 시선을 신경 쓰지 않아도 되었다. 둘은 말없이 십여 분 정도 걸었다.

"윤선아……. 아무래도 뭔가 이상해서 널 찾아왔다."

"뭐가?"

"권이현, 회사 내에서 별명이 뭔지 아니? 기계야, 기계. 하나부터 열까지 세세히 조사하고 그걸 기반으로 일에 착수하는 걸로 유명해. 그만큼 주도면밀한 사람이야. 어떤 작전이든 계획이든 세우기 전에 상대방에 대한 조사를 몇 개월씩 한다고 알려져 있어. 그렇게 했기 때문에 지금껏 한 번도 기획안이 실패한 적이 없을 만큼 매사 신중하기로 유명해."

"그게 갑자기 무슨……."

"그런 사람이 너와 나의 관계를 몰랐을까? 내가 그 집안에 처음 인사를 갔을 때 이미 나에 대한 것은 물론이고 엄마에 대한 뒷조사까지 끝내놓았다고 들었어. 요즘 내가 회사 내에서 대단하진 않아도 나한테 잘 보이려고 줄을 대는 사람들이 좀 생겼다. 그런 쪽에서 그런 정보는 전해 들어서 알아. 그렇다면 나에 대한 정보는 그렇다 친다 넘겨도 너와 약혼까지 강행하는 사람이 너에 대해서는 조사하지 않았을까?"

윤선은 잠시 뒤통수를 얻어맞은 얼굴로 홍현을 불쾌하게 바라봤다. 지금 무슨 소리를 하려고.

"권이현 부사장, 그 자리 그냥 올라간 거 아니야. 실로 대단한 사람이지. 꼼꼼하고 섬세하고 완벽함을 추구하는 결벽증을 지닌 남자야. 하나의 실수도 절대 용납하지 않는 냉혈한이라고. 그런 남잔데, 너와 나의 접점을 정말 몰랐겠느냐고! 너랑 나랑 유치원은 물론이고 대학까지 전부 같아. 게다가 학교 다닐 때는 주소지도 비슷해. 뒷자리 숫사 하나만 달랐어. 너라면 무슨 생각을 번저 하겠니?"

갑자기 다리가 휘청거렸다. 이게 다 무슨 소리란 말인가? 권이현이 접근한 건 권홍현 때문이라는 소린가?

"똑바로 다 말해. 그렇게 돌려 말하면 내가 못 알아듣잖아. 오빠는 지금 무슨 말을 하고 싶은 거야?"

"그 남자, 널 가지고 장난치는 거야. 날 골탕 먹이려고, 그걸 보고 즐기려고 널 가지고 장난질 치는 거라고. 나한테 한마디 하고 싶은 거야. 엄마와 권 회장의 결혼을 막지 못한 나한테 한마디 해주고 싶은 걸, 널 건드려서 에둘러 하는 거라고. 만약 그 남자가 그런 목적으로 널 사용한 거라면 제대로 한 셈이지. 나는 멘탈 붕괴에 엄마도 한 대 얻어맞은 표정이었으니까."

"아니야. 오빠, 그럴 리가 없어."

"뭘 믿고 그런 소리를 해? 권 회장이 하는 말 들었어. 너랑 그 남자 사귄 지 두어 달도 안 됐다며?"

그건 이현이 회장 측에 내놓은 정보였다. 두어 달 정도 사귄 걸로 해야 권 회장을 설득하기 편하다고. 하지만 실제로 둘이 만난 기간은 채 한 달도 되지 않았다.

"권 회장에게 자식이 있다는 소문이 은밀하게 번져 있었던 상황이고, 권이현은 그 사실을 알고 내 뒷조사를 했을 거야. 그러다 우연히 네가 걸렸을 거고. 정확히는 어떻게 널 발견했는지는 모르겠지만 어쨌든 너를 발견한 그 사람은 신이 났겠지. 나한테 어떻게 비수를 박아 넣을지 궁리하고 있었을 테니까."

"나는 모르겠어. 오빠가 대체 무슨 말을 하는 건지…… 못 알아듣겠다고. 일단 오늘은 가줘."

"윤선아!"

"지금 오빠가 하는 말이 하나도 귀에 들어오질 않아. 이쯤 하자. 내가 마음이 정리되면 다시 오빠한테 전화할게. 그럼 됐지? 오늘은 나 좀 그냥 둬줘."

윤선이 몸을 돌려 비틀비틀 돌자갈 길을 걸어 빌라 앞에 당도했다. 출입구 문을 열고 너른 로비를 지나 엘리베이터 앞에 섰다. 말아 쥔 주먹이 부들부들 떨리고 심장이 미친 듯이 뛰었다. 홍현의 말대로 그녀를 잠시 그런 요깃거리로 이용할 작정이었다면 그녀는 제대로 헛물을 켠 꼴이었다.

그런 놈에게 애정이라는 감정을 품었다는 사실에 미칠 듯한 분노를 느꼈다. 집에 당도해 문을 열고 안으로 들어간 그녀는 입고 있던 원피스를 벗어 던지고 슬립 차림으로 바닥에 주저앉았다. 눈물이 솟구쳤다. 어쩌면 홍현의 말이 다 사실일지도 모르겠다.

수십 년을 알고 지낸 홍현이 틀린 말을 했을 리 없었다. 그녀는 이현에 대해 잘 알지 못한다. 그가 어떤 성향을 지녔는지 전혀 알지 못한다. 그가 사업적으로 그런 성향을 보이는 사람이라면 어쩌면 모든 인간관계 또한 자신에게 득이 될지 해가 될지를 까다롭게 선별하는 작업을 거쳤을 것이다. 돈 때문에 달라붙는 날파리 같은 인간들을 떼어내려면 상대에 대해 모든 정보를 모두 파악하고 있는 게 중요할 테니까.

몸이 부들부들 떨려왔다. 그녀는 곧장 휴대폰을 갖고 와서 이현이 보낸 문자에 바로 답문을 했다. 이젠 더 이상 그의 난처한 입장 따위를 염려해 줄 필요가 없게 되었다.

「그래요. 그렇게 해준다면 감사하겠어요.」

문자를 보낸 그녀는 바로 휴대폰 전원을 꺼버렸다. 자꾸만 미칠 듯이 눈물이 솟구쳤다. 뭘 바란 것일까? 고작 한 달만 해보자고 제안하지 않았던가. 받아들이지 말았어야 했다. 그녀는 온몸을 동글게 말고 무릎 사이에 머리를 박은 채 엉엉 울었다.

'두 번 다시 만나지 않아.'

변명이고 뭐고 듣고 싶지 않았다. 그의 입에서 나온 변명의 말이 논리 정연하면 또다시 바보처럼 설득당할 테고, 어떤 상황에서도 그녀는 그를 이해하려 들 게 뻔했다. 이미 그를 좋아하게 되어버린 바보니까. 수단 방법을 가리지 않고 용서하고 싶어지리라. 그는 단지 홍현을 욕보이기 위해 그녀를 수단으로 사용한 것뿐인데. 그를 용서하고 싶지 않았다.

'용서 못해. 절대로…….'

답문을 보내고 보내도 윤선에게선 답이 없었다. 혹시나 싶어 그녀에게 전화를 걸었는데, 휴대폰도 꺼져 있었다. 정말 그만둘 생각인가? 하지만 말은 그리 꺼냈다고 하더라도 그는 그녀와의 관계를 그만두고 싶지 않았다.

그는 곧장 주차장으로 내려가 차를 몰고 윤선의 집 앞에 당도했다. 차를 세우고 출입구에 서서 그녀의 호수를 눌렀다. 출입구에서부터 난관이었다. 호수를 아무리 눌러도 안쪽에서 반응이 없었다. 그가 서너 차례 반복하다가 그만두고 다시 휴대폰으로 그녀에게 전화를 걸었다. 전원이 꺼져 있으니, 뭘 할 수가 없었다. 답답해진 마음에 다시 차로 돌아가 기다리다가 할 수 없이 이 비서에게 전화를 걸었다.

[네, 부사장님.]

"오늘 당장 수소문해서 지윤선 씨 집 앞에 잠복해 일거수일투족을 체크할 만한 사람 좀 구해."

[지윤선 씨요?]

"모든 스케줄을 나한테 보고하라고 해. 내 메일 주소 알려주고 그쪽으로 계속 확인 메일 보내라 하고."

[알겠습니다, 부사장님.]

통화를 끝낸 그는 차창을 내리고 담배를 꺼내 입에 물었다. 이런 경우는 없었다. 누군가 헤어지자고 말하면 뒤도 돌아보지 않고 떠나는 게 그였다. 이런 일이 처음인 것도 아닌데, 왜 윤선에겐 미련이 남는 걸까?

윤선이 뭔가를 알아챘기에 일방적으로 이런 행동을 하는 걸 수도 있다. 그건 권홍현을 떠보면 알 일이었지만 윤선의 현재 심리 상태에 대해서는 권홍현보다 자신이 더 많이 알고 있기를 바랐다.

말도 안 되는 욕심이라는 건 알지만 이렇게 윤선을 보내고 싶지 않았다. 만약 이대로 윤선이 홍현과의 약혼을 강행이라도 하는 날에는 어떻게 되는 걸까? 그 또한 그에게는 충격적인 한 방이 될 것 같았다.

그가 담배를 깊게 빨아 당기면서 그녀의 집일 것 같은 베란다 쪽을 올려다봤다. 아무것도 보이질 않았다. 왜 이렇게 갈증이 나고 심장이 조여올까? 고작 이깟 일에 이렇게 피가 마르는 감정을 느끼다니. 그답지 않았다.

#7. 독이 스미다

일주일 동안 두문불출 폐인 상태로 지냈다. 찾아오는 이라고는 홍현과 응복이 전부였다. 물론 홍현도 집 안에 들여놓지는 않았다. 그의 감정을 알아버린 시점인데, 그를 집 안에 불러들여 오묘한 분위기를 조성하고 있는 것 자체가 그녀에게는 고역이었으니까.

전부 다 멈추고 다시 예전의 그녀로 돌아가려고 안간힘을 썼다. 원래 그녀에게 권이현이라는 사람이 없었던 날들로 돌아가기 위한 안간힘은 생각보다 벅찬 일이었다. 손톱 끝에 박힌 가시처럼 그는 매 순간 그녀를 괴롭혔다.

휴대폰도 응복에게 부탁해 이현에게 문자를 보낸 다음날 바꿔

달라고 해서 번호도 바뀌었다. 연예인에게 그런 건 아주 흔하디흔한 일이었다. 그를 용서하지 않기로 했으니, 그가 접근할 기회 자체를 모조리 막는 게 그녀가 취할 수 있는 유일한 방법이었다.

철저히 자신을 그에게 보여주지 않겠다는 게 목적이었다. 그에게 그런 식으로 이용당한 게 쪽팔리고 비참해서 견딜 수가 없었다. 흔하디흔한 스폰서와 다를 게 뭐란 말인가! 그동안 도도한 척 고고한 척 스폰서 제안은 죄다 물리쳐 가며 버텼는데 결국 도착점은 그런 관계였다.

자신에게 미치도록 화가 나서 견딜 수가 없었다. 그런데 더 미치겠는 건, 이런 와중에도 자꾸만 그가 보고 싶다는 사실이었다. 그녀는 이불을 뒤집어쓰고 누웠다. 멀리서 휴대폰 벨소리가 건조하게 들려왔다. 다른 땐 발랄한 가요로 바꾸는데, 이번엔 뻔한 벨소리를 그냥 방치했다. 뭘 하고픈 의욕 자체가 없었다. 그녀는 침대에서 비틀거리며 일어나 식탁으로 향했다. 아까 물을 마시고 거기 그대로 두고 온 모양이었다. 번호를 확인하니 박 대표였다.

"여보세요?"

[지윤선 씨! 윤선 씨, 대체 뭘 어떻게 한 거야?]

"네?"

[빨리 인터넷 열어봐!]

다급한 목소리가 예사롭지 않았다. 그녀는 재빨리 태블릿 PC를 소파 앞 테이블 위에 올리고 전원을 켠 뒤 인터넷을 클릭했다. 포털 사이트에 접속하자 검색어 순위에 그녀의 이름과 권이현의 이름이 동시에 검색되고 있었다.

"이게 뭐예요?"

그녀는 재빨리 기사를 클릭했다. 기사엔 이현과 그녀의 다정한 모습이 포착된 사진이 게재되어 있었고, 이현의 얼굴엔 모자이크가 처리되어 있었지만 대기업 부사장이라는 둥으로 신분이 거의 드러나 있었다. 끝났는데 이게 대체 무슨 일이란 말인가! 망연자실한 얼굴로 허공을 바라보는데 박 대표가 다급히 물었다.

[둘이 그동안 사귄 거야? 세부에 다녀온 뒤에 뭐가 어떻게 된 거야?]

"대표님, 혹시 권이현 씨 전화번호 좀 알아봐 주실래요?"

[번호는 나한테 있어. 비서지만 거기 통하면 알 수 있을 거야. 기다려 봐. 뭐야? 둘이 사귀는 것도 아닌데, 왜 이런 보도가 난 건데!]

"빨리요. 알아보고 다시 전화 줄게요."

박 대표가 이현 비서의 번호를 불러줬다. 전화를 끊자마자 곧장 비서에게 전화를 걸려고 번호를 누르던 그녀의 손이 멈칫했다.

'미쳤어.'

핑곗거리가 없었는데, 연락할 만한 핑계가 생기니까 좋아 죽겠다는 식이다. 미치지 않고서야 이럴 수는 없었다. 자존심도 없단 말인가? 이 순간엔 적어도 마음을 다잡고 아주 화난 얼굴로 이현을 상대해 줘야만 했다. 그녀는 심호흡을 여러 차례 하다가 다시 번호를 누르기 시작했다.

[여보세요?]

"안녕하세요, 지윤선입니다. 급해서 그러는데, 권이현 씨 연락처 좀 알 수 있을까요?"

[아, 안 그래도 부사장님께서 기다리고 계십니다. 번호 불러 드릴게요.]

통화를 끝낸 그녀는 이현의 번호를 빠르게 찍고 잠시 멍하니 번호를 바라봤다. 심장이 터질 듯이 뛰었다. 용서할 수 없다며 이를 갈아놓고 이 번호 하나에 이렇게 가슴 떨려 하는 자신은 대체 뭔지. 혐오감이 느껴졌다. 그녀는 최대한 침착하게 통화버튼을 눌렀다. 벨이 한참 울린 뒤에야 냉혹한 그의 음성이 들려왔다.

[권이현입니다.]

목소리 하나만으로도 상대를 사로잡는 무서운 남자였다.

"……기사 봤어요?"

[지윤선 씹니까?]

내내 말을 편히 하더니 갑자기 존대를 했다. 이걸 어떻게 받아들여야 하나? 그도 단단히 화가 났음을 알리는 걸까? 그게 아니면 명확히 선을 긋자고 이러는 것일까? 되레 그녀가 겁을 먹고 말았다.

"네, 지윤선입니다."

[스캔들 기사는 봤습니다. 소속사 측 대응은 어떻게 할 생각인가요?]

지독하게 가라앉은 사무적인 음성에 그녀는 상처를 받았다. 왜 갑자기 연락을 하지 않았느냐는 식으로 물어올 거라 생각했었다. 그게 아니라면 불같이 화를 낼 거라고…….

그런데 그는 그녀가 예상할 수 있는 범주를 훌쩍 넘어선 태산 같은 사내였다. 그에게 그녀와 관련된 일은 벌레 한 마리 죽이는 것만큼이나 가뿐한 가치의 일인 모양이었다. 그런 줄도 모르고 홀로 일주일을 내리 전전긍긍했으니.

"권 부사장님 측은 어떻게 대응하실 건지 궁금합니다."

[일단 같이 있는 사진이 나갔으니, 얼마간은 연인 사이를 유지하는 게 피차 좋을 것 같습니다만……. 물론 직접적으로 만나거나 하는 일은 없을 겁니다. 몇 개월 유지하다가 결별 보도로 마무리를 짓겠습니다. 소속사 측엔 우리 쪽 홍보팀에서 따로 연락을 할 겁니다.]

모든 대안이 척척 준비되어 있었다. 따로 만날 일은 없다고 가차 없이 말하는 남자. 그녀가 칼같이 잘라냈듯 그 또한 칼같이 잘라내겠다는 선언이었다.

부글부글 무언가가 가슴 안에서 끓어올랐다. 뭘 잘못했는데? 대체 내가 뭘 잘못했는데, 그에게 이런 부당한 대접을 받아야 하는 것일까? 그가 이렇게 차갑게 대하는 이유를 알지 못했다. 이유라도 알고 당해야 하는 게 아닌가 속이 타들어갔다. 하지만 저쪽에서 저렇게 나오는데야 이쪽에서 바보처럼 기회를 제공하고 싶지는 않았다.

"알겠습니다. 이쪽이 보여야 할 태도에 대한 설명도 있다면 좋겠군요. 이만 끊겠습니다."

[그럼…….]

통화를 끝냈다. 분명 비서는 그가 통화를 하려고 기다리고 있다고 했다. 그렇다면 적어도 그쪽에서 나올 어떤 말이 있었어야만 했다. 그런데 그가 한 말이라고는 달랑 이번 일에 대한 수습책뿐이었다. 그녀는 바로 소속사에 전화를 걸어 전후사정을 말했다.

[그쪽이 워낙 커서 기업 이미지 때문에 바로 기사를 올리기는 어려울 거야. 권 부사장의 말이 맞기는 한데……. 정말 두 사람 사귀는 거 아니야?]

"아니에요. 쇼윈도 커플로 있자고 하던데요. 그래서 그런 줄 알고 끊었어요."

[그건 내가 그쪽 홍보팀하고 정보 공유하면서 대화를 진행할 테니까, 윤선 씨도 마음의 준비 해둬. 조만간 영화 들어가야 되는데, 이것 때문에 쓸데없는 질문만 받게 생겼어.]

"죄송해요."

통화버튼을 끄고 다리가 풀린 사람처럼 휘청거리며 소파에 주저앉았다. 아직도 이현의 목소리가 귓속에서 맴돌고 있었다. 토씨 하나 빼먹지 않고 그의 말을 읊조릴 수 있을 만큼 그의 목소리가 강하게 귀에 새겨졌다.

"짜증나는 남자!"

욕지거리가 절로 솟아올랐다. 그녀는 입고 있던 옷을 훌훌 벗고 욕실로 들어가 샤워를 시작했다. 머릿속이 권이현 때문에 들끓었다. 일주일을 내리 그 남자만 생각했다. 그리고 오늘 그와 통화가 됐는데, 기껏 돌아온 반응은 어처구니없게도 적반하장 격이었다.

"아니, 자기가 지금 나한테 이러면 안 되는 시점 아닌가? 나를 이용해서 홍현 오빠한테 무슨 짓을 한 건데!"

하지만 이 모든 사실을 그에게 확인한 적은 없었다. 아마도 그는 이유도 모르고 뺨을 맞고 조인트를 까인 기분일지 모른다. 그렇다면 그의 저런 반응이 아주 납득이 안 되는 것도 아니다. 이유를 모르니 화가 날 법도 하다.

그렇다고 이런 연유를 그에게 확인하면 홍현의 입장이 난처해진다. 둘은 어찌 되었건 한 아버지를 둔 형제가 아닌가. 중간에 끼어 둘 사이를 이간질시키는 멍청녀가 되고 싶지는 않았다. 샤워를 마치고 밖으로 나와 머리를 말리고 물을 마시는데 휴대폰이 울어댔다.

"여보세요?"

낯선 번호였지만 혹시나 싶어 받았다. 스캔들 기사가 터진 시점이라 필요한 전화일지도 모른다는 생각에.

[아까 통화한 이 비섭니다. 부사장님께서 퇴근 후에 한 시간 정도 방문하시겠답니다. 이번 일에 대해 마무리를 지어야 할 것 같다고…….]

방문? 다시 심장이 두근거렸다.

"하지만 스캔들 기사 때문에 모든 시선이 우리 집으로 향해 있을 텐데요. 위험해요. 차라리 제가 움직이죠."

[그렇다면 제가 모시러 가겠습니다. 부사장님의 소유지가 여러 군데인데, 그중 다른 곳으로 모시도록 하겠습니다. 8시까지 찾아 뵙겠습니다.]

휴대폰을 멍하니 내려다봤다. 갑작스러운 변화였다. 아까까지만 해도 냉정함을 유지하던 이현이 직접 얼굴을 보고 말하기를 바라고 있다. 그런데 자신이 직접 전화를 한 게 아니라 비서를 통해 마치 정식 미팅이라도 제안하듯 말하고 있었다. 격식은 지키겠다는 건가? 이렇게 나온다면 그녀 또한 정색하고 사무적으로 대해주면 그만이었다. 그녀는 곧장 코디에게 전화를 걸었다.

저녁 8시쯤 윤선이 전신 거울 앞에 섰다. 블랙 브래지어 위에 구멍이 숭숭 뚫린 메시 소재의 톱을 입고 골드 스터드 장식의 미니 랩스커트를 입었다. 톱 위에는 몸매의 라인이 드러나는 블랙 재킷을 입고 손엔 네모반듯한 파우치 백을 들었다. 메이크업은 눈썹과 눈매를 강조하기 위해 검은 아이라이너와 마스카라로만 눈매를 선명히 하고 입술엔 새빨간 체리 빛의 립스틱을 발라 윤기를 더했다. 머리카락은 깔끔하게 빗어 올려 묶었다.

외모에서 적어도 그 남자와 타협 따위는 하지 않겠다는 강인함과 그녀가 얼마나 섹시한 여자인지를 다시 한 번 그에게 알려주고 싶었다. 그녀는 다시 한 번 메이크업을 확인하고 스트랩 힐을 신었다.

엘리베이터를 타고 밖으로 나오자 낯이 익은 운전기사가 그녀를 기다리고 서 있었다. 그는 그녀가 뒷좌석에 오르도록 차 문을 열고 섰다. 그녀는 차에 올라 옷매무새를 정갈히 했다.

운전기사는 말없이 차를 몰기 시작했는데, 차가 갑자기 고속도로로 진입하는 게 아닌가? 서울 인근 어딘가에서 만나는 게 아니라 지방에서 만난다는 건가? 이렇게 늦은 시간에? 당황스러웠지만 티를 내지 않으려 차분해진 음성으로 물었다.

"죄송한데, 지금 어디로 가시는 거죠?"

"부사장님께서는 조용히 모시라고 하셨습니다. 주변 시선에서 자유로운 곳으로 장소를 잡았다고 하셨습니다."

물어봐야 답을 알려주지 않겠다는 건가? 운전기사는 고용주의 명령에 따를 수밖에 없는 월급쟁이 신세 아닌가. 그를 채근할 게 아니라 이현을 만나 따져 물으면 될 일이지만, 차도 없는데 나중에 돌아올 일이 걱정이었다. 그녀는 초조한 얼굴로 차창 밖을 응시했다. 빗방울이 조금씩 떨어져 내리기 시작했다.

2시간여를 달려 경기도 어딘가에 도착했다. 구불구불한 국도를 한참 타고 좁은 일차로를 한없이 달린 뒤에야 한적하고 너른 공간에 도착했다. 담벼락이 높고 키 큰 삼나무가 빼곡히 심어진 곳이었다.

대문이 열리고 안에 들어서자 내부엔 잔디가 빼곡하고 고풍스러운 분위기를 풍기는 유럽식 건물이 2층으로 세워져 있었다. 일단 비가 내리는 검은 밤안개 속에 서 있는 건물의 위용에 그녀는 압도당하는 기분이 들어 괜히 주눅이 들었다.

'안 돼. 여기서 기가 죽어선 곤란해.'

권이현이라는 남자가 얼마나 지능이 좋은지 새삼 깨달았다. 그게 아니라면 서울 시내에 위치한 어떤 카페나 어느 음식점의 룸을 이용해서 만나지 않았을까? 적어도 그녀의 예상에서 완벽하게 벗어난 시나리오였다. 그녀는 잔뜩 긴장해서 목을 움츠렸다.

그때 운전기사가 차를 몰고 유유히 되돌아가기 시작하는 게 아닌가! 심장이 철렁 내려앉았다. 서울로 돌아갈 유일한 방법이 사라지는 게 아닌가! 이 말은 권이현의 차를 타고 서울로 올라가는 방법 외에는 수가 없다는 의미이기도 했다.

마음을 추스른 그녀는 허리를 꼿꼿이 세우고 턱을 살짝 치켜 올렸다. 마음을 먼저 세워야 한다. 이렇게 기가 죽은 채로 들어가면 그에게 압도될 게 뻔했다. 그녀는 현관 앞에 서서 벨을 눌렀다. 답이 없다. 갑자기 조금씩 떨어지던 빗줄기가 폭우로 돌변해 쏟아지기 시작했다. 그녀는 숨을 들이켜고 마당 쪽을 바라보다가 을씨년스러운 분위기에 몸을 떨며 현관 손잡이를 쥐었다.

달칵, 문이 저절로 열렸다. 한기가 느껴졌다. 문을 열고 안으로 들어서 출입구를 내려다봤다. 남자의 구두가 가지런히 놓여 있었다. 그의 신발인가 보다. 그의 신발을 본 것만으로도 침을 삼키기 어려울 만큼 심장이 뛰었다.

그녀는 신고 있던 스트랩 힐의 지퍼를 내리고 거실에 발을 디뎠다. 새하얀 대리석이 깔린 거실이 눈앞에 펼쳐졌다. 연베이지색 소파와 비슷한 계열의 테이블도 눈에 들어왔다. 실내는 대부분 베이지 계열이었다.

방 불이 꺼져 있었다. 그녀는 천천히 걸어 들어가 휴대폰을 꺼내 들었다. 이현이 보이질 않으니 그를 찾을 수 있는 가장 편한 방법은 휴대폰뿐이었다. 이미 밤 10시가 넘어가는 중이었다. 그의 번호를 찾아 통화버튼을 눌렀다. 일부러 그의 이름을 따로 저장해두지 않고 그의 뒷번호만 외워뒀다.

굳이 그와의 관계를 오래 이어가고픈 마음이 없어서 저장하지 않았다. 이건 일종의 오기였다. 마음은 그를 저장하라 말하고 있었지만 그녀는 끝끝내 타협하지 않았다. 나름의 소심한 복수였다. 고작 이런 식으로밖에 화를 내지 못하는 자신이 한심했지만 말이다.

휴대폰 벨소리가 어딘가에서 들려왔다. 그녀는 그 소리를 좇아 긴 복도를 따라 이동했다. 복도를 따라 들어가자 좌측의 끝 방에서 소리가 점점 커졌다. 그녀는 문을 천천히 열었다. 그러자 불 꺼진 방 안에서 그의 휴대폰 액정화면에서 불빛이 깜빡거렸다. 그리고 1인용 의자에 깊숙이 몸을 기대고 앉은 이현이 눈에 들어왔다. 그가 나른한 동작으로 눈을 뜨더니 그녀를 응시했다.

"오랜만이라고 하는 게 맞나?"

존댓말로 사람을 압박하더니 이젠 다시 편히 말을 했지만 존댓말 이상으로 위협적으로 들렸다. 그녀는 검게 음영져 눈빛 외에는 잘 보이지 않는 그를 바라보길 포기했다. 재규어처럼 무시무시한 살의가 그의 눈빛에서 뿜어져 나오고 있었기 때문이었다.

"왜 불렀어요?"

낮게 가라앉은 음색이 조금 떨렸다. 역시 그와는 정면승부를 하는 게 위험했다. 그랬으니까 무작정 연락을 끊는 치졸한 방식을 택했던 것인데, 결국 이런 식으로 얽히고 마나?

"이유가 뭐지?"

"아무것도 묻지 말고, 날 여기로 부른 이유만 말해요."

"왜? 뭐가 두려워서?"

갑자기 그가 몸을 일으켰다. 그저 몸을 일으켰을 뿐인데, 그녀는 지레 겁을 먹고 움찔했다. 겁을 먹은 게 아니라 그가 피워 올리는 강한 성적 페르몬 때문에 압도되어 그가 당장이라도 그녀의 몸을 어떻게 할 것만 같은 위험을 느꼈다. 그가 손끝으로 소파 등받이 윗부분을 천천히 훑으며 그녀를 향해 걸어오기 시작했다.

그녀는 어떻게든 버티고 서려 안간힘을 다했다. 여기서 뒷걸음질을 하면 그를 의식하고 있다는 걸 그에게 홍보하는 꼴이 되고, 그는 약점이라도 잡은 사람마냥 즐거워할 게 뻔했다. 결국 이렇게 압도될 거면서 도망갔다는 사실에 어이없어하는 모습도 보고 싶지 않았다.

"멈춰요!"

서너 걸음 떨어진 거리에서 그녀가 그를 향해 나직하게 경고했다. 그가 피식 입가를 휘어 올렸다. 가증스럽다는 듯. 불 꺼진 방 안으로 스며들어 오는 미미한 달빛이 그의 옆얼굴을 비춰 보이고 있었다. 심장 떨리도록 매력적인 모습이었다. 끔찍하도록 싫어하고 증오해도 시원찮은 상황에서 그를 보고 여전히 설레어하는 자신의 심장을 빼내 버리고 싶었다.

"오지 말라고 했어요."

"왜?"

나직한 저음이 심장 속으로 파고들어 왔다. 빗소리와 함께 습기를 머금은 실내 공기에 그의 목소리가 한껏 더 축축하게 들려왔다.

"……저주하고 있어요."

"누굴? 날?"

"그래요."

그가 마지막 소파 끝에 당도해 주머니에 손을 집어넣고 그녀를 똑바로 응시했다. 발언의 기회를 줄 테니, 어디 한번 해보라는 듯이.

"뭐든 말해봐. 들어줄 의향은 있으니."

"권홍현을 잘 알죠?"

"알기야 하겠지. 이복동생이니까."

"권홍현의 사생활 전부를 다 아느냐는 질문이에요. 그의 사생활을 파헤치다가 우연히 지윤선이라는 여자를 건졌겠죠? 그리고 한 달 어쩌고 하면서 저와 계약 같은 걸 하고 권홍현을 농락했어요. 맞죠?"

그가 대놓고 쿡쿡 웃었다. 사과를 해도 시원찮은 마당에 대체 왜 저렇게 자신만만할까? 미치도록 불안해졌다. 잘못 짚은 것인가 싫어져서. 그녀가 미간을 확 구기고 그를 노려봤다.

"웃긴가요?"

"권홍현이 그리 말하던가? 내가 다 알고도 네게 접근한 거라고? 그래서? 지윤선은 바로 나를 버리고 권홍현과 결혼이라도 약속한 건가?"

"누굴 바보 취급하는 거예요?"

"그럼 뭔데? 그게 그렇게 화날 일인가? 어차피 당신과 나의 관계는 뻔하디뻔한 계약관계였어. 깔끔하게 공사 분별이 가능하다면 당신이 이렇게 화를 낼 이유가 없지. 그런데 왜 그렇게 화를 내는 건데? 화가 나는 이유가 권홍현과의 관계를 내가 방해한 셈이 되기 때문이라면 사과해야 마땅하지만, 넌 권홍현에게 그 어떤 제스처도 하지 않았어."

"그게…… 무슨!"

"나와 일방적으로 연락을 끊고 사라졌다면, 내 음험한 계획을 눈치챘다는 의미일 테고 그게 화가 나고 용서가 되지 않았더라면 즉각 권홍현에게 알리고 그에게 사랑고백이라도 했어야 맞아. 그게 순서지. 권홍현은 이미 당신에게 고백을 한 것 같던데, 그렇다면 당신이 답을 해줘야 할 차례일 테고. 권홍현은 그걸 기다리는 눈치던데, 넌 아무런 답도 해주지 않고 있지. 이런 상황을 대체 내가 어떻게 받아들이면 되는 거지?"

이 상황을 왜 저렇게까지 분석하고 의심하는 걸까? 대체 저 안에 뭐가 중요한 게 있다고? 그녀는 그에게 이용당했다는 사실이

미치도록 불쾌한 것이고, 그에 대한 사과를 받으면 그뿐이었다. 그리고 그간에 쌓았던 관계를 깔끔하게 청산하고 이대로 헤어지면 되는 일이었다. 대체 저런 사실들이 왜 그에게 중요한 일인 양 끄집어내지고 있는 것인가?

"지윤선은 지금 나를 의식하고 있기 때문에 아무것도 하지 못하는 건 아닌가?"

"뭐라고요? 이봐요!"

순간 그가 한 걸음 거리를 좁혀왔다. 목이 졸린 것만 같았다.

"나를 신경 쓰는 게 아니라면 당신은 권홍현의 어떤 제안을 받아들이지 않을 이유가 없어. 권홍현의 요즘 표정을 보면 말이야, 개죽도 못 얻어먹고 다니는 사람처럼 상태가 안 좋거든."

다시 그가 한 걸음을 옮겼다. 이번엔 목덜미를 물린 것만 같아 숨을 쉴 수가 없었다. 이젠 한 걸음만 다가오면 코앞이다. 그녀는 숨을 멈추고 그를 무섭게 바라봤다.

"권홍현에게 대답을 망설이는 건 어떤 누군가가 신경 쓰이기 때문이겠지. 지윤선이 그동안 만난 남자라고 해봐야 나밖에 없고, 이쯤 되면 답이 나온 거 아닌가? 지윤선은 장난으로 시작한 관계에서 상대 남자에게 빠져들고 말았다고."

순식간에 그녀의 손이 날아가 이현의 뺨을 후려치고 말았다.

찰싹!

이현이 놀란 듯 눈을 키우더니 어처구니가 없다는 듯 킥킥 웃었다. 윤선도 놀라기는 마찬가지였다. 그가 한 걸음만 더 다가오면 바보처럼 울어버릴 것만 같아 무슨 짓이든 해야 될 것 같았고 겁에 질린 본능이 자동으로 저항을 한 것이다. 너무 놀란 그녀는 부들부들 입술을 떨면서 그를 노려봤다.

"아니요. 그건 당신 착각이에요. 그런 감정 없어요."

"사실이야?"

낮게 내리 깔린 저음이 그녀의 등줄기를 타고 올라와 전신에 소름이 돋아났다. 차라리 이대로 항복을 외치고 싶었다. 그가 뿜어내는 공기가 상대를 무섭게 압박했기에 긴장감으로 신경줄이 끊어질 것 같았다.

"사실이에요."

그녀는 목소리를 쥐어짜듯 가까스로 말했다.

"그런데 왜 그렇게 거짓말하는 아이처럼 몸을 떠는 거지?"

"……비 때문이에요."

"좋아. 알아들었어. 무슨 소릴 하는지. 권홍현 때문에 당신에게 접근한 건지 아닌지 그게 궁금한 모양인데, 맞아. 권홍현과 황정희 여사 때문에 당신에게 접근했어. 하지만 그게 전부는 아니야. 처음에 당신을 만났던 날 기억하나? 의료인들이 모여 자선파티를 했지."

그렇다. 그날 옥상에서 그를 처음 만났었다. 그가 그날을 아직도 기억한단 말인가?

"난 아무 여자나 쉽게 기억하고 그러진 않아. 그런데 그날 이후에도 꽤 오랫동안 지윤선이라는 사람이 뇌리에 박혀 사라지지 않더군. 그래서 뒷조사를 의뢰했고, 아주 우연히 지윤선과 권홍현이 접점이 있다는 걸 알고 일을 꾸몄다. 목적은 그랬지만, 첫 시도는 처음 만났던 지윤선에 대한 호기심 때문이었어. 그래도 내가 잘못한 건가?"

"……일이 꼬였어요. 난 당신만 아니었더라면 홍현 오빠의 제안을 받아들였을지 몰라요."

"그러니까 왜 나 때문이냐 묻잖아. 날 신경 쓰지 말고 가라고. 권홍현한테!"

다리가 후들거리더니 급기야 눈가에서 물기가 뚝뚝 떨어져 내렸다. 모진 남자였다. 결국 끝까지 몰아붙여 답을 얻어낼 모양이었다. 그 답을 얻고 의기양양해하며 비웃겠지. 그녀가 어금니를 사리물고 주먹을 말아 쥐었다. 그렇다 해도 절대 답을 들려줄 생각은 없었다.

"안 가요. 아무것도 하지 않을 거예요. 그리고 권이현 씨도 보지 않겠어요. 이런 식으로 사람을 끔찍하게 만들잖아요. 더 봐야 할 이유가 없어……!"

쾅!

그녀의 등이 벽에 부딪쳤다. 이현이 엄청난 위압감으로 다가온 데다 그녀가 밀려나면서 동시에 그의 주먹이 벽면을 찍었다. 그가 코앞에서 그녀를 내려다보며 음산한 눈빛으로 물었다.

"그게 당신 뜻대로 될 것 같아? 감히, 감히 네가 나를 버리겠다는 건가? 감히 나를?"

놀란 윤선이 눈물을 뚝 떨어트리면서 그를 빤히 쳐다봤다. 온몸이 밧줄에 꽁꽁 묶여 버린 듯 옴짝달싹할 수가 없었다.

"권이현 씨가 먼저 시작한 일이에요. 나에게 불쾌감을 유발했으니, 나 역시 그럴 자격 있어요."

"그런데 난 널 놔줄 생각이 없어. 이대로 결혼까지 강행할 생각이야."

이게 대체 무슨 소리지?

"언론에 너와 내 사진이 이미 배포되었고, 우리 쪽에선 약혼 사실을 내일 언론에 배포할 예정이야."

"그게 무슨!"

"내가 널 그냥 놔줄 생각이 없단 뜻이야."

"하지만 가라고……!"

"마음이 바뀌었어. 안 보내."

기가 막혀 말이 나오질 않았다.

"날 좋아하는 것도 아니잖아요. 그런데 왜……?"

"좋아하는지 어떤 건지 그런 건 모르겠어. 난 애초에 그런 감정과 친하지 않으니까. 하지만 널 다른 놈에게 빼앗기고 싶지는 않아. 내 안에서 널 독점하기를 원하거든."

"그게 무슨 이기적인 소리예요?"

"나는 일주일 동안 네가 그리웠어. 1분 1초도 널 생각하지 않은 순간이 없었다고. 네가 일방적으로 연락을 끊은 기간 내내 나는…… 먹지도 자지도 못하고 불안감에 몸을 떨어야 했어. 그러다 깨달았지. 널 무조건 내 옆에 둬야 내가 산다는 걸!"

윤선은 총 맞은 사람처럼 멍한 시선으로 그를 바라봤다. 다들 이런 걸 사랑이라고 말하는데, 이현은 이 감정이 뭔지도 모르고 무작정 그녀를 소유하고 싶다고만 생각한 건가?

"권이현 씨……."

"권홍현한테 가지 마."

기가 막혀서 자꾸만 헛웃음이 터져 나왔다. 그녀가 눈을 들어 그를 똑바로 바라봤다. 그의 깊은 눈동자 속에 옅지만 두려움이 번져 나가고 있었다. 두려웠던가? 그녀가 홍현을 선택해 그를 버리고 떠나 버릴까 봐? 하지만 둘만이 쌓아나간 여정이 너무도 짧았다.

"그렇게 무서운 얼굴을 하고 마음을 고백하는 남자가 세상에 어디 있어요? 누가 보면 내가 당신한테 무섭게 야단이라도 맞는 줄 알 거예요. 지금 이 방법, 틀렸어요."

"그럼 어떻게 해야 하는데! 일주일 내내 피가 말라 죽기 직전이었어. 신경이 극도로 예민해져서 툭하면 신경질을 부리고 욕설을 내뱉고 짜증을 터트리는 나였어. 그런데 널 보니까 더 화가 나는 거야. 참았던 화가 한꺼번에 터지는 거야."

"그건 화가 아니라 섭섭함이겠죠. 연락 한번 하지 않고 버티는 나에 대한 서운함이요."

이현이 이해할 수 없다는 눈빛으로 그녀를 바라봤다. 그럴 리 없다는 눈빛이었지만 윤선은 그제야 온몸을 딱딱하게 긴장시키던 압박감에서 해방된 기분이었다. 다리가 풀리더니 그녀가 벽면을 타고 쭉 미끄러져 내려가기 시작했다. 이현이 잰 동작으로 그녀의 허리에 팔을 감아 몸을 세웠다. 그녀가 허탈한 미소를 짓고 더듬더듬 말했다.

"아…… 죽는 줄 알았어요."

그는 그녀를 품 안에 와락 끌어안았다. 으스러지도록 끌어안은 그가 나직하게 말했다.

"넌 내 거야. 죽었다 깨나도 절대 다른 놈에겐 안 줘."

"대체 왜 그런 마음을 먹은 거죠? 홍현 오빠가 당신에게 무슨 잘못을 한 것도 아닌데."

"아버지에게 화가 난 걸 대신 홍현에게 화풀이를 한 것뿐이야. 나 이외에 다른 아들 같은 건 없기를 바랐는데, 결국 나타났잖아. 애초에 마음은 그랬지만, 지윤선에 대한 호기심이 더 컸던 것도 사실이야. 그런 핑계를 대서라도 지윤선을 만나고 싶었던 거지."

"말도 안 돼. 왜 나 같은 사람한테 끌린 건데요?"

"끌리는 데 이유가 필요한가? 나도 모르겠는데……."

그녀는 축 늘어져 그의 어깨에 목을 기대고 있다가 두 팔을 벌려 그의 단단한 몸을 끌어안았다. 좋아하지 말아야지, 마음에 담지 말아야지 그랬는데 이젠 묶어두었던 실을 풀고 흘러넘치게 둬도 좋을 것 같았다.

그녀는 그를 푹 안았다. 덩치만 크고 나이만 많지 이성에 대한 감정에선 소년같이 깨끗하고 순수했다. 사랑을 모르다니, 그런 격정적인 감정을 모르다니.

하긴 그녀도 그런 감정을 몰랐다. 그를 통해 조바심내고 초조해하고 겁내고 불안해했으니까. 온갖 두려운 감정의 홍수 속에서 오직 자신을 똑바로 세우기 위해 필사적이었다. 아마 그 역시 그랬을 테지만 결국 이런 식으로 무너졌겠지. 방법은 달랐지만, 그답게 풀어냈다.

"저녁도 안 먹고 와서 배가 갑자기 고파요. 여기 라면 있어요?"

"없어."

그가 몸을 떼어내고 윤선을 내려다봤다.

"난 그보다 네가 고픈데."

윤선이 피식 웃자, 그가 그녀의 턱을 쥐고 강렬하게 입술을 부딪쳐 왔다. 놀란 그녀가 읍 하고 머리를 뒤로 젖히다 그만 벽에 뒤통수를 찧고 말았다.

"아얏!"

키스를 하던 이현이 입술을 떼어내고 그녀의 머리통을 큰 손에 쥐고 슬슬 문질거려 주었다. 그녀의 입에서 푸핫 하고 웃음이 터져 나오고 말았다.

"이게 뭐야! 아하하하."

"뭐가 웃겨? 머리 다쳐서 바보 된 거야?"

"웃기잖아요. 기가 막히다."

그녀의 웃음에 그도 피식 웃어버렸다. 비가 엄청나게 쏟아지는 밤이었다. 그는 그녀를 번쩍 안아 올려 침실로 데리고 들어갔다.

그와 그녀는 서로 마주 서서 서로의 옷을 천천히 벗겨 내리기 시작했다. 마주 바라보고 있는 눈빛이 서로 얽혀 뜨거웠다.

윤선은 그의 눈빛을 오롯이 받아내며 자신의 심장 안에 뜨겁고 뭉클한 감정이 서서히 극대화되어 가는 것을 느꼈다. 커져 가는 감정에 사로잡히자 그의 시선이 더 이상 다른 감정으로 읽어지지 않고 오롯이 격정과 열망으로만 읽어졌다.

그녀는 직접 깨금발을 하고 서서 그의 입술에 입술을 천천히 부딪쳤다. 처음엔 그의 입술이 주는 감각에 타들어갈 듯 아렸지만 지금은 그의 입술이 지닌 말캉한 감촉에 온 신경을 곤두세웠다. 그의 입술 새에서 흘러나오는 그의 젖은 숨결이 그녀를 온통 집어삼켰다.

녹아 내려간다. 적셔 버릴 듯 뜨거운 눈빛에 사로잡힌 그녀는 서서히 그의 아랫입술과 윗입술을 오락가락하며 기분 좋게 그를 빨아 당겼다.

어느새 실오라기 하나 남지 않은 그녀의 나신에 그의 커다란 손이 강하게 스쳐 지나는 느낌에 심장이 무섭게 뛰었다. 체온은 점점 높아져만 가고, 의식은 서서히 몽롱해졌다. 환각을 보듯 주위가 온통 붉게 젖어 들어가는 듯하더니 좁아터진 작은 상자 속에 갇힌 기분이 되었다.

두 사람의 숨결만 오롯이 느껴지고 서로의 거친 숨소리만이 귓속으로 파고들어 왔다.

살갗을 훑고 지나는 남자의 손바닥이 지날 때마다 사박사박 천이 스치는 듯한 소리가 들렸다. 과장되게 모든 소리가 커졌다. 그의 손바닥이 엉덩이를 부드럽게 감아쥐었다. 입술 속에서 축축한 교성이 터져 나왔다.

입술과 입술이 서로 얽혀 들어가고, 느린 그의 손동작에 모든 감각이 따라다녔다. 눈이 전신에 달리기라도 한 것처럼 그의 모든 손길이 닿을 때마다 그 부분이 또렷하게 확장되어 보였다. 이젠 더 이상 멈추는 건 어려웠다. 그의 마음을 보았고, 받아들이고자 마음먹자 이미 그는 오롯이 그녀의 내부에서 이미 그녀 자신이었다. 한 몸과 같은 마음으로 소중하게 그를 머릿속에 각인했다.

"지윤선…… 나랑 살자."

이현은 솔직한 사람이기 이전에 진심을 털어놓았다가 상처받는 걸 못 견디는 사람이었다. 마음만 먹으면 갖지 못할 게 없었기 때문에 무언가를 얻는 건 쉬웠다. 굳이 진심을 다 전할 필요도 없이 짤막한 명령 한마디면 그건 손에 쥘 수 있었다. 진심을 드러낸다는 건 언제든 상대방에게 거절을 당할 수도 있다는 전제가 깔렸고, 그것이 자라면서 점점 두려움을 주는 일이 되었다.

부친의 바람기와 맞물려 어린 나이에 모친이 작고하면서 그는 더 이상 누군가에게 진심을 드러낼 필요가 없게 되었다. 그는 철저히 강해져야만 했고 상처받지 않고 강해지기 위해 심장에 강철을 둘러쌌다. 그러자 사는 게 그리 버겁지는 않았다.

그러다 난생처음 본능을 자극하는 여자를 만났고, 그 여자로 인해 태풍을 맞는 것만 같은 일주일을 보냈다. 식음을 전폐하고 사흘을 앓아누워야 했다. 스스로 얼마나 자신이 말도 안 되는 짓을 하고 있는지 알면서도 아무것도 넘길 수가 없었다. 그녀를 다시 만나기로 계획을 세우기 시작하면서부터 무언가가 넘어가기 시작했다.

그렇게 이 비서에게 사진을 흘리게 하고, 홍보팀에서 적극 방어를 하려 들자 그가 막았다. 이건 새어나가야만 하는 기사였던 것이다. 그는 일부러 기사를 흘렸고, 자연스럽게 윤선과 마주칠 수 있는 공간을 만들었다.

물론 이 모든 걸 윤선이 눈치를 채서는 안 되는 거였다. 윤선은 이곳에 나타나자마자 전장에 침투한 군인처럼 굴었다. 철저히 거리를 두면서 그에게 휘둘리지 않으려 노력하는 모습이 역력했다. 그래서 더 미칠 것 같았다.

자신만, 자신만이 그녀를 그렇게나 애타게 바라왔던가 싶어서. 무너지려는 마음을 붙들고 그녀를 향해 호통을 쳤다. 몰아붙이자 궁지에 몰린 그녀가 기어이 무너졌다. 그걸로 이젠 됐다. 그간 혼자 품고 있던 마음이 썩어 들어가는 듯한 고통을 적어도 이 순간으로 해결했으니까. 미안하다는 말을 했어야 맞지만, 하고 싶지 않았다. 그 말 한마디로 그녀와의 만남 전체를 날려 보내고 싶지 않았으니까.

이현이 그녀의 입술과 턱에 입을 맞추며 다시 물었다.

"나랑 살자."

"우린 아직 서로에 대해 다 알지 못하잖아요. 조금만 시간을 갖도록 해요."

"그러다 다른 놈한테 뺏기는 거 싫어."

"왜 그렇게 자신 없어 해요?"

"다른 건 다 자신 있는데, 너에 대해서만은 확신이 안 생겨."

"난 지금 누구를 위해 이렇게 마주 서 있는데요? 난 쉬운 여자 아니에요. 쉽게 아무 앞에서나 벗고 이러지 않아요."

이현이 피식 웃었다. 그녀의 달콤한 냄새에 취한 그가 혼몽한 눈빛으로 그녀를 바라보며 말했다.

"알았어. 믿어줄게. 사귀는 건 딱 몇 개월 정도만 하자."

"10개월?"

"무슨 소리야? 3개월."

"무린데요? 친구들이 남자는 1년 이상 사귀어봐야 본색을 다 알 수 있다고 하던데."

"웃기는 소리. 난 처음부터 끝까지 한 면만 보여주는 남자야. 본색이고 뭐고 없어."

딱 잘라 말하자 윤선이 쿡쿡 웃었다. 그는 그녀의 목덜미에 입술을 대고 깊게 키스를 했다. 일자로 뻗은 쇄골뼈를 지나 봉긋하게 솟아 오른 어깨 부분에도 입을 맞췄다. 이 여자의 몸은 그린 듯이 아름다웠다. 적당히 보기 좋게 솟아오른 가슴의 선 또한 예술의 극치였다.

그는 천천히 그녀를 침대 위에 눕혔다. 그녀가 눕자, 그는 그녀의 가슴 둔덕에 키스를 했다. 자잘한 키스를 퍼붓다가 봉긋하게 솟아오른 유두를 입안에 머금고 원을 그리며 자극했다. 다른 한 손으로는 그녀의 젖가슴을 손안에 쥐고 적당한 힘으로 주물거렸다.

"하아…… 하아……."

윤선이 거친 숨을 몰아쉬었다. 그가 거칠고 강하게 입안에 젖가슴을 물고 빨다가 서서히 미끄러져 내려가 복부에도 입을 맞췄다. 탄력 있는 복부엔 살며시 골이 패어 들어가 있었다. 배꼽 주변에 세로로 살며시 팬 골이 너무도 섹시했다.

그 길을 따라 내려가자 검은 거웃이 눈에 들어왔다. 그는 손가락으로 거웃을 부드럽게 움켜쥐었다가 살짝 놓았다. 그녀가 다리를 오그리며 꿈틀거렸다. 그가 손바닥 전체로 그녀의 삼각지를 살며시 움켜쥐고 놓았다가 세게 한번 움켜쥐었다. 그러다가 위아래로 문질대며 여러 차례 움직이자 그녀가 몸을 틀며 어쩔 줄 몰라 했다.

"살 냄새가…… 죽음이야."

그가 그녀의 골반께에 코를 박고 깊게 흡입했다. 선천적으로 피부에서 단내가 나는 사람이 있나 보다. 그게 아니고서는 그녀의 살내를 뭐라 설명할 길이 없었다. 그녀에게 호감을 느끼기 때문에 그의 감각이 예민해져 그녀의 모든 것이 더 크고 짙게 느껴지는 건진 몰라도 그에게 그녀는 꽃 그 자체였다.

그는 거웃으로 턱을 간질거리며 내려가 그녀의 두 갈래 갈라진 살결을 입안에 쪽하고 빨아 당겼다. 그리고 입술을 벌리듯 혀로 사이를 가르고 정확히 클리토리스를 찾아내 혀로 자극했다. 그녀가 몸을 틀며 꿈틀댔다. 이제 막 갓 잡아 올린 물고기처럼 이리저리 팔딱거렸다.

그는 그녀의 허벅지를 꽉 움켜쥐고 그녀의 클리토리스를 정성껏 애무했다. 혀로 핥고 빨다가 입안에 빨아들여 오랫동안 물고 놓아주지 않았다. 그러자 그의 턱에 그녀의 애액이 묻어났다. 그가 흡족한 미소를 지으며 혀로는 예민한 클리토리스를 자극하면서 손끝으로는 그녀의 질구를 부드럽게 이완시키며 마사지를 해줬다.

"아악…… 하아…… 이현 씨…… 아아……."

그녀의 교성이 거의 비명이 될 때쯤 그가 서서히 무릎걸음으로 그녀의 허벅지 안쪽으로 들어갔다. 안쪽으로 깊게 자리를 잡은 그는 거대해진 페니스를 그녀의 축축한 질구에 바싹 밀착시키면서 흘러내린 애액으로 페니스 전체를 적셨다.

적당히 물기를 머금은 페니스를 그녀의 질구에 바싹 대고 밀어넣기 시작했다. 이번엔 생각보다 빠르게 그가 빨려 들어갔다. 완벽하게 삽입된 그의 페니스를 그녀가 힘껏 움켜쥐었다. 묘한 감각이었다. 일전엔 그를 밀어내기 바빴던 것과는 사뭇 대조적인 반응이었다.

"오늘은 유연한데?"

"덜…… 아픈 것 같아요."

"기분 좋은데? 이젠 날 당신의 남자로 인정한 것 같잖아."

윤선이 입가에 미소를 머금으며 그의 목에 팔을 감았다. 그가 입술을 내려 그녀의 입가에 키스를 했다. 둘은 서로의 입술에 열렬히 입을 맞추다가 더욱 깊게 혀를 밀어 넣어 서로를 탐닉했다.

그가 입술을 떼어냈다. 아랫도리가 야단법석이었다. 더 강하게 움직여 달라고 애원하는 통에 그는 재빨리 허리를 곧추세웠다. 그는 무릎을 꿇은 채로 그녀의 허벅지를 크게 열고 그의 페니스를 힘껏 넣었다 뺐다를 반복했다. 찰박찰박 살 닿는 소리가 요란해져만 갔다.

그녀는 무언가가 당장이라도 내부에서 터질 듯 아슬아슬한 표정으로 그 감정을 짓누르고 있었다. 그가 이번엔 팔굽혀펴기를 하는 듯한 자세로 몸의 체중을 팔에 싣고 그녀의 내부 깊숙이 몸을 밀어 넣었다.

"좋아? 지윤선, 어때?"

윤선이 볼을 발갛게 물들이며 거친 숨을 몰아쉬느라 대답을 하질 못했다. 그는 그녀의 턱에 입을 맞추며 그녀의 이름을 주문처럼 외쳤다.

"지윤선…… 지윤선……."

그가 그녀의 귓불에 이름을 낮게 외치며 입을 맞추자, 그녀가 몸을 비틀며 강하게 신음하더니 그의 페니스를 힘껏 움켜쥐었다. 그녀의 몸 전체가 단단하게 경직되는 것이 잠시 이어지다가 서서히 이완되었다. 그가 잠시 움직임을 멈췄다가 다시 서서히 움직이기 시작했다. 그럴 때마다 그녀의 경직과 이완이 수차례 반복

되었다.

"굉장해……!"

지금까지 이렇게 그를 즐겁게 하는 몸을 만난 적이 없었다. 그가 움직였다 멈추면 그녀가 경직되며 그를 조였고, 그가 다시 움직이기 시작하면 그녀는 이완되면서 그가 움직이기 편하도록 해줬다. 그렇게 서로가 리듬을 타듯 움직여 가며 절정으로 내달렸다.

붉은 바다가 밀물처럼 몰려들어 오듯 사방이 온통 벌겋게 달아오르는 어느 순간 눈이 시릴 만큼 부신 빛줄기가 그의 시야를 멀게 했다. 허리에 뻐근한 통증이 전해질 만큼 그녀에게 매달려 움직였다. 그리고 신호가 왔다. 하얀 폭발이 시야를 온통 적시는 순간 파정이 일어났다. 이번엔 그녀의 질 속에 사정했다. 망설임은 없었다. 책임질 자신이 있기에, 저질렀다. 아무 생각 없이 즐기던 그녀가 소스라치게 놀라며 그를 쳐다봤다.

"이현 씨!"

"3개월 있음 내 여자가 될 거니까, 상관없잖아."

"와아, 이렇게 갑자기!"

"매일 안을 거야. 매일매일 확인할 거야. 그 황홀경에 젖은 표정이 없어지면 나에 대한 마음도 식은 거겠지."

"내가 뭘 그렇게 황홀경에 젖었다고……."

"젖었어. 봤어."

"에이, 정말!"

그녀는 베개를 뒤집어써 버렸다. 그 모습이 귀여워서 그가 그녀의 엉덩이를 손에 쥐고 주물주물 했다.

"엉덩이랑 가슴 손맛이 좋다."

"그만 만져요!"

그녀가 베개를 뒤집어쓴 채로 그의 손을 탁 쳐냈다. 그는 그녀를 꽉 끌어안으며 단호하게 말했다.

"당신 몸은 이제 다 내 거야. 그러니까 내 마음대로 해도 돼."

"말도 안 돼!"

창밖은 천둥번개가 치고 게릴라성 폭우가 쏟아지고 있었다. 비가 거세게 베란다 창을 두드리고 있었지만 이제 막 서로를 받아들이고 시작한 남녀에게는 상관없는 일이었다.

#8. 경계 위의 고지

해외로 출장을 갔던 은형이 돌아오자마자 윤선의 스캔들 소식을 전해 듣고 곧장 윤선에게 찾아왔다. 둘은 소파에 앉아 팽팽한 눈빛으로 서로를 마주 보는 중이었다.

"내가 잘못 들었나 해서 찾아왔어. 정말 MK그룹의 부사장이 널 좋다고 한다는 거니?"

"네."

"나는 왜 그게 한낱 연예인들 사이에 떠도는 스폰서설과 크게 다르지 않다고 생각되지? 지금 내 주변의 많은 사람들이 널 그런 식으로 매도하고 있다는 건 알고 있어?"

"뭐가 문젠데요? 전 남들이 뭘 하든 말든 그리 중요치 않아요.

제가 중요한 거지. 왜 남의 입에서 나오는 말들까지 제가 신경 쓰며 살아야 하는 건데요? 저와 엄마는 다르잖아요."

"나는 신경 쓰고 살아. 그런데 넌 내가 낳은 아이야. 나와 별개라고 할 수는 없지. 그건 내가 널 버렸을 경우에나 해당되지만, 내가 널 버리지 않고 품고 있는데야 그런 사고는 가당치도 않지."

"끝까지 이기적인 궤변만 늘어놓으시는군요."

윤선은 은형과 이렇게 마주 보고 앉아 대화를 나눈다는 것 자체가 버거웠다.

"넌 그 사람과 결혼 못해."

"네?"

모르겠다. 이젠. 이 사람이 정말 그녀의 엄마가 맞을까? 막장드라마 속에서도 생모는 딸내미가 재벌가의 후계자와 결혼을 한다고 하면 쌍수 들어 반기며 박수를 쳐준다. 현실은 막장드라마보다 더 막장이라고 하지만, 이건 정말 해도 너무한다. 어떻게 자식이 좋은 조건의 남자와 만나 인연을 맺을지도 모른다는 소리를 듣고도 저렇게 부정적인 반응을 보이는 걸까? 이해불가였다.

"내 한마디면 그 남자, 1분도 생각하지 않고 널 떠나. 내가 입만 벙긋하면!"

쾅! 쾅!

그녀가 테이블을 손바닥으로 두 번 내려쳤다. 화가 나서 이제 더는 참을 수가 없었다. 뭘 감추고 저러는지 이젠 이유를 알아야겠다.

"차라리 말해요. 시원하게 이유를 말해요. 듣고 타당하면 제가 물러날 테니까. 왜 안 되는지 그 이유를 말해줘요."

"넌 평생 혼자 살아. 그게 답이야."

"엄마!"

부들부들 몸이 떨렸다. 엄마라는 사람이, 적어도 아이를 낳을 때는 죽을지도 모른다는 두려움과 생명을 탄생시킨다는 용기로 아이를 낳았을 텐데 어떻게 저렇게 모진 말만 내뱉는지 모르겠다. 이젠 영영 헤어져 살고 싶은 마음까지 들었다. 은형이 입가를 싸늘하게 휘어 올리며 비웃었다.

"화나니? 화내. 괜찮아. 나는 이런 순간을 기다렸는지도 모르겠어. 복수의 날 말이야."

"뭐라고요?"

자식을 앞에 앉혀놓고 복수를 운운하다니? 이게 뭘까? 이젠 은형의 가슴속에 맺힌 저 깊은 감정의 끝을 그녀는 도무지 상상할 수가 없었다. 왜 이토록 잔인하게 사람을 괴롭히는 것일까? 정말 그녀는 양녀인 것일까? 혹은 아이가 바뀌었다는 사실을 뒤늦게 깨달은 케이스? 그게 아니면 부친이 다른 데서 낳아온 아이?

아무리 상상을 해봐도 이런 것 외에는 떠오르지 않았다. 하지만 은형과 그녀는 혈액형도 닮았고 자라는 과정 속에서 그녀가 은형을 닮았던 순간이 너무도 많아 남이라고 하기도 어정쩡했다.

"너, 결혼 안 돼. 그것만은 안 돼. 넌 혼자 살아. 그편이 모두를 위해 좋아."

"할 거예요. 무슨 소리를 하든 나도 행복해질 권리가 있어! 할 거라고! 당신은 내 엄마도 아니야!"

찰싹!

순식간에 눈앞에서 번개가 쳤다. 볼에 불을 댄 듯 뜨겁고 화끈거렸다. 얼굴이 돌아갈 만큼 가공할 만한 위력이었다. 눈을 돌려 은형을 바라봤다. 은형의 두 눈동자에 담긴 저주와 증오가 살의와 섞여 뻗어 나오고 있었다.

"엄…… 마?"

"네 아빠가 누군지 알고 싶지 않니? 알고 나면 넌 죽고 싶어질 거고, 네 자신을 부정하고 싶어질 거야."

"……그게 무슨……."

윤선의 눈가에서 물기가 쏟아져 내렸다. 세상에서 누구보다 자신을 보호해 줘야 할 생모가 누구보다 그녀에게 아픈 칼날을 휘젓고 찔러대고 있었다. 모르겠다. 왜 이렇게까지 잔인한 걸까?

"앉아. 처음부터 끝까지 말해줄 테니까. 이젠 너도 나이가 있으니 네 생부에 대한 얘기를 들어야겠지?"

윤선이 다시 소파에 주저앉았다. 볼은 얼얼하고 심장은 터질 듯이 아프게 뛰었다. 은형에게 받은 상처로 지금 당장 심장의 모든 피를 쏟아 죽어도 이상할 게 없을 상황이었다. 그런데 은형이 너무도 비장했다. 그녀는 시커먼 시체처럼 혈색 잃은 얼굴로 허공을 바라보며 무서운 이야기를 시작했다.

"그 사람은 유부남이었다. 이제 막 갓 대학교수가 된 남자였고,

그는 나를 처음 보자마자 마음에 들어했어. 처음엔 너무도 친절해서 내가 특별히 예쁨을 받는다고 착각했지만 나중엔 그것이 점점 족쇄가 되어감을 느끼고 거리를 두기 시작했다. 그리고 그날 밤이 었지."

은형은 끔찍했던 그날을 떠올리며 앞에 놓인 물을 전부 다 마셔버렸다. 그녀는 흘러내린 물기를 손끝으로 닦아내고 침착하게 입을 열었다.

"인턴 때였어. 하루가 어떻게 돌아가는지 모르게 바쁘던 나날의 연속이었지. 잠을 두세 시간밖에 잘 수가 없었다. 그러다 그 교수의 부름을 받아 갔는데, 마침 자리를 비우고 없더구나. 기다리는데 너무 졸음이 와서 나도 모르게 그만 소파에 누워 자고 말았지. 그런데 자다 일어나 보니 교수가 내 위에 올라타 있더구나. 강하게 부정했다. 강하게!"

소름이 끼쳐 왔고, 이젠 모친이 무슨 말을 하려는지 알 것만 같아졌다. 이젠 저 입을 틀어막고 싶어졌다. 하지만 이미 엎질러진 물은 주워 담을 수가 없었다.

"강하게…… 나는 최선을 다해 강하게 부정했어. 그런데 그 남자는 내 입을 틀어막고 기어이 내 안에 파정했다. 나는 임신이 되지 않기만을 바라며 평범하게 일상을 유지했어. 그러다 임신 사실을 깨닫게 되었고 운이 없는 난 이 사실을 부모님께 들키고 말지. 부모님은 재빨리 어려운 집안의 한 남자를 데릴사위처럼 사온다. 그 사람이 네 이름 성씨인 '지씨'를 빌려준 사람이다. 그 사람과 말도 안 되는 결혼을 하고 나는 잠시 고민에 휩싸였다. 너를 낳을지, 말지를 두고."

눈물이 정신없이 쏟아져 내렸다. 자신이 어떤 남자의 성폭행으로 인해 생겨난 씨앗이라는 걸 알게 된 순간 자존감과 모든 중심이 산산조각 나 무너져 내렸다. 눈앞이 희뿌옇게 젖어 들어가 아무것도 보이지 않았다. 이젠 모친의 저런 막말과 홀대가 너무도 이해가 되었다. 생부를 대신해 죽도록 용서를 빌어야 하는 존재였다.

"낳기로 했다. 그리고 그 남자를 용서할 수 없듯이 널 낳아 그 남자에게 복수하듯 그렇게 키워내리라 마음먹었지. 네가 태어나마자마 나는 이혼했다. 더 이상 데릴사위의 존재가 필요치는 않았거든. 물론 데릴사위의 입막음을 하는 데도 꽤 많은 돈이 들어갔다. 그렇게 나는 너를 받아들이고 키웠어. 날 더럽힌 그 남자 때문에 나는 평생을 혼자였다. 그런데 어떻게 네가 사랑을 하고 결혼을 할 수가 있니? 어떤 일로 네가 생겼는데! 말이 된다고 생각하니?"

그저 먹먹했다. 아무것도 보이지 않았다.

"새, 생부는……."

"아직도 여전히 잘살고 있지. 집안에선 장차 내가 의사가 되어야 하기 때문에 그 작자를 물고 늘어지는 걸 원치 않았다. 집안에선 나름 그 남자를 압박해 해외로 내보내긴 했지. 적어도 같은 하늘 아래서 서로 마주칠 일은 없어야 할 테니까. 그 남자가 뭘 하든 말든 그건 모르겠어. 넌 태어났고, 어찌 되었건 그날을 증명하는 유일한 치부이니까. 넌 너를 낳아준 나에게 감사를 해야 할 거야. 적어도 세상이 얼마나 달콤한지는 맛보도록 그간 인내심을 다해 함구해 주지 않았니?"

"으흑…… 으으으흐흑……."

말도 안 된다. 불행을 주기 위해 낳은 자식이 있다니. 불행해지는 걸 보겠다고 눈에 불을 켜고 옆을 지키는 엄마가 있을 줄이야. 견딜 수 없이 소름 끼치고 외로웠다. 차라리 이대로 심장에 칼을 찔러 은형의 눈앞에서 죽어주고 싶었다. 그걸 바라는 건 아닐까?

"이만 일어나마. 스캔들은 그저 스캔들로 끝내라. 사랑, 결혼, 그건 안 될 말이지. 나도 누리지 못한 걸 네가 누려선 곤란하지 않겠니? 그럼 쉬어라."

은형은 그녀의 전신에 독을 품은 뱀 수천 마리를 풀어놓고 그렇게 유유히 떠나갔다. 홀로 남은 그녀는 검은 물속에 가라앉은 사람처럼 한동안 한 자세로 앉아 있었다. 그렇게 새벽이 되고 아침이 밝아왔다.

전화벨이 울어대고, 현관의 벨을 누르는 소리가 들렸지만 어떤 것에도 반응할 수가 없었다. 발에 시멘트가 발린 듯했다. 무겁고 무거워 이대로 구렁텅이 안쪽 깊은 곳으로 빨려 들어가 버릴 것만 같았다. 눈물이 하염없이 쏟아져 내렸다.

이젠 뭘 해선 안 될 것만 같았다. 먹지도, 입지도, 자지도, 누군가를 만나서도 안 될 것 같았다. 철저히 불행해져야 하는 것이다.

은형의 바람대로.

"으흐윽…… 으흐흐윽……."

그녀는 어둠의 아이였다.

❖

하루가 지나고, 이틀이 지나고, 사흘째가 되었다. 연락두절, 무식하게 문을 박차고 들어가고 싶은 마음은 굴뚝이었지만 윤선의 감정 변화를 존중해 줘야 한다는 배려심 때문에 참고 기다리던 그의 인내심에 드디어 한계가 찾아오고 말았다. 그는 점심시간을 이용해 윤선의 소속사 대표에게 전화를 걸었다.

[네, 안녕하세요.]

"혹시 지윤선 씨 신변에 무슨 일이 일어난 겁니까?"

[아니, 그게 무슨…….]

"연락두절입니다."

[저도 매니저와 코디가 연락두절이라고 해서 알아보고는 있는데, 도무지 행방이 묘연합니다. 집엔 불도 다 꺼져 있고, 어딜 가긴 간 건지…….]

"그렇다면 잠시 만날 수 있겠습니까? 지윤선 씨, 아파트 내 감시 카메라를 확인해 보고 싶은데요."

[그렇다면 최대한 잡음이 없도록 은밀히 해야 하니…….]

"그건 염려 마시지요. 얼마나 걸리십니까?"

[20분 정도면 도착합니다.]

“그럼 이따 뵙겠습니다.”

통화를 끝낸 그는 이 비서에게 한 시간 정도 자리를 비우겠다 말하고 홀로 차를 몰아 윤선의 집으로 이동했다. 윤선이 사는 빌라 단지는 규모도 큰 편이고 부유층이 주 세대원이기 때문에 개인의 프라이버시를 매우 중시하는 곳인데다, 대부분의 모든 구역에 감시 카메라가 설치되어 있었다.

그는 차에서 내려 박 대표가 오기를 기다렸다. 잠시 뒤 박 대표가 차에서 내려 그에게 다가와 악수를 청했다.

“반갑습니다. 이렇게 뵙게 되어 영광입니다.”

“별말씀을요. 일단 관리동으로 갑시다.”

관리동에 도착해 사정을 설명하고 윤선의 집 출입구 카메라를 확인하기로 했다. 윤선이 집에 들어간 날은 사흘 전 오전 중이었고 이후 윤선의 모친이 엘리베이터를 타고 올라갔다가 수분 후에 내려와 집으로 돌아갔다. 그렇게 사흘 동안의 행적을 고속 재생해 확인한 결과 어디에도 윤선은 없었다.

“아무래도 집에 계신 것 같은데요? 초능력자가 아니라면 감시 카메라에 찍히지 않고 나갈 수 있는 일은 없을 테구요. 베란다에서 뛰어내리지 않는 이상…….”

“그렇다면 현관을 강제로 여는 수밖에 없는데…….”

“경찰 부릅시다.”

“하지만 경찰을 동반하고 문을 열었다가 내부 상황이 좋지 않을 경우 그 파장은……."

이현이 박 대표를 음산한 시선으로 노려봤다. 박 대표가 말없이 노려보는 이현의 시선에 흠칫 놀라 자라목처럼 목을 움츠렸다.

"일단 연락을 하겠습니다."

이현은 바로 윤선의 집 출입구 앞에 섰다. 경비가 경찰이 오기를 기다렸다가 문을 열어주겠다고 했다. 채 5분도 되지 않아 경찰 두 명이 당도했다. 경찰들에게 사정 설명을 하고, 문을 여는 데 입회해 달라 요청했다. 그리고 경비가 열어준 출입구로 들어가 엘리베이터에 올랐다.

엘리베이터 문이 열리도록 내부는 묵직한 공기로 가라앉아 누구 하나 쉽게 입을 떼지 못했다. 그 와중에도 박 대표는 윤선의 이미지 관리를 위해 이번 일에 대해 함구해 달라는 부탁을 여러 차례 반복해서 했다.

엘리베이터 문이 열리자마자 경찰들이 곁에 서고 곧이어 도착한 열쇠수리공이 현관에 장치한 최신식 도어락을 끄집어내기 시작했다. 요란한 소리에 옆집에서 잠시 나왔다가 경찰들이 서 있는 모습을 보고 기가 눌려 집 안으로 쏙 들어갔다.

이현은 가슴 앞에 팔짱을 끼고 문이 열리기를 기다렸다가 수리공에게 돈을 지불해 돌려보내고 경찰 한 명은 밖에 대기시키고, 나머지 한 사람과 박 대표를 데리고 집 안으로 들어갔다. 집 안에선 에어컨 바람이 적당한 온도를 유지하며 흘러나오고 있었다. 하지만 집 안엔 어떤 소음도 들리지 않았다.

분명 입구엔 그녀의 신발이 가지런히 놓여 있었다. 마음이 조급해진 그녀는 곧장 윤선의 침실로 들어갔다. 그리고 침대 끝자락에 쓰러진 채로 누워 있는 윤선을 발견했다.

"지윤선!"

경찰은 곧장 구급차를 불렀고, 박 대표는 울상이 되어 어쩔 줄을 몰라 했다. 이현은 그녀의 팔목과 목 등을 유심히 살피고 그녀의 심장에 귀를 댔다. 심장은 뛰고 있었고, 숨 역시 쉬고 있었다. 그런데 의식이 없다.

"살아 있어요. 괜찮아요."

이현이 당장이라도 울 듯 보이는 박 대표를 향해 말했다.

"박 대표님은 당장 언론들을 막아요. 막을 수 없다면 적당히 에둘러 보도하는 게 좋을 겁니다. 과로로 인한 현기증 정도로 말해두는 것도 좋구요."

"아, 알겠습니다. 그럼 우리 윤선이 좀 부탁드립니다."

박 대표가 후다닥 달려나갔다. 이현은 경찰에게 도움을 청해 윤선을 등에 업고 얇은 이불로 그녀의 머리부터 몸 전체를 덮어 달라 했다. 혹시라도 내려가다 누군가 그녀를 알아보고 사진이라도 찍어 인터넷에 유포라도 하면 난감했다.

집을 나온 그는 경비에게 부탁해 윤선의 집에 도어락을 다시 설치해 달라 부탁을 해두고 사이렌을 울리며 들어오는 구급차를 기다렸다. 구급차가 시트를 내려 윤선을 눕혔다. 그는 윤선과 같이 차에 올랐다. 그가 구급대원에게 물었다.

"왜 의식이 없는 겁니까?"

"탈수증상 같습니다. 아무래도 며칠 동안 아무것도 안 먹은 것 같아요."

그는 휴대폰으로 곧장 이 비서에게 연락했다.

"난데, 내 스케줄 전부 정리해. 아버지께 사흘 정도 휴가 신청한다고, 모든 일은 아버지께서 처리해 달라 말하고 지윤선 씨 집 앞에 내 차를 세워뒀어. 열쇠는 내 집에 가면 스페어가 있으니 집으로 이동시켜 놔."

[알겠습니다. 사흘 정도면 되겠습니까?]

"변수가 생기면 다시 연락하지."

[그 외에 따로 처리할 일은 없습니까?]

"아, 언론에 지윤선에 대한 보도가 나오면 전부 수집해. 우리 쪽에서 반박할 자료가 있나 체크하고."

[네, 부사장님.]

통화를 끝낸 그는 의아해진 눈빛으로 그녀를 응시했다. 대체 뭐가 그녀를 이렇게 몰아붙인 것일까? 그녀와 그는 이미 마음을 확인했다. 더 이상 머뭇거릴 이유가 없었고, 그 일로 그녀가 이렇게 되도록 고민할 부분이 없었다.

무언가 식욕마저 꺾어놓을 만한 대단한 일이 있었다는 말인데, 그날 그녀를 마지막으로 보고 간 사람은 그녀의 모친이었다. 그는 손을 뻗어 그녀의 손을 꽉 쥐었다. 파리하고 가늘어진 손가락이 맥없이 축 늘어져 그의 가슴을 저리게 했다. 새파랗게 도드라진

실핏줄도 그의 가슴에 가시넝쿨을 감았다.

못 참겠다. 누가, 왜, 지윤선을, 감히 그의 여자를 이렇게까지 무너트렸단 말인가! 살아야 할 의지마저도 모조리 부숴 버릴 만큼 철저히 자신을 나락으로 떨어트리도록 했단 말인가. 아무래도 모친이 의심스러웠다.

애앵애앵애애애앵—

사이렌 소리가 점점 커져만 가는 것 같았다. 그와 동시에 그의 심장박동수와 분노수치도 같이 높아져만 갔다. 정체 모를 상대에 대한 분노가 거세게 타올랐다.

눈이 떠졌다. 뭔지 모르지만 따스했다. 윤선이 천천히 고개를 돌리자 창가에 서서 누군가와 통화를 하고 선 남자가 눈에 들어왔다. 익숙한 날렵하고 절제된 뒷모습을 지닌 사내, 권이현이었다.

"아니야. 약혼 준비로 인한 과도한 스트레스 정도로 내는 게 좋겠어. 결혼은 몇 개월 내로 진행시킬 거라는 것도 흘려. 최대한 분산시키고……. 응, 알았어. 더 알아보고 다시 연락해."

통화를 끝낸 그가 눈을 돌렸다. 이현의 시선이 닿자 윤선의 입가에 미소가 희미하게 번졌다.

"나 좀…… 안아줄래요?"

이현은 가슴 아프게 그녀를 바라보다가 두 팔을 벌려 그녀의 등에 손을 넣어 그녀를 힘껏 안아줬다. 윤선의 눈가에서 하염없이 눈물이 쏟아져 내렸다. 이 남자를 놓아야 하나. 그의 명예에 먹칠을 하게 될 것만 같았다. 그를 좋아하게 되었으니까, 더더욱 그녀를 놓아주는 게 그녀가 그에게 할 수 있는 유일한 매너 같았다.

"이현 씨, 최선을 다해 힘껏 도망가 줄래요?"

"무슨 소리야?"

이현은 갑자기 뻥치를 얻어맞은 얼굴로 그녀를 내려다봤다. 다른 이유 때문에 그녀가 쓰러졌다 생각했는데 아니었다는 건가? 그와 거리를 두기 위해 고심하다 이렇게 되었다는 뜻인가? 왜?

"이 상황, 난 너무 뜬금없어. 난 절대로 도망갈 생각이 없고, 너는 죽는 날까지 그런 나를 볼 수 없을 거야. 말했잖아. 난 절대로 널 놓아줄 생각이 없어. 좋든 싫든 이젠 넌 내 사람이야."

그는 단호했다. 한줄기 망설임도 보이지 않는 이 남자를 어떻게 한단 말인가. 차라리 어릴 때 모든 걸 밝히고 자신을 고아원에 갖다 버렸으면 좋았을걸. 그랬더라면 시커먼 어둠 속에 스스로를 가두고 영원히 암흑 속 우주 미아처럼 그렇게 살았을 텐데.

새삼 비정한 모친이 원망스러웠다. 윤선이 서글픈 미소를 입가에 머금었다. 수십 개의 가위로 심장을 갈가리 잘라내는 듯한 통증이 느껴졌다.

"나 때문에 이현 씨의 명예가 땅속까지 곤두박질치게 되고, 그로 인해 당신은 부친에게 쫓겨날지도 몰라요. 나는 고작 당신의 앞길이나 막는 벽이 되자고 당신의 선택을 받아들인 게 아니에요. 그러니까 제발, 도망쳐요. 내가 영영 붙잡지 못할 곳으로…… 아님 내가 가버릴 거예요."

갑자기 이현이 그녀의 턱을 무섭게 움켜쥐고 두 눈을 마주쳤다. 그가 미간을 좁히고 그녀를 향해 으름장을 놓았다.

"말해. 지금 널 이렇게 만든 사람이 누구야!"

윤선은 눈을 질끈 감고 눈물만 뚝뚝 흘렸다. 미칠 노릇이었다. 말을 하지 않고 울기만 하니 그로서는 그녀의 속을 긁어내리고 있는 말들이 무엇인지 알 길이 없었다.

"엄마지? 당신 친엄마!"

윤선의 눈이 번쩍 뜨였다. 역시, 친엄마가 문제를 일으킨 요주의 인물인 듯했다.

"조금 자둬. 불쾌한 꿈은 곧 날아가 버릴 거야. 난 계속 당신 곁에 있을 테니까, 자둬. 계속 아무것도 먹질 않아서 몸의 밸런스가 많이 무너졌어. 이대로라면 면역력도 많이 떨어져서 건강에 위협이 될 수도 있다더군. 무조건 자고 지금부턴 많이 먹자. 그리고 퇴원해서 나랑 같이 있자."

"이현 씨! 내 말, 허투루 듣지 말아요. 당신에게 난 독이야."

"상관 안 해. 나 정도 능력이면 해독제를 충분히 대비할 수 있어. 그러니까 상관 안 해. 난 도망도 안 갈 거고 당신이 도망치도록 가만 보지도 않을 거야. 알겠어?"

다시 한 번 경고한 그가 휴대폰을 들고 밖으로 나왔다. 그는 도우미를 안으로 들여보내고 휴대폰으로 곧장 이 비서에게 전화를 걸었다.

"지윤선 씨 생모 전화번호 좀 보내."

[바로 보내겠습니다.]

그의 문자로 하은형의 번호가 들어왔다. 그는 곧장 하은형에게 전화를 걸었다.

[여보세요?]

"하은형 교수님이십니까?"

[그렇습니다.]

"안녕하세요. 지윤선 씨와 약혼할 예정인 권이현입니다."

[……무슨 일이시죠?]

"학교로 잠시 찾아가도 될까요? 아니면 병원으로……."

[병원 교수실로 오세요.]

"알겠습니다. 바로 출발합니다."

이현은 휴대폰을 재킷 안주머니에 넣고 곧장 운전기사에게 전화를 걸었다. 10분 뒤, 운전기사가 검은 세단을 병원 앞에 세워두고 대기했다. 그는 뒷좌석에 올라 하은형이 재직 중인 병원을 댔다. 세단이 하은형의 병원으로 이동했다.

노크 소리가 들렸다. 은형은 하얀 가운 차림으로 환자들의 수술 차트를 살피다가 시선을 들어 올렸다.

"네."

어차피 이길 싸움이라는 걸 그녀는 너무도 잘 알았다. 그러다 보니 목소리엔 저절로 여유가 묻어났다. 문이 열리고 나타난 남자는 나이 지긋한 그녀가 보기에도 심장이 덜컥 내려앉을 만큼 아주

핸섬한 외모를 지닌 우아한 사내였다.

"안녕하십니까? 권이현입니다."

"어서 와요. 앉아요."

자리를 권하자 이현이 3인용 소파에 앉았다. 좁은 방이어서 3인용 소파와 테이블이 겨우 자리하고 있었다. 그녀는 등받이 의자를 가져가 그의 맞은편에 앉았다.

"커피, 드실래요?"

"감사합니다."

은형은 원두커피를 내려 그에게 한 잔 내놓고, 자신의 손에 한 잔을 들고 감싸 쥐었다. 그녀는 한입 호르륵 커피를 마시고 그를 응시했다. 머리부터 발끝까지 흠잡을 데라고는 한 군데도 없는 완벽한 남자였다. 고가의 슈트부터 시작해 명품시계, 어느 장인이 손수 제작한 듯 보이는 수제화와 날렵한 옆선을 자랑하는 얼굴까지.

그는 그야말로 그 자체로 명품이었다. 이런 남자에게 사랑받고 있었던 건가? 자신은 전부 포기했던 사랑이라는 걸 정작 저주받아 마땅한 피붙이는 누리고 있었다. 그녀가 씁쓸한 비소를 머금었다.

"용건만 간단히 하겠습니다."

"네, 말해요."

"윤선이 입원했습니다. 아시죠?"

"아니요, 몰랐어요."

태평한 어조로 말하고 있었다. 순간 그의 눈썹이 슬며시 치켜 올라갔다. 세상 엄마들이 다 이런가? 딸내미가 쓰러져 입원 중이라는데, 게다가 그녀는 일반인들조차 다 아는 인기 연예인이다. 포털사이트에 접속만 하면 뜨는 '지윤선 입원' 이라는 검색어조차 보지 못했다는 건가?

"윤선이 왜 그렇게 몸져누웠는지 혹시 아십니까?"

지금 그는 윤선과 은형의 관계 사이에 있는 흑막을 전혀 알지 못하니, 여기서 예측성 비난은 할 필요가 없다. 은형이 자신의 정체를 밝히지 않는 이상 그는 제3자이니까.

"글쎄요. 자신이 떠안아야 하는 숙명이 가혹해 그런 게 아닐까요?"

"그게 무슨 소립니까?"

은형이 입가에 시린 미소를 머금었다.

"그 애랑 결혼까지도 생각하고 있나요?"

"네."

은형이 의아한 눈빛으로 그를 바라봤다. 제정신이 아니고서야 어떻게 재벌가 영식이 일개 연예인 따위와 결혼까지 생각한단 말인가?

"말도 안 되는 소리군요. 집안에서 가만두지 않을 텐데요."

그녀의 집안 또한 철저히 모든 걸 막느라 바빴다. 집안의 명예가 무엇보다 중요했던 의사 집안의 딸이었다. 그렇다면 지킬 게 더 많은 저 재벌가에서 왜 연예인과의 결혼을 방관한단 말인가!

"그건 제 의지대로 가능합니다. 집안의 반대 따위 신경 안 씁니다.”

“강행하겠다는 태도로 보이는데, 그만둬요. 권이현 씨한테 하나도 득 될 게 없는 혼사가 될 거예요.”

“무슨 소립니까?”

“그 앤 미안하지만 실패작이에요.”

자식을 실패작이라 말하는 생모라. 절로 기가 차서 헛웃음이 터졌다.

“제가 잘못 들었습니까? 실패작이라니요. 지윤선은 하 교수님의 딸입니다.”

“맞아요. 하지만 권이현 씨가 그 애의 비밀을 알면 과연 계속 이렇게 아무렇지 않을 수 있을까요? 명예와 부를 지키는 집안에서는 혈통을 중시하지 않나요?”

이게 지금 무슨 소리를 하기 위해 초석을 다지는 중이란 말인가. 이현은 불길한 눈빛으로 은형을 응시했다.

“정확한 의도를 말씀하시지요. 전혀 못 알아듣겠습니다.”

그녀는 훗 하고 짧게 웃더니 찻잔을 받쳐 커피를 한 모금 더 마시고 가만히 그를 응시했다. 과연 어떤 얼굴로 변할까? 지윤선을 역성들자고 여기까지 찾아와서 어떤 표정을 짓고 아무런 말도 못한 채 비척거리며 이 방을 빠져나갈까? 그녀는 벌써부터 기대되어 회심의 미소를 지었다.

“이 말은 꺼냄과 동시에 제 명예도 추락시킬 만한 위력이 있기 때문에 절대로 비밀을 보장하겠다는 약속을 하지 않으면 꺼낼 수 없습니다."

"약속은 지킵니다."

그가 단호한 눈빛으로 그녀를 응시했다. 믿음직한 눈빛이었다. 진짜 사랑해 마지않는 딸이 하나 있다면 결혼시키고 싶을 만큼. 하지만 지윤선은 아니다.

"……그 앤 제가 인턴 때 성폭행을 당해 태어난 아이예요."

이현이 기가 막히다는 듯 혀를 한 번 차더니 멍한 눈빛으로 허공을 응시했다. 잠시 말이 없던 그가 무섭게 가라앉은 검은 눈동자로 그녀를 응시했다.

"하나만 묻죠. 하 교수님은 지윤선을 낳은 장본인이 아닙니까?"

"낳았어요."

"이럴 거였으면 애초에 낳지 말았어야 하는 거 아닙니까?"

"의사가 되려고 수련의를 하고 있는데, 어느 병원에 가서 낙태를 하라는 거죠? 집안 대대로 의사 집안이라 대부분의 의사들끼린 안면마저 있습니다. 집안에서는 절대로 허락하지 않았어요. 이건 저의 선택이 아니었어요. 집안의 강압과 회유에 할 수 없이 마음에도 없는 남자와 결혼을 했고, 그렇게 아이가 태어났어요."

이현은 심장을 연달아 몇 대 얻어맞은 기분이었다. 거친 통증이 심장에서 느껴졌다. 원치 않는 임신, 그리고 출생이었으니 생부 대신 너나 실컷 얻어터지라 말하는 비정한 모정이라니. 그렇다면 윤선은 모친의 애정을 한 번도 받지 못하고 자랐을 게 뻔했다.

커다란 집에서 오직 홀로 세상을 밀어내며 걸어왔을 윤선의 모습이 떠오르는 것 같아 억장이 무너졌다. 이유도 모르고 태어난 그녀는 대체 무슨 죄란 말인가! 치밀어 오르는 분노와 저주, 모친의 무시무시함에 저절로 진저리가 쳐졌다. 그는 사납게 빛나는 눈빛으로 하 교수를 노려봤다.

"졸렬하고 비루한 변명이군요. 그 사람을 이 세상에 내놓은 것만으로도 이미 교수님은 복수를 한 겁니다. 그 사람은 태어남과 동시에 교수님의 원망과 복수심, 저주, 증오를 가득 담은 눈빛을 받으며 살아야 했어요. 그 사람에게 한 번이라도 따스한 정을 준 적이 있습니까? 그런데 이제 와서 키워준 것만으로도 감사하라는 건 궤변이고 어불성설입니다."

은형은 기가 막힌 얼굴로 그를 바라봤다. 이런 와중에 놀라 자리를 박차고 나가도 시원찮은 마당에 지금 윤선의 역성을 들고 나서는 건가? 왜? 그 애가 뭔데?

"권이현 씨, 이 사실이 어떤 식으로든 알려지면 윤선은 둘째 치고 권이현 씨가 위험해져요. 왜 이런 위험을 감수하면서까지 그 애를 감싸고돌려는 건가요?"

"이유가 필요합니까? 제겐 이미 세상에 유일한 한 사람이 되었습니다. 그 외에 무슨 이유가 더 필요하죠? 그게 뭐요? 그렇게 태어났다는 게 뭐요? 그 사람이 원했습니까? 그렇게 해서 태어나게 해달라고 그 사람이 신에게 빌었습니까? 왜 이러십니까? 정말 지독하게 잔인하십니다. 엄마라는 분이 자신이 낳은 생명을 이렇게까지 무섭게 대하다니요."

"……권이현 씨는 몰라요. 그날 이후 내가 어떻게 살아왔는지. 그러니까 그렇게 말할 수 있는 겁니다. 난 내 인생 전부를 망쳤어요. 그날의 하룻밤 사건으로 인해. 그러니 그 애가 날 벗어나 행복한 양지로 가는 건 가만 두고 볼 수 없지요."

"독하시군요. 하지만 아무리 이 사실을 까발리고 싶어도 교수님은 이 모든 사실을 드러내지 못하실 겁니다. 왜인지 아십니까? 속물 같던 집안사람들과 마찬가지로 교수님도 이젠 지켜야 할 게 많아졌기 때문입니다. 지금 그 자리를 박차고 나갈 만큼 과거의 기억이 그리 소중하시다면 다 까발리셔도 좋습니다. 하지만 단언컨대, 교수님은 못하십니다. 그러니 두 번 다시 이런 일로 그 사람, 힘들게 하지 마십시오. 저한텐 소중한 사람이고, 교수님한테 그렇게 얻어 터져도 좋은 샌드백 아닙니다."

이현이 몸을 세웠다. 훤칠하게 선 그가 오만한 시선으로 그녀를 바라봤다.

"한 번만 더 이런 일로 그녀 눈에서 피눈물을 뽑았다간 저도 가만히 보고만 있지는 않을 것입니다. 말했다시피, 교수님은 지금 지키고 싶은 게 많으십니다. 그 자리, 아슬아슬하게 계속 지키십시오. 그 사람 건들면 그 줄마저 가차 없이 잘라내 버릴 겁니다."

쾅! 이현이 문을 닫고 나가 버렸다. 홀로 남은 은형은 망연자실한 얼굴로 허공을 응시했다. 전부 다 터트리겠다고 말은 했지만 사실 고작 말할 수 있는 사람은 윤선뿐이었다. 오랫동안 이날을 꿈꿔왔었다. 윤선에게 네 생부가 얼마나 엿 같은 놈인지를 말해줄

게, 하고 사실을 전부 드러내 놓는 모습을 몇 번이나 몇 번이나 그려왔었다.

그때마다 윤선은 무너질 듯한 얼굴로 울고 있었다. 잘됐다고 고소하다고 즐거워했었다. 그런데 막상 진짜 그런 날이 와서 윤선에게 모든 걸 말했는데, 어쩐 일인지 시원하긴커녕 속이 좋지 않았다. 자신이 날린 부메랑이 다시 자신의 심장에 정확히 날아와 박힌 듯한 아이러니한 감정에 사로잡혀 한동안 내내 불쾌했다.

은형의 눈가에서 물기가 뚝뚝 떨어져 내렸다. 심장에 깊은 상처를 받았고, 누구도 그녀의 상처를 어루만져 주지 않았다. 다들 그녀의 상처를 감추기에만 급급했지, 어디가 아프냐 얼마나 아프냐는 묻지 않았다. 그렇게 준비되지 않은 마음으로 결혼이라는 걸 했고, 데릴사위라는 사람과는 같은 집에 살면서 말 한마디 하지 않았다.

태교는커녕 아무것도 할 수 없는 고통스러운 나날의 저주스러운 날의 연속이었다. 배가 불러올수록 뱃속에 괴물을 키우는 듯한 환멸에 사로잡혀 몇 번이나 몇 번이나 배를 싸안고 울었다. 무섭고 두려운 나날의 연속이 겨우 종지부를 찍은 건 아이가 태어나면서였지만, 곧 이혼을 하고 아이는 육아도우미에게 맡겨두었다.

엄밀히 말하면 그녀는 돈만 벌었고, 윤선은 홀로 자랐다. 그런데도 엄마라며 쫓아다니고 애정을 요구하는 윤선이 너무도 밉고 싫고 징그러웠다. 은형은 얼굴을 싸쥐고 엉엉 울었다. 그렇게 밉고 싫던 애가 사랑을 만났고 그 사랑이 담담히 그녀를 향해 독설을 퍼붓고 가버렸다.

자신은 한 번도 그런 사랑을 해본 적이 없는데, 그 애는 용케도 그런 와중에 사람답게 산다는 걸 배웠나 보다. 대체 누굴 위한 증오심이었던가. 뭘 원했던 것일까? 대체 무엇을? 상처 내고 상처받고 울부짖고 그래서 더 뭘 보길 바랐던 걸까?

'난 미쳤어!'

눈물이 손가락 사이로 하염없이 떨어져 내렸다.

#9. 너에게 그늘이 되어주고

대학병원 한쪽에 마련된 휴식처에 들어선 이현은 담배 한 대를 꺼내 들고 라이터 불을 붙였다. 몸속으로 검고 칙칙한 감정들이 파고들어 와 그의 전신을 무섭게 장악해 나갔다.

실로 놀랍다. 이렇게 누군가에게 무섭게 압도된 적이 있던가. 그 자체가 너무도 쓸쓸하고 고독하게 자라나 그런 어둠 따위엔 압도되는 일 따위 없을 줄 알았는데, 하은형은 놀랍도록 어둠 그 자체였다.

자신을 산산이 부숴가며 지금까지 살아낸 그녀에게 차라리 존경 어린 박수라도 쳐줬어야 했을까? 그녀의 삶에 동정이나 연민이 이는 건 사실이지만, 윤선만 놓고 본다면 하은형은 악마였다.

어찌 보면 윤선의 생부와 맞먹는 악마. 어떻게 그렇게 모질고 독한 마음을 먹을 수 있었을까? 그런 시선을 받으며, 입만 열면 터졌을 독가시를 받으며, 그래도 용케 지금껏 뚜벅뚜벅 삶의 계단을 걸어 올라선 윤선이 오히려 대견할 지경이었다. 그는 수차례 담배를 깊게 빨아 당기고 꽁초를 휴지통에 버린 후 타고 온 세단 뒷좌석에 올랐다.

윤선을 어떻게 봐야 할까? 그녀가 지고 있는 탄생 비화가 생각보다 크고 무겁다. 어떤 위로도 그녀에겐 곧이들리지 않을 상황이었다. 스스로를 아무리 자위하고 합리화시키려 해도 사흘 내리 그 어떤 긍정적인 효과도 얻지 못한 채 결국 쓰러진 그녀였다.

일단 빠른 퇴원을 시켜 그의 집으로 데리고 가서 안정을 취하게 두어야겠다. 곁에 두고 그녀의 감정선이 일으킬 변화를 주시하고 그의 마음이 한결같음을 어필할 필요가 있었다. 차로 이동하는 내내 그는 갯벌에 휘감겨 가까스로 현실 속으로 빠져나오는 듯한 절망감을 맛보았다. 자신이 부친에게 느꼈던 감정 따윈 윤선이 느낄 감정에 대면 아무것도 아니었다.

윤선이 입원한 병원에 차가 멈춰 섰다. 그는 기사에게 갈아입을 옷을 갖다 달라 말하고 병원으로 올라갔다. 병원 내로 들어가는 동안 취재진들이 도처에 깔려 있는 모습을 보았지만 그는 의식하지 않았다. 어차피 결혼까지 갈 예정이었다. 이런 건 이제 고민 따위도 아니었다. 병실로 들어가자 윤선이 도우미가 준비한 죽을 먹는 중이었다.

"아주머니, 좀 쉬다 오세요."

"네, 부사장님."

죽을 숟가락으로 먹던 윤선이 그를 빤히 바라봤다.

"얼굴이 해쓱해요. 무슨 일 있어요?"

"아니야. 이젠 좀 뭘 먹기로 한 건가?"

"……네, 당신 앞에서 무너지는 거 보여주고 싶지 않아요."

의지가 강한 여자였다. 그나마 다행인지도 모르겠다. 그는 그녀의 곁에 앉아 그녀가 먹는 모습을 바라보며 계속 응원했다.

"조금만 더 먹어봐."

"아니에요. 이젠 정말 부대껴요. 더는 안 들어가요."

"그럼 치울게."

이현은 그녀가 남긴 음식들이 담긴 식판을 바깥에 내놓고 다시 들어와 그녀의 옆에 앉았다.

"조금 걸을까?"

"부축해 줄래요? 좀 어지러워요."

그는 재킷을 벗어 옷걸이에 걸고 그녀를 부축했다. 맞고 있는 링거병을 링거걸이에 걸고 그녀를 데리고 문을 막 열었을 때였다. 이현의 미간이 확 구겨졌다.

"약혼한다는 소식 듣고 찾아왔어."

이아라였다. 세 사람은 다시 병실 안으로 들어왔고, 윤선은 침대 시트 위에 걸터앉았다. 아라는 가만히 초췌한 안색의 윤선을 보더니 입가를 휘어 올렸다.

"한국 최고의 신예스타라는 사람 얼굴 하고는."

윤선은 하필 가장 초라한 모습일 때 찾아온 그의 예비 약혼녀였던 아라를 대하는 게 불쾌했다. 매스컴을 통해 아라가 어떤 사람인지, 얼마나 이현과 잘 어울리는지에 대한 내용을 수시로 접했다. 나중에 이 모든 게 아라의 집안에서 내놓은 언론 플레이라는 걸 알았을 때는 무시했어도 그만이었다고 후회를 하긴 했지만 아라는 여자가 보더라도 상당히 멋진 커리어 우먼이었다.

저런 여자가 이현을 갖기 위해 안간힘을 썼단다. 그에 비하면 그녀는 이현을 욕심내선 안 될 아픔을 품고 있다. 그런 생각에만 이르면 땅을 파고 드러눕고 싶어졌다.

"손님이 왔는데, 앉으라는 말도 안 해?"

아라가 톡 쏘듯 윤선을 바라보며 말했다. 윤선은 억지 미소를 짓고 앉으라 말했고, 이현은 당장이라도 모든 물건들을 아라 쪽으로 집어 던질 듯 무시무시한 눈빛으로 아라를 노려보고 서 있었다.

"권이현 씨, 그만 노려봐. 나 역시 언론들에게 얻어맞는 게 싫어서 이렇게 나선 길이니까."

"무슨 소리야?"

"언론들이 하나같이 내가 피해자라는 식으로 보도하기 시작했어. 오매불망 권이현을 기다리던 TY그룹 상무 이아라가 결국 지윤선이라는 여배우에게 지고 말았다는 식의 보도가 사내에서도 즐거운 웃음거리가 되어주고 있지. 이쯤 되면 난 할 수 있는 게 그리 많지 않아. 쿨한 여자인 척하는 것 외엔. 당당하게 병실로 들어와 좋아하던 남자의 여자에게 웃으며 빨리 회복하라 인사를 해주고 아무렇지 않은 얼굴로 나오는 모습을 보여줄 필요가 있거든. 적어도 난 피해자가 아니라는 걸 어필할 필요가 있어서. 다들 내가 권이현 씨한테 까여서 식음을 전폐하고 앓아누운 줄 알지. 우습지 않아? 권이현 씨가 나한테 뭔데?"

아라가 독기 서린 눈빛으로 싸늘하게 이현을 노려봤다. 이젠 그녀에게 남은 건 오기와 악다구니밖에 없는 듯했다.

"이렇게 친절하게 맞아줘서 고마워."

아라가 빈정대듯 말하고 자리에서 일어나더니 몸을 홱 돌려 나가려다 우뚝 멈춰 서서 윤선을 돌아보며 경고했다.

"권이현을 가졌다고 기뻐하지 말아요. 결혼을 하더라도 그 결혼 생활, 몇 년이나 갈 것 같아요? 5년, 10년? 잘 버틸지는 모르겠지만 수준이 다른 집안의 품격과 명예, 우월감에 압도되어 스스로 기어나가게 될 거예요. 당신은 절대로, 못 버텨요!"

"이 상무!"

이현이 아라를 저지시키려 했지만 이미 아라의 눈가엔 눈물이 그렁그렁 맺혀 눈에 뵈는 게 없는 듯했다.

"한때나마 좋아했어. 오늘이 마지막이 될 거야. 언젠가 권이현 부사장님! 우리 회사에 찾아와 애걸복걸하도록 만들고 말겠어. 꼭!"

"기왕 어려운 발걸음을 했으면 좋은 말만 하고 가면 안 돼? 마지막까지 깊은 인상을 새기고 싶어서 이러는 거라면 잘못 판단했어."

"누가 그러고 싶대? 저주할게. 두 사람, 평생 저주할 거야."

문이 쾅 하고 요란하게 소리 내며 닫혔다. 윤선은 하얀 낯빛으로 고개를 푹 숙였다. 이현은 그녀의 곁에 다가가 한 무릎을 굽히고 그녀와 눈을 마주쳤다.

"윤선아."

"날 선택한 거 정말 후회 안 할 자신 있어요? 이렇게나 잃는 게 많은데?"

"후회 안 해. 내가 좋다는데, 다 무슨 소용이야."

이현이 손을 들어 올려 그녀의 뺨을 부드럽게 감싸 쥐었다.

"윤선아, 나만 생각해 주면 안 돼? 너 없으면 이젠 아무것도 아닌 나만 생각해 주면…… 그러면 안 되느냐고. 집중해. 나한테……. 그렇게 하면 조금 숨도 쉬어지고 살고도 싶어질 거야."

윤선의 눈가에서 눈물이 뚝뚝 떨어져 내렸다. 그녀가 눈물을 잔뜩 머금은 얼굴로 입가에 미소를 지었다.

"왜 자꾸 그래요. 정말 숨도 쉬고, 살고 싶어지게…… 욕심나는 대로 살고 싶어지게……."

"살아. 그거 바람직한 거야."

윤선이 그의 어깨에 이마를 기대고 엉엉 울었다.

병실 문밖에 서 있던 홍현은 손에 든 꽃다발을 망연자실 바라봤다. 아까 엘리베이터를 타고 올라와 입구가 열리자마자 이아라를 만났다. 그녀가 그를 흘끗 보더니 인사를 성의 없이 하고 휙 하니 가버렸다. 좋지 않은 예감에 달려왔건만 윤선의 곁에는 이현이 있었다.

윤선에게 고백을 하고 그녀에게 의심스러운 부분을 이야기했을 때만 해도 불안하진 않았다. 정리가 되면 윤선이 자신을 택하리란 자신도 있었다. 그런데 윤선은 그에게 연락조차 하지 않았다. 깊은 잠에 빠진 사람처럼 그에게 어떤 대답도 해주지 않았다. 그러다 스캔들이 터졌고, 그렇게 두 사람이 자연스럽게 다시 만나기 시작하는 것 같더니 지금은…….

그는 허탈하고 씁쓸한 얼굴로 꽃을 들고 테라스 쪽으로 나갔다. 윤선을 만나고 싶었지만 아직 그에겐 기회가 없는 듯했다. 이복형에게 윤선을 아무래도 빼앗기지 싫었다. 윤선이 홍현이 아닌 다른 상대에게 저렇게 아픈 곳을 드러내며 울었던 적이 있던가?

그만큼 마음을 열었다는 의미이기도 했다. 그는 꽃다발을 휴지통에 던져 넣고 담배를 꺼내 입에 물었다. 후덥지근한 여름 바람이 불어왔지만 햇살은 환한 감빛이었다. 가을이 도래하고 있었다. 왜 이렇게 쓸쓸하고 막막한 걸까?

높은 곳에 올라서면 윤선을 잡을 자격이 있다고 스스로 착각했나 보다. 정작 윤선에겐 마음 한 조각 드러내지 못한 소심증 때문에 이런 식으로 윤선을 다른 사내에게 빼앗기고 마나 보다.

당장 이복형의 부인이 되면 대체 그녀를 어떻게 보면서 견딘단 말인가. 그에겐 고역이었다. 그는 휴대폰을 꺼내 권이현에게 전화를 걸었다. 그렇다면 이젠 그가 할 수 있는 마지막 확인의 절차를 거쳐야만 한다. 그래야 이 미련이 끊어진다.

"저 홍현입니다. 여기 병원 테라스예요. 잠시 보고 싶습니다."

종료버튼을 누른 그는 이현이 나오기를 기다리며 담배를 마지막으로 깊게 빨아 당기고 꽁초를 휴지통에 버렸다. 문 열리는 소리가 들리더니 이현이 나타났다. 새하얀 바탕에 엷은 푸른 줄무늬가 들어간 셔츠에 검붉은 무늬가 새겨진 넥타이를 한 그가 곁으로 다가왔다.

"왔으면 들어오지, 왜 여기 있나?"

모든 것이 완벽한 남자. 태어나면서부터 왕좌를 물려받도록 교육받은 최고의 사내. 그나마 다행인지 모른다. 저런 사내가 윤선의 곁을 지켜주고 있으니까. 너무도 훌륭해 물러서면서도 비겁한 합리화는 가능할 것 같았다.

"하나만 묻죠. 부사장님은 지윤선을 정말 사랑합니까?"

재벌가 남자들이 생각하는 연예인이란 자신의 가슴에 단 꽃 같은 개념이었다. 옆에 세워놓으면 타인들의 시선이 닿는 게 좋고, 그토록 아름다움의 상징인 연예인을 자신이 가졌다는 또 다른 우월감을 만끽할 수 있다는 즐거움도 있다.

사내란 예쁜 꽃을 보면 자신도 모르게 꺾고 싶어진다 하지 않던

가. 고작 그러기 위해 여자를 취하는 것인지, 정말 진심을 다해 마음을 내어주고 있는 것인지 포커페이스인 권이현이기 때문에 분간이 되질 않았다.

“그걸 왜 권 차장이 궁금해하는 거지?”

“제가 윤선이를 좋아하기 때문입니다. 부사장님이 윤선이한테 하는 모든 게 그저 장난이라면 그만 멈춰주셨으면 합니다.”

이현이 싸늘한 미소를 입가에 머금었다.

“누가 장난이라고 하던가? 왜 내가 하는 건 다 그렇게 볼까?”

홍현이 눈매를 가늘게 좁히고 이현을 응시했다. 이현이 담배가 있느냐 묻자, 홍현은 재킷 안주머니에서 담배를 꺼내 그에게 건네고 라이터 불을 붙여주었다. 그가 담배를 깊게 빨아들이며 한쪽 눈매를 지그시 찌푸리고 홍현을 응시했다.

“많이 좋아했나?”

“……오래된 감정입니다.”

“왜 진작 그녀에게 고백하지 않은 거지?”

“그건…… 자격지심 때문이었습니다.”

“권 차장이 진즉 그녀를 붙들었더라면 나도 선을 그었을 일이었어. 하지만 내가 그녀에게 접근했을 당시 그녀는 솔로였고, 내가 그녀를 붙들고 있는 게 큰 문제를 만드는 것 같진 않은데. 안 그런가?”

“그야…….”

“이미 권 차장이 한발 늦었다는 말을 하는 거야. 나는 그녀를 놓아줄 마음이 없고, 그녀 역시 내가 놓아준다고 해도 권 차장에게 가진 못할 거야. 싫든 좋든 같은 아버지를 둔 우리야. 모양새가 좋지는 않겠지. 그녀는 배우고 세상 사람들의 눈치를 보고 싶지 않아도 볼 수밖에 없는 위치에 있지. 권 차장도 그녀가 그런 시선 때문에 고립되는 건 원치 않을 테고. 맞지 않나?"

입이 다물어졌다. 전체적으론 그런 상황이 분명 올 테지만, 홍현은 현재 감정 문제만 두고 그를 채근했다. 그렇다면 다시 한 번 물어야만 했다.

"그녀를…… 사랑합니까?"

"결국 그게 문제인가?"

이현이 담배를 깊게 두어 번 빨아들이더니 담뱃불을 지져 끄고 그를 똑바로 응시했다.

"사랑해."

심장이 쿵 하고 멎었다. 권이현의 입에서 사랑이라는 말이 나올 줄이야. 여자 알기를 돌같이 안다던 사내가 누군가를 사랑한다는데 하필 홍현의 사랑이었다. 홍현은 이 말이 믿어지지 않았다.

"저를 골탕 먹이려는 짓이라면 당장 멈추세요."

"내 말을 믿지 않으려고 하는군. 다시 말하지만, 난 지윤선을 좋아해. 어떻게 말하면 이해를 하려나?"

이현이 입매를 휘어 올리더니 깊어진 눈빛으로 홍현을 바라봤다. 사실 무슨 말을 해도 믿고 싶지도 않았다. 다 거짓말로 알아듣고 무작정 자신의 욕심만 채우려 하고 싶었다. 그런데 의외로 이현은 진지하고 오히려 홍현 자신이 당황하고 말았다.

"지윤선과 결혼할 생각도 있어."

"결혼까지?"

"권홍현 상무를 골탕 먹이려고 결혼까지 올린다는 건 좀 무리수 아닌가? 내 인생을 걸고 칠 장난은 아닌 것 같은데. 안 그런가?"

"……윤선이 마음에 상처가 많은 애예요."

이현이 무언가 마뜩잖은 듯 입매를 꽉 다물더니 턱가에 힘줄을 일으켜 세웠다. 그러다 그가 눈을 뜨고 번뜩이는 눈빛으로 홍현을 바라보며 경고했다.

"앞으로는 예비 형수로 윤선을 대했으면 좋겠군. 아무리 친구라고는 해도 서로 예의는 지켰으면 해. 나와 권 차장의 관계가 그리 돈독치 않으니 그리 편하게 호칭하는 거 좀 거치적거리게 들리는군."

홍현은 어금니를 사리물었다. 이젠 윤선과의 관계에도 간섭하고 거리를 두라 말하는 이현이 너무도 미웠다.

"그 애와 전 오랫동안 친구였어요."

"남녀 간에 친구가 가당키나 하나? 그리고 한쪽에서 좋아하는 마음을 고백한 순간 그 관계는 제로야. 계속 형수를 사랑하는 도련님으로 남을 건가? 그렇다면 나는 더더욱 둘 사이에 견고한 벽을 세울 수밖에 없어."

숨이 딱 막혔다. 뭐라 반박할 말이 떠오르지 않았다. 이미 홍현은 윤선과의 관계를 스스로 깨버렸다. 친구 같은 관계가 아니라 스스로 연인 관계가 되기를 바랐다. 그걸 윤선이 아는 이상 예전의 관계로 돌아가는 건 무리였다.

"이미 내 입장은 제대로 전한 것 같고. 권 차장은 마음을 정리해줬음 해. 윤선이 기다리니 나는 내려가도록 하지."

이현이 내려가 버리고 나자, 홍현은 사위가 하얗게 지워지고 아뜩해지는 기분에 현기증이 났다. 행복하게 해주고 싶었다. 그런데 능력이 안 되는 것 같아 미적거리다 보니 어느새 여기였다. 뿌드득, 이가 갈렸다. 하지만 이현의 말이 하나도 틀린 데가 없었다. 하나부터 열까지 다 정답이었다. 이젠 포기해야 하나 보다. 오랜 외사랑을…….

❖

퇴원을 앞두고 윤선은 가만히 창밖을 응시했다. 내일 아침에 퇴원 수속이 끝나면 이현의 집에서 휴식을 취하기로 했다. 이현이 혼자는 죽어도 두지 않겠다고 엄포를 놔서 그러마 말했다. 그를 걱정시키는 것도 싫었고, 혼자 어둠 속에 묻히는 것도 공포여서 차라리 그에게 의지하자 마음먹었다.

그녀는 창가에 서서 새카만 도심을 내려다봤다. 모친은 입원 기간 내내 한 번도 와주지 않았다. 와야 할 이유가 없겠지만, 가슴이 아팠다. 그렇다고 해도 결국 자신의 몸을 빌어 낳은 아이가 아닌가. 아무리 그런 이유가 있다고 해도 낳았으면서, 결국 저주 같은 과거로 그녀를 고통에 묻으려 한다는 게 믿어지지도 이해되지도 않았다.

모친 덕분에 윤선은 검은 무덤 속에 갇혔다. 살아도 산 것 같지 않았다. 모친이 느꼈을 고통과 슬픔, 고독, 생부에 대한 처절한 원망과 저주가 응집되어 태어난 존재가 자신이라는 게 아직도 실감 나질 않았다. 혼자 남겨지면 여지없이 아래로 아래로 한없이 가라앉았다.

똑똑.

노크 소리에 아무 생각 없이 고개를 돌렸다.

"네."

문이 열리더니 나타난 사람은 은형이었다. 엄마, 라는 말이 입술 안쪽까지 기어올라 왔지만 꺼내지는 않았다. 누구보다 그녀의 입에서 엄마라는 소리가 나오는 걸 원치 않을 사람이 아닌가. 윤선은 가만히 인사를 했다. 무슨 말을 어디서부터 어떻게 꺼내는 게 좋을지 모르겠어서 그저 죄인처럼 자신의 발끝만 내려다봤다.

"앉으라는 말도 안 하는구나."

"아, 앉으세요."

은형은 의자를 당겨 앉더니 가만히 윤선을 바라봤다. 은형이 손에 들고 있던 쇼핑백 두 개를 침대 위에 올리더니 말했다.

"인사를 하러 왔다."

윤선이 고개를 들어 은형을 응시했다. 체기가 느껴져서 모친을 똑바로 바라볼 수가 없었지만, 그래도 봤다.

"무슨?"

"작별인사."

물어볼 기력도 없어 멍하니 은형을 바라봤다.

"너와 절연할 참이다."

모질고 독하고 잔인하다. 은형은 가만히 윤선을 바라보더니 깊게 한숨을 내쉬었다.

"너를 계속 내 눈앞에 두고 볼 생각이었어. 모든 사실을 밝히는 날만 숨죽여 기다렸던 적도 있었다. 나는 너를 낳기만 했지, 정성을 다해 키운 적은 없었다. 하나같이 다른 이들의 손을 빌려 자랐지. 난 그저 너를 후원하는 한 사람일 뿐이었어. 사실은 네가 18살이 되면 모든 사실을 말하고 너와 헤어질 생각도 했었다. 그런데 입이 안 떨어지더구나."

그렇게 1년, 또 1년 날짜를 미룬 것인가?

"나도 양심은 있었던 게지. 차일피일 미뤘다. 세상에서 가장 추악한 독종이 되는 순간만은 오지 않기를 스스로 바랐는지도 모르지. 그러다 이번에 네게 모든 사실을 털어놓았던 건데, 네게 말하고 나면 홀가분하고 가벼울 줄 알았다. 그런데 그렇지가 않더구나. 내가 다쳤어. 너 때문에."

윤선이 먼 곳을 응시하며 눈물을 뚝뚝 흘리기 시작했다.

"너한테 '엄마' 라는 호칭을 허락하지 말 걸 그랬다. 그렇게 불리는 동안 나도 모르게 정말 네 엄마라고 생각이라도 한 모양이야. 감상에 젖은 건가 보지. 나이가 들어가는 거겠지. 그렇다고 너나 네 애비를 용서할 생각은 없다. 궤변이고 언어도단이며 이론조차 납득하기 어렵다고 삿대질을 한대도 지금 내 기분은 그래. 너나 네 애비나 다 죄인이다."

은형이 자리에서 일어나더니 천천히 몸을 돌리다 말고 멈춰 섰다.

"다시는 보지 말자. 너를 보는 게 고역이다. 그런 모든 말을 뱉어내고 보니 더 괴롭다. 너 역시 그렇겠지? 안 보고 사는 게 좋을 것 같아. 오늘로 끝이다. 가증스러운 모녀지간의 연기는……. 우리 피차 서로의 눈앞에서 영영 사라져 주자. ……잘 견뎌내라. 내가 네게 준 고통스러운 시련을. 나 역시 줄기차게 싸우고 있으니까. 나의 과거와……."

은형이 문을 열고 나가려는 순간 그녀가 모든 힘을 모아 은형을 향해 외쳤다.

"키워주셔서 고마웠어요. 감사하게 생각했고, 늘 존경했어요. 엄마처럼 되고 싶었어요. 이성적이고 냉철한 어른이……. 그런 모습을 보며 저를 조절했어요. 적어도 엄마는 제게 멘토였어요. 부디…… 건강하세요. 저를 보는 게 힘들다고 하시니까, 저도 엄마를 더 이상 찾지 않을게요."

드르르륵, 문이 닫혔다. 몸이 부들부들 떨리고 눈물이 철철 흘러내려 양 볼을 다 적셨다. 끝났다. 은형이 어떤 성격인지 너무도 잘 아는 그녀로서는 은형이 정말 저렇게 선포한 것처럼 두 번 다시 자신을 만나려 하지 않을 것이라는 걸 예감했다. 그녀는 주저앉아 숨도 쉬지 못하는 오열을 쏟아냈다. 이제 막 탯줄이 끊어져 버린 아기처럼 오래도록 울었다.

버려졌다. ……생모에게.

두 시간을 주야장천 울었던가 보다. 눈두덩이가 부어 있고 목도 부어 침을 삼킬 때마다 이물감이 느껴졌다. 코끝은 맵고 코도 막히고 가슴은 여전히 울음 끝이 남은 사람처럼 들썩거렸다. 가슴속에 커다란 문이 뚫린 것마냥 바람이 들이닥쳐 문이 흔들흔들거리는 것 같았다.

침상에 주저앉은 그녀의 시선에 은형이 놓고 간 쇼핑백이 보였다. 그녀는 손을 뻗어 쇼핑백 안에 든 내용물을 하나씩 꺼내 봤다. 유치원 때부터 유치원에서 보내준 사진들과 그녀가 쓴 일기, 선생이 보내준 생활기록부 등이 쌓여 있고 초, 중, 고 생활 중에 모아 놓은 몇몇 사진과 통지표 등이 모여 있었다.

자라면서 은형과 나란히 앉아 사진 한 번을 찍은 기억이 없고, 은형의 품 안에 안겨본 기억도 없었다. 은형은 늘 엄한 선생과 제자마냥 서로의 관계에 철저히 벽을 세웠다. 둘이 함께 한 사진 한 장 없이, 어린 시절부터 시작된 사진 속에는 이미 그녀의 기억에서도 희미한 친구나 선생님들 얼굴만 가득했다.

'난 무엇일까?'

쓰레기가 된 기분이었다. 누군가가 단지 혐오스럽다는 이유로 그녀라는 기억 일부를 도려내고 가차 없이 폐기물 창고에 버려 버린 듯한 기분.

드르륵, 문이 열리더니 뒤에서 다정한 음성이 들려왔다.

"좀 늦었지?"

이현의 음성에 이미 말라 버려 나올 게 없을 줄 알았던 눈물이 다시 출렁거렸다. 강해지고 싶은데, 다 씻어내고 그를 향해 방긋 웃어 보이고 싶은데 뜻대로 되지 않아 미칠 것 같았다. 어느새 이현이 앞으로 다가오더니 안색이 좋지 않은 그녀를 보고 허리를 굽혀 그녀의 얼굴을 올려다봤다.

"울었어?"

그가 심상찮은 얼굴로 그녀를 바라보더니 뺨을 양손으로 감싸 쥐고 애달프게 바라봤다.

"누가 다녀갔지?"

유일한 내 편, 그가 그녀의 가슴앓이에 유일하게 반응해 주고 있었다. 그녀는 두 팔을 벌려 그를 와락 끌어안고 다시 한 번 소리 없는 울음을 토해냈다. 마지막이다. 두 번 다시 하은형이라는 사람 때문에 울지 않겠다. 이걸로 그녀도 모친을 가슴에 묻기로 했다.

이현은 가슴 아린 눈빛으로 윤선을 응시했다. 그녀가 자신의 졸업앨범을 뒤적거리며 피식 웃었다. 얼마나 많이 울었는지 얼굴이 조금 부어 웃는 모습이 아픈 사람 같았다. 어떻게 하면 모든 기운을 바닥으로 쏟아부은 사람처럼 기력 없는 그녀에게 다시 웃음을 돌려줄 수 있을까. 요즘 그의 고민은 하나였다. 그의 시선이 쇼핑백에 닿았다.

하은형이 기어이 여기까지 쫓아와 패악을 부려대고 갔다. 지적이고 우아한 자신만의 방식으로 윤선에게 지독한 상처를 만들어주고 떠났다. 영영 안녕이라면서 윤선과 연관된 모든 물건들을 정리라도 하듯 싹 긁어모아 갖다 놓고 사라졌다. 가혹하다. 어떻게 많고 많은 부모 중 그런 사람을 만난 것일까? 이해할 수가 없었다.

"이젠 더 이상 떠올리지 말고 네 갈 길 가."

"그럴 거예요."

"아까 매니저가 그러던데, 영화 시나리오가 더 들어왔다고 하더군. 꽤 유명한 감독과 배우들이 출연하기로 된 영화도 들어왔다는데 박 대표 생각은 그런 걸 하는 게 어떻겠냐고."

"왜요?"

"다작을 할 수 있다는 장점이 있다고 하더군. 다채로운 캐릭터들이 나와서 연기를 하는 가운데 독특한 캐릭터로 신 스릴러로서의 장점을 극대화시켜 두고 그와는 상반된 캐릭터를 연기할 수 있기 때문에 다작을 할 수 있는 가능성도 열린다고. 당신 생각은 어때?"

윤선은 무릎을 양팔로 끌어안고 골똘히 생각에 잠겼다.

"글쎄요. 고민이긴 해요. 뭘 먼저 시작해야 할지. 영화는 이제 두 번째니까. 경험도 많지 않아서 되도록 강한 임팩트를 남기는 역할을 하고 싶어요."

"되도록 오래가고 싶다면 좋은 배역을 따내는 게 중요하지 않나?"

"좋은 배역도 좋지만, 배우들이 좋아하는 역할이라는 게 있어요. 감정의 스펙트럼이 다양한 역할을 맡는 걸 원하죠. 감정의 깊이를 보여줘서 연기력을 인정받고 싶으니까."

내내 우울해하던 윤선의 목소리에 서서히 힘이 실렸다. 그래도 뭔가를 해보고자 하는 마음만은 한결같아 다행스러웠다.

"당분간 일만 하자. 당신이나 나나……. 더 열심히 사는 모습을 보여주는 게 방법인 것 같아. 그 사람이 널 보고 싶지 않더라도 넌 일류 배우야. 어떤 식으로든 네 모습이 노출될 테고, 그 사람은 원치 않아도 너를 볼 수밖에 없을 거야. 인연을 끊을 수는 있을지 모르겠지만, 당신이 딸이라는 걸 아는 사람들이 더 많을 테고, 그 일로 난처한 일을 당할 사람은 그 사람이야."

윤선이 가만히 그를 바라보더니 쿡쿡 웃었다.

"왜 웃어?"

"상당히 면밀한 사람 같다는 생각은 했지만, 이토록 치밀할 줄은 몰랐어요. 난 지금 내 상태가 최악이라 그 생각만으로도 가슴이 터질 것만 같은데, 당신은 어떻게 그런 생각을 유추해 내는 거죠?"

"내가 직접 당한 일이 아니니까 난 적어도 마음에 공간이라는 게 있는 거지."

윤선이 손을 뻗어 그의 손을 꽉 잡았다.

"나…… 정말 너무 힘드니까, 이현 씨는 절대로 나 배신하지 말아요. 지금 이 상태에서 이현 씨까지 날 밀어내면 난…… 정말 벼랑에서 떠밀리는 것 같을 거예요."

"알아. 그런 일은 없을 거야. 맹세하지."

그가 그녀의 머리통을 잡아당겨 그의 어깨에 기대게 했다. 윤선은 눈을 끔뻑끔뻑 느리게 움직이며 나직하게 말했다.

"시간이 흐르면…… 점점 무뎌지겠죠?"

"응, 마음 다잡고 견뎌내."

그는 윤선의 등을 천천히 토닥토닥 두드려 주었다. 가만히 안겨 있던 그녀가 긴 하품을 했다.

"졸려요. 잘래요."

"그래, 자. 옆에 있어줄게."

이현은 그녀의 침대 위를 정리해 주고 베개를 똑바로 놔주는 등 그녀가 편히 누울 수 있도록 신경 썼다. 이불까지 잘 덮어준 그는 의자에 앉아 그녀의 손을 꽉 움켜쥐었다. 이제 더 이상 윤선이 아픈 상처로 괴로워하는 일이 없기를 바라고 또 바랐다.

조금 뒤 윤선이 고른 숨소리를 내며 깊은 잠에 빠져 들어갔다. 그는 그녀의 손을 놓아주고 몸을 일으켰다. 하은형은 정말 윤선과 영영 만나고 싶지 않은 걸까? 그래도 자신의 삶 전체를 포기하고 유일하게 낳은 자식인데, 어떻게 그렇게 냉혹할 수 있단 말인가. 그는 허리를 굽혀 윤선의 이마에 입을 맞췄다. 지킬 것이다. 이젠 더 이상 상처 같은 건 받는 일 없도록.

#10. 바람 속에 그대와…….

영화 시나리오 때문에 박 대표와 윤선이 영화감독과 만나기 위해 분당 모처에 있는 한식집에 당도했다. 윤선이 퇴원하고 한 달 만의 일이었다. 한식집은 한옥으로 지어 고풍스럽고 격조 있어 보였다. 꽤 오랫동안 이 나라의 유명 인사들이 자주 드나들던 음식집으로 유명한 곳이라며 박 대표가 설레발을 쳤다.

"이번 거 어지간하면 꼭 해줘. 손강주, 배용존, 김혜유가 톱3로 나오고 서너 명의 배역들이 더 포진될 예정이야. 사극이고 왕을 둘러싼 정치적인 음모와 사랑이 얽힌 얘기라니까 대박날 거야. 알잖아. 손강주 씨는 시나리오 보는 눈이 상당히 까다롭고 좋은 거."

들어서 알고 있다. 손강주가 지금까지 찍은 영화 중에 500만

이상의 관객이 든 영화만 대여섯 개인 걸로 알려져 있고 최근엔 천만 관객까지 동원하며 국민배우라는 호칭을 듣는 중이었다. 욕심은 나지만 저들 입맛에 그녀가 맞아 떨어져야 하는 것이고 맡게 될 배역이 문제였다. 여자 캐릭터가 두 명 남는데 그중 누굴 맡게 되느냐가 관건이었다.

“자, 들어가자고.”

문을 열고 안으로 들어가자 30대 후반의 영화감독이 박 대표와 먼저 악수를 하고 윤선에게도 인사를 청했다.

“와아, 실물이 장난 아니게 미인이시네요?”

곽 감독이 웃으며 말을 걸어왔다. 윤선은 웃으며 적당히 응수했다.

“감독님도 상당히 멋스러우세요.”

“그런가요? 제가 아주 평범해 보이는 외모라 이렇게 수염이라도 기르지 않으면 사람들이 감독으로 쳐주지를 않아요. 일단 앉으시죠. 한 사람 더 오게 되어 있어서 그러는데, 조금 기다리실까요?”

“누가?”

박 대표가 물었다. 그러자 곽 감독이 입가를 휘어 올리기만 할 뿐 제대로 된 대답은 피했다.

“아, 그런데 어떤 캐릭터가 눈에 들어오던가요?”

“아무래도 김혜유 씨가 맡은 캐릭터가 가장 매력적인 것 같고, 상궁 역할이 눈에 들어오더라고요.”

"아아, 박 상궁 역할이 아주 중요하죠. 왕과 자주 마주치고 왕과 결정적인 모의를 많이 하기 때문에 화면에도 가장 많이 비출 테고요. 그런데 전 생각이 좀 다른 게 천민 역할 쪽이 훨씬 낫지 않나요?"

천민 역할은 양반가 행랑어멈의 딸로 노비인데 악한인 자의 눈에 들어 겁탈을 당해 임신을 하지만 낙태하고 스스로 궁녀가 되는 역할이었다. 마지막엔 결국 죽음에 이르는 처량하고 불쌍한 역할인데다, 겁탈당하는 신이 제법 긴 편이어서 노출 신이 예고되어 있었다. 윤선에겐 걱정스러운 대목이기도 했다. 노출을 단행할 경우 드라마 제의가 뚝 끊어지는 부작용과 CF에도 치명적인 영향을 미치기 때문에 고민할 수밖에 없는 대목이었다.

"손님 오십니다."

밖에서 종업원이 말하는 소리에 곽 감독이 일어섰다. 문이 열리더니 누군가 들어섰는데 뒤를 돌아본 윤선의 얼굴이 확 구겨졌다.

"아이구, 코엔 엔터 이사님이신 이아라 씨!"

박 대표가 먼저 알아보고 자리에서 일어나더니 굽실거렸다. 윤선도 서서히 몸을 일으켰다. 아라와 시선이 마주쳤고, 윤선은 외나무다리에서 원수를 만난 사람마냥 굳은 표정으로 아라를 맞았다. 곽 감독이 둘의 표정을 보더니 눈치를 살폈다.

"뭡니까? 이 대표랑 지윤선 씨랑 서로 구면인가요?"

아라가 새빨간 입술을 천천히 올리며 말했다.

"아마 잘 알걸요?"

난처했다. 일이 이런 식으로 엮일 줄은 몰랐다.

"아아, 내가 투자사인 거 모르는 모양이군요. 지윤선 씨는?"

아라의 쐐기 박는 듯한 말에 윤선의 심장이 철렁 내려앉고 말았다. 이현과 얽힌 이후부터 내내 탄탄일로였던 그녀의 모든 것들이 안갯속에 갇히고 말았다.

"자, 일단 앉읍시다."

네 사람이 서로 마주 보는 상태로 앉았다. 아라가 투자사라면 이미 말은 끝난 셈이다. 투자가 쪽에서 윤선을 마음에 안 들어한다면 이 캐스팅은 자연히 불발로 마무리된다. 그렇다면 더 이상 공을 들여야 할 필요가 없었다.

물론 곽 감독과의 인연이 다음 영화로 이어질 가능성을 배제할 수 없기 때문에 지금 눈도장을 제대로 찍어둘 필요는 있긴 했다. 하지만 아라의 굳은 권위적인 표정을 보니 별로 굽실거리고픈 마음이 들지 않았다. 세상 다 가진 듯한 저런 표정을 짓는 여자 앞에서 아쉬워 미치겠다는 인상은 남기고 싶지 않았다.

"이야기가 어떻게 되어가고 있죠?"

"사실 지윤선 씨를 추천하신 분이 이아라 대표입니다."

곽 감독의 발언에 놀란 윤선이 눈을 휘둥그렇게 뜨고 아라를 응시했다.

"맞아요. 나예요. 난 지윤선 씨의 연기를 상당히 좋게 봤고, 그래서 노비 역할을 했으면 하고 추천을 했죠. 그 정도 연기력이라면 여기 노비인 아지 역할을 아주 잘해낼 수 있을 거라 믿었거든요.”

노출 신에, 구타 신, 무엇보다 이 역할은 연민은 불러일으킬지 몰라도 지금껏 한국 영화에 숱하게 나온 캐릭터로 출연해 봤자 고루한 인상을 남길 게 뻔했다. 굳이 그 역할을 맡아보라며 추천한 아라의 속을 알 수가 없었다.

“거절 못할걸요? 알다시피 우리 엔터테인먼트가 가진 영화관 숫자를 먼저 파악하는 게 좋을 거예요. 우리가 기획 투자 배급을 맡는 영화도 한두 편이 아니라는 것 잘 알고 있겠죠? 여기서 불발되면 다른 영화에 가도 잘될 거라는 보장이 없죠. 다른 사람도 아니고 대표가 직접 추천을 했는데, 안 하겠다는 배우를 어느 감독이 쓸까요?”

쐐기를 박아 넣어 오도 가도 못하게 하는 아라의 말에 윤선은 손바닥에 차오르는 땀을 허벅지에 문대 닦아냈다. 이쯤 되면 영화계에 아예 발을 못 붙이게 하겠다는 건데, 여기서 그녀는 대체 어떻게 반응하는 것이 좋을까? 박 대표가 식은땀이 나는 얼굴로 아라와 윤선을 오락가락하며 살폈다.

“박 대표님, 잠시 보류하죠. 생각할 시간을 가져야 할 것 같아요.”

“미안한데, 생각할 시간 같은 건 없어요. 배우들이 확보되면 바로 크랭크인 들어가야 하는 영화예요.”

아라가 숨통을 죄어왔다. 꼼짝도 하지 말라는 듯.

“전 사실 노비인 아지보다는 상궁 쪽을 마음에 들게 읽었어요.

그리고 노출은 좀 무리예요."

"왜요?"

아라가 따져 물었다. 곽 감독은 오히려 가만히 둘 사이의 신경전을 감상이라도 하듯 관조했다.

"묵직하고 의리 있는 역할인데다 마지막 부분에 임팩트까지 있어서 깊은 인상을 남길 것 같아요. 그래서 상궁 쪽이 마음에 들어요."

아라는 잠시 말없이 윤선을 뚫어져라 바라보더니 입매를 비틀었다.

"드라마에서는 몸값이 올랐을지 몰라도 영화 쪽에서는 사실 지윤선 씨의 티켓 파워가 어느 정도인지 전혀 가늠되지 않고 있는 실정이잖아요. 일전에 찍은 영화가 성적이 좋기는 하지만 달랑 한 편으로 대박 배우라고 단정짓는 덴 위험이 따르죠. 속 좋게 역할을 골라 맡으려 한다는 건 너무 이기적인 거 아닌가요?"

"글쎄요. 그렇다고는 생각하지 않는데요? 전 이미지로 먹고사는 배우예요. 그런데 잘못된 역할 하나 때문에 다른 모든 걸 포기해야 하는 상황이 오면 곤란하지 않겠어요? 영화를 하는 것도 조금 더 나은 이미지를 확보하겠다고 하는 걸 텐데요. 제가 맞지 않는 옷을 억지로 입어서 연기를 한다면 그게 과연 최선의 연기일까요? 위선이 될 텐데요."

윤선도 지지 않고 대응했다. 적어도 곽 감독이나 박 대표가 이해할 수 있는 타당성을 근거로 제시하며 이야기를 이끌자, 다들 납득한 얼굴들인 데 반해 아라만 얼굴이 일그러졌다.

"그래서 하지 않겠다는 거군요?"

"상궁 역할이면 하겠다고 하잖아요."

"난 곽 감독께 당신을 아지 역할로 들여놓으면 투자를 하겠다고 약조했으니, 그 역할을 맡는 게 아니라면 일전에 말한 투자에서 금액을 더 올려 넣을 필요가 없게 되었군요. 안 그래요? 곽 감독님?"

곽 감독이 난처한 얼굴로 아라를 바라봤지만, 이미 아라는 자리를 박차고 일어나 나가는 중이었다. 곽 감독이 아라를 따라 나갔고 박 대표는 어찌해야 할 바를 몰라 발을 동동 굴렀다.

"박 대표님, 이건 아니잖아요. 노출 신이라니, 이게 뭐예요? 지금까지 계약한 CF 전부 위약금 물고 싶으세요?"

"그래서 나도 안 할 거라고 말을 했는데, 곽 감독이 굳이 이런 자리를 마련해서…… 미안해. 그래도 윤선 씨가 대차게 거절해 줘서 좋기는 한데 이 일로 다른 영화까지 기회가 사라질까 걱정이야."

"일어나죠. 이미 끝난 얘기 같은데."

문이 열리더니 곽 감독이 들어와 윤선의 앞을 막아섰다.

"아지 역할이 그렇게 별로예요?"

"죄송해요. 저한텐 맞지 않는 역할이에요."

"노출 신 뺀다면요?"

파격 제안이었다. 곽 감독은 영화에 대한 프라이드가 높은 자로 매 신마다 관통하는 주제를 실어 표현하기 때문에 어지간해서는 시나리오를 고치지 않는 인물이었다. 하지만 이렇게 말은 해놓고 나중에 시나리오를 고쳐 주지 않아 결국 노출 신을 찍게 된 여배우의 비화도 여러 번 들은 기억이 나서 그녀는 선뜻 대답하지 못했다. 잠시 생각에 잠겨 있던 그녀가 고개를 저었다.

"아니에요. 아니다 싶은 건 절대 아니에요. 드라마도 그랬지만, 끌리지 않는 역할을 억지로 맡으면 몰입도가 떨어져 집중하지 못해요. 영화를 망칠 거예요. 죄송해요. 곽 감독님 영화 너무 좋아하는데, 이렇게 거절하게 되어 죄송스러워요."

차라리 정중하게 인사를 하고 다음을 기약하는 게 낫다 싶었다.

"죄송합니다, 곽 감독님!"

박 대표까지 달라붙어 미안하다며 인사를 하자 곽 감독이 손사래를 치며 나가라는 듯한 제스처를 했다. 건방지고 오만한 동작이었다. 이미 빈정이 상해 속이 뒤집어졌다는 뜻일 테고 아마 곽 감독에게 영화 제안이 오는 일은 두 번 다시 없을지도 모르겠다. 밖으로 나온 윤선은 속이 쓰린 얼굴로 박 대표를 바라봤다.

"또 괜찮은 시나리오 없어요?"

"다, 그냥 그래. 이게 타이밍이라는 게 있잖아. 정말 대어를 낚으려면 신중하게 기다려야 할지도 모르겠어. 차라리 그동안 드라마를 하나 더 할래?"

"몇 달만 더 기다려 보죠. 대표님, 먼저 가세요. 전 택시 불러서 갈게요."

박 대표와 헤어지고 그녀는 콜 택시를 불러두고 기다렸다. 그런데 뒤늦게 나온 곽 감독이 그녀를 보더니 곁으로 다가와 싸늘하게 굳은 표정으로 말했다.

"그렇게 상궁 역할이 마음에 들면 줄 수도 있어요."

윤선이 그를 쳐다봤다. 곽 감독이 비열한 눈빛으로 그녀를 바라보며 입가를 비틀었다.

"스폰서 하나 있죠? 보니까 열애 어쩌고 나던데, 그거 스폰이잖아요."

순간 윤선의 얼굴이 확 일그러졌다.

"감독님, 한 번 보고 말 사이도 아닐 텐데 말씀 너무 지나치시군요."

"한 번 보고 말지 어떻게 아나? 덜컥 임신이라도 하면 그걸로 배우 생명 끝이지. 안 그런가요?"

대놓고 빈정대는 곽 감독의 말에 그녀의 얼굴이 점점 싸늘하게 굳어갔다. 이런 작자와 더 이상 말을 섞을 필요가 없었다.

"그 스폰을 데리고 와요. 우리 영화에 투자만 해준다고 하면 그 역할 줄게. 큭큭."

마침 택시가 그녀 쪽으로 들어오고 있었다. 곽 감독은 피식 웃더니 자신의 차로 가버렸다. 심장이 터질 듯이 두근거렸다. 노골적인 모욕과 저급한 야유가 섞인 발언에 그녀는 주먹을 새하얗도록 말아 쥐고 택시에 올랐다.

퇴근을 하려는데, 박 대표로부터 전화가 들어왔다. 이동 중이어서 전화를 받지 못했다. 그는 브리프케이스를 들고 주차장으로 내려가 차에 시동을 건 후 박 대표에게 직접 전화를 걸었다.

"대표님, 접니다."

[오랜만이죠? 윤선 씨, 집에 잘 들어갔나 해서요.]

"오늘 누굴 만난다고 하더니 대표님과 약속이 있었습니까?"

[아, 그게…… 좀 복잡합니다. 영화 때문에 감독과 투자가를 만났는데 일이 좀 어그러졌어요. 그 때문에 윤선 씨가 마음에 상처를 받은 건 아닌가 싶어서요.]

"자세히 설명해 주시겠어요?"

[혹시 이아라 씨 아세요?]

"압니다."

[그분이 나왔더라고요. 그분이 영화 투자가라더군요. 그래서 이번 배역을 그분이 직접 추천을 했다면서 말을 하는데, 배역 자체가 좀 그랬어요. 노출 신도 있는데다 잘못했다간 윤선 씨가 눈요깃감으로 전락만 하고 연기력은 전혀 인정받지 못하고 얘기가 끝날 수도 있어서 저도 못하게 막고 싶은 심정인데, 알다시피 그 엔터 기업이 영화관을 대거 장악하는 실정이라…….]

얘기는 길어졌고 난처한 상황에서 아라와 윤선의 언쟁이 있었고 그로 인해 감독은 불쾌해져서 돌아갔다는 얘기였다.

"제가 좀 더 알아보겠습니다. 조치를 할 수 있는 일이 있다면 직접 움직여 보겠지만, 선을 넘어서는 거라면 할 수 있는 일이 제한

될 겁니다.”

[압니다. 뭘 기대한 건 아닙니다. 단지 윤선 씨가 이 일 때문에 상당히 불쾌할지도 모르고, 또 이 일 때문에 업계에 좋지 않은 소문이 날 수도 있어서요. 윤선 씨, 아마 지금 별로일 거예요. 위로 좀 부탁드립니다.]

“알겠습니다.”

통화를 끝낸 그는 관자놀이 부근을 지그시 누르고 먼 곳을 응시했다. 박 대표의 속셈은 뻔했다. 그가 직접 나서서 이번 건을 보기 좋게 해결해 주기를 바라는 눈치였지만, MK그룹은 엔터 쪽에 전혀 관심이 없었다.

그쪽엔 손을 대고 있지 않기 때문에 그리 대단한 영향력을 행사할 문제가 없었다. 그나저나 아라가 이런 식으로 윤선을 괴롭힐 거라고는 상상도 못했다. 그는 휴대폰으로 곧장 아라에게 전화를 걸었다.

[……무슨 일이야? 다신 볼 일 없을 것처럼 굴더니.]

“잠깐 보자.”

[이현 씨랑 나랑 만날 일이 뭐가 있어? 혹시 지윤선 씨 문제로 보자는 거야?]

“만나서 얘기하지.”

장소를 댄 후 통화를 끝냈다. 아라의 회사 근처에 있는 바에서 잠시 보기로 하고 그는 곧장 차를 몰고 이동했다. 윤선에게는 간단하게 문자를 보냈다. 일이 생겨 조금 늦어질 거라는 문자를 하자 그녀는 간단하게 알았다는 답문만 보내왔다.

약속한 바에 당도한 그는 주차를 마치고 바 내부로 들어갔다. 아직 아라가 도착하지 않아서, 룸 한곳을 지정해 안으로 들어갔다.

"일행이 오면 여기로 안내해요."

"네, 이름 말씀하면 이쪽으로 안내하겠습니다."

종업원이 나가자, 그는 술 대신 생수 한 잔을 마셨다. 태블릿 PC를 열어 아라가 경영하는 회사의 상태를 비롯해 최근 투자 중인 영화 등을 꼼꼼히 살피고 이 비서에게 전화를 걸어 자금경영 사정 등에 대한 배경을 전해 들었다. 그렇게 이십여 분쯤 지나자 노크 소리가 들렸다.

고개를 뒤로 돌리자 문이 열리며 아라가 들어왔다. 연노랑빛 원피스를 입은 그녀는 형광핑크 계열의 커다란 백팩을 메고 안으로 들어왔다. 아라가 시큰둥한 얼굴로 그를 보더니 그의 옆 좌석에 착석했다.

"술은 뭐로 할래?"

"위스키."

"나도."

종업원이 메뉴판을 들고 나갔다. 그는 그녀를 흘끗 보더니 태블릿 PC를 끄고 브리프케이스에 넣은 후 물었다.

"엔터테인먼트 사업에 관여하고 있는 줄은 몰랐는데?"

"몇 달 안 됐어. 오빠가 하던 거 잠시 떠맡은 거지. 알다시피 오빠가 요즘 굉장히 바쁘잖아."

몇 달 전부터 검찰 측에서 수색영장을 발부, 그녀의 오빠가 경영 중인 업체를 조사 중에 있었다. 덕분에 공중부양 직전인 엔터 사업을 그녀가 잠시 떠맡은 모양이었다.

"알아보니 영화만 10여 개에 투자를 하고 있고, 20여 개의 영화관이 전국적으로 개장을 앞두고 있더군."

"맞아."

"자금사정에 대해 알아보라고 하니, 그리 넉넉한 사정은 아니라고 하던데…… 영화 투자는 이제 그쯤 하고 잠시 관조해야 하는 상황 아닌가?"

"글쎄. 난 지금 오빠가 벌여놓은 것과 협의 중인 몇몇 작품에 대한 결재권만 얻었어. 내년부턴 다시 오빠가 하겠지. 내가 직접 선택할 수 있는 건 몇 개 되지도 않아."

"그 말은 이미 이 상무의 권한 밖의 일이라는 건가? 이 대표가 모든 사안을 결정해 두었다는 건 이 상무는 부수적인 일만 해결하면 된다는 거 아닌가?"

"그렇지."

아무렇지 않게 대꾸를 해버린 아라가 갑자기 흠칫 놀라 눈을 휘둥그렇게 뜨더니 몸을 굳혔다.

"재밌네. 그렇다면 투자를 하네 마네 나설 입장이 아닐 텐데, 왜 감독과 배우를 만나 자리를 마련한 거지?"

아라가 싸늘하게 그를 노려보더니 입매를 비틀었다.

"그게 무슨 상관이야? 혹시 그 여자가 이현 씨한테 일러바치기라도 했어? 징징대면서 좀 도와달라고 해?"

"유치하고 옹졸한 상상을 하는군. 그 여잔 그런 건 상상도 할 줄 모르는 여자야. 혼자 속앓이를 하면 했지."

"그런데 어떻게 알고 와서 이렇게 따지는 거야?"

"다 아는 루트가 있어. 내가 누군지 모르는 건가?"

아라가 꽁한 표정으로 입술을 꽉 다물더니 손질한 손톱 끝으로 톡톡 테이블을 두드렸다. 무안하고 창피해 죽겠는지 한동안 고집스럽게 입을 다물고 아무런 말도 못했다.

"감독하고 기획사 대표, 배우를 데려다 놓고 놀린 거라면 당장 사과하도록 해. 이번 일 잘못해서 소문 돌면 피차 좋을 게 없어. 이 상무의 오빠가 지금까지 세워놓은 회사 이미지만 우습게 돼. 그 바닥, 생리를 모르나 본데……. 학연끼리 많이 얽혀 있기도 하지만 작업하는 사람들이 한정되어 있는 좁은 바닥이야. 소문이 이상하게 돌기 시작하면 신뢰가 무너지기 십상이야. 난 그런 식으로 하는 사업은 모래 위에 탑을 쌓는 거나 다를 바 없다 생각해."

"그쯤 해둬. 내가 알아서 해."

아라가 벌떡 일어나더니 주먹을 말아 쥔 손을 부르르 떨었다.

"꼭 이런 식으로 해야 돼? 이런 식으로 사람 무안을 줘야 속이 후련해?"

이현은 정면을 응시하고 물 잔을 빙글빙글 돌리며 입가에 냉혹한 조소를 띠었다.

"기왕이면 배우에게 직접 사과해 주면 좋고. 이미 투자 유치된 영화에 대해 투자를 하네 마네 유치한 협박을 했다는 점에 대해……."

뿌득, 이 갈리는 소리가 들려왔다.

"마음만 먹으면 TY그룹 엔터 경영 상태에 대해 더 알아볼 수도 있어. 그런데 시간 여유를 갖지 않고 바로 온 이유는 이 상무가 제법 탄탄하게 경영에 대한 수업을 받았다는 점을 높이 샀기 때문이지. 유학 당시 수재라는 소리를 들었다고 하던데……. 그 정도 실력이라면 그런 유치하고 치졸한 장난질은 하지 말아야 하는 거 아닌가?"

"적당히 해둬. 쪽팔려 미치겠으니까. 갈게. 두 번 다시 연락하지 마. 이런 식의 연락은 별로 반갑지도 않으니까."

아라가 쾅 하고 신경질적으로 문을 닫고 나가자 바로 종업원이 술을 들고 들어왔다. 그는 두 잔의 위스키를 한번에 마시고 자리에서 일어났다. 입가엔 기분 좋은 미소를 머금고.

❖

이른 아침부터 윤선의 휴대폰이 울어댔다. 윤선은 멍한 눈빛으로 일어나 앉아 휴대폰을 바라봤다. 낯선 번호여서 잠시 받아야 하나 말아야 하나 갈등하는데 전화가 끊기더니 문자가 들어왔다.

「곽 감독입니다. 통화 요망!」

개놈 아닌가! 스폰이 어쩌고저쩌고 그녀의 기분을 바닥까지 파고들어 가게 했던 놈이었다. 윤선은 연락을 해야 하나 말아야 하나 갈등하다가 뒤를 돌아봤다. 이현이 모로 몸을 틀고 고른 숨소리를 내고 있었다. 누가 먼저 연락을 해왔는데, 꽁하게 반응하는 건 사람이 별 매력 없게 느껴지는 것 같아 이번에 한번 참아보기로 했다.

그녀는 휴대폰을 들고 거실로 나와 곽 감독에게 전화를 걸었다. 벨이 두 번도 울리지 않았는데, 곽 감독이 웃으며 전화를 받았다.

[나예요, 곽 감독! 전화 줘서 너무 고마워요.]

태도가 갑자기 돌변했다. 뭘까?

"제 번호는 어떻게 아셨어요?"

[박 대표님에게 물었죠. 어젠 정말정말 죄송했어요.]

왜 이러는 걸까?

[내 말 듣고 있어요? 이번 영화에서 나랑 같이 작업해요. 지윤선 씨!]

"네?"

뜬금없어도 이렇게 뜬금없을 줄이야. 그렇게 맹비난을 해놓고 이제 와서 장난하는 것도 아니고 이게 뭐람?

"감독님…… 저기…… 저는 지금 이게 무슨 상황인지 잘 모르겠는데요?"

[내가 미안하다고 하잖아요. 투자, 받기로 했어요. 캐스팅 부분은 나한테 전부 일임한다는 연락을 받았구요. 그리고 어제 스폰 어쩌고 한 건 말실수였어요. 미안해요. 투자를 좀 더 많이 받아둬야 하는 내 입장에선 그걸 주겠다고 하다가 배우의 캐스팅 불발로 인해 투자가 취소되면 그게 말도 못하게 속이 쓰리거든요. 영화라는 게 돈 들인 만큼 광이 나는 작업이라……. 이해해 주세요. 네?]

구구절절 사정 설명을 하는데야, 끝끝내 못난 표정을 지어 보일 수도 없는 노릇이었다.

"네, 이해했어요. 그래서 제 역할은……."

[박 상궁 역할 드릴게요. 그거 하고 싶어했잖아요.]

"정말이요?"

[네, 조만간 크랭크인 들어가니까, 날짜 고지하고 스케줄표 줄게요. 계약서 쓰러 한번 나오세요. 그리고 이거 기사 내도 되는 거죠?]

"박 대표님과 상의하세요."

[알겠습니다. 그럼 영화 촬영 때 볼게요!]

통화를 끝낸 윤선은 어안이 벙벙해졌다. 이게 대체 무슨 일인지. 그녀는 곧장 박 대표에게 전화를 걸었다.

"뭐가 어떻게 된 거예요?"

[아…… 이걸 뭐라고 설명을 해야 좋을지……. 사실은 내가 어젯밤에 권 부사장님한테 SOS를 쳤어. 아마 그 일 때문에 권 부사장님이 이 상무를 만난 것 같아.]

기가 막혀서. 그녀의 미간이 확 좁혀 들어갔다. 이현이 아라와 단둘이 만나는 모습을 상상만 해도 부글부글 끓는데, 자신의 문제 때문에 아라에게 이현이 아쉬운 소리라도 한 거면 더 참을 수가 없었다.

"대표님! 그건 아니죠! 왜 제 문제를 다른 사람한테 말해서 일을 이상하게 만들어요? 제 입장이 뭐가 돼요?"

[미안해. 그런데 나로서는 지윤선 씨 앞날이 연관된 거라 모른 척 넘어갈 수도 없는 일이었고. 이 바닥 소문 무서운 거 몰라? 잘못 소문이 나면 윤선 씨 차기작에도 좋지 않은 영향을 끼칠 게 뻔해서 나름 고심해서 한 거였어. 부사장님이 아무런 말도 안 해?]

"두 번 다시 이런 일 벌이지 말아요. 저, 정말 불쾌해요. 제 일은 저와 대표님이 알아서 해결할 일이지 제3자는 끌어들여서는 안 되는 거라구요."

[알았어. 내가 오죽 똥줄이 탔으면 이럴까? 내 입장 좀 이해해 주라. 사실 윤선 씨 스캔들 터지고 드라마 시나리오 들어오는 거 보면 배역 자체가 좀 그래. 벌써부터 유부녀 역할 하는 건 좀 그렇지 않아?]

대본책이 많이 들어오긴 했지만 사실 미혼모, 아니면 이혼녀 역할 쪽으로 몰리는 분위기도 없지 않았다.

"후우…… 계약서 쓰러 갈게요. 그 일 맡기로 했으니까, 그렇게 아세요."

[오케이! 고마워. 이해해 줘서!]

휴대폰을 내려놓은 그녀는 난처한 얼굴로 긴 한숨을 내쉬었다. 그녀는 가슴 앞에 팔짱을 끼고 침실 문을 살짝 열어 잠든 그를 바라봤다. 미안하고 면목 없었다. 그가 이아라를 상대로 고개를 숙이고 부탁했을 걸 생각하니 배알이 틀어지고 머리가 다 아파왔다.

그녀는 문을 닫아놓고 주말을 맞아 모처럼 아침 준비는 자신의 손으로 직접 대접해야지, 마음먹었다. 태블릿 PC로 요리 레시피 여러 개를 펼쳐 재료를 일일이 캡처해 저장해 두고 곧장 샤워를 하고 차 키를 들고 밖으로 나갔다.

차를 몰아 마트에 들러 모자와 선글라스를 착용하고 장을 보기 시작했다. 재료를 일일이 확인해 가면서 세세히 본 그녀는 빠르게 재료들을 사서 계산을 하고 마트를 빠져나와 곧장 이현의 집으로 향했다. 양손 가득 들린 장바구니 때문에 팔이 끊어질 지경이었다.

엘리베이터에 올라 잠시 들고 있던 장바구니를 내려놓고, 현관을 열고 들어가자마자 손을 닦고 요리를 시작했다. 달래 된장찌개, 도라지생채, 배추나물, 버섯밥, 얼갈이겉절이를 손수 했다. 달그락달그락, 볶는 소리, 씻는 소리, 밥 짓는 소리, 도마 위를 두드리는 칼 소리가 주방을 어지럽게 채워 나갔다.

"뭐 해?"

요리하느라 정신이 없어서 이현이 나와 서 있다는 것도 까마득하게 몰랐다.

"어, 나왔어요? 잠시만요. 씻고 나와요. 거의 다 되어가요."

"요리해?"

"내가 남자 생기면 제일 하고 싶었던 게 뭔지 알아요?"

"요리?"

윤선이 고개를 저으며 웃었다.

"기쁨 주고 사랑받는 거요."

"그거 방송 로고송 아닌가? 어서 많이 들어본 거 같은데."

이현이 그녀의 곁으로 다가오더니 뒤에서 그녀를 꼭 끌어안고 요리하는 모습을 구경했다.

"뭘 이렇게 많이 해?"

"많이는 아니고……. 찌개랑 밥이랑 반찬 세 가지 정도예요. 얼른 가서 씻어요. 짠, 하고 보여주고 싶었단 말이에요."

"알았어."

그가 그녀의 볼에 쪽 하고 입을 맞추고 욕실로 들어갔다. 그사이 그녀는 분주하게 움직여 식탁을 예쁘게 세팅해 두고 요리가 끝난 반찬 세 가지와 밥을 떠서 놓고 은수저를 꺼내 옆에 내놓았다. 막 씻고 나온 이현이 식탁에 차려진 반찬과 밥을 보더니 박수를 짝짝 쳤다.

"비주얼은 좋다!"

"맛도 그냥 그냥은 될 거예요."

그가 앉자, 그녀는 끓여놓은 찌개를 안전장갑으로 감싸 들고 그의 앞에 놓았다. 뚝배기 안에서 보글보글 끓는 찌개의 소리가 군침 돌게 했다. 그녀가 앞치마를 벗어놓고 그의 앞에 앉았다.

"맛있게 먹어요."

윤선의 말에 그가 웃으며 숟가락으로 밥을 한술 떴다. 밥 안에 잘 다진 버섯이 보였고, 양념을 했는지 고소하면서 살짝 달콤했다.

"밑간이 잘됐어."

이현의 칭찬에 기분이 좋아진 그녀가 환하게 웃으며 그제야 숟가락을 들었다. 찌개도 맛있다고 말해주고, 직접 한 반찬들 전부 맛있다고 연신 웃으며 칭찬하는 이현 때문에 하늘을 날 듯이 기분이 좋아진 그녀가 그제야 수저를 놓고 말했다.

"이아라 상무 만났지요?"

이현이 그제야 숟가락을 놓더니 그녀를 물끄러미 바라봤다.

"미안해요. 직접 나서는 일, 되도록 없게 하고 싶었는데……."

"그래서 이렇게 갑자기 음식을 마련한 거야?"

"미안해서요. 뭐든 해서 이 무거운 마음을 좀 덜어내야 할 것 같아서요."

"생각하는 그런 일은 없었어. 내가 혹시 이 상무한테 굽실거리면서 당신을 부탁한 걸지도 모른다고 생각한 건 아니겠지?"

윤선이 고개를 들더니 그를 빤히 바라봤다.

"아니야. 이 상무가 말을 하다 말실수를 했고 난 그걸 약점 잡아 사과를 종용했을 뿐이야. 당신을 부탁할 요량이었다면 절대 나가지 않았지. 부당함에 대해 따질 생각으로 나간 거였으니까."

"정말이에요?"

"내 성격 몰라?"

"그야……."

"그럼 의심하지 말고 믿어."

정말 그의 성격상 누군가에게 아쉬운 소리를 할 것 같지는 않았다. 그가 그렇다고 말을 하니, 믿어도 좋은 거겠지. 그렇다고 해도 마음이 쉬이 가라앉지는 않았다.

"다음번에는 박 대표님이 그런 일로 연락을 해도 무시해 줘요. 내 일에 이현 씨가 관여하는 거 사실은 좀 그래요. 결혼한 사이도 아니고, 어려운 일이 생길 때마다 도움받는 건…… 내가 너무 나약해진 것 같다는 느낌이 들어 싫어요. 지금까지도 잘 돌파하면서 견뎌왔구요. 앞으로 이런 일 때문에 이현 씨가 또 나선다면, 나…… 정말 불같이 화낼 거예요."

이현이 입가에 미소를 띠더니 고개를 끄덕거렸다.

"알았어. 자존심 강한 여자랑 사귀는 건 여러모로 좀 힘들군. 돕고 싶어도 눈치 봐가며 도와야 하고."

"정말 말도 안 되게 어려운 일이 벌어진다면 내가 직접 도움을 요청할게요. 그게 아니라면 이현 씨가 나서서 해결하려 하지 말아 줘요. 꼭 학부모 치맛바람에 모든 걸 맡기는 나약한 학생 기분이란 말이에요."

"이해했어. 자, 얼른 먹자."

"그런데 정말 맛있어요? 난 내가 직접 한 거라 맛을 잘 모르겠어요."

"맛있어. 전체적으로 간도 심심한 편인데, 내가 짠 걸 별로 안 좋아해서 그것도 마음에 들고."

그녀가 웃으며 말했다.

"간 보는 게 좀 자신 없어서 소금이랑 간장 같은 걸 소극적으로 넣다 보니까 이렇게 되었어요. 다음엔 좀 더 알맞게 간을 맞춰볼게요."

"바쁜데 굳이 요리 같은 거 하지 마. 그거 안 해줘도 당신 마음은 충분히 다 아니까."

"내가 말했잖아요. 기쁨 주고 사랑받겠다고. 세상에 공짜가 어디 있어요? 사랑도 노력해야 유지되는 거라구요."

그와의 관계를 유지하기 위해 그녀는 필사적으로 노력할 것이다. 마냥 앉아서 받기만 할 생각도 없었다. 그녀는 기분 좋게 웃으며 그의 밥 위에 겉절이도 놓아주고 생채도 놓아주며 이런저런 얘기를 나눴다. 그러다 문득 가슴속에 환한 촛불이 켜진 것만 같아 잠시 움직임을 멈췄다.

"왜 그래? 다 먹었어?"

이현이 고개를 살짝 들어 올려 그녀의 밥그릇 안을 보더니 물었다. 그녀가 고개를 저으며 입가에 서글픈 미소를 지었다.

"그러고 보니까 늘 혼자 식사를 했던 것 같아요. 태어난 이후부터 쭉 혼자 밥을 먹었어요. 엄마는 늘 바빴고, 난 집에서 먹는 아침과 저녁을 늘 혼자 해결했어요. 성인이 되어서는 더더욱 혼자 먹은 걸로 기억하는데…… 이렇게 내가 요리한 걸 같이 앉아 먹으니까 감회가 새로운데요? 기분이 좋아요."

이현은 싱긋 웃으며 공기를 들고 자리에서 일어났다.

"늘 같이 먹자. 그리고 난 밥 좀 더 먹어야겠다."

"내가 퍼줄게요."

"아니야. 내가 할게."

밥을 다 푼 그가 누룽지를 보더니 누룽지 밥도 먹어야겠다며 욕심을 부렸다.

"우리 이거 먹고 운동 가야겠는데요? 배가 동산처럼 튀어나왔어요!"

윤선이 절규하듯 배를 내려다보며 말하자, 그가 딱 한마디 했다.

"되도록 요리는 일주일에 한 번만 하는 걸로. 막 해서 먹으니까 맛있긴 한데, 살이 쪄서 안 되겠다."

둘이 젓가락을 들고 키득거리며 웃다가 별로 웃기지도 않은데 서로의 배를 바라보며 파안대소하기 시작했다. 기분 좋은 웃음이 한동안 계속 이어지다가 누군가 눈물까지 쏟기 시작하자 서서히 멈췄다. 그녀의 아침이 처음으로 시끄럽게 열리는 중이었다.

#11. 벼랑 끝에 서다

초겨울이 시작되었다. 이현의 집에서 한 달 정도 같이 지내다가 주변 시선도 있고 해서 윤선은 다시 자신의 집으로 돌아갔다. 그리고 영화 크랭크인이 내년 5월로 잡히면서 중간에 쉬고 있는 게 싫어진 윤선은 드라마를 시작했다. 3개월 동안 매달려야 하는 20부작의 드라마였고, 시대극이었다.

맡은 역할은 양반가의 딸이었으나 역모에 가담했다는 억울한 죄를 뒤집어쓰고 집안이 멸문해 노비가 되어 힘겨운 삶을 살지만 자신의 운명을 개척해 나가며 결국 왕의 눈에 들어 왕비가 된다는 이야기 속의 주인공이었다.

촬영에 들어가면서 일주일에 한 번 겨우 쉴까 말까였고, 분량이 많다 보니 겨우 한 시간을 잘까 말까였다. 이렇다 보니 자연스럽게 이현과는 연락두절 상태가 되는 날이 많았다.

그렇게 한 달이 지났을까? 나중엔 이현이 직접 매니저가 끄는 밴에 숨어서 그녀를 기다리기도 했다. 밴에서 그가 기다린다는 소리를 듣고 그녀는 잠깐 짬을 이용해 차에 올랐다. 웅복과 스타일리스트들이 슬쩍 자리를 피해줬다.

"요즘 자주 보는데요?"

그녀가 낡은 천민 복장으로 그를 바라봤다.

"언제 왕비가 되는 거야?"

"멀었어요. 이제 겨우 한 달이잖아요. 두 달 생고생해야 거의 막판에 왕비 옷 한 번 입혀줄까 말까예요."

"그런데 나랑 결혼해도 연기를 계속 강행할 생각인 건가?"

"재벌가 며느리가 되면 아무래도 힘들겠죠?"

"어, 하지 마. 이렇게 오랫동안 아내 얼굴도 내 맘대로 못 보는 그런 건 좀 별로다."

"마음 같아서는 하고 싶은 마음이 굴뚝인데……."

"장차 회장님 사모님이 되실 분이 이런 천민 역할 하고 그러는 건 난 반대."

역할에 대한 욕심이나 연기에 대한 욕심이 있기는 해도 그녀는 가정에 대한 욕심이 더 컸다. 모친은 스스로 결핍되고 애초부터 무너져 버린 가정을 그녀에게 안겨줬다. 시작부터가 잘못된 가족의 개념이었다. 그런 가족 속에서 그녀는 철저히 방임당했고 외로웠다. 늘 형제자매 많은 집이 부러웠고 화목한 부모를 보면 가슴이 더 시렸다.

자라는 동안 가족이라는 존재는 그녀를 늘 쓸쓸하게 만들었다. 그녀의 생 자체가 고독이었다. 그렇다면 그녀가 이루게 될 가정은 제발 정상적이고 안정적이며 화목하기를 바랐다. 그렇기에 연기보다는 가정의 화목이 우선되어야만 했다. 너무도 화목해서 나중에 연기 열정이 되살아날 수도 있겠지만, 그건 그 이후의 일이었다. 아직 이현과 결혼을 할 수 있을지, 없을지 제대로 결말도 짓지 못하지 않았던가.

"가정이 우선되어야죠. 내가 지금 실패했으니, 내 아이들에게는 제대로 완성된 가정의 모습을 안겨주고 싶어요. 그리고 그 안에서 나도 과거의 모든 것을 위로받고 싶구요."

그가 그녀의 뺨을 손등으로 훑으며 웃었다.

"실패라는 말은 쓰지 말자. 나 만나서 반전 있었잖아. 안 그래?"

그녀가 킥킥 웃었다.

"그런 복장 하고 그렇게 웃으니까 영 이상한데?"

"꼬질꼬질하죠?"

"그러게."

쿵쿵, 문 두드리는 소리가 들리더니 응복이 외쳤다.

"누님, 촬영 들어갈 건가 봐요. 스태프가 누님 찾아요."

"어, 나갈게. 갈 거예요?"

"집에 가야지. 나도 가서 밀린 업무나 해야겠다. 영화 끝날 때까지 청혼은 미뤄야 하는 건가?"

윤선이 어이없다는 듯 그의 옆구리를 푹 찌르고 차 문을 열었다. 한기가 몰려들어 왔다. 응복이 핫팩 대여섯 개를 그녀의 손에 쥐어주었다.

"누님, 등이랑 배랑 다리에 몇 개 붙여요."

"그래, 고마워."

스타일리스트가 곧장 붙이는 핫팩을 그녀의 몸 여기저기에 붙여주고 두터운 구스 패딩으로 몸을 감싼 뒤 촬영 장소로 이동했다. 이번엔 주막에서 사내들에게 희롱을 당하며 구타를 당하기 직전인데, 남주에게 도움을 받은 신이었다. 남주가 그녀에게 다가와 동선을 이리저리 체크하더니 나직하게 물었다.

"밴에 남친 왔다며?"

동갑내기인 남주 역할의 육지환이 물었다. 윤선이 웃으며 고개를 끄덕거렸다.

"왜, 궁금해?"

"이야, 정말! 너랑 나랑 데뷔 동기 아니냐? 그런데 넌 주연을 두 번이나 맡았고 난 이번에 첫 주연이잖아. 그런데 스캔들도 안 나게 남친이 있으면 어쩌냐?"

지환의 타박에 윤선이 어이없는 미소를 지었다. 워낙 친한 동료였다.

"너야말로 왜 이래? 얼마 전까지 미모의 여가수랑 사귄다고 소문이 파다하게 났던데."

"그게 언제적 얘기야."

"자, 촬영 시작합니다!"

감독의 숏 공지에 다들 일사불란하게 자신들의 위치로 돌아가 대기했다. 추웠다. 바람도 불고 눈이 쏟아부을 듯 기온은 더 떨어져 영하권이있지만, 무언가를 하며 몰두할 수 있다는 사실이 기분 좋았다. 기분 좋게 자신의 일을 하고, 연애를 하고 이렇게 즐겁게 살 수 있으니 그걸로 감사하면 되지 않을까? 그녀가 배역에 몰입하며 연기를 시작했다.

홍현과 황 여사는 권 회장의 눈치를 살피고 있었다. 부친의 생일이라고 분명히 말을 해뒀고, 일찌감치 같이 와서 저녁을 먹자는 연락까지 해두었는데 이현이 늦게 도착했다. 권 회장은 밥은 먹지도 않고 장남이 오기만 애타게 기다리더니, 아들을 보자마자 불같이 화를 내며 밥그릇을 던져 버렸다. 이현이 재빨리 몸을 피했기에 망정이지, 그래도 그의 어깨에 맞아 전치 몇 주는 나올 뻔했다.

"네놈이 제정신이야! 오늘 아비 생일이라는 거 알고도 이랬지?"

"언제부터 제가 아버지의 생신을 챙겨 드리는 아들이었습니까?"

"이이이이!"

권 회장이 부들부들 손을 떨면서 쥐고 있던 수저를 그대로 이현에게 날리려는 걸 황 여사가 몸을 날려 막았다.

"회장님, 제발…… 기분 좋은 날인데 어지간하면 참고 넘어가세요."

"싫어. 저게 자식이야, 뭐야! 어떻게 아비한테 이렇게 냉혹해! 내가 너한테 대체 뭘 그리 잘못했다고 이러느냐?"

"누구보다 본인이 더 잘 아시겠죠. 이렇게 얼굴 내밀었으면 된 거 아닙니까? 그렇게 계속 화를 내실 거라면 이만 가보겠습니다."

이현이 몸을 돌려 나오려는데 홍현이 다가와 이현의 팔을 잡아 세웠다.

"저 좀 잠깐 봐요."

이현이 고개를 돌려 홍현의 얼굴을 바라봤다. 홍현의 얼굴이 무섭게 일그러져 있었다. 이현은 뒤를 슬쩍 돌아보고 부친을 외면한 채 홍현을 따라 응접실로 들어갔다.

홍현이 문을 열고 기다렸다가 이현이 안에 들어오니 문을 닫았다. 홍현은 이현의 곁으로 다가오더니 앉기를 권했다. 이현은 1인용 앤티크 의자에 앉아 다리를 꼬았다.

"용건은?"

"꼭 이렇게까지 불편하게 만들어야 합니까?"

"뭘 말인가?"

"저랑 어머니가 부사장님 때문에 눈치를 봐야 하느냐 묻는 겁니다."

"눈치를 안 보면 되지 않나?"

"우린 이 집 안에서 살고 있는 사람들이에요. 우리들 입장도 염

두에 두셨으면 합니다. 하루 종일 회장님 눈치 보느라 애가 타는 제 어머니 입장도……."

"내가 왜?"

홍현은 입을 딱 다물고 찬기가 느껴지는 눈빛으로 그를 바라봤다.

"피차 그 부분에 대해서는 터치하지 않기로 합의를 보고 결혼을 허락한 거였어. 그러니까 쓸데없이 권 차장도 나와 아버지 관계를 어째 보려 하지 마. 꽤 오랜 세월 이런 상태가 유지되어 와서 난 감흥이 없어. 권 차장 모친 부분은 내 알 바 아니고. 나랑 상관있는 사람들이 아니잖아. 애당초!"

"냉정하군요. 윤선인 우리와 잘 아는 사입니다. 부사장님 이런 태도 보면 윤선이도 불편할 거예요. 우리랑 같이 눈치 보는 사이가 되겠죠."

"미안한데, 윤선이와 아버지를 같이 붙여놓을 마음은 없어. 아버지나 나나 서로의 생활에 대해서는 철저히 간섭하지 않기로 했고. 내가 결혼을 한대도 아버지는 날 낳아준 분이기는 해도 딱 거기까지야. 그 이상의 어떤 대접 같은 건 없을 예정이야."

이현은 칼같이 말한 후 몸을 세웠다.

"권 차장, 어머니께 말씀드려. 이 나이에 이제 와서 새로운 가족을 받아들여 화합 어쩌고 하는 건 우습고 손발 오글거린다고. 그저 아버지한테만 잘하시면 된다고 해. 난 권 차장 어머니를 어머니로 대접할 마음도 없으니까. 피차 선은 넘지 말자고. 그게 서로 좋을 거야."

"모르겠어요. 윤선이 왜 당신같이 냉혹하고 찬 남자를 좋아하게 된 건지."

"주관적인 거지. 평가는 당사자가 내리는 거니까. 난 적어도 지윤선에게겐 최선을 다했거든. 내 사람으로 만들기 위해 공을 들여야 한다는 것쯤은 잘 알고 있지. 하지만 난 낯선 가족들을 내 가족이라는 울타리 안에 넣어줄 만큼 관대하진 않아. 이성 문제와 가족은 또 별개의 이야기거든."

이현은 짤막하게 잘 있으라는 인사를 하고 포장한 작은 선물 하나를 내놓고 밖으로 나왔다. 대충 적당히 웃으며 비위를 맞추다가 어색한 미소로 화답하고 시간을 지내다 보면 서로 불편함 없는 관계가 된다는 건 매우 잘 알고 있다. 하지만 이제 지쳤다.

생모가 고인이 된 이후 그는 늘 새로운 사람들과 관계를 쌓아야만 했고 그때마다 자신이 원하는 만큼 그들이 되돌려주지 않는다는 처절한 사실을 깨달으며 외로워졌다. 부모는 그의 곁에 영원히 존재하지만 도우미나 기사 등 그의 육아를 전담했던 사람들은 수시로 바뀌었다.

계모는 말할 것도 없고. 중학교 때부터는 더 이상 누군가에게 잘 보이기를 포기했다. 잘 보여봤자 돌아오는 건 그리 크지 않았다. 누구도 그를 아들로서 대하는 이들은 없었다. 그저 고용주의 아들로 볼 뿐. 계모들은 그저 돈 많은 영감의 귀찮은 감시자로 그를 대했다. 그래서 이젠 더는 하지 않는다. 진심을 전하는 일 따위

시간낭비에 쓸데없는 정신 소모였다.

그는 차에 시동을 걸고 차창을 내려 담배 한 대를 꺼내 물었다. 휴대폰 벨소리에 번호를 보니 부친이었다.

"여보세요."

[기어이 그냥 가는 게냐?]

"네, 갑니다."

[스캔들은 기어이 매듭지을 생각이 없는 게냐?]

"네, 강행합니다. 내년 가을쯤 결혼 생각도 하고 있습니다."

[뭐든지 지 멋대로구나. 좋다. 네가 이런 식으로 나한테 통보만 하겠다면, 나도 다 방법이 있다. 그 결혼, 어디 마음대로 편히 할 수 있나 두고 보겠다.]

전화는 가차 없이 끊어졌다. 이게 대체 무슨 소릴까? 이아라도 끊어버린 마당에 이번엔 또 누굴 끌어다 붙일 생각으로 이러는 것일까? 의아했지만, 더 묻는 건 그만두기로 했다. 기분 좋은 생각만 해도 하루가 부족한 마당이었다. 윤선이 이번 드라마를 대박 내고 영화도 최다 관객 수를 찍은 후 은퇴를 한다면 참 좋겠다고 생각했다.

❖

드라마 촬영이 모두 끝났다. 3개월의 여정이 막을 내렸고 시청률은 무난하게 20퍼센트를 찍으며 순항했다. 수목드라마에 편성

돼서 저 정도 시청률이면 괜찮은 편이었다. 수도권 시청률은 30퍼센트에 육박하는 순간도 부분적으로 있었으니까.

종방연까지 화려하게 마치고 윤선은 다시 백수가 되었다. 2월 초순이 되었고, 곧 구정이었다. 미친 듯이 몰입했고 잠도 잘 자지 못하고 매달렸던 일이 사라지고 나니 갑자기 공허해지고 허탈해져 뭘 해야 할지도 막막해졌다.

[차라리 강아지 한 마리 분양받을까?]

걱정이 되었는지 이현이 제안을 해왔다.

"후후, 싫어요. 사람보다 생이 짧은 건 못 키워요. 정 들었다가 먼저 떠나보내는 거 가슴 아파서 하기 싫어요. 오랫동안 친구를 잃은 아픔 속에서 헤어 나오지 못할 것 같아 자신 없어요."

[흠, 뭘 해야 좋을까?]

침대에서 뒹굴거리는데 점심때가 다 되어 이현에게서 전화가 왔다. 그는 점심을 같이하자며 만나자 했지만 그녀가 귀찮다며 거절했다.

"며칠 이러다 말 거예요. 정신 들면 책 읽고 노래 듣고 하겠죠. 취미라고 하나같이 방콕해서 해야 하는 것들이라 재미는 없긴 하지만……. 읽을 책들도 많고, 영화도 좀 보구요. 시대극 영화를 많이 섭렵해야 할 것 같아요. 이번 박 상궁 역할을 제대로 해내려면……."

[다음 역할 준비를 하는 건가?]

"뭐라도 해야죠. 바로 일로 연결되면 참 좋겠는데, 쉬는 타이밍이 있어서 참 그래요. 나도 참 병이죠? 일 못하면 말라 죽는 병……."

[고독해서 그러지. 다들 결혼 언제 하나 물어보는데, 난 가을쯤이라고 말하고 다녀. 당신은?]

"그쯤이 좋긴 하겠지만…… 이건 우리가 먼저 논의할 부분이 아니라 이현 씨 아버지하고 먼저 이야기가 끝나야 하는 거 아닌가요? 어른이 먼저 허락을 해야 다음 이야기가 진행되죠. 그리고……."

[응, 말해.]

그녀가 긴 한숨과 함께 침대에서 일어나 창가를 내다봤다. 눈이 천천히 내리는 중이었다.

"……회장님이 엄마를 만나야겠다고 말하면 뭐라고 해야 좋을지 모르겠어요."

[사이가 안 좋다고 미리 말을 해둘게.]

"별로 좋은 일은 아닌 것 같은데요? 대외적으로는 그런 기사가 전혀 나간 적이 없으니, 의아하게 생각하실 거예요."

[그 부분은 좀 더 고민을 해보자.]

"알았어요. 점심 하러 가요. 얼른! 배고프겠다."

[정말 안 나와?]

"네, 귀찮아요. 하루에 두 끼만 먹으면 되는걸요. 하는 것도 없이 세끼를 다 챙겨 먹는 건 비만 되는 지름길이에요. 특히 저 같은 경우는 체중조절이 필수잖아요. 선택이 아니라……."

[알았어. 저녁때 집에서 보자. 뭐 좀 사갈까?]

"초콜릿이 급 당기는데요?"

[알았어. 제일 맛있는 걸로 사갈게.]

전화를 끊은 그녀는 흐뭇한 미소를 지었다. 한 남자 때문에 칠흑 같던 인생이 적어도 절반 이상은 무지갯빛으로 가득했다. 희망을 꿈꾸고 낭만에 젖고 행복도 예감해 본다. 그녀는 바로 옷을 벗고 샤워를 한 뒤 블랙 레깅스에 연분홍 맨투맨 티셔츠를 입었다. 약간 크게 입어서 헐렁해 활동하기 좋았다. 머리카락은 양 갈래로 나눠 묶은 후 태블릿 PC의 전원을 켰다.

가장 먼저 자신의 이름을 검색해 보고, 팬카페에도 들어가 봤다. 팬들의 다채로운 반응을 읽는 건 그녀에게 또 하나의 즐거움이었다. 웃으며 게시판 글들을 하나씩 읽어 내려가다가 하은형이라는 이름을 검색했다. 요즘 근황이 궁금했다.

모친이 뭘 하는지는 연락을 하지 않고도 알 수 있는 방법이 있었다. 이렇게 검색을 하면 가끔 최신뉴스에 모친의 구호활동에 대한 내용이 언급되기도 했다. 모친이 세미나 때문에 영국에 나간 모양이다. 뉴스에는 뜬 기사가 없고 대학병원 공지사항에 은형이 일주일간 자리를 비운다는 공지가 올라와 있었다. 은형 대신 다른 의사가 진료를 본다는 내용도.

휴대폰 벨이 울어대서 별생각 없이 통화버튼을 눌렀다. 늘 통화하는 대상은 정해져 있었다. 박 대표, 응복이, 하 코디, 이 비서, 이현, 아니면 가끔 홍현이 전화를 해오기도 했다.

"여보세요?"

[지윤선 씨 휴대폰 맞습니까?]

"……누구세요?"

낯선 음성에 놀란 윤선이 숨을 멈추고 허공을 응시했다.

[저는 MK그룹 회장실 감 비섭니다. 다름이 아니라 30분 뒤에 회장님께서 지윤선 씨 댁 앞에 도착하십니다. 원래는 말하지 말고 그냥 가시겠다는 걸, 제가 몰래 알려 드리는 겁니다. 부사장님께 알리시는 게 좋을 것 같아서요.]

"회, 회장님께서 여길 왜?"

[아무래도 결혼 문제 때문에 불만이 있으신 듯합니다.]

"……감사합니다. 기다리겠습니다."

[혼자 감당 못하실 겁니다.]

"제가 해보는 데까진 해봐야죠. 적어도 한 대쯤은 얻어터져 줘야 한다고 마음먹었었어요. 아시다시피 전 권 부사장에 비해 한참 기울잖아요. 재력도 없고……. 가진 거라고는 미모와 명예뿐이니……. 화내실 만해요. 회장님께서……. 기다릴게요."

감 비서가 걱정스럽게 통화를 끝냈다. 그녀는 재빨리 과하지 않게 수수하면서도 품위 있어 보이는 옷을 찾기 시작했다. 적어도 회장이 온다는 걸 눈치채지는 못했지만 집 안에서 어느 정도는 차려입고 있다는 걸 보여줘야 하니까, 적당한 걸 찾아 입어야만 했다.

옷차림에서부터 기가 눌려서야 안 되지 않을까. 크림베이지 블라우스에 하얀 바탕 위에 검은 플라워 패턴이 새겨진 풀스커트를 입었다. 머리카락은 옆 가르마를 타서 하나로 묶었다. 간단하게 메이크업도 했다. 대체로 살결과 비슷한 계열로 통일해 한 듯 안 한 듯 보이도록 했다.

차를 준비해야 할 것 같아서 뭐가 좋을지 찬장을 열고 쳐다보고 섰다. 선물로 들어온 비파차 통이 눈에 들어왔다. 효능은 통증치료에 좋다고 알려져 있으니, 나이 지긋한 분께 내놓기엔 최적 같았다. 윤선은 초조한 얼굴로 대기했다.

휴대폰을 만지작거리는 그녀의 손이 파르르 떨렸다. 마음 같아서는 이현에게 연락을 해서 도움을 요청하고 싶었지만, 권 회장과 둘만이 해결해야 하는 부분도 분명 있다 생각했다. 그래야 권 회장도 해소되는 부분이 있을 테니까. 전부 이현에게만 맡겨두는 건 비겁한 것 같았다.

딩동 딩동—

벨소리에 놀라 고개를 돌렸다. 모니터에 나이 지긋한 남자의 얼굴이 떠올랐는데, 일전에 봤던 권 회장의 얼굴이 아니라 비서인 듯했다. 그녀는 누군지 묻지도 않고 문을 오픈했다. 잠시 뒤 엘리베이터 문이 열리고 현관문을 열고 선 그녀의 눈앞에 감 비서와 권 회장의 얼굴이 드러났다. 그녀는 문을 연 채로 한쪽에 비켜서서 권 회장에게 인사를 했다.

"들어오시죠."

권 회장은 가타부타 말도 없이 안으로 들어왔다. 감 비서가 문을 닫으라는 제스처를 했다. 두 사람이 나눌 이야기니 자신은 빠져야 한다는 뜻이었다. 문을 닫고 그녀는 소파로 다가가 권 회장에게 앉을 것을 권하고 차를 준비해 그의 앞에 내놓았다.

"요즘 바빴다고?"

"네, 드라마 촬영이 얼마 전에 끝났습니다."

"다음 스케줄은?"

"영화 촬영이 곧 시작됩니다."

"결혼은 네 생각이냐? 이현이 생각이냐?"

"……두 사람 모두의 생각입니다."

"앉거라."

서서 대꾸를 하고 있는 그녀를 올려다보려니 불편했던지 권 회장이 앉으라 말했다. 맞은편에 앉은 그녀는 두 손을 다소곳이 무릎 위에 올려놓았다.

"……나는 이 결혼 반대다."

"압니다."

"그렇다면 적당히 놀다 헤어지자고 해야 하는 거 아니냐? 네가 개념이 있는 애라면 그 정도는 해줄 줄 알았는데, 그게 어려우냐?"

윤선은 잠시 심호흡을 했다. 이제부터는 그녀가 가진 생각을 정확히 전달해 줘야 잡음이 생기지 않을 것 같았다.

"감정의 문제이지, 개념의 문제는 아닌 것 같습니다. 이현 씨를 진심으로 사랑합니다. 함께 쭉 있고 싶습니다. 그래서 헤어질 수가 없는 겁니다."

"고리타분한 답변은 됐고. 나는 네가 헤어져 주기만 한다면 뭐든 해줄 참이다. 1인 기획사를 차려볼 의향은 없는 게냐? 들어보니 계약이 1년 정도 남았다고 하던데……. 연예인들 잘되면 하나같이 1인 기획사 차려 나오지 않더냐? 내가 네 뒷바라지를 해줄 의향이 있다. 사실 결혼보다야 너 같은 애들은 계속 얼굴 팔면서 먹고살아야 하는 팔자가 아니냐?"

"송구하지만, 회장님…… 저는 가정을 이루고 행복하게 사는 게 인생 최고의 목푭니다."

권 회장이 눈매를 가늘게 좁히고 굳은 표정으로 그녀를 노려봤다.

"호락호락하게 넘어가 줄 생각은 없다는 것이구나. 더 이상 뭘 바라느냐? 그럼 위자료 조로 몇십억을 손에 쥐어줘야 떠나겠느냐?"

점점 말도 안 되는 쪽으로 이야기가 흘러가기 시작했다. 어떻게든 헤어지게 해야겠는데, 그녀가 한사코 떠나지 않겠다 하니까 돈으로 그녀를 설득하려 들었다. 그녀는 동요하지 않고 최대한 냉정함을 유지하며 말했다.

"죄송하지만, 일만금을 갖다줘도 이현 씨를 포기할 수 없습니다."

권 회장의 눈빛에 살의가 번졌다. 도저히 안 되는 모양이었다. 그녀만은 도저히 용납이 안 되는 모양이었다. 어떻게 말을 해야 저 고지식하고 외고집인 노인을 설득할 수 있을까.

"목적이 뭐냐?"

"없습니다."

"그게 아니라면 네가 왜 어울리지도 않는 우리 집안에 들어오겠다고 그렇게 고집을 피우는지 이해할 수가 없구나. 넌 우리 집안에 안 어울린다."

"어울리는 사람이 되도록 노력해서 흡족하게 해드릴 수 있습니다."

"어림도 없는 소리! 나는 태생부터 재계 몇 손가락 안에 드는 집안의 여식을 기대했지, 너처럼 어린 시절부터 이혼을 경험하고 아비 없이 혼자 자란 근본 없는 애를 며느리로 받아들일 생각은 없다."

순간 자격지심에 가슴에 비수가 꽂히더니 갑자기 말문이 딱 막혔다. 할 수 있는 모든 말을 다해서 스스로를 대변하자고 했는데, 어린 시절 얘기를 꺼낸 순간 그녀는 철저히 무너지고 말았다.

어린 시절의 기억은 그녀에게 돌이킬 수 없는 트라우마였다. 태생을 운운한다면 더더욱 유구무언이었다. 그녀가 고개를 푹 숙이고 말을 하지 않자, 이제 좀 말귀를 알아들었냐는 듯 흡족한 미소를 짓더니 재킷 안주머니에서 봉투 하나를 꺼내 내놓았다.

"분당에 내가 사놓은 집이 하나 있다. 그 집을 네게 주마. 이사해라. 당분간 이현에게는 연락을 하지 마라. 네 존재 자체를 지워라. 여러 방면으로 그 애가 노력하면 못 알아낼 것도 없겠지만, 그 정도는 해줄 수 있지 않느냐? 난 품격 있는 삶을 살아온 뼛속까지 재벌인 아이를 며느리로 들여 우리 집안의 가치를 높일 것이다. 거기에 너는 해당사항이 없구나. 그리고 봉투 안에 차와 비행기 표, 품위 유지비 등이 적절히 담겨 있을 거다. 차는 내일 집 앞으로 보내주마. 이사는 빨리 할수록 좋고. 이현이는 내가 내일쯤 비행기를 태워 해외출장을 보낼 예정이니, 이사 날짜는 그쯤으로 맞추도록 해라."

권 회장은 그녀의 말 같은 건 하나도 들어줄 생각 같은 건 없었나 보다. 이미 다 준비를 끝내고 그녀에게 왔다. 그녀는 그저 그가 내놓은 방법을 좇아 사라지면 그뿐이었다. 바보같이 안일하게 생각했나 보다. 권 회장이 일어서더니 나가려 했다. 그녀가 봉투를 들어 권 회장 앞으로 갖고 가서 다시 내밀었다.

"받지 않겠습니다. 이만한 돈은 있어요."

권 회장이 낮게 가라앉은 매서운 눈빛으로 멸시를 가득 담고 입가를 비틀었다.

"지금 내 앞에서 돈 자랑을 하는 게냐?"

"그게 아니라…… 받을 이유가 없어요."

"헤어지지 않겠다는 게냐?"

손이 부들부들 떨렸다. 권 회장은 끝끝내 받아들일 마음이 없어 보였고, 허공에 뜬 그녀의 손만 바들바들 떨리는 중이었다. 권 회장이 그녀의 손을 탁 쳐냈다. 그러자 봉투 안에 있던 내용물이 바닥에 쏟아졌다.

"부사장 모르게 해라. 이 모든 일을 알게 할 시에는 네 엄마라는 하은형 씨를 학계에서 영원히 매장시켜 버릴 테다."

심장이 쿵 하고 떨어져 내렸다.

"그게 무슨 소리세요?"

"의사 아니냐? 의사 면허를 영영 못 쓰게 만들어줄 수도 있다는 말이야. 이 세상, 돈이면 못할 게 없지. 돈 얼마만 쥐어주면 없는 병도 만들어내는 게 사람이지. 못할 것 같으냐? 딸자식 교육을 이 따위로 시키고 구호 활동이나 팔자 좋게 하고 있는 그 여자를 건드리면 되는 거지. 호되게 다뤄주마."

다리가 풀리더니 기어이 바닥에 주저앉고 말았다. 절연을 선언한 생모였다. 그런데 자신 때문에 평생 먹고살 직장을 잃게 된다면 생모는 좌절하고 극심한 우울에 빠져 결국 폐인이 되리라. 의사라는 사실 하나 때문에 여태 고고하게 버텨왔던 그녀인데, 그것마저 빼앗아가 버린다면 은형에겐 대체 무엇이 남는단 말인가!

다른 여자들처럼 의지할 남편조차 없이 평생을 혼자 살아왔다. 사실이 밝혀지면 자존심에 상처를 받는 일이 두려워 사랑조차 하지 않았을 은형이었다. 그녀가 고개를 들어 권 회장을 바라봤다. 눈동자가 이리저리 불안하게 흔들렸다. 권 회장이 귀기 서린 눈빛으로 그녀를 내려다보며 냉혹하게 입가를 휘었다.

"말귀를 알아들은 모양이구나. 내가 말한 모든 것을 행동에 옮기도록 해라. 그리만 하면 모두 행복하게 끝날 것이니."

권 회장은 더 돌아볼 것도 없다는 얼굴로 나가 버렸다. 주저앉은 그녀는 한동안 멍하니 허공만 바라보며 앉아 있었다. 바닥에 나뒹구는 여러 개의 보안키와 고급 외제차의 차 키, 억대가 찍혀 있는 듯 보이는 수표 여러 장에 시선이 고정되었다. 이현을 버리는 대가치고는 너무 싸다. 그에게 인생 전부를 걸었다. 그 인생 전부를 보상받아야 하는데 고작 이 정도의 돈으로 인생 전부가 보상이 될까? 그녀의 눈에서 눈물이 뚝뚝 떨어져 내렸다.

"오빠……."

그녀가 홍현에게 전화를 걸었다.

[어디 아파? 목소리가 왜 그래?]

"나한테 좀 와줄래?"

[지금? 알았어. 바로 나갈게.]

통화를 끝낸 그녀는 바로 박 대표에게 전화를 걸었다.

"저예요."

[어, 잘 쉬고 있어?]

"대표님, 저 영화 촬영 직전까지만 세 달 정도 찾지 말아주세요. 이유가 좀 있어서 그러는 거니까…… 세 달만 잠수 탈게요."

[아니, 중간에 CF 촬영 일정이라도 잡히면 어쩌려고 그래?]

"그럼 제 메일로 보내주세요. 메일은 확인할게요. 저, 휴대폰 번호도 바꿀 거고 당분간 외부에 노출되는 일 없을 거예요. 대표님이 전화하셔도 안 받을 거니까, 어딘지 알려고 하지 마시고요."

[무슨 일이야? 도대체…….]

"……헤어져야 할 것 같아요. 권이현 씨랑……. 그러니까 대표님도 그 사람에게 연락 오면 함구해 주세요. 아무것도 모른다고……."

[윤선 씨! 왜 그래! 미쳤어? 왜 헤어져! 내가 보기엔 두 사람 정말 잘 어울리는데…….]

"끊어요. 잘 부탁해요."

윤선은 바닥에 떨어진 것들을 주워 모아 봉투에 다시 넣고 개인금고 문을 열어 안에 넣어둔 후 다시 잠갔다. 3개월 정도 집은 비워두면 그만이었고, 종적을 감추면 찾지 못할 것이다. 그녀는 마지막으로 이현에게 전화를 걸었다.

[그새 보고 싶어서 전화했어?]

가슴이 미어졌다. 자신을 버린 생모 때문에 그녀는 정작 심장 같은 한 남자에게 결별을 선언해야 할 것 같았다.

"회사 앞에서 잠깐 볼래요?"

[귀찮다고 안 나온다고 하더니, 마음이 변했어? 커피 한잔 정도 마실 시간은 돼. 회사로 들어오던지.]

"아니에요. 아주 잠깐이면 될 것 같아요."

[그래, 회사 앞에 카페 '리치' 있을 거야. 거기서 기다릴게.]

"네, 20분 뒤에 봐요."

마음의 정리를 하고 자시고 할 것도 없었다. 어차피 하기 싫은 말을 해야 하는 자리일 것이고, 그의 앞에서 철저히 연기를 해야 하는 일이었다. 얼마나 진정성 느껴지게 연기를 잘하느냐가 이번 상황의 핵심 포인트가 될 것이다. 휴대폰이 울어댔다. 도착한 모양이었다.

"오빠, 잠깐 앞에서 기다려 줄래? 곧 내려갈게."

그녀는 간단하게 며칠 입을 옷들만 캐리어에 실었다. 나머진 그때그때 사서 입으면 되고, 가장 필요한 속옷이나 화장품, 세면도구 등만 챙겨 넣고 캐리어를 끌었다. 응복에게 집 좀 일주일마다 들러서 관리해 달라는 간단한 메시지를 보내고 박 대표에게 연락해 보라고만 말한 뒤 휴대폰은 껐다.

캐리어를 끌고 1층에 당도하자 입구에서 대기하고 있던 홍현이 그녀를 의아하게 바라봤다.

"어디 가?"

"……오늘은 그냥 내가 해달라는 대로만 해줄래?"

"할 수는 있지만…… 너, 표정이 안 좋다."

그녀는 입술을 꽉 다물고 차에 오르자마자 MK그룹 본사로 가 달라고 했다. 홍현은 정말 아무것도 묻지 않았다. 그녀가 불편해하면 그는 차라리 입을 다물고 가만히 지켜봐 줬다. 진짜 친오빠 같은 사람이었다.

"거의 다 왔어. 난 어떻게 할까?"

"기다려 줘. 대신 안 보이는 데 숨어 있어줄래?"

윤선은 깊게 심호흡을 한 차례 하고, 비장한 얼굴로 차에서 내려섰다. 입고 있는 코트 깃을 세우고 이현이 기다리고 있을 카페로 들어갔다. 멀리 이현이 홀로 앉아 있는 모습이 눈에 들어왔다.

그가 밝게 웃으며 인사를 했다. 심장이 저며왔다. 저리 밝은 미소를 짓지 않던 사람인데, 그런 그에게 아픈 말을 하려니 속이 좋지 않았다. 윤선은 어색한 미소를 힘겹게 입가에 머금고 그의 맞은편에 앉았다.

"왜 그래? 어디 아파?"

이현도 그녀의 표정을 보더니 예사롭지 않음을 직감한 듯했다. 이젠 그에게 인사를 해야만 했다. 잠시 적막이 흘렀다. 그가 커피를 시켜 그녀 앞에 놓아주더니 한 모금 마시고 그녀를 물끄러미 응시했다.

"지윤선, 무슨 일이야?"

"……이현 씨 가슴에 대못 박으려고 왔어요."

"뭐?"

"말하지 말라고 하셨는데, 이야기를 꺼내려면 그 부분이 드러나야 할 것 같아서 말해요. 이걸 문제 삼아 나를 난처하게 하지 말았으면 좋겠어요."

"그게 무슨 소리야?"

"오늘…… 권 회장님이 집으로 찾아오셨어요."

더 이상 들을 것도 없다는 듯이 그가 자리를 박차고 일어서려 하자 그녀가 싸늘하게 굳은 표정으로 허공을 응시하며 말했다.

"제발, 날 이상한 여자로 만들지 말아줘요. 이 일은 당신이 몰라야 하는 사안이에요.”

이현이 주먹을 하얗게 움켜쥐고 그녀를 내려다보다가 할 수 없이 앉았다.

“뭐라 하셨지?”

“떠나라, 그렇게 하지 않으면 네 엄마를 영원히 백수로 만들겠다. 요지는 그거였어요.”

“당신과 하은형 씨는 이미 절연한 사이잖아. 그러니…….”

“권 회장님은 모르세요. 이 사실을 다 까발리게 되면 권 회장님은 절연의 이유가 궁금해질 테고 비밀을 파헤치기 위해 여기저기 헤집고 다니시겠죠. 영원한 비밀은 없어요. 어떻게든 들통날 거예요. 이건 시작에 불과할지도 몰라요. 이현 씨, 난…… 너무 무서울 게 많은 사람이에요. 잃을 건 없지만 지켜야 하는 비밀은 갖고 있잖아요. 권 회장님이 나를 바라보는 눈빛이 마치 저의 탄생 비화까지 다 읽고 있는 듯한 눈빛이어서 숨도 쉴 수가 없었어요.”

“그건 자격지심일 뿐이야.”

“알아요. 그런데 그분이 엄마까지 건드린다고 하실 땐, 나…… 그냥 백기 들었어요. 엄마는…… 일 없이 못 살아요. 엄마의 유일한 프라이드가 자신이 의사라는 사실 하나예요. 그런 몹쓸 일을 겪었지만, 끝끝내 어려운 공부를 다 마치고 의사가 되었다는 자부심 하나로 살아오신 분이에요. 그런 분에게서 어떻게 의사라는 직업을 빼앗아요. 그렇게는 못해요.”

이현은 한동안 눈을 지그시 감고 머릿속 상념을 정리하듯 한일자로 입을 꾹 다물고 말을 아꼈다. 그렇게 적막이 흐르다 이현이 다시 입을 열었다.

"난 못해."

"난 해요. 적어도 나를 지금까지 자식이라고 키워준 분이에요. 적어도 책임은 졌죠. 사랑은 주지 않았지만. 그것에 대한 보답 차원이라고 생각해 두면 좋을 거예요. 모질게 이래서 미안한데, 내가 물러나는 게 맞아요."

"나는 당신이 포기 안 되는데, 당신은 그게 쉬워?"

이현이 서운함과 아쉬움을 가득 담아 그녀를 바라봤다.

"그런 차원의 문제가 아니잖아요. 말했잖아요. 보답의 차원이라고……. 엄마의 것은 나 때문에 무너져서는 안 되는 거잖아요. 나랑 절연까지 했는데…… 나 때문에 다 뺏기는 건 아닌 것 같아요."

"그럼 난?"

윤선이 깊게 한숨을 내쉬고는 한참 동안 그의 길고 반듯한 손가락을 바라봤다. 아주 많이 사랑했던, 사랑하는 남자다. 마음은 대쪽 같아 절대 흔들리는 일이 없었지만, 이렇게까지 된다면 마음을 감추고 사는 수밖에 없다. 그를 너무도 원하고 갖고 싶지만, 지금 이런 상황에서는 그를 놓는 게 맞다.

"권 회장님이 농담하실 분은 아니잖아요. 내가 행동을 보여주지 않으면 곧장 보복에 들어갈 거예요. 그래서 더 생각하고 자시고 할 시간적인 여유가 없었어요. 이렇게 달려올 수밖에는……."

"날…… 사랑하잖아."

"……그 마음 지키자고 평생 죄책감 속에 살고 싶지는 않아요. 이현 씨……."

그녀가 의자를 밀면서 몸을 일으켰다.

"찾지 말아요. 당분간 찾기 어려울 거예요."

이현이 그녀의 팔목을 꽉 움켜쥐었다. 가려던 그녀가 우뚝 멈춰섰다.

"작별인사도 안 하나?"

"……건강해야 돼요. 우리…… 두 번 다신 만나지 말아요."

"왜? 왜 그래야 하는데?"

"아쉬우니까, 미련이 남으니까, 보면 많이 아플 것 같으니까요."

"그럼 헤어지지 않으면 되잖아."

윤선이 팔목을 빼내고 고저 없이 꽉 잠긴 음성으로 말했다.

"내 감정보다 더 중요한 것 때문에 이럴 수밖에 없는 거잖아요. 이해해 주길 바라요."

윤선은 터질 듯 차오르는 감정을 꽉 누르고 밖으로 나왔다. 차디찬 한기가 얼굴을 할퀴고 지나갔다.

눈물이 차올랐다. 번갯불에 콩 볶듯 정신없이 할 말만 하고 나온 것 같은데 자꾸만 뒤돌아 다시 그의 품 안에 달려들어 가 엉엉 울어버리고만 싶어졌다. 하지만 망설일 새가 없었다.

그가 쫓아 나오기라도 하면 그녀는 그대로 붙들려 그의 곁에 남고 싶어질 것만 같았으니까. 잰걸음으로 카페를 벗어나 멀찍이 세워놓은 홍현의 세단에 올라탔다.

"어디로 갈까?"

"휴대폰 매장으로 가줘. 하나 사야 돼."

눈물이 차오르고 정신없이 쏟아져 내리기 시작했다. 홍현 앞이니까 울지 말아야지, 마음은 그런데 쉽사리 눈물을 멈출 방법을 알지 못했다.

"윤선아……."

"으으으흐흐흑……."

"그렇게 가슴 아픈 짓을 했으면 상대에게 사과하고 다시 관계를 회복하면 되잖아."

"……못해. 그러면 내 주변이 망가져. 으흐흐흑……."

홍현이 차를 몰고 가다 뒤를 돌아보더니 말했다.

"권 부사장이 내 차에 너 탄 거 봤다."

"아무 말도…… 해주지 마. 오빠는 아무것도 모르는 거야. 아무것도……."

"너 왜 이렇게 나한테 모지냐. 딴 놈 때문에 내 앞에서 그렇게 울어야겠어?"

"미안해…… 으흐흐흑……. 그런데 멈출 수가 없어. 정말…… 미안해."

다 꿈만 같았다. 이현과 끝났다는 게 믿어지질 않았다. 이현은 지독하게 영리한 사람이니 그녀가 한 말의 의미를 전부 간파했을 것이다. 부친이 그녀를 협박했고, 그녀는 타협할 수밖에 없는 약자의 입장이었다. 그렇다고 이걸 그가 해결하려고 나섰다가는 더 큰 부작용이 생길 게 뻔했다. 그러니 피차 거리를 두는 수밖엔 없다. 그 외엔 어떤 좋은 생각도 나질 않았다.

홀로 남겨진 이현은 윤선이 홍현의 차를 타고 떠나는 모습을 가만히 지켜볼 수밖에 없었다. 그는 바로 감 비서에게 전화를 걸었다.

"접니다."

[네, 부사장님.]

"아버지가 뭘 어쩌신 겁니까?"

[그게…… 저도 안에 들어간 게 아니라서 잘은 모르겠지만, 준비하라 이른 것들은 기억합니다. 차, 집, 비행기표, 돈 등을 준비하라 일러두었습니다.]

"왜 진즉 말씀하지 않으셨어요?"

[직접 찾아가실 줄은 몰랐습니다. ……죄송합니다, 부사장님.]

"감 비서님이 죄송할 문제는 아니죠. 그런데 이렇게 끝날 일은 아닙니다. 전쟁 선언하겠습니다."

[부사장님! 그건…….]

"아버지가 저를 너무 쉽게 보신 모양입니다. 저를 통하지 않고 그 여자를 그런 식으로 직접 건드릴 줄은 몰랐어요. 그렇게까지 비겁한 분은 아닐 거라 생각했는데, 오판이었습니다. 그렇다면 저도 멍하니 당하고만 있지는 않으려고 해요. 감 비서님은 제가 이런 사인을 보냈으니, 적어도 중재는 하지 말아주세요. 제 편이 되어달라고까지는 하지 않을 테니까."

[부사장님, 그래도 단 하나뿐인 혈육 아닙니까?]

"혈육이라면 더더욱 이래선 안 되죠. 제가 처음으로 사랑을 느낀 사람입니다. 그 사람을 지키겠다는 약속 하나 못 지키게 만들었어요. 그러니 저도 가만히 당하고만 있지는 않겠습니다."

걱정스러워하는 감 비서의 조언을 듣는 둥 마는 둥 통화를 끝냈다. 이렇게 나온다면 그는 이제 더 이상 MK그룹에 부사장으로 남아 있을 필요가 없다. 가뜩이나 부친과 사업적인 성향이 달라 부딪치는 면이 많았다. 그 일 때문에 몇 번이나 괜찮은 기획안이 폐기 처리된 일도 허다했다.

안 그래도 임원진들 사이에 회장이 물러나고 새로운 인물이 최고 권좌를 차지하는 게 맞지 않냐는 말도 나오고 있었다. 그렇다면 아예 이참에 부친을 뒷방으로 내몰고 권좌를 차지할까, 그게 아니면 아예 전문경영인 선언을 하고 타 회사의 경영인으로 들어가 버릴까를 두고 고민 중이었다.

일단 오늘 당장 움직이면 부친은 자신이 윤선을 찾아간 사실을 윤선이 말했다고 생각할 테고, 다시 윤선에게 분풀이를 할 수도 있으니 며칠 시간을 끌기로 했다.

"이 비서."

그가 통화버튼을 누르고 이 비서가 받자마자 명령했다.

[네, 말씀하십시오.]

"긴급 임원회의 소집해. 이틀 뒤 아침에."

[급히 모으는 이유에 대해서는…….]

"부사장 퇴직 건에 대한 인사라고 해두지."

[네에? 부사장님! 이게 무슨!]

"사람들 모으기나 해. 이틀 뒤, 아침이야. 그동안은 비밀 엄수하고."

[……네, 이거 어안이 벙벙해서…….]

부친의 계획에 초를 쳐줄 참인데, 그게 가벼운 한 방이 아니라 그의 능력 전체를 걸고 날리는 전면승부였다. 지금 감히 누굴 건드렸는지 부친은 알 필요가 있었다. 모친이 고인이 된 뒤 계모들이 올 때마다 그는 감흥 없이 미친 듯이 일했다. 그것만이 자신을 세상에 드러내는 유일한 무기라 생각하고 매달렸다.

그랬는데, 부친은 아무 노력도 없이 그가 지금껏 쌓아 올린 스펙을 너무 쉽게 집안의 사업이라는 이유만으로 득을 챙겨갔다. 그렇다면 이제 더 이상 공짜가 없음을 알려줄 필요가 있었다. 자식이기 때문에 막연히 그 혜택을 누려왔다면 그가 빠져나간 뒤에 부친이 느낄 공백을 어떤 식으로 채울지 지켜볼 참이었다.

'아버지, 그러게 왜 건드리십니까? 여태 잘 참고 견뎌냈는데, 기어이 이렇게 터트리게 하는군요. 해봅시다. 누가 더 잃는 게 많은지…….'

그는 어금니를 사리물고 곧장 회사로 들어갔다. 지금까지 세워 놓은 업무 기획안과 처리안 등을 전부 한데 묶어 비밀파일로 잠그고 비밀번호를 걸어두었다. 그가 아니면 누구도 열 수 없게 처리하고 일을 일시 중지했다.

#12. 멈추지 않는 기원

강원도 산간에 자리한 펜션에 석 달간 머물기로 하고 독채로 홀로 서 있는 방을 계약했다. 홍현이 야심한 시각에 그녀를 여기 내려주고 돌아간 뒤, 그녀는 계속 혼자 방을 지키며 폭설이 내린 산간지방의 전경을 눈에 담았다.

차라리 잘됐다. 눈이 많이 오는 곳이라 서울 사람들이 수시로 드나들 만한 장소도 안 되는데다 방학 시즌도 끝나 외지에서 오가는 인적 또한 드물었다. 그녀는 오롯이 혼자였다. 사나흘에 한 번씩 집주인 내외가 오가며 그녀에게 장을 봐다 주기로 한 내용물을 문 앞에 놓고 가기로 얘기가 됐고 그 외엔 쓰레기들을 정리해 주고 집 청소를 위해 이 집에 잠시 들어오는 것 외엔 혼자였다.

아침은 주인 내외가 해서 나눠 주는 걸 먹었고 저녁 한 끼는 간단하게 신선한 야채로 샐러드를 하고 닭가슴살로 배를 채우는 게 전부였다. 우유를 마시고, 비타민제를 챙겨 먹는 걸로 하루를 보냈다. 그나마 위성방송이 잘되어 있어서 영화를 보는 것도 자유로운 편이고 인터넷도 마음껏 사용이 가능해 사는 덴 문제가 없었다.

이틀이 지났다. 그런데 꼭 이 주가 지난 것만 같았다. 지루했지만 버티려고 마음먹으면 못할 것도 없었다. 매일 메일을 확인하는데, 아직 영화사에서는 연락이 없는 모양이었다. 윤선은 침대에 벌렁 누워 다리를 들었다 내렸다 반복 운동을 하고, 누워서 뒹굴거리다 지쳐 자리를 박차고 밖으로 나갔다.

두툼한 패딩 점퍼를 입고 어그부츠를 신고 우적우적 요란한 소리를 내는 눈을 밟고 나가다 보면 주인이 키우는 진돗개 두 마리가 그녀를 알아보고 꼬리를 흔들며 컹컹 짖어댔다.

휴대폰이 울어댄 건 그때였다. 그녀는 우적우적 눈을 밟으며 산책로를 따라 이동했다.

"여보세요?"

전화 올 사람은 홍현 한 사람뿐이었다.

[잘 있어?]

"응, 원주민이 된 기분이야. 완벽하게 고립됐어. 이따 군인들이 여기 제설 작업하러 올라온대."

[그럼 길이 뚫리겠구나.]

"모르지. 눈이 30센티미터는 넘게 쌓였으니까."

[야, 큰일 났어.]

"왜?"

[권이현 부사장이 권 회장을 상대로 전쟁 선포했다.]

소름이 끼쳐 왔다. 티를 내지 말라고 했는데, 기어이 그녀가 그에게 찾아가 모든 사실을 말했다는 걸 권 회장에게 노골적으로 따진 모양이었다.

[내 말 듣고 있어? 권 부사장이 사표를 내겠다고 해서 임원진들이 발칵 뒤집어졌어. 주주들은 말할 것도 없고.]

사표? 여자 생각엔 가장 큰 갈등이 그저 부친에게 언성 높여 싸우는 일일 줄 알았는데, 남자들 세계에서는 싸움의 레벨 자체가 다른 모양이었다. 그녀가 상상한 것 이상으로 싸움의 크기가 어마어마했다.

"갑자기 그게 무슨 소리야?"

[지금 임원진들과 주주들이 회장님을 압박하기 시작했어. 권이현 부사장이 여길 나가서 전문경영인이 되겠다는 프리선언을 하게 될 경우엔 우리 회사 이득 폭이 대폭 하락할 거라는 전망이야. 다들 불안해하면서 권 회장 목을 조르기 시작했어. 너, 아무래도 빨리 돌아오게 될 것 같다.]

심장이 미친 듯이 두근거렸다.

"그렇게 되면 권 회장님 입장에서 취할 수 있는 방법이 뭔데?"

[아무리 아들이라고 해도 뭔가 협의점을 찾아야 하는 거지. 지

금까지 MK그룹의 실질적인 오너이면서 경영자는 권이현 부사장이었다고 해도 과언이 아닌데, 권이현 부사장이 자리를 박차고 나가 버리면 MK 근간이 흔들리게 되는 상황이거든. 권 회장님 입장에서는 떡밥 여러 개를 제시해야만 하는 입장이야. 만약 그게 결렬된다면 권 부사장은 그대로 나가 프리 선언을 하고 전문경영인이 되는 거고, 우린 후계자 자리가 비어서 모든 기획안이 백지화 혹은 재검토에 들어가게 되겠지. 나야 뭐, 아직 햇병아리 신입이라 경영 쪽은 아예 엄두도 안 나고.]

"지는 싸움이 아니라는 말이구나."

[물론이지. 이길 만하니까 권 부사장이 덤빈 거지. 대단한 승부사야. 이렇게 대놓고 직진해 버릴 줄은 몰랐다. 그런 부분에서만큼은 정말 남자답다. 이번 일 다 너 때문에 벌인 거 아니냐? 안 그래?]

그녀는 절연하자는 생모를 위해 그를 포기했건만, 그는 헤어지자는 그녀를 붙들겠다고 부친에게 전쟁을 선언했다. 남들 보면 보기 좋을 그림은 분명 아닐 테고, 그도 잃는 게 많은 싸움이 될 것 같아 미안해졌다.

자신 때문에 이런 싸움이 시작되었다면, 권 회장도 알고 한사코 이기려 들지도 모를 일이었다. 그렇게 되면 권 회장은 이현이 나가도록 방치할 테고, 사업은 성장을 지속하다가 추락할 게 뻔했다. 아이디어 뱅크가 사라진 마당에 갑자기 누가 그 모든 사업을 이끈단 말인가.

"오빠, 이거 막아야 하는 거 아니야?"

[아니. 이미 너나 내가 막을 만한 규모가 아니야. 상당히 커졌어. 이젠 회장님과 부사장님의 일대일 싸움이지. 누가 포기하고 양보하느냐에 따라 분위기가 바뀔 거야. 이쪽에선 회장님이 명예직으로 물러나 앉고 실질적인 우두머리 노릇을 하던 권 부사장이 회장직에 올라야 한다는 의견이 많아.]

"대대적인 물갈이 인사가 단행되겠구나. 오빤 괜찮은 거야?"

[나야 집안 낙하산이니, 변동은 없을 것 같아. 나 외에 권 회장님 직속이던 사람들이 애간장 태우는 거지. 낡은 노선을 붙들고 있어봐야 이젠 추락하는 일밖에 남아 있지 않은 상황이니까.]

한숨이 새어 나왔다. 대체 뭐가 어떻게 돌아가는 건지. 간단하게는 이해가 되었지만, 좀 더 심층적으로 파고들면 어려운 얘기투성이였다. 그녀는 사회생활이라고 해봐야 연기, CF 모델 생활을 한 게 전부였다. 어느 회사에 들어가 하나의 부품처럼 소모된 적이 없었다. 그래서 회사의 생리를 다 알지 못했다.

[감기 안 걸리게 잘 견디고 있어. 필요한 거 있으면 바로바로 말하고. 가져갈 수 있으면 구해서 갈 테니까. 주말에 갈까?]

"길 뚫리면. 연락할게."

[알았다.]

휴대폰을 주머니에 다시 집어 넣은 그녀는 먼 곳을 응시했다. 진돗개가 그녀를 향해 팔짝팔짝 뛰며 달려들 듯 반가워했다. 그녀는 가죽장갑을 낀 손에서 장갑을 빼내고 개의 머리통을 부드럽게 어루만져 주었다. 귀를 쫑긋 세우고 있던 황구가 귀를 옆으로 뉘이며 웃는 듯한 얼굴로 그녀를 올려다봤다.

"멍구야, 누나…… 기다리는 사람이 하나 있어. 내가 싫다고 밀어내 놓고 지금은 왜 이렇게 심장이 두근거리니? 그 사람이…… 나를 지켜주었으면 좋겠다고 바랐는데, 정말 그래 줄 것만 같아서 자꾸 심장이 뛰어. 나 되게 이기적이지? 멍구야……."

캉캉, 캉캉캉!

멍구가 쇳소리 나는 울음소리를 내며 짖더니 그녀의 주변을 빙글빙글 돌며 춤을 추듯 뛰었다. 심장이 미친 듯이 뛰었다. 예감은 좋은데, 그가 나타난다면 면목이 없어서 어떻게 봐야 좋을지 그도 난감했다.

"오오, 지윤선 씨다!"

어디서 나타났는지 모를 군복 차림의 군인 하나가 그녀를 발견하더니 아주 큰 목소리로 소리를 질렀고, 그와 동시에 개미 떼처럼 수많은 군인들이 그녀 주변을 에워싸기 시작했다. 윤선이 소스라치게 놀라 얼어붙은 채로 군인들을 바라봤고, 군인들은 홀린 듯 그녀를 멍하니 바라보며 어쩔 줄 몰라 했다.

"아, 안녕하세요. 지, 지윤선입니다."

그녀가 인사를 하자 군인들이 똑같은 목소리로 함성을 내질렀다.

"우와, 인형이 말을 한다!"

귀청이 터지도록 환호성을 퍼붓는 통에 그녀는 옴짝달싹못하고 갇힌 신세로 군인들과 일일이 악수를 해야만 했다. 제설 작업을 위해 이동하던 군인들이 하얀색 군복 차림이어서 그녀가 통화를 하느라 딴 데 신경 쓰는 바람에 그들을 알아보지 못한 것이다. 그 사이 한 사람이 그녀를 발견하고 꽥 소리를 지른 거였고, 이후 사십여 명에 달하는 군인들이 그녀를 에워쌌던 것이다.

결국 가장 높은 지위를 가진 명령권자가 나타나 상황을 수습하긴 했지만, 난데없는 악수회가 연출되어야만 했다. 그녀는 그들과 할 수 없이 제설 작업에도 참여해야 했다. 그들의 노고를 치하하고 사기를 북돋워 주기 위해 같이하는 게 어떻겠냐는 소위의 제안에 웃으며 '네' 하고 답할 수밖에 없었다. 물론 조건은 달았다. 언론엔 절대 배포하지 않겠다는 약속을 받아냈다.

MK그룹 본사 회의실 내에 둥글고 긴 회의용 테이블을 사이에 두고 권 회장과 이현이 서로를 팽팽한 시선으로 노려보며 말을 아끼고 있었다. 한참 동안의 정적이 흐른 뒤, 먼저 입을 연 사람은 권 회장이었다.

"이런 횡포를 저질러서 네가 얻는 게 무엇이냐? 집안 망신 다 시키고 패륜아 소리를 들어야 속이 후련하냐?"

"잘 아시잖습니까? 저, 사람들 뒷담화에 별로 관심 없어 하는 거. 저들이 하는 말에 일일이 신경 쓰면서 살았더라면 제가 지금 이 위치에 올라섰을 것 같습니까? 어림도 없죠."

"좋다. 네가 원하는 걸 말해봐라."

"명예직으로 물러나시겠다는 약속 먼저 하시죠."

"어렵지 않지. 나는 어차피 네게 모든 권한을 주려고 마음먹고 있었다."

"그게 다가 아닙니다. 제 삶에 대해 일절 터치하지 않겠다고 약속해 주십시오."

권 회장이 실소했다.

"에둘러 말하고는 있지만, 그 계집 때문이구나. 왜? 그 계집이 일러바치더냐?"

"뭐가 되었던 아버지가 원하는 대로 돼서 저는 무섭게 화가 난 상태고, 그 사람을 손에 넣기 위해서라면 제가 산산조각 나는 한이 있더라도 뭐든 해볼 생각입니다."

권 회장이 차게 식은 눈빛으로 그를 노려봤다. 권 회장은 시선을 내리고 손가락을 깍지 끼며 잠시 말을 멈췄다가 다시 시선을 들었다.

"그게 뭐라고? 네 모든 걸 다 걸 만한 가치가 있는 애가 아닌데."

"사람에 대한 평가를 아버지의 독단적인 사고로 하실 필요는 없습니다. 판단은 제 몫이고 그에 따른 책임 또한 제 몫이죠. 아버지한테 그 사람의 뒷날까지 책임지라는 소리는 하지 않겠습니다. 제가 그 사람을 갖고 싶어 이럽니다. 그런데 갑자기 사라졌습니다. 저는 그 사람, 하루도 보지 못하면 제대로 살아갈 수가 없습니다. 지금 이런 상황도 저로서는 광증이 나서 할 수 있는 모든 걸 보여 드리는 것뿐입니다."

이현은 부친에게 드러내 보일 부분을 다 드러냈다. 이센 권 회장이 그에게 어떤 결정을 내려 보여줄지가 시급한 문제였다.

"며칠 생각할 시간을 줘라."

"오래 못 기다립니다."

"성질 급하게 굴 것 있느냐? 그 계집이 당장 도망가는 것도 아니잖느냐!"

"말씀드렸다시피, 그 사람이 안 보이면 제가 미치겠습니다. 미쳐서 저도 제가 무슨 짓을 할지 모르기 때문에 드리는 말씀입니다."

"나쁜 놈! 불효자식 같으니."

"애초에 효도하는 놈으로 자랄 거라는 기대 같은 건 없지 않으셨잖습니까? 제대로 된 모성애를 받으며 자라지 않았는데 어떻게 효도까지 하기를 바라십니까?"

권 회장이 자리를 박차며 일어서더니 주먹으로 탁자를 쾅 내리찍었다.

"기어이 이아라 상무도 떼어내고, 좋은 조건의 혼처도 다 마다하고, 그깟 연기자 나부랭이랑 살겠다고 고집 피우는 네놈을 내가 가만둘 것 같으냐?"

"그 사람만 옆에 갖다 놔주신다면 뭐든 참겠습니다."

"못난 놈! 각오해라. 네 옆이 힘들고 지겹고 진저리 쳐지게 싫어서 도망가게 만들 테니까!"

"쉽지 않을 겁니다."

"사흘 뒤에 연락할 테니, 결정은 보류하고 있거라."

"쓸데없는 궁리는 안 하시는 게 좋을 겁니다. 아시겠지만, 이미 주주나 임원 대다수가 제 편에 서 있습니다."

"괘씸한 놈! 마지막엔 결국 협박이냐? 기다려! 그 정도 기간은 기다려 줄 수 있지 않느냐? 네 아비도 자존심은 있다."

권 회장이 문을 쾅 닫고 나가 버렸다. 조짐은 좋지 않았지만, 결론만 그가 원하는 대로 이루어지면 그만이었다. 그는 윤선과 바라던 대로 가을에 결혼을 할 생각이고, 이후에는 본가에서 최대한 멀리 떨어진 곳에서 살 것이다. 경호원들을 세워 부친이 윤선에게 접근하는 걸 철저히 막기만 한다면, 크게 시달릴 일은 없을 것이다.

우선은 부친이 둘의 관계를 허락해야만 윤선이 당당히 그의 곁으로 올 수 있었다. 그게 아니라면 윤선의 약점을 붙들고 늘어지며 그녀를 계속 괴롭힐 게 뻔했다. 여기서 완벽하게 그가 유리한 위치를 점하지 않는다면 윤선의 입장은 계속 달라질 것 없이 고단할 것이다. 회장직을 빼앗고, 부친을 명예직으로 내려 앉힌 뒤 모든 권한을 그가 쥔다면 부친도 더 이상 강경하게 나올 수 없으리라.

그는 휴대폰을 꺼내 홍현에게 연락을 취했다.

"회사 내에 있다면 잠깐 보지. 여기 제7회의실이야. 이리 올라와."

[곧 가겠습니다.]

노크 소리가 들리고 홍현이 회의실 안으로 들어왔다. 일어서서 창밖을 바라보고 있던 이현이 뒤를 돌아보며 그에게 다가와 앉으라 말했다. 의자를 꺼내 앉은 홍현은 아직 선 채로 창밖을 응시하는 이현을 불안한 시선으로 바라보더니 말했다.

"혹시라도 윤선의 행방에 대해 묻거나 하는 거라면 저는 절대 대답하지 않을 생각입니다."

"왜?"

"윤선이 아주 힘들어했어요. 이도 저도 아닌 상황 속으로 윤선이 끌어들일 생각 하지 말고, 주변 정리가 다 되고 그 앨 편히 데려올 만한 상황이 아니라면 절대 찾지 말아요. 그 애, 그렇게 다치게 하려고 부사장님한테 가만히 빼앗긴 거 아닙니다."

이현이 창턱에 엉덩이를 기대고 바지 주머니에 손을 넣었다. 이현은 지그시 홍현을 바라보더니 말없이 입가를 휘었다.

"형이라고 부르지 그래?"

홍현이 흠칫 놀라더니 눈을 피했다.

"갑자기 왜 그러는 겁니까?"

"형 맞잖아. 모친은 다르지만 아버지의 피가 반씩은 같으니까. 난 지금 윤선이 때문에 권 차장과 내가 협의를 하고 같이 나아갔으면 좋겠다고 제안하는 거야."

홍현이 다시 고개를 들더니 이현을 응시했다.

"무슨 소리를 하고 싶은 겁니까?"

"권 차장이 윤선이를 좋아하는 마음을 이용해 보겠다는 거지. 윤선이를 아낀다면 형수가 되었을 때 그녀를 위해 누구보다 애써 줄 사람 같아서. 그래서 신뢰가 간다는 말을 해주고 싶은 거야."

"부사장님이 제 어머니를 무시하지 않고 예의를 지켜준다면 생각해 볼 일이지만, 마냥 윤선이를 위해 협의하고 싶지는 않습니다."

이현은 피식 웃었다. 윤선일 억울하게 빼앗기기는 했지만 황 여사의 권리만이라도 되찾아주겠다는 건가?

"황 여사님의 성격이 신중하고 선한 편인 건 알고 있지만, 나중에라도 아버지를 흔들어 내게 불리한 상황을 만들 위험이 큰 인물이라고 판단하고 있다."

홍현이 어이없다는 듯 쿡쿡거리며 웃어젖혔다.

"우리 어머니 그렇게 영리한 사람이 아닙니다. 애초에 저 때문에 회장님께 접근해 친자라는 사실을 확인시켜 주고 같이 살고 싶다는 말을 용기내서 했지만, 회장님이 왜 엄마를 선택한지 아세요? 수더분하고 우유부단하면서 절대복종할 것 같은 분위기 때문이에요. 듣기로 회장님은 자신의 일에 감 놔라 배 놔라 참견하는 사람을 제일 싫어한다고 하던데요."

그의 말이 맞았다. 두 번의 이혼을 거치면서 성격이 세고 독한 여자는 절대 만나지 않겠다고 다짐한 바가 있었다. 그래서 황 여사와의 혼사가 납득이 되지 않는 면도 있었다. 젊은 여자들을 마다하고 굳이 나이 지긋한 황 여사를 택한 이유가 무엇일까 궁금했는데 그런 이유가 있었을 줄이야. 결국 편안한 노후를 즐기고 싶다는 바람이 황 여사를 선택하는 데 결정적 계기가 된 것 같았다.

"어머니라고 부르는 건 힘들어."

"그런 건 바라지 않을 테니, 생일이나 집안 경조사 때 엄마가 부르면 못 이기는 척 와줘요. 적어도 무시하지 말고 호응 정도는 해달라는 말입니다. 엄마가 부사장님 때문에 은근히 마음 아파하세요. 서른 넘은 자식도 자식으로 품고 싶어하는 엄마의 마음을 부사장님도 조금은 받아들여 주기를 바랍니다. 피 한 방울 섞이지 않아 겉도는 마음은 백분 이해하지만 전 제 어머니 입장에서 볼 수밖에 없어요. 엄마가 속상해하면 저도 힘들어요."

홍현이 진지한 눈빛으로 이현을 바라보며 간청하자, 이현은 한참을 말없이 홍현의 바람을 받아들여야 할지 말아야 할지 갈등하다가 입을 열었다.

"형이라고 불러. 네가 바라는 대로 해줄 테니."

"알겠습니다, 형님."

"좋아. 이제부턴 너와 내가 아버지를 잘만 견제한다면 회사를 굴리는 데 탁월한 능력을 보일 수 있을 것 같아."

"그런데 안 물어보세요?"

"뭘?"

"지윤선 행방."

"안 궁금해. 말한 대로 참아야지. 내가 가시밭길로 그 사람을 끌고 들어온 건 잘못한 거야. 애초에 불도저로 가시밭길을 밀어서 아스팔트길까지는 아니더라도 걷기 편한 길로 만들었어야 했어. 마냥 내 감정에 도취돼서 그 사실을 간과한 내 잘못이 커. 네 말도 맞아. 잘 닦아놓고 나서 그 사람 찾는 게 맞아."

"시원시원하군요."

"윤선이 잘 지내게만 보살펴 줘. 내 동생으로서 그 정도는 해줄 수 있잖아?"

"노력하죠. 형이라고 부른 뒤에 괜히 비서직함 하나 더 단 거 아닌가 모르겠는데요? 왜 하나도 즐겁지가 않죠? 나한테 지윤선과 관련된 일에 대한 뒷수습을 부탁하려고 호형호제하자고 한 거 아닌가요?"

"설마!"

사실은 반 정도는 홍현의 말이 맞았다. 하지만 윤선을 좋아하는 사내인 그를 배척해 관계를 껄끄럽게 하고 싶지는 않았다. 이현을 대신할 차기 후계자로 물망에 오를 만큼 인망이 두터운 홍현이었다. 성격이 좋고 활달하며 잘 웃는 그는 본사에서 가장 호감도 높은 사람으로 지목될 정도였다.

입사한 지 얼마 되지도 않아 그만큼 인지도를 끌어냈다는 건 선천적으로 친화력이 좋은 사람이라는 뜻이기도 했다. 그의 장점을 무뚝뚝하고 잔정 없는 자신이 데리고 온다면 좋은 시너지를 일으킬 것 같았다. 기분 좋은 예감이 들었다.

황 여사가 코가 쑥 빠진 얼굴로 붉으락푸르락 얼굴색을 바꾸는 권 회장의 눈치를 살폈다. 자정이 다 되어가는 시간인데도 권 회장은 잠을 자질 못하고 계속 한자리를 오락가락하며 분해했다.

“홍현이는 뭐라고 해?”

“그 애가 뭘 아나요? 그런 쪽으로는 전혀 아는 게 없는 애잖아요.”

“호랑이 새끼인 줄도 모르고 애 하나 잘 자랐다고 기뻐했더니 이렇게 지 애비를 물어뜯어 버릴 줄이야. 상상도 못했어. 내 자식이니, 누구보다 내가 잘 안다는 과대망상에 빠져 있었던 거지.”

황 여사가 침대 끄트머리에 앉아 오락가락 어쩔 줄 몰라 하는 그를 바라보며 들릴 듯 말 듯 작게 한숨을 내쉬었다.

“윤선이 받아들여 주세요.”

“그게 무슨 소리야?”

“제가 그 애 어릴 때부터 쭉 봤는데, 아주 성실하고 착하고 뭐든 열심히 하는 애예요. 그 애는 주는 만큼 자라는 식물 같아서 회장님께서 잘만 대해주신다면 더 큰 무언가를 되돌려줄 그런 아이라고요.”

“그런 애들은 널리고 널렸어.”

“아니요. 달라요. 그 앤 아주 특별해요. 그런 딸이 하나 있었으면 좋겠다고 생각했던 때가 얼마나 많은데요. 아주 다정하고 참한 아이예요. 자주 오지도 않던 애가 우리 홍현이가 군대 가 있는 동안에는 일주일에 한 번씩은 꼭 찾아와서 내 안부를 물었어요. 그러기 힘들잖아요. 근처에 사는 것도 아니고 다른 데 사는데…… 꼬박꼬박 찾아와 주고 내가 좋아하는 음식을 기억해 뒀다가 사들고 와주고. 그런 소소한 배려는 노력해서 얻어지는 게 아니에요.”

권 회장은 못마땅한 얼굴로 그녀를 지그시 바라보더니 한마디 했다.

“말 한마디 못하는 줄 알았더니, 이런 땐 주절주절 길게도 말만 잘하는구만!”

타박으로 들은 그녀가 얼른 고개를 푹 숙이고 미안하다 사죄했다. 그러자 권 회장이 그녀의 곁에 풀썩 앉더니 손을 뻗었다. 권 회장의 손이 황 여사의 손에 얹혀지자 그녀가 흠칫 놀라 그를 흘끗 바라봤다.

“당신에 대해 잘 안다는 말이지?”

“네? ……아주 오래 옆집에서 살았거든요. 홍현이랑은 남매처럼 친했고…….”

“그 애가 들어오면 홍현이랑 이현이 사이가 좀 어색해지지 않을까?”

“왜요? 안 그럴 거예요. 오히려 둘을 가깝게 만들면 만들었지. 우선 윤선이 저랑 친하니, 집 안에서 불편할 일은 없을 거구요. 홍현이랑도 가까우니 더더욱 편할 테고, 어색한 홍현이랑 이현이 사이를 연결해 주는 다리 역할을 하겠지요.”

잠시 권 회장의 눈빛에 복잡한 빛이 어렸다가 흩어졌다.

“하은형 교수는 어떤 사람이지?”

"저하고는 되게 친하게 지냈던 사람이에요. 독하고 부지런해요. 일에 대한 열정만큼은 높이 살 만하죠. 저나 그 사람이나 아빠의 부재 때문에 굉장히 친하게 지냈는데, 인간적으로는 단점을 찾을 수 없는 사람이었어요."

"부지런히 노력하는 모친을 보고 자랐다면, 애도 그런 영향을 받았겠구만."

"아무래도……."

황 여사는 더 자세한 내막을 알고 있었지만 함구했다.

"내일 당신이 하 교수를 좀 만나봐. 결혼에 대해 어떻게 생각하는지, 그리고 우리 애는 만나본 건지에 대해 물어보고 내가 결혼을 반대하는데 기분에 대해서도 물어보고. 나중에 그런 부분 때문에 분란을 만들 수도 있으니까."

"그럴게요."

은형은 윤선의 결혼에 대해 별 관심을 두지 않을 게 뻔했다. 하지만 윤선이 이현과 잘 맺어지려면 중간 가교 역할을 그녀가 잘해야 될 것만 같았다. 그렇지 않으면 윤선과 이현의 결혼에 또 한차례 태풍이 불 것 같았으니까. 이젠 마음속이 좀 정리가 된 건지, 권 회장이 이불보를 젖히고 자리에 누웠다.

"불 꺼, 이젠 자게."

"네, 회장님."

불을 끈 그녀는 권 회장의 곁에 누워 이불귀를 손끝으로 꽉 쥐었다. 은형을 만나면 무슨 말을 들을지 뻔해서 이걸 대체 어떻게 권 회장에게 잘 전달해야 좋을지 머리가 지끈거려 왔다.

❖

황 여사가 초조한 얼굴로 손목에 채워진 시계를 내려다봤다. 약속한 시간이 이제 5분 정도 남은 시점이었다. 해외에 출장을 나가 있던 은형이 돌아오는 날만 기다리다가 만날 날을 잡았다. 한국에 들어오기 무섭게 약속을 잡기는 했지만 은형은 그녀가 만나자고 한 게 윤선의 결혼 문제에 대한 상의일 거라고는 상상도 못하는 눈치였다.

드르륵, 미닫이식 문이 열렸다. 종업원의 뒤에 나타난 은형이 황 여사를 보더니 환히 웃었다.

"오랜만이야."

"어, 그래, 하 교수. 배 안 고파? 저녁이 왜 이렇게 늦어?"

"아, 한국에 도착하자마자 짐 풀고 보고도 해야 됐고……. 그런데 웬일이야? 갑자기 연락을 다 하고. 저기, 음식은……."

"아, 주문했어. 됐어요. 필요하면 부를게요."

종업원이 인사를 하고 밖으로 나갔다. 백을 내려놓은 은형이 황 여사를 이리저리 살피더니 흐뭇한 미소를 지었다.

"좋겠어. 그래도 첫 남자와 마지막을 같이하게 돼서 얼마나 다행이야."

"그런가? 나 좋자고 들어간 게 아니라 아들 잘되라고 들어간 거니까. 첫정이긴 한데, 어색하고 무섭고 다른 사람이랑 사는 것 같고 좀 그래. 계속 혼자 살아서 그런지 누군가와 같이 사는 게 영 힘들어."

"그럴지도 모르겠다. 하긴 나도 그래서 아직 남자를 못 만나고 있는 건지도 모르겠어."

물 잔을 들어 목을 축인 은형은 지금까지 지내온 얘기를 두런두런하다가 음식이 들어오자 고픈 배를 채우며 빠르게 밥을 먹어 치웠다. 식사가 끝나자 녹차가 후식으로 제공되었다. 상을 다 치운 채로 말할 타이밍을 눈치 보고 있던 황 여사가 천천히 운을 뗐다.

"그런데 윤선이랑은 어떻게 지내니?"

"……갑자기 왜 물어."

"윤선이가 워낙 유명한 배우가 되기도 했지만, 너도 알다시피 남편의 아들과도 스캔들이 났잖아."

역시 말하기 그런지 은형이 굳은 표정으로 입을 꽉 다물었다. 고집스럽게 다문 입술이 더 이상의 질문을 하면 화를 내겠다는 경고로 보여 황 여사는 우물쭈물 어쩔 줄 몰라 했다.

"나, 왜 만나자고 했니?"

"실은…… 남편 명령이야. 이현이랑 윤선이 결혼을 결사반대하고 있는데, 네 뜻이 궁금한가 봐."

"결사반대…… 그래, 그럴 만하겠다. 그런데 어쩌지? 나 얼마 전에 그 애랑 절연했어."

"뭐?"

"이젠 그 애랑 나, 부모 자식 간 아니야. 내가 걔 더 이상 못 보겠어서 끝내자고 했다. 법적으로까지 정리가 된 건 아니지만 어쨌든 난 끝났어. 결혼을 누구랑 하든 말든 나는 더 이상 참견 안 해. 그 애가 누구한테 밝히든 말든 그것 또한 내 상관할 바가 아니야."

"……후우, 이걸 어떻게 말해야 할지 모르겠는데. 비서에게 들으니 남편이 윤선일 찾아가 위자료 조로 꽤 거액을 내놓은 모양이야. 그런데도 절대 물러서지 않겠다고 했던 그 애가 갑자기 종적을 감췄어. 왜 그랬을 것 같아?"

은형은 그게 자기랑 무슨 상관이냐는 듯 심드렁한 얼굴로 황 여사를 응시했다. 저렇게 차디차게 나올 때 보면 사람이 아니라 인형 같아서 만정이 떨어졌다. 어떻게 자식하고 절연이라는 게 된단 말인가.

은형이 옛날부터 윤선에게 하는 행동 자체가 주워다 키운 애처럼 해서 뭔가 감춰진 진실이 존재하지 않을까 생각해 봤지만, 그럼에도 불구하고 역시 이해되질 않았다. 윤선이 그런 면에서는 너무 불쌍해서 연민이 갔던 것도 사실이었다.

"몰라."

"남편이 하 교수의 자리를 갖고 위협했대. 하 교수가 교수직 박탈당하고 의사 면허를 영영 잃게 만들어 버리겠다고 협박했대. 그 얘길 듣더니 그날 바로 사라졌다고 하더라. 하 교수는 대체 왜 그래? 윤선인 지 엄마 생각하느라 이렇게까지 행동하는데, 대체 하 교수는 왜 매번 그 가여운 애를 못 잡아먹어 안달이야?"

은형이 눈을 휘둥그렇게 뜨고 황 여사를 바라봤다.

"그게 정말이야? 그럴 리 없어. 내가 분명히 절연이라고……."

"자세한 내막까지는 나도 잘 몰라. 그런데 그 앤 그렇게 행동했대. 비서도 굉장히 의아해하더라고. 엄마 생각을 아주 끔찍이 하는 딸 같다고."

은형이 시선을 내리고 녹차가 담긴 잔을 내려다봤다.

"지 스스로 뭔가를 갚아야겠다고 생각했나 보지."

"어떻게 그렇게 말해? 딸이니까, 엄마 걱정을 먼저 한 거지. 하 교수 정말 끝까지 해도 너무한다. 지금 당장은 남편이 결혼을 반대하고 있긴 하지만 아들의 압박이 심해서 조만간 상견례를 하자고 나올지도 몰라. 그땐 나와줬으면 좋겠어. 집안 사정이야 우리들 알 바 아니지만, 윤선이 입장에서 상견례 날 나와보지도 않는 엄마가 있다는 걸 다른 집안이 알게 되면 그리 좋은 그림 같지는 않아. 내가 하 교수한테 해줄 수 있는 말은 이게 다야."

은형은 잔을 들어 한 모금 마시더니 고개를 돌려 먼 곳을 응시했다. 왜 그랬는지 아직도 납득이 안 간다는 표정이었다. 황 여사는 그저 윤선이 안타까웠다. 이기적이고 제 감정만 최선으로 생각하는 모친을 만나 마음 한번 오롯이 의지하지도 못하고 홀로 자라다시피 했던 윤선이었다.

"왜 그렇게 모질어. 어린 시절에도 윤선이 혼자 크게 방치하더니. 내가 정말 윤선이 볼 때마다 어른스러워서 너무 대견했는데, 사실 하 교수 많이 원망했어. 어린애가 아파도 혼자 알아서 해열

제 먹고 감기약 먹고, 너무 아프면 혼자 병원까지 가는 거 보고 그건 좀 아니지 않나 싶어서 내가 같이 가주고 그랬어. 애가 설령 주워다 키운 애라고 해도 그건 아니지. 사람답게 사는 걸 포기하지 말자. 우리……. 인간답게 살아야 죽을 때 맺힌 거 없이 눈감고 가지 않겠니?"

"아무것도 모르면서 잔소리 그만해. 나도 나대로 이유가 있어서 이렇게 하는 거니까. 그 애에게 정을 주지 못할 피치 못할 사정이라는 게 있어서 그러는 거야. 다 말하지 못해서 답답하지만, 누구에게도 꺼낼 수 없는 이야기이기 때문에 말하진 않을 거야. 절연까지 선언한 마당에 그 애 앞날에 재를 뿌릴 필요까지는 없겠지. 나 하나만 입 다물면 조용히 끝날 일이니까."

뭐가 있는 걸까? 대체 뭐가 있기에 저러는 걸까? 하지만 다부지게 다문 입매를 보니 하 교수는 그 사정이라는 걸 절대 말할 것 같지 않았다.

"내가 내 방식대로 처음이자 마지막으로 그 애를 지킬 수 있는 방법을 취하는 것이니까. 그 애도 알겠지."

역시 복잡하다. 대체 뭐가 있는데 이토록 어렵단 말인가.

은형과는 오래 있지 못했다. 바로 약속이 잡혀 있어서 헤어져야 했다. 그때 상견례가 잡히면 무조건 나와야 한다고 말하고 헤어졌는데, 대답하는 모양새를 보니 나올 것 같지 않았다.

'에휴, 윤선이가 참 엄마 복은 없구나. 부모 복이 없으니 이번엔 남편 복, 자식 복이라도 있어야 할 건데…….'

진심으로 이현과 잘되기를 바라면서도 무뚝뚝하고 잔정 없어 보이는 이현이 윤선에게 잘 대할지 그 부분에 의혹이 일었다. 뭔가 자기들 사이에 사인이 있으니까 결혼까지 말하는 거겠지만.

홍현이 저녁때 들르겠다는 문자를 보냈다. 간단히 저녁식사를 마친 윤선은 휴대폰 시계를 계속 확인하면서 홍현이 빨리 도착하기만을 애타게 기다렸다. 홀로 떨어져 나와 지낸 지 10여 일이 지났다. 그동안 홍현도 회사 분위기가 이상하게 돌아가서 갈 시간이 없을 것 같다며 방문을 내내 미뤘다. 자연스럽게 그녀는 고립된 채로 강원도 산간에서 맑은 공기만 맛있게 들이켜고 있었다.

휴양지에 가면 심심해서 돌아버리겠더니, 아니나 다를까, 역시 심심해서 미쳐 버리기 직전이었다. 운동이라도 해야지 밤에 잠이 올 정도였다. 그래서 뒷산을 하루에 세 번씩 오르락내리락했다. 그렇게 해서 피곤하게 만들지 않으면 밤엔 눈을 뜨고 새벽을 맞았다. 휴대폰 번호를 아는 사람은 홍현뿐이니 연락할 사람도 없어서 입에는 거미줄이 쳐질 것만 같아 오죽하면 개들을 붙들고 수다 삼매경이었다. 그러다 보니 홍현의 문자 하나에 설레기 시작했다.

인터넷을 들여다보는 것도 한계가 있었고, 영화 보는 건 하도 많이 봐서 더는 볼 게 없는데다, 갖고 온 책도 몇 번이나 반복해 읽어 이젠 외울 지경이었다. 주인집 내외는 워낙 단답 형식으로 대화를 하는데다 그녀가 배우라는 사실 때문인지 설레어하며 말도 잘 못 붙였다. 덕분에 그녀는 더더욱 외로웠다. 바깥쪽에서 차

들어오는 소리가 들리자 진돗개 두 마리가 캉캉 짖어대며 호들갑을 떨어댔다. 여긴 개들도 인간만큼이나 외로웠다.

그녀는 얼른 코트를 입고 털모자를 눌러쓰고 후다닥 밖으로 나갔다. 아직도 눈이 쌓여 있었다. 군인들이 와서 깔끔히 치웠지만 며칠 뒤에 또 한차례 10센티 안팎의 눈이 내렸다. 눈을 밟으며 나가 차를 바라봤다. 가로등 불빛이 어둑한데다 헤드라이트 때문에 차가 뭔지 잘 모르겠다. 눈매를 가늘게 좁히고 서 있던 그녀는 헤드라이트가 꺼지자마자 그대로 도주했다.

'오빠 차가 아니잖아? 누구야? 누구지?'

어디서 많이 본 차였는데, 정확히 누구라고 콕 집어 상상하고 싶지 않았다. 예상했던 것과 다른 사람이 나타나면 실망할 것 같아서 떠오르는 글자를 애써 지웠다. 그녀는 펜션 뒤에 숨은 채로 차에서 내리는 사람을 바라봤다.

차에서 내려선 사람은 키가 아주 훤칠했고, 검은색 롱코트를 입고 있었다. 헤어스타일이 보였다. 홍현은 아니다. 심장이 정신없이 두근거렸다. 다리가 후들거리고 뭘 어떻게 해야 좋을지 모르겠어서 그대로 주저앉고 말았다.

'권. 이. 현…….'

그가 대체 왜 온 것일까? 분명히 뜻은 전했는데, 왜? 저벅저벅, 남자의 큰 구두가 눈을 밟는 소리가 크게 들려왔다. 그러다 그의 발자국 소리가 뚝 멈췄다. 그가 그녀의 펜션 앞에 서더니 낮고 그윽한 음성으로 말했다.

"숨는 거 다 봤다. 나와!"

쿨럭, 쿨럭! 기침이 터져 나왔다.

"가, 가요!"

"나와. 할 얘기가 있어서 왔으니까."

"사람 무안하게 만들 거예요? 난 지금 온 힘을 다해서 숨어 있는 거라고요. 그런데 그렇게 허무하게 찾아내서 사람 기운 빠지게 할래요?"

"찾아올 거 어느 정도는 예상하고 있지 않았나? 애초에 권홍현에게 여길 알리지 말았어야지. 권홍현이 내 동생이라는 거 잊었어?"

"둘이 안 친하잖아요."

"당신 위치 알아내려고 요즘 아주 친하게 지내."

기가 막힌 윤선이 입을 딱 벌리고 허공을 노려봤다. 이럴 땐 누구를 탓해야 한단 말인가. 홍현이라면 이현에게 말하지 않을 거라 믿었는데. 아니, 사실은 2% 정도는 말을 해주기를 바라기도 했다. 갈대같이 약해 빠진 여자의 마음이라니. 그녀는 천천히 일어나 이현이 서 있는 쪽으로 걸어나갔다.

"오랜만이야."

이현이 환하게 웃으며 인사를 했다. 심장이 터지게 잘생긴 미소라 그녀는 볼을 발갛게 붉히고 재빨리 고개를 돌렸다. 자신은 필사적으로 그리움을 누르고 좋아함도 누르고 견디고 견뎠는데, 저 남자는 잠시 해외 출장이라도 다녀온 듯 말끔한 표정이었다. 그의 얼굴엔 근심도 그리움도 무엇도 없었다. 혼자 뭘 한 건가 싶었다.

"추운데, 들어가잔 소리도 안 하나?"

"여기서 말하고 그냥 가요."

"몇 시간이나 걸려서 왔는데, 그냥 가라고?"

"우린 헤어졌잖아요."

"지윤선이 잠꼬대한 거지. 나쁜 꿈을 꾼 거야. 이게 현실이고."

윤선이 또 기가 막혀서 그를 바라봤다. 남은 기껏 모든 마음을 다 쏟아붓고 엉엉 울었는데, 그에겐 그녀의 말이 고작 잠꼬대 정도로 들린 모양이었다. 괜히 열 받고 무시당한 것 같아 분하고 갑자기 찾아온 그 때문에 허접한 모습을 보여주는 것 같아 자존심도 상하고 그랬다.

"기다려요. 집 안이 난장판이란 말이에요. 10분 뒤에 들어와요!"

윤선이 홱 집 안으로 들어가 일단 침대 정리를 시작해 바닥 정리, 욕실 정리 등을 마치고 싱크대를 치우기 시작했다. 그간 먹은 음식물들이 과부하 상태로 쌓여 있었다. 만사 귀찮아서 게으름을 피웠던 게 이런 식으로 대략 난감한 짐이 될 줄이야.

그녀는 빠른 동작으로 싱크대 정리마저 말끔하게 끝낸 뒤 코트 속에 감춰진 옷도 갈아입었다. 후줄근한 티셔츠에 무릎 튀어나온 트레이닝 바지가 아니라 치마레깅스에 가오리 라인 니트 티셔츠로 갈아입었다. 전체적으로 크림 빛 계열로 입어 화사해 보이게 하고 머리카락은 길게 늘어트리고 머리띠를 끼웠다. 입술에도 엷게 립글로스를 발라 정리했다.

'너무 멋 부렸나?'

그래도 아무렇게나 하고 그를 만나고 싶지 않았다. 그의 눈에는 늘 예쁜 사람이고 싶었다. 문을 열고 밖을 내다봤다. 그런데 이현의 모습이 보이질 않았다. 그녀는 코트도 걸치지 않은 채로 밖으로 나가 주위를 두리번거렸다. 이현의 차는 그대로 있는데 그가 보이질 않아 애간장이 타들어갔다.

"권이현 씨! 권이현! 어디 있어요!"

그러자 저쪽에서 멍구가 컹컹 짖었다. 그 소리와 함께 저벅거리며 걸어오는 소리가 들렸다. 이현이 개들과 같이 있었나 보다.

"이젠 들어가도 돼?"

"네, 들어와도 돼요."

"춥게 왜 아무것도 안 걸치고 나와 있어."

그가 코트를 벗어 그녀의 어깨에 걸치더니 양손으로 어깨를 꽉 움켜쥐었다. 그의 체취가 고스란히 묻어나는 코트와 그의 온기가 느껴지는 그의 손길 때문에 자꾸만 심장은 주책없이 뛰고 코끝이 매캐해졌다. 이렇게까지 그를 반길 줄은 몰랐다. 그를 애타게 기다렸나 보다. 아니라고 하면서도 마음 한쪽에선 그가 와주기를 바랐나 보다.

펜션 안으로 들어가자, 그가 입고 있던 슈트 재킷을 벗어놓고 손을 먼저 닦았다. 그가 검은 드레스셔츠에 진네이비 넥타이를 늘어트리고 방 안을 휘둘러봤다. 가슴 뛰게 만드는 옷차림도 그랬지만 사내다운 눈매나 듣기 좋은 중저음의 음성도 계속 그리웠다.

휴대폰 번호를 바꿔 버린 자신의 손을 잘라 버리고픈 충동이 수시로 일었는데, 그의 멋진 음성을 더 이상 듣지 못하게 되었다는 사실에 얼마나 자책했는지 모른다.

"앉아요."

그녀가 침대 끝자락에 걸터앉아 그에게 권하자, 그가 식탁에서 의자 하나를 꺼내 그녀의 앞으로 끌고 와서 앉았다. 그는 앞으로 상체를 살짝 굽히더니 팔꿈치를 무릎 위에 얹고 그녀를 빤히 바라봤다. 그녀의 귓불이 순식간에 발갛게 물들었다.

"왜, 왜요?"

"내 생각 했어? 안 했어?"

"헤어지자고 해놓고 뭐 하러 생각해요?"

"안 했다고?"

"안 했어요."

"그래? 보고 싶다고 밤이면 밤마다 베개 끌어안고 울었을 것 같은데, 안 그랬다고?"

"내가 헤어지자 했는데 왜 그런 행동을 해요."

아니, 며칠은 울었다. 하루 종일 울다가 나중엔 점점 밤에만 울게 되었다. 나름 이별하기 위한 앓이를 했는데, 그는 너무도 멀쩡해 보여서 허무하고 기운이 빠졌다.

"왜 이현 씨는 아무렇지도 않은 거예요?"

"난 헤어질 마음이 없었으니까."

"나 혼자 뭐 한 거래요?"

"그러게. 4월에 회장 취임해."

이겼나 보다. 홍현이 해준 얘기가 진짜인 듯했다.

"그럼 회장님은?"

"명예직으로 물러앉으시지. 이젠 내가 전권을 장악하고 휘젓게 되었지."

"그거 축하받고 싶어서 온 건가요?"

"설마. 아버지가 물러나시면서 결혼에 대해서도 내가 알아서 하라고 하셨다."

홍현은 이현이 이 결정을 받아내기 위해 아주 위험한 거래를 했다고 말했다. 사직서를 내놓고 회장직과 결혼 결정권을 내놓지 않으면 떠나겠다는 선포를 했단다. 그게 신임을 얻지 않은 사람이 그렇게 했더라면 단박에 잘려 나갔을 테지만, 이현은 회사 공헌도가 너무도 높기 때문에 누구도 그의 사직에 대해 찬성하지 않았다고 한다. 그 일로 며칠간 부친과도 팽팽한 신경전이 계속되었다는데, 마무리가 된 건가?

"정말…… 나 같은 사람과 결혼하는 거 괜찮겠어요? 이현 씨도 알다시피……."

"당신이 태어나고 싶은 부모에게서 태어날 권한이 있다면 분명 그 부분에 대해 걸고 넘어졌을 거야. 하지만 자식으로 태어나는 부분은 우리 권한이 아니야. 신이 행하는 일이지. 그것까지 따지고 넘어갈 만큼 지금 내가 이성적이지가 않아. 너를 무조건 갖고 싶거든. 내가…… 너 아니면 미치겠거든."

그가 손을 뻗어 그녀의 손을 꽉 움켜쥐었다.

"지금 나는 아무것도 계산할 수가 없어. 너를 빨리 내 옆으로 데리고 와서 정식으로 '권이현의 처'로 자리해 주기를 바라거든. 당신이 내 사람이라는 걸 온 세상이 알았으면 좋겠어. 내 바람은, 내 인생 최대의 목표는 지금 그것뿐이야."

절박한 그의 목소리에 실린 진심의 말에 그녀의 눈가에서 눈물이 줄줄 쏟아져 내렸다. 늘 혼자인 것만 같았다. 엄마가 있었어도 늘 외롭고 쓸쓸했다. 어른이 된 뒤에는 스스로 쓸쓸하게 지냈다. 엄마마저 자신을 좋아해 주지 않았는데, 다른 이들에게 부담을 지워주면 저들도 자신을 싫어하게 될지도 모르니까 늘 선을 긋고 대했다. 그러다 보니 자연스럽게 격식은 갖추지만 마음을 드러내지 못하는 사람이 되었다.

진짜 친구를 만드는 일은 하늘의 별 따기였고, 마음을 터놓는 친구가 없었다. 연예계에 오고 나서는 오히려 편했다. 워낙 이미지가 먹고사는 것과 직결된 곳이라 말실수하는 일 없고 적당히 예의를 지키는 그녀가 사람들 눈에는 좋아 보인 모양이었다. 하지만 역시 주변에 사람은 없었다.

이런 자신에게 온 마음을 다해 힘껏 다가와 준 남자였다. 처음이다. 권이현 같은 남자는 지금껏 한 번도 만난 적이 없었다. 두 번 다시 이런 남자를 만날 수 있을 것 같지가 않았다. 이 기회를 놓치면 다시는 누구도 이렇게 진심을 꺼내 그녀에게 보여주지 않을 것 같았다. 가뜩이나 자신감 없던 그녀가 자신의 과거를 알아버렸으므로 더더욱 자존감 없이 살아갈 게 뻔했으니, 좋은 상대가 나타난대도 놓칠 게 뻔했다.

잡고 싶었다. 이현이라면 그녀의 아픔을 감싸 안아주고 치유해 주고 좋은 일만 생기도록 곁에서 애써줄 것만 같았다.

"정말…… 나라도 괜찮아요? 이런 나라도?"

"당신이 뭐가 어떤데? 내가 미치도록 빠져서 헤어 나오지 못하는 여잔걸. 뭘 더 어떻게 하고 싶은데?"

그가 일어나 그녀의 팔을 잡아당겨 품 안에 꽉 끌어안았다. 그가 그녀의 목덜미에 코를 대고 깊게 호흡했다.

"모르겠어요. 내가 당신을 이렇게 받아들이는 게 잘하는 건지."

"하나만 생각해. 당신의 마음속 진심만 생각해. 다른 건 아무것도 생각하지 말고. 내가 여기 있다는 게 좋아?"

"좋아요."

"그걸로 된 거 아닌가?"

"어엇! 지금 어딜 만졌어요?"

"왜? 내가 얼마나 참고 견뎠을 것 같아? 이젠 인내심이 바닥 찍었어."

그가 양손으로 그녀의 엉덩이를 힘껏 움켜쥐었다.

"미안한데, 불이라도 좀 끄고……."

"낮이고 밤이고 안고 있을 건데, 불이 다 무슨 상관이야?"

이 남자 어쩌다 이렇게 된 건가요? 눈에 뵈는 게 없네요. 윤선이 그를 살포시 밀어내고 얼른 불을 껐다. 달빛이 블라인드를 통해 스며들어 와 방 안이 온통 푸르스름하게 젖어들어 있었다. 그녀가 그의 손을 잡아끌었다.

그는 넥타이를 풀어 위로 빼내고, 셔츠를 벗어 던지더니 그녀가 입고 있던 니트 티를 훌렁 젖혀 벗겨 던지고, 브래지어 후크를 열어 브래지어도 벗겼다. 그는 그녀를 침대에 눕히고 치마레깅스를 아래로 쭉 내려 한 번에 벗겼다. 레깅스가 한 번에 잘 안 벗겨지는데, 힘으로 한 번에 제압했다. 그도 바지를 벗더니 그녀의 몸 위로 몸을 겹쳐 왔다.

"미치겠다."

"왜요?"

"이 감촉…… 이게 없으니까, 죽겠더라."

"여자들 다 이럴 텐데?"

"무슨 소리야. 달라. 지윤선의 피부는 다른 여자들하고는 완전히 비교도 안 되는 특별한 감촉이야. 부드럽고 야들거리고…… 모르겠다. 어려워. 표현이 안 될 만큼 대단해."

이현은 그녀를 다정한 눈빛으로 내려다보며 서서히 입술을 포개왔다. 서로의 숨결이 겹쳐지고, 그의 손가락 끝이 그녀의 선홍빛 유두에 닿았다. 손끝이 그저 닿기만 했을 뿐인데, 그녀의 입에서 밭은 숨결이 쏟아져 나왔다. 극도로 예민해진 그녀의 몸이 파르르 떨며 전율했다.

윤선은 기다렸다는 듯이 반응하는 자신이 책망스러웠다. 그에게 헤어지자 말해놓고 이제 와서 이렇게 그를 기다렸다는 듯이 열렬히 환영하다니. 무안해져서 터져 나오는 신음을 목구멍 안으로 삼켰다. 독채로 홀로 떨어져 있는 건물이기는 해도, 워낙 동네 자체가 적막해 풀벌레 우는 소리조차 들리지 않기에 그녀의 신음 소리가 자칫 흘러나가면 주인 내외가 내일 어떤 눈빛으로 볼지 민망하고 창피스러웠다.

그녀는 입술을 삼키던 그의 입술과 혀의 감촉과 생생한 열기를 느끼며 눈을 감고 그를 음미했다. 꿈만 같았다. 그가 오롯이 느껴질수록 그녀의 입술 새 틈으로 자꾸만 신음 소리가 야릇하게 터져 나왔다. 그의 손끝은 얼마나 노련한지, 그녀의 가슴 끝을 어떻게 비틀면 그녀가 어떤 소리를 낸다는 걸 기억해 내고는 정확히 쥐고 비틀고 움켜쥐기를 반복했다. 저절로 그녀의 질구에서 애액이 흘러넘치는 감각이 느껴졌다.

"하아…… 하악!"

그가 입술을 빨고 아랫입술을 부드럽게 핥으며 서서히 놓아주더니 그녀의 턱에도 입술을 내려 키스했다. 그의 입술이 서서히 그녀의 목덜미를 핥으며 내려가더니 그녀의 쇄골 부위를 맴돌았다. 젖가슴을 쥔 그의 손에 힘이 들어갔다. 가슴속으로 파고들어 오는 다섯 손가락의 강한 힘에 그녀는 심장이 쥐어진 듯한 짜릿한 쾌감에 몸을 비틀며 신음했다. 주위가 하얗게 지워져 가고 있었다.

"제발…… 아아……."

뜨거운 열기를 실은 혀가 타액을 점점이 찍으며 그녀의 젖가슴

둔덕으로 이동하더니 어느새 그녀의 유두를 혀로 할짝거리며 지질 듯한 열기로 그녀의 흥분을 더욱 자극했다. 격렬한 쾌락에 저절로 허리가 휘어졌다. 그녀는 자신도 모르는 새 손가락을 뻗어 그의 머리카락 속에 넣고 몸을 흔들었다. 젖가슴을 빨고 핥고 물던 그의 입술이 그녀의 유륜부 전체를 입안에 넣고 쭉쭉 빨아댔다. 심장이 그에게 빨려 들어갔다 놓이는 듯한 벼락같은 쾌락에 온몸이 저릿저릿했다.

"이현…… 씨이……."

"오랜만이라 그런지 반응이 즐겁군."

그는 그녀의 브리프를 잡아 내리고는 재빨리 벗겨 바닥에 내동댕이쳤다. 그는 입술과 혀로는 젖가슴을 유린하고 희롱하면서 손끝으로는 서서히 그녀의 삼각지 안쪽으로 미끄러져 내려가며 그녀를 새롭게 자극하기 시작했다. 손끝이 거웃을 부드럽게 훑더니 아래로 쑥 미끄러져 내려갔다. 아직 얄팍한 이파리 부분을 손으로 살짝 젖히고 손끝으로 탐지하듯 그의 손가락이 클리토리스를 찾아냈다. 손끝은 정확히 그녀의 정점을 찾아내 살며시 비비며 자극을 시작했다.

"하아…… 하아……."

그녀가 몸을 이리저리 비틀며 살려달라고 애원했다. 그가 건드리는 모든 부위로 전류가 스며들어 와 전신을 태우는 것만 같았다. 숨은 저절로 헐떡거리며 터져 나왔고 몸은 작살이라도 맞은 듯 이리저리 꿈틀대며 고통을 호소했다. 그런데 정작 이 고통은 너무도 달콤하고 다디달아서 멈추지 않기를 바랐다.

그의 손끝이 클리토리스를 정확히 겨누고 좌우로 흔들리기를 수차례 반복하자 점점 몸에 힘이 들어가며 굳기 시작했다. 경련도 같이 찾아왔다. 뭐라 형언할 수 없는 쾌락이 아래쪽으로부터 시작해 뇌의 어느 부분을 정확히 쾅 하고 두드렸다. 망치로 얻어맞은 듯 얼얼하고 멍해졌고, 목소리가 나오질 않았다. 그저 클리토리스를 손끝으로 자극했을 뿐인데, 아무것도 생각할 수가 없었다.

자신도 모르게 엉덩이를 높이 치켜 올리고 스스로 강도를 조절하기 시작했다. 그가 조금 더 강하게 자신의 몸에 닿기를 바라면서. 순간 그가 젖가슴을 물고 있던 입술을 떼어내더니 서서히 아래쪽으로 내려가 그녀의 허벅지 사이에 머리를 묻었다.

"핫!"

그의 혀가 클리토리스에 닿으며 열망 섞인 숨결이 그녀의 삼각지를 데웠다. 애액이 줄줄 흘러내렸다. 그의 혀가 자신을 빨고 있다는 사실 하나만으로도 정신이 혼미해 미칠 지경인데, 그가 아예 그녀의 삼각지 이파리를 입안에 물고 빨아대기 시작하자 아무것도 생각나질 않았다.

"아악…… 아읏!"

혀가 애액이 흐르는 질구에 닿았다. 그가 혀끝을 날카롭게 세워 그녀의 질구 안으로 넣었다 빼기를 반복하자 그녀는 고통스러운 얼굴로 엉덩이를 위아래로 흔들었다. 미칠 것 같았다. 눈물 나도록 짜릿해서 자신도 모르게 자신의 젖가슴을 쥐고 비틀었다.

"아아, 제발……."

그가 씩 웃으면서 입술을 떼어내더니 발기한 페니스를 그녀의 질구에 댔다. 그는 흐르는 애액으로 페니스를 적시고 그녀의 클리토리스에 귀두를 문질거렸다. 보드랍고 말랑한 감촉이 클리토리스를 자극하자, 또 다른 감각에 몸이 베이듯 아려왔다. 미칠 것 같아서 한 손으로는 가슴을 힘껏 움켜쥐고 다른 한 손으로는 그의 목덜미를 감아쥐었다.

"이현 씨……."

"자, 어떻게 해줄까?"

"……넣어줘요. 제발……."

"세상에서 가장 순수한 마스크를 지녔다는 당신의 입에서 그런 에로틱한 발언이 나오다니."

"놀리지…… 말아요."

그가 입가에 미소를 띠고 그녀의 질구로 그의 페니스를 밀어 넣기 시작했다. 불이 붙은 것만 같았다. 그녀는 헐떡거리며 그를 깊숙이 받아들이고 한참 동안 숨을 멈췄다. 그는 고개를 숙여 그녀의 목덜미에 입술을 내리고 힘껏 목덜미를 빨아들였다.

"사랑스럽지 않은 데가 없어. 이 목덜미…… 목련같이 하얀 목덜미, 그리고 수줍으면 언제나 발갛게 젖어 들어가는 귓불……."

그가 귓불을 물고 빨더니 귓속에 거친 숨을 몰아쉬었다. 뜨거운 전류가 귓속에서 시작해 전신으로 퍼지는 건 순간이었다. 그의 모든 행동이 그녀에게는 불길 같았다. 타들어가는 짜릿함에 그녀는 헐떡거리며 그에게 매달렸다.

"움직여 줘요…… 하아…… 제발!"

그녀가 몸을 꿈틀거리며 그를 힘 있게 쥐었다 놓았다를 반복했다. 잦은 섹스를 나눈 것도 아닌데 그녀의 몸은 이미 그에게서 정확히 무엇을 원하는지 알고 있었다. 그녀가 그를 조이며 강하게 요구하자, 그가 서서히 허리를 움직이기 시작했다.

그의 노련한 동작에 그녀는 두 다리를 힘껏 벌려 그의 허리를 양다리로 감싸 안았다. 그가 더욱 깊게, 아프도록 파고들어 오게 허벅지를 체조선수처럼 활짝 열었다. 질의 끝 어딘가를 그가 찌르는 듯한 감각이 느껴졌다.

"하아, 하아…… 더, 더 들어와요."

그가 더욱 깊숙이 밀어 넣으며 신음했다. 그의 신음 소리에 그녀의 몸이 자신도 모르게 들썩거렸다.

"당신이 위로 올라가."

그가 아래에 눕고 그녀가 위에 올라탄 자세가 되었다.

"하고 싶은 대로 해봐."

그녀는 몸을 뒤로 살짝 젖히고 앉은 자세로 그를 완벽하게 장악하고 앞뒤로 움직이기 시작했다. 골반댄스를 추듯 능숙하게 허리를 움직이자 그가 아랫배에 힘을 주고 그녀를 바라봤다.

"섹시하군. 사진이라도 찍어놓고 싶을 만큼……."

"싫어요. 창피해요."

그가 상체를 살짝 일으켜 양팔로 몸을 지지하면서 그녀가 움직이는 모습을 홀린 듯 바라봤다. 그녀는 능숙하게 말을 타듯 앞뒤로 몸을 움직이더니 한 다리를 세우고 위아래로 들썩거리기도 하며 몸이 무엇을 원하는지 정확히 파악하고 속도를 조절해 나갔다. 그런데 한 가지 문제가 있었다. 한 자세로 계속 하다 보니 허리가 아파왔다. 그리고 여자가 상위에 있는 건 체력적인 한계가 금세 찾아왔다.

그러자 그가 그녀의 허리에 팔을 감고 잡아당기더니 그대로 누웠다. 그녀가 눕자 그는 그녀의 엉덩이를 감아쥐고 자신의 몸을 위아래로 정신없이 튕기기 시작했다. 빠르게 움직이는 그의 동작 때문에 몸속에 불이 난 것만 같았다.

"아악…… 아아!"

그가 이번에는 그녀를 옆으로 뉘이고 모로 튼 자세로 뒤에서 그녀의 몸을 파고들어 왔다. 그가 한 손으로는 젖가슴을 쥐고 다른 한 손으로는 그녀의 클리토리스를 자극하며 그녀를 내몰았다. 동시에 여러 곳을 자극당하자 그녀는 당장이라도 자신이 폭발해 버릴 것만 같았다. 그는 유두와 클리토리스를 정확히 자극하며 단단한 페니스로 그녀를 사정없이 찔러 절정으로 몰아붙였다.

"이현 씨…… 주, 죽을 것 같아요. 그, 그만……."

몸이 진동하듯 전신이 떨리기 시작했다. 엄청난 쾌락이었다. 잠시도 쉴 수 없을 만큼 거대한 쾌락이 그녀를 집어삼켰다. 떨리는 몸을 진정시킬 겨를도 없이 그가 다시 그녀의 몸 위로 올라와 깊게 파고들어 왔다.

"오늘은 질내 사정한다."

"여, 영화 촬영은……."

"날 이렇게 몰아붙여 놓고 안 된다는 거야? 그럼 입에 하게 해 줘!"

"하아, 뭐든 원하는 대로……."

그가 힘차게 몰아붙이기 시작했다. 철벅거리며 서로의 몸이 마찰하는 소리가 정신없이 이어졌다. 몸이 부서질 것만 같은 충격과 전희 속에 그녀가 몇 번이나 진저리를 치며 그의 이름을 불렀는지 모르겠다.

어느 순간 그가 빠르게 움직이던 몸을 빼내더니 그녀의 입술에 귀두를 댔다. 그녀가 입을 벌리고 그의 정액을 받아냈다. 그가 수건을 입에 대더니 뱉으라고 했다. 입가를 닦아낸 그녀가 물었다.

"삼켜야 하는 거 아닌가요?"

여전히 그가 준 쾌락의 여운 때문에 몸이 파들파들 떨리는 중이었지만, 호기심을 누르지 못하고 물었다. 그가 그녀의 곁에 누워 그녀의 젖가슴을 양손에 쥐고 만지작거리며 말했다.

"여자들이 간혹 피부에 좋다고 먹기도 한다고 하더군. 그리고 남자들은 자신의 정액이 버려지는 걸 별로 안 좋아해. 난 상관없었는데, 당신한테만은 어떤 식으로든 남겨놓고 싶다는 욕심이 생기더군. 내 여자이기 때문에 더더욱 그런 욕망이 드나 봐."

그가 젖가슴을 만지작거리다가 유두를 살짝 손끝으로 비비자 그녀가 신음성을 내뱉었다.

"좋아? 어디 보자……."

그가 손끝을 내려 그녀의 질구를 살짝 어루만지더니 웃었다.

"나를 많이 기다렸나 보군. 또 젖어 있는데?"

"아, 아니에요. 아까 여운이 아직도 남아서 그러는 것뿐이에요."

"정말 그럴까?"

그가 손가락을 세워 그녀의 질구 안으로 천천히 밀어 넣자 그녀가 교성을 내뱉었다. 그가 귓가에 나직하게 속삭였다.

"이런 음탕한 여자 같으니…… 좋아서 숨소리가 달라졌는데?"

"하아…… 아, 아니라구요."

아무리 말해도 그는 그녀의 결백을 믿어주지 않고 계속 그녀를 희롱했다. 그러다 기어이 다시 그를 그녀의 안에 깊이 밀어 넣었고, 밤새 그는 그녀를 재우지 않고 세 번, 네 번 연거푸 격렬한 섹스를 벌였다.

에필로그

영화 촬영이 모두 끝난 여름이었다. 상견례를 앞둔 윤선이 황 여사와 같이 호텔 연회실 입구 쪽에 나와 서 있었다. 황 여사가 우아한 연분홍빛 투피스 차림으로 서서 윤선의 손을 잡았다.

"내가 통화도 했고, 장소 문자로 찍어주기까지 했어. 몇 번이나 다시 확인하긴 했는데, 하 교수가 똑 부러지게 대답을 안 해서 장담은 못하겠다."

"어머님은 하실 만큼 하셨어요. 안 오실 거예요."

"그래도 혹시 모르잖니. 약속 시간은 아직 30분 정도 남아 있고."

윤선이 고개를 저었다.

"큰일이다. 내가 회장님껜 좋게 전달하긴 했는데, 만약 이 자리에 나오지 않으면 회장님이 이상한 오해를 할 수도 있을 텐데……."

윤선도 그 부분을 어찌할지 고민했는데, 이현은 몸이 좋지 않다는 식으로 상황을 모면하고 결혼식 때만이라도 참석하도록 설득을 해보자고 했다. 절연이라는 사실을 부친에게 알리면 좋은 소리를 듣지 못할 게 뻔해서 되도록 밖으로 알려지지 않기를 바랐다. 그런데 이런 식이라면 결국 모든 사실이 들통나고 말지 않을까?

마음이 울적해졌다. 자신의 발로 와주면 참 좋을 텐데, 그 한 번의 움직임으로 그녀의 인생이 조금 편리해질 수도 있는데. 결국 이기적인 생각인 건가? 자신의 행복을 위해 꼴도 보기 싫은 딸의 얼굴을 봐야 하는 모친의 심정도 헤아려야 할까? 그녀의 얼굴을 보면서 은형은 누굴 떠올릴까? 대체 그녀는 누굴 닮은 걸까? 친부가 궁금해졌다.

"아휴, 우선 들어가 있자. 내가 다시 한 번 전화를 해볼게."

"아니에요, 어머님. 자꾸 전화하면 더욱 삐딱해지고 싶어 할 수도 있어요. 이젠 그냥 두죠. 어떻게 할지는 그분 마음이니까. 전 처분에 따를 수밖에요."

"네가 한번 전화해 보지 그러니?"

윤선은 서글프게 웃으며 고개를 저었다.

"좋지 않은 결과만 나올 거예요. 안 건드리는 게 상책인 것 같아요."

"에휴, 무슨 엄마가 그러니? 딸내미 결혼까지는 그래도 지켜봐 줘야 하는 거 아니냐?"

"이 결혼, 그분은 반대했었어요."

"왜?"

"당신처럼 혼자 영원히 외롭게 살기를 바랐대요."

"와아, 나는 도무지 그 정신 세계가 이해되질 않는구나. 어찌 되었건 들어가서 기다려 보자. 잠시 뒤에 이현이 회장님 데리고 온다 하니까."

연회실 안으로 들어가 둥근 테이블에 황 여사가 앉고 그녀가 맞은편 자리에 앉았다.

"엄마!"

홍현이 진갈색 슈트 차림으로 들어왔다. 주위를 살핀 그가 물었다.

"아무도 안 온 거야?"

홍현이 윤선과 눈을 맞추며 묻자, 윤선은 고개를 끄덕거렸다. 홍현은 자연스럽게 황 여사의 곁에 자리했다.

"회장님이랑 형은 같이 온다고 했으니, 시간에 딱 맞춰 도착할 모양이군요."

"그렇겠지."

"그런데 교수님, 정말 안 올 것 같아?"

홍현이 황 여사를 한 번 쳐다보고 다시 윤선을 바라보더니 물었다.

"모르겠어. 차라리 못 올 만한 사정이 있다고 핑계라도 대고 거절해 주면 좋겠는데…… 아무런 반응이 없으시대."

홍현이 황 여사를 흘끗 보더니 한숨을 푹 쉬었다.

"차라리 제가 모시러 갈 걸 그랬나요?"

"이제 와서 얘기해 봤자 이미 늦은 일이고."

"결혼식 때는 어떻게 하냐? 똑같은 분을 섭외할 수도 없는 노릇이고……. 워낙 유명세를 누리는 분이라 그분 얼굴을 아는 분들이 더 많을 테니."

은형은 자신의 이미지에 타격을 받을 만한 일은 절대 하지 않는 사람이었다. 그녀가 연예계에 데뷔를 한다고 했을 때도 서로의 이미지에 영향을 끼치는 게 싫어서라도 하지 말라고 만류했던 사람이니까.

이번 상견례 건으로 언론이 지탄을 한다면 아마 은형은 울며 겨자 먹기로 여기 나왔을지 모른다. 하지만 이건 은밀한 상견례였다. 알려질 리 없는 재벌가의 은밀한 상견례이니, 나와야 할 필요가 아예 없는 것이다. 문자 신호음이 들려왔다. 윤선이 휴대폰을 내려다봤다.

「도착했다. 어머님은?」

「안 오실 것 같아요. 미안해요.」

「그래도 기다려 보자. 십 분 정도 늦어지면 내가 방법을 마련해 볼게.」

그게 어떤 방법인지까지는 묻지도 못했다. 권 명예회장이 곁에 있다는 걸 알기 때문에 구구절절 뭔가를 말할 만한 상황이 안 될 게 뻔했다. 그렇게 잠시 뒤 문이 열리고 권 명예회장과 현 회장인 이현이 나란히 들어왔다. 권 명예회장을 본 윤선이 자리에서 일어나 고개를 살짝 숙이고 예를 갖췄다.

"앉거라."

권 명예회장의 표정이 잔뜩 굳어 있었지만, 윤선은 애써 의식하지 않았다. 그녀가 달갑지 않은데 아들이 무서워 할 수 없이 결혼을 승낙한 그였다. 그러니 마뜩찮음을 참을 필요는 없는 것이다.

"그런데 사돈 되실 쪽은 왜 안 나오신 건가? 시간관념이 철저하다고 들었는데."

"좀 늦어지실 것 같나 봐요."

다시 권 명예회장의 눈매에 독기가 서렸다. 어디 감히 자신의 집안과 혼사를 앞두고 처음 만나는 자리에서 약속 시간에 늦을 수가 있냐는 낯빛이었다. 계속 일그러져 가는 권 명예회장의 얼굴을 그녀는 초조하게 바라보며 곁에 앉은 이현을 흘끗 바라봤다.

사실 이 자리에 은형이 나오지 않으면 아무런 의미가 없었다. 친인척들과는 연락두절 상태인데다, 은형만이 그녀에게 유일한 가족인데 그녀마저 나오지 않는다면 이런 격식 차린 자리도 굳이 필요는 없었다. 그런데도 강행할 수밖에 없었던 건, 양가 상견례를 하지 않고는 결혼이 성립되지 않기 때문이었다.

"제가 잠시 나갔다 오겠습니다."

이현이 자리를 벗어나 밖으로 나갔다. 뭘 어쩌려는 건지 모르겠지만, 지금 당장은 아무런 생각도 들지 않고 마음이 참담하고 무거웠다. 또 한 번 더 권 명예회장에게 싫은 소리를 들어야 한다 생각하니 속도 상하고 이현에게 미안하기도 했다. 그렇게 침묵의 시간이 흘러 약속한 시간에서 10분 정도가 넘어갔다. 그러다 인내심에 한계가 왔는지 권 명예회장이 일그러진 얼굴로 주먹을 말아 쥐고 테이블을 쾅 하고 내려쳤다.

"이게 대체 어느 나라 예의야! 본데없이 자란 애라고 생각하지 않을 수가 없잖느냐! 네 어머니는 대체 무슨 생각으로 이러는 게냐? 뭐가 그렇게 당당해서 상견례 날까지 이렇게 미적거리며 나타나질 않는 거냐! 네가 뚫린 입으로 말 좀 해봐라!"

황 여사가 불안하고 초조한 눈빛으로 권 명예회장의 곁으로 다가가 애원했다.

"회장님, 제발…… 주변에 보는 눈도 있고 하니, 참아주세요. 네?"

"아니, 하는 게 그렇잖아! 어떻게 상견례 날까지 이렇게 늦어!"

"사정이 있어서 그런 걸지도 모르잖아요."

"시끄러워!"

권 명예회장이 기어이 대로한 음성으로 고함을 내질렀다. 사위가 일시에 싸늘하게 얼어붙었다. 윤선의 눈가에 금세 물기가 차올랐지만, 그녀는 눈물을 누르며 고개를 들고 천천히 몸을 세웠다.

"권 명예회장님, 드릴 말씀이 있습니다."

황 여사가 다급하게 고개를 저었지만, 이미 그녀는 결심이 섰다. 두고두고 그녀의 치명적인 약점이고 허물이 되겠지만 이젠 권 명예회장도 이 사실을 알아둬야 했다. 친정엄마가 필요한 순간은 의외로 많을 테고 그럴 때마다 이렇게 피 말리는 스트레스를 받을 수는 없었다. 그녀뿐 아니라 다른 사람들에게도 엄연히 민폐였다.

"아버지!"

문이 열리더니 이현이 권 명예회장을 불렀다. 이현의 곁엔 하은형이 푸른색 투피스 차림으로 서 있었다. 놀란 윤선이 속눈썹을 파르르 떨며 그쪽을 바라봤다. 황 여사가 누구보다 반색하며 은형에게 다가갔다. 이현이 권 명예회장에게 다가와 늦은 이유를 설명했다.

"사고가 나서 우회해 오느라 늦으셨답니다. 그러니 이젠 차분하게 앉아서 담소를 나누도록 하시죠."

이현이 낮게 가라앉은 어조로 차분히 말하자, 권 명예회장이 그제야 일그러진 얼굴 근육을 풀고 은형 쪽을 흘끗 바라봤다. 은형이 다가오더니 꾸벅 인사를 했다.

"죄송합니다. 일찌감치 나온다고 나왔는데, 사차로에서 버스가 좌회전을 하다 멈춰 서는 바람에 일대가 아수라장이 되었어요. 그 바람에 도로에 갇혀 있다가 가까스로 빠져나올 수 있었습니다. 첫인상을 이렇게 남겨 너무 송구합니다."

"흐흠, 아닙니다. 일단 앉으시지요."

윤선이 가만히 은형을 바라봤지만, 은형은 단 한 번도 윤선을 바라봐 주지 않았다. 그저 자신의 임무를 수행하기 위해 나타난 사람처럼 적당히 기품 있고 예의 있는 말투로 권 명예회장의 비위를 맞춰가며 대화를 이끌어 나갔다.

"저희가 준비해야 할 것들을 알려주시면 따르겠습니다."

"준비할 게 뭐 있습니까? 예비 며느리도 워낙 한국에서 알아주는 배우이고 하니, 자산보유액이 상당한 수준이더군요. 그저 두 사람이 힘을 합쳐 잘 준비하면 그뿐이지요. 서로 창피하지 않을 만큼의 예물과 예단을 준비하면 됩니다."

"네, 그건 황 여사님과 같이 얘기해서 채우도록 하겠습니다."

"결혼식 날짜도 좋은 날로 잡아 보내주시지요."

"물론입니다. 가을쯤에 한다 했으니, 그때로 날을 잡겠습니다."

통상적인 이야기가 오고 가다 권 명예회장은 윤선에게 물었다.

"그런데 집은 어쩔 생각이냐? 나는 네가 본가에 들어와 살았으면 좋겠는데……."

예상치 못한 발언에 놀란 건 그녀와 이현이었다.

"듣자 하니 네가 홍현이랑도 친분이 두텁고 집사람과도 아주 좋은 관계라 하던데, 기왕이면 집 안에 들어와 같이 살림을 하는 것도 좋은 방법 같지 않느냐? 그리고 나는 손주를 되도록 매일 보고 싶다. 멀리 떼어놓고 손주가 보고 싶을 때마다 너한테 전화 걸어 오라 가라 하는 것도 마뜩찮고……. 내 손주를 보는데 내가 왜 네 승인을 받아야 하는 거냐? 그건 아니지."

"아버지, 이미 따로 살기로 얘기가 끝난 걸로 아는데요."

이현이 딱 잘라 냉엄히 말하자 권 명예회장은 이현을 쳐다보지 않고 계속 윤선만 바라보며 압박했다.

"임신하면 본가로 들어가겠습니다."

윤선도 권 명예회장이 불편하기는 마찬가지였다. 그리고 무엇보다 이현과의 신혼생활을 좀 더 즐기고 싶었고, 요리학원을 다닌다던가 자기개발을 위한 투자도 하고 싶었다. 그러려면 좀 더 자유로운 조건에 있어야 했다. 그래서 윤선이 어느 정도 시간을 버는 차원으로 임신을 거론하며 선을 긋자 권 명예회장은 잠시 일그러진 눈으로 윤선을 바라봤다.

가뜩이나 마음에 안 드는 며느릿감이라 지금 당신이 무슨 말을 하든 예비며느리가 다 받아줄 거라 생각한 모양이었다. 하지만 윤선도 권 명예회장의 뜻이라고 해서 다 네네 할 수는 없는 노릇이었다.

"좋다. 임신하면 들어와라. 적어도 아이는 집 안에서 낳고 기르도록 해라. 나중에 이 부분에 대해 허튼소리를 할 시에는 내가 가만두지 않겠다!"

"네, 아버님."

윤선이 대답하자, 권 명예회장이 비로소 뿌듯한 미소를 지었다. 그래도 원하는 바를 얻었다는 듯 기쁜 표정이라 윤선도 조금은 마음이 놓였다.

상견례가 모두 끝난 뒤, 윤선은 은형이 차로 이동하는 동안 곁을 지켰다. 가는 동안 은형은 한마디도 하지 않았고 눈 한 번 맞춰 주지 않았다.

"결혼식 때도 얼굴을 내밀도록 하마. 하지만 그게 끝일 거야."

"……네."

"너도 팔자가 센가 보다. 저런 시아버지와 같이 살아야 하다니. 네 계획에 본가에 들어가 사는 것 자체가 없었나 보던데. 안 그러니?"

"그래도 시어머님이 황 여사님이라 다행이고, 시동생이 홍현 오빠라 정말 다행이라 생각해요. 어려움이 생기면 그분들께 의지하면 될 테니까요."

"잘 버텨내라. 보란 듯이……. 너와 절연은 했지만 어디선가 네 소식은 계속 듣게 될 거야. 그래도 기왕이면 행복하게 잘살고 있다는 소리를 듣고 싶구나."

윤선의 눈가에 물기가 차올랐다. 은형은 차에 올라 바로 시동을 걸더니 뒤도 돌아보지 않고 빠져나갔다. 곁으로 이현이 다가와 그녀의 어깨에 팔을 감았다.

"괜찮아?"

"……결혼식 때도 오신대요."

"다행이구나."

"행복하게 살래요."

이현은 두 팔을 벌려 윤선을 품 안에 꽉 안았다. 그는 한참 동안 그녀의 등을 토닥거렸다.

"행복하게 살자. 보란 듯이……. 이 눈물이 마지막이어야 한다. 지윤선! 알겠지?"

윤선이 그의 가슴팍에 머리를 묻고 몇 번이나 고개를 끄덕거렸다.

❖

2년이 지났다. 윤선은 배우 생활을 정리하고 지금은 본가에서 시부모와 함께 살고 있었다. 그리고 그녀의 품 안엔 한 살배기 아들내미가 곤히 잠들어 있었다. 그녀는 아들 권재이를 조심스럽게 안아 올려 유아동 침대에 눕혔다. 난간 문을 잘 닫아둔 그녀는 잠든 재이의 얼굴을 손으로 부드럽게 어루만졌다.

돌이 지난 재이는 또래 아이들에 비해 발육이 좋아 우량아였다. 아빠를 닮아 이목구비가 또렷해서 잘생겼고, 다리가 길고 손가락도 쭉쭉 뻗어 긴 편인데 전부 이현의 어릴 때와 비슷해서 신기할 지경이었다. 그녀는 휴대폰 잠금장치를 풀고 시간을 봤다. 12시가 다 되어가는데 이현이 집에 돌아오질 않는다. 마음이 초조해졌다. 출발한다는 연락은 받았는데, 아직 오지 않는 거 보면 오다 무슨 일이 생긴 게 아닌가 싶었다.

한여름이라 열대야가 기승이었다. 그녀는 창문을 적당히 열어두고 선풍기를 회전시켜 재이 쪽으로 틀어주었다. 물론 시간도 조절해 두었다. 워낙 땀이 많아서 자다 더우면 찡얼거리며 보채기도 하지만, 선풍기만 틀어놓으면 쭉 잘 자는 편이었다. 그녀는 몸을 일으켜 집 밖으로 나갔다. 다들 잠들었는지 방 불이 다 꺼져 있었다. 그녀는 몸을 끌어안듯 양팔로 감싸고 본가의 풍광을 눈에 담았다.

임신이 확인되자마자 이현의 집은 전세로 내놓고 이 집에 들어와 살기 시작했다. 다행히 황 여사가 그녀를 딸처럼 애지중지 대해주어서 사는 데 불편함은 몰랐다. 다만 한 번씩 마주치는 시부의 눈치가 여전히 싸늘해서 되도록 시부의 비위를 틀어지게 하지 않기 위해 노력하며 지냈다. 이현은 그녀에게 잘해주는 황 여사가 고맙다며 가끔씩 황 여사에게 선물을 사다 주기도 하고 좋아하는 음식을 사다 주는 등 자상한 면모를 보여 황 여사를 감동시켰다.

홍현은 요즘 연애를 시작해서 늦게 들어오는 일이 잦았다. 보다 못한 황 여사가 시부에게 말해 회사 근처에 고급 빌라 하나를 마련해 주었다. 그래서 요즘은 얼굴 보는 일이 어려워졌다. 좋아하는 사람이 생기니 윤선에게도 점점 시큰둥하게 대하기 시작했다. 가끔 섭섭하다고 말하면 홍현이 웃으면서 '니 남편 있잖아!' 라고 말했다.

"뭐 해?"

뒤를 돌아보니 이현이 한 손엔 커다란 상자 박스를 들고 다른 한 손엔 종이백을 들고 나타났다.

"왜 이렇게 늦어요?"

"아, 일하다 말고 중간에 잠깐 딴짓을 했더니 잔무가 많아졌지.

많이 기다렸어?"

그녀가 손을 뻗어 종이백을 열어보며 물었다.

"이게 뭐예요?"

"당신이 좋아하는 신상구두가 새로 들어왔다길래 가서 구경하다가 당신이 좋아하는 색깔이 나왔기에 하나 샀어."

"미치겠네. 왜 당신이 그런 걸 사요!"

"내가 안 사면, 당신은 아예 바깥에 나가려고를 안 하니까. 우리 재이 태어나고 당신 백화점에 한 번도 안 갔잖아!"

그야 아이 키우느라 바빠 자신을 꾸미는 데 관심을 끊었기 때문이었다. 사실 재이가 너무 예쁘고 사랑스러워서 그 아이만 바라봐도 하루가 짧게 끝나는 것 같았다. 그러다 보니 자신에게 투자하는 시간은 점점 줄어들었다. 시부나 황 여사는 육아를 담당하는 보모들에게 아이를 맡기고 자기 시간을 가지라고 말하지만, 어릴 때부터 철저히 혼자 자란 그녀는 절대 자신의 아이마저 그렇게 키울 생각이 없었다.

"그런데 그 상자는 뭐예요?"

"우리 재이, 세발자전거 하나 샀지."

"저번에 사왔잖아요."

"그거랑은 재질이 다른 거야. 뒤에 손잡이 용도도 훨씬 좋고. 내일 집으로 차도 한 대 배달 올 거야."

"당신 요즘 이상한 데 자꾸 돈 쓰는 거 알아요?"

"나, 재벌가 회장이야. 그 정도 씀씀이는 봐줘야 하는 거 아닌가? 당신이랑 아들에게 쓰는 돈은 제외시켜 줘. 그거 외에 사실 따로 돈 쓰는 게 없잖아."

그의 말이 일리는 있었다. 그의 옷 같은 경우는 대부분 유명한 해외 장인이 철마다 열 벌 이상씩 작업해 한국으로 보내주고 있어서 따로 구입할 필요가 없었다. 구두나 시계 역시 거의 그런 식으로 한정품이 그에게 직배송된다. 그래서 그에게 부수적으로 들어갈 비용이 없다.

그가 요즘 생긴 취미라고 해봐야 아내와 아들을 위한 쇼핑이랄까. 부쩍 아들 장난감을 어마어마하게 사들여 아들의 놀이방이 장난감으로 가득했다. 얼마 전에는 커다란 대형 아이언맨 피규어를 사다 방 안 한쪽에 세워놓기까지 했다. 미국에서 직접 공수를 했다네, 어쩌네 하면서.

아직 재이는 뭘 어떻게 갖고 노는지도 모른다. 딸랑이를 흔들고 미니 피아노를 댕댕거리며 노는 아이에게 그런 거대 피규어가 다 무슨 소용인지. 그의 극성스러운 아들 사랑에 그녀는 이미 항복한 지 오래다.

이현은 집 안으로 들어가자마자 손을 닦고 재이에게 먼저 갔다. 아이가 자는 모습을 사랑스러운 모습으로 바라보다가 아이의 발을 들어 발바닥에 입을 맞췄다. 그는 아이의 발가락에 코를 묻고 냄새를 맡으며 말했다.

"발에서 파우더 냄새가 난다."

"손 냄새 맡아봐요."

"침 냄새 죽이는구나?"

"요즘 부쩍 빨아요."

그는 재이의 주먹 쥔 손을 잡아당겨 입을 맞추고는 재이의 모습을 하염없이 바라봤다.

"내가 이렇게 애한테 환장하는 사람이 될 줄 몰랐어."

"그렇게 좋아요?"

"응, 미치겠어. 이렇게 예쁜 앤 처음 봐. 하늘이 내려준 천사 같아."

그는 매일 윤선과 재이 생각만 한단다. 뭘 사서 부족함을 메워 줄지 고민하고 아이의 육아에 대해 고민하며 육아지침서도 엄청나게 사들여 샅샅이 훑어 읽었다. 그가 몸을 돌리더니 재킷을 벗어 한쪽에 걸쳐 두고 그녀를 품 안에 안았다.

"셋만 더 낳아줘."

"하나 낳는 것도 힘들었어요."

"셋 더 낳으면 아버지가 당신 아주아주 예뻐해 주실 거야. 요즘 아버지가 재이 얘기밖에 안 하는 거 알아? 재이가 다닐 유치원을 알아보시더니 다 마음에 안 든다고 이 집 안에다 아예 유치원을 차리겠다고 하실 정도야. 저렇게 귀여운 녀석 본 적 있어? 아버지만 보면 방긋거리면서 웃고 입 벌리고 아버지 볼에 뽀뽀를 해주잖아."

그건 그랬다. 자기가 받을 사랑을 갖고 태어난다던가? 재이는 유독 할아버지에게 애교가 넘쳤다. 방싯거리고 웃어젖히는 것도 그렇고 할아버지가 별것도 안 했는데 깔깔대며 웃어주는 것도 그랬다. 그런 모습 때문에 시부는 하루의 반나절을 재이 곁에 붙어 살았다. 시부와 이현이 같이 쉬는 주말에는 서로 재이를 놓고 쟁탈전을 벌일 정도였다.

"어머님한테 재이 사진 모아서 이메일로 보내 드렸어."

"보지 않으실 거예요."

"아니야. 메일은 확인하시는 눈치야. 그리고 얼마 전에 이 비서한테 생일 선물 사서 보내 드리라고 하니, 교수실 책상 위에 재이 사진을 액자에 담아 세워놓으셨다 하더라."

윤선은 마음이 뭉클해져 잠시 말을 잇지 못했다. 결혼식 때도 은형은 약속대로 고운 한복 차림으로 나타나 줬다. 엄마로서 해야 할 것은 모두 해주고 행복하라는 말만 남겨놓고 가버렸다. 이후 은형과 마주친 일은 없었다.

그녀가 은형을 찾지 않았고, 은형도 그녀를 찾지 않았다. 중간에 이현이 은형에게 사소한 모든 내용을 이메일로 전해준다는 걸 얼마 전에 알고 나서 하지 말라고 했지만 이현은 절연을 했다고 해도 서로 소식 정도는 알아야 하는 게 아니냐고 했다.

그녀가 연락을 했더라면 거절했겠지만 이현이 연락을 하니 은형도 크게 노발대발하지 않고 받아들이는 눈치였다. 아마 서로 눈을 맞추고 웃으려면 수십 년이 걸릴지도 모르겠다. 하지만 이현의 말마따나 이렇게 서로의 연락을 주고받다 보면 어느 날 자연스럽게 서로와 눈 맞출 수 있는 날이 오지 않을까?

이현과 윤선이 잠든 재이를 내려다봤다. 이현은 윤선의 머리에 뺨을 기대고 말했다.

"행복하다. 이렇게 사는 거……."

"저두요. 나와 아이, 그리고 당신만 생각하면서 사는 거 너무 좋아요. 우리만 단단하게 서로를 걱정하고 행복을 바라면서 살아가는 거…… 심플하고 소소하지만 마음은 한없이 드넓어지는 기분이에요."

"응, 나도 한없이 너그러워지고 있는 기분이야. 재이가 잘 자라줘서 너무 감사해. 당신도 내 곁에서 이렇게 아픔 없이 건강한 것도, 울지 않고 잘 견디고 있는 것도 감사해. 앞으로 더 좋은 일만 생겼으면 좋겠다."

"네, 좋은 일만……."

둘은 서로의 몸을 더욱 꽉 끌어안았다. 서로의 심장이 뛰는 소리가 닿은 피부를 통해 스며들어 갔다. 그는 윤선의 이마에 입을 맞추고 머리를 지그시 기댔다. 재이가 배냇짓을 하는지 방긋방긋 사랑스러운 입매를 부드럽게 휘어 올렸다.

「THE END」

작가 후기

세상엔 많은 엄마들이 있다. 그중 이런 엄마라면 아이를 어떻게 양육할지 궁금해졌다. 여주의 엄마에게 가장 큰 시련과 아픔을 주고 자식을 키우도록 했다. 자신의 상처가 너무 커서 딸을 바라보는 눈빛엔 저주가 깃들어 버린다.

여주는 홀로 자란 거나 마찬가지다. 수시로 바뀌는 육아 도우미들에게 정을 붙일 수는 없었을 것이다. 점점 엄마가 이해되지 않는 여주는 손톱을 드러내고 엄마를 공격하기로 한다. 더 이상 상처 받기 싫으니까, 차라리 공격을 택한다.

그러다 남주를 만나게 된다. 남주 역시 아픔이 있다. 부친의 바람기 덕분에 계모들과의 관계가 무르익지 않은 시점에서 부모의 사랑을 받지 못하고 자란다.

여주와 남주는 비슷한 색상의 아픔을 지닌 사람들이고, 서로를 단박에 알아봐 급격하게 사랑에 빠지게 된다.

이 글은 정신없이 몰아치면서 썼다. 계속 '왜?' 라는 질문을 던지면서 여주와 여주 엄마의 감정을 되도록 이해 가능하게 적으려고 노력했다.

이 글을 출간해 주신 예원북스 관계자 여러분과 편집팀께 감사의 말씀 전합니다.

더불어 이 글을 읽으시는 모든 분들에게 그럼에도 사랑이 답이었노라 말하고픈 저의 의도가 전해졌기를 바라봅니다.

늘 행복하고 사랑하십시오.

봄의 입구에서, 예파란 드림.